ullstein

Das Buch

Dörthe, ein Energiebündel und aufstrebende Büroangestellte, wird von ihrem Freund nach Sankt Peter-Ording in die Kur geschickt. Ein paar Kilo weniger sollen es sein. Esther, eine erfolgreiche Reisejournalistin, die es nicht länger als drei Wochen am selben Ort aushält, wiederum kehrt zum runden Geburtstag ihrer Mutter zurück. Zusammen treffen sie auf ihre Freundin seit Schulzeiten, die elegante Maj-Britt, die auf der Sandbank von Sankt Peter-Ording ein Pfahlbaurestaurant, die *Seeschwalbe*, führt. Während des überraschenden Wiedersehens brechen alte Konflikte auf. Doch die Freundinnen raufen sich zusammen. Dann kommt auch noch die Liebe ins Spiel, und jede findet auf ihre Weise überraschend und unerwartet den Weg in ein neues Leben.

Die Autorin

Clara Weißberg, geboren 1968, lebt mit ihrer Familie in der Nähe von Hamburg auf dem Land. Sie studierte Germanistik und Ethnologie und ist promovierte Kulturwissenschaftlerin. Sie liebt Italien und das Meer und wird von landschaftlich und kulturell reizvollen Gegenden zu ihren Romanen inspiriert. *Winterfreundinnen* ist ihr dritter Roman.

Mehr Informationen über die Autorin: www.claraweissberg.de.

Von Clara Weißberg sind in unserem Hause bereits erschienen:
Toskanafrühling · *Meerhimmelblau*

Clara Weißberg

Winterfreundinnen

Roman

Ullstein

Besuchen Sie uns im Internet:
www.ullstein-buchverlage.de

Originalausgabe im Ullstein Taschenbuch
1. Auflage Dezember 2019
2. Auflage 2019

Umschlaggestaltung: bürosüd° GmbH, München
Titelabbildung: © Christophe Madamour / living4media
Gesetzt aus der Quadraat Pro powered by pepyrus.com
Druck und Bindearbeiten: CPI books GmbH, Leck
ISBN 978-3-548-29146-8

Kapitel 1

Dörthe steckte fest. Im Schlick und in ihrem Leben. Nur die Finger konnte sie bewegen. Vorsichtig tastete sie nach dem eigenen Körper. Alles noch da, Beine, Hüften, Letztere etwas runder, jetzt, ein paar Wochen nach Weihnachten.

In Zeitlupe rann ihr ein Schweißtropfen über die Stirn.

Die Prospekte der Klinik kamen ihr in den Sinn mit all diesen schönen entspannten Menschen in sanften Farben. Schwitzen taten die eigentlich nie, und übergewichtig waren sie auch nicht.

Der Tropfen, der an ihrer Augenbraue hängen geblieben war, kribbelte. Nein, sie hatte keine Chance, den Arm zu heben. Wie eine Kegelrobbe lag sie in diesem Badezuber, verpackt in gesunden Meeresschlick, eingewickelt in Folie und anschließend ins heiße Wasser geschoben. 40 Grad Celsius.

Dörthe schloss die Augen und versuchte, das Kribbeln auszublenden. Stattdessen positiv zu denken. Sich vorzustellen, wie die Giftstoffe sich lösten und sanft ausgeschwemmt wurden, mit dem Badewasser auf Nimmerwiedersehen gurgelnd im Abfluss verschwanden. Pralinen, Marzipankartoffeln, na gut, ein paar Mandarinen – alle

Gifte der letzten Zeit und all die Schlacken, die sich über Jahre in ihrem Körper angesammelt hatten, noch dazu. All die hässlichen Schlacken, die angeblich einfach da waren, ob man wollte oder nicht. Sie hatte dabei immer das Bild einer schwarzen unappetitlichen Masse vor Augen, giftig, zu nichts zu gebrauchen, bereit für den Sondermüll.

Deshalb war sie hier. Damit das alles weniger wurde. Damit *sie* weniger wurde. Hier in der Klinik durfte sie nichts Süßes essen, gar nichts durfte sie mehr essen, nicht heute, nicht morgen, nicht übermorgen. Nur trinken, Gemüsesäfte, Kräutertees und Brühe. DETOX war das Zauberwort.

Dörthe seufzte tief, ihr Brustkorb hob sich, das Wasser schwappte.

Sie hatte das Gefühl, kaum noch Luft zu bekommen. Vielleicht würde es ja ganz schnell gehen, vielleicht würden die Pfunde einfach schmelzen und – schwups! – verschwinden.

»Zwanzig Kilo weniger«, hatte Fred gescherzt und sie in die Hüfte gezwickt. Wenn Dörthe nicht gewusst hätte, dass er ihre üppigen Hüften mochte, wäre sie eingeschnappt gewesen. Zu lustvoll packte er sie an genau dieser Stelle, wenn sonst keiner im Büro war. Und Dörthe ihrerseits kam gut damit zurecht, dass Fred selbst, nun ja, eher gedrungen war, was den Körperbau betraf, und nicht allzu groß.

Doch, bisher hatten ihre Rundungen sich bestens ergänzt.

Bis Fred nach einem Squash-Match mit ein paar Kollegen, das nicht eben zu seinen Gunsten ausgefallen war, seine sportliche Ader entdeckte. Plötzlich verbrachte er viel

Zeit im Fitnessstudio und versuchte sie, Dörthe, von seinem neuen Konzept vom guten Leben zu überzeugen. »Wie gut das tut, wenn du wüsstest! Wir werden alle nicht jünger, nicht wahr?«

Dörthe interessierten Freddys sportliche Ambitionen zunächst wenig. Sie schaltete auf stur, sollte er doch ins Studio rennen, sie machte es sich auf dem Sofa bequem, zu gern kam er später dazu, ausgepowert und zufrieden, und massierte ihr zärtlich die Füße. Darauf konnte sie sich verlassen.

Doch jetzt war da die neue Stelle in der Behörde. Mehr Verantwortung, mehr Entscheidungsfreiheit, vor allem eine höhere Gehaltsstufe. Im Herbst hatte sie sich beworben, und jetzt hatte es grünes Licht gegeben.

»Abteilungsleiterin!« Fred hatte sich vergnügt die Hände gerieben. »Du schaffst das, Purzelchen, oder?« Als ihr Vorgesetzter hatte er sich für sie eingesetzt und freute sich über den Erfolg; dass sie seit Langem ein Verhältnis hatten, war nicht weiter pikant, alle wussten es, und es störte niemanden.

Natürlich würde sie es schaffen. Wieso auch nicht? Auch wenn es Dörthe manchmal graute vor noch mehr Akten, Umläufen mit allerlei Vermerken, vor Schubladen, in denen sich Heftstreifen und Haribo stapelten, vor der Zimmerlinde, die die eine Kollegin zu Tode pflegte, während die andere sie wieder aufpäppelte – vor alldem. Aber sie hatte sich vor vielen Jahren für diesen Weg entschieden, und zwar aus gutem Grund.

Zu Weihnachten hatte Fred sie mit einem Gutschein für

diese »Schönheitskur« überrascht. So nannte er es beharrlich, obwohl auf der Anmeldebestätigung der Klinik Gesundheits- und Fastenkur stand.

»Zweieinhalb Wochen«, Fred hatte gestrahlt, »danach siehst du aus wie das blühende Leben! Wobei du das auch jetzt schon tust, ich geb's ja zu. Und was die Kilos betrifft, da wollen wir mal auf dem Teppich bleiben«, seine Nase näherte sich ihrer, und er verpasste ihr einen zarten Stüber, »zehn reichen.«

Fred zuliebe hätte Dörthe die Qual einer solchen Kur nicht auf sich genommen. Niemals. Aber sie wollte die Gelegenheit ergreifen und im neuen Job eine gute Figur machen, und zwar von Anfang an. Fred hatte recht, die Zeichen standen auf Neubeginn. Und ein paar Kilo leichter zu sein, das wünschte sie sich genau genommen, seitdem sie zwölf Jahre alt war.

»Übergewicht«, hatte der Arzt, der sie nach ihrer Ankunft in der Klinik untersucht hatte, konstatiert und sie stirnrunzelnd angesehen. »Sonst sind Sie, hm, gesund?« Kerngesund, hatte Dörthe versichert, und er hatte nichts Gegenteiliges feststellen können. »Wir arbeiten also an einer, hm, Gewichtsreduzierung.« Damit hatte er sich abgewandt und den Maßnahmenkatalog in den Computer gehackt: Aquafitness, Strandwalken, Gymnastik. Yoga. Und – Entschlackung.

»Ein paar Fastentage. Das bringt immer noch am meisten, Sie sind ja lange genug hier. Eine Woche, würde ich sagen, danach eine Aufbauzeit.« Sein Blick streifte sie noch einmal, nahezu verachtungsvoll, vielleicht hatte er diese leidende, entsagende Miene aber auch immer.

Dörthes Blick fiel auf die gelblichen Rückstände in den Kachelfugen. Warum hatte Freddy ihr diese »Schönheitskur« nicht in einem Hotel geschenkt? Es gab einige recht schicke, mit viel Glas und Meerblick, das *DünenResort* zum Beispiel, direkt an der Seebrücke gelegen. Sie würde sich beißen, wenn es dort keine Wellnessangebote gab, und überhaupt, das Hotel sah aus, als würde man sich sofort schlank fühlen allein dadurch, dass man dort eincheckte.

Nein, sie war in der Föhrenklinik gelandet. Der Billigvariante. Daran konnten auch wohlmeinende Begriffe nichts ändern. Ein Sparangebot. In der auslastungsarmen Zeit, im Winter, wenn nur Hartgesottene auf die Idee kamen, sich in Sankt Peter-Ording aufzuhalten.

Ihre Haut fühlte sich an, als würde sie gleich platzen. Auf der Wasseroberfläche schwammen braune Schlieren.

Von ihrer Haut schwärmte Freddy immer. »Oh, diese Haut ... einfach zum Anbeißen! Wie machst du das nur?«

Schweinchenhaut, dachte Dörthe grimmig. Schweine suhlen sich auch im Schlamm. Damit es nicht mehr juckt.

Der Schweißtropfen auf ihrer Augenbraue machte sich wieder bemerkbar, noch unangenehmer als zuvor.

Dörthe kniff die Augen zu, holte Luft, ließ sich samt Schlickpackung tiefer in die Wanne gleiten – und tauchte unter.

• • •

Die letzte Kurve, bevor der Zug Sankt Peter-Ording erreichte. Esther raffte Reisetasche, Wolltuch und Mütze zusammen. Während der Zug durch die vernebelte Landschaft gezuckelt war, hatte sie geschlafen, außer ihr war niemand im Wagen. Eine ganze Stunde dauerte die Fahrt von Husum aus, was ihr immer wieder wie ein Beweis erschien: Sankt Peter-Ording lag am Ende der Welt.

Kaum hundert Meter weit konnte man sehen. Nichts als Gräben, durchnässte Wiesen, vereinzelte Zaunpfähle, struppiges Schilf. Die Silhouetten von Schafen, so grau und verloren, dass Esther bei ihrem Anblick fröstelte. Eiderstedt war nur im Sommer grün.

Sie stellte sich an die Tür. Nach kurzem Halt in Sankt Peter Bad, der Endhaltestelle, würde der Zug dieselbe Strecke zurück nehmen, vorbei an einigen Bedarfshaltestellen – den Hinweis auf sie per Lautsprecherdurchsage würde kein Fremder je verstehen –, bis er wieder in Husum war.

Als Esther auf den Bahnsteig trat, verschlug die Kälte ihr den Atem. Sie wickelte das Wolltuch in zwei Lagen um den Hals. Warum war es in Sankt Peter gefühlt immer fünf Grad kälter als in Hamburg? Der Wind blies so scharf, dass sie es unwillkürlich persönlich nahm.

Nur vereinzelt begegneten ihr Touristen, die in Funktionsjacken durch den Ortsteil Dorf schlenderten. Während die Gäste das Seebad im Sommer förmlich fluteten, die Strandmuscheln bunte Tupfen auf die Sandbank malten, die Segel der Kitesurfer über das Meer tanzten und die Fahrradfahrer die Deiche entlang rollten, während der Ort sogar in den Weihnachtsferien belebt war, wirkte Sankt Peter-Ording in den Wochen zwischen Neujahr und Ostern recht leer.

Esther fragte sich einmal mehr, wie ihre Mutter Edith die Wintermonate hier aushielt. Ohne kulturelles Angebot, ohne die Möglichkeit, unter Menschen zu sein, ohne die beruhigende Geschäftigkeit einer Großstadt. Sankt Peter-Ording hatte nicht mehr als viertausend Einwohner. Dazu kamen jährlich knapp 2,5 Millionen Übernachtungen von Touristen. Aber machten die ganzen Gäste ein heimatliches Lebensgefühl aus?

Nach wenigen Minuten hatte sie die kleine Villa ihrer Mutter erreicht und lauschte dem vertrauten Klang der Türglocke. Innerlich wappnete sie sich. »Nach Hause« zu kommen, sowohl in den Ort als auch in ihr Elternhaus, war nicht leicht für Esther. Sie hatte abgeschlossen mit dem Leben hier, schon vor langer Zeit.

»Da bist du ja endlich. Hatte dein Zug Verspätung?« Ihre Mutter küsste sie förmlich auf die Wangen, nahm ihr die Tasche ab und schob sie hinein. »Häng erst einmal deine Jacke auf!« Sie wies auf ein Paar Hausschuhe und stand in der Küche, noch bevor Esther etwas gesagt hatte. »Du nimmst doch Tee?«

Esther nickte, die ersten Minuten waren immer angespannt zwischen ihnen. Im Haus ihrer Mutter hatte sich nichts verändert. Seit sie die Apotheke aus Altersgründen verkauft hatte, hatte sie mehr Zeit denn je, die Dinge um sich herum in Schuss zu halten. Und auch mehr Energie, wie Esther feststellte, als sie ihre Mutter beobachtete, die sich geschäftig zwischen Küche und Esszimmer bewegte, Kekse anrichtete, Zuckerdose und Milchkännchen platzierte.

Edith von Mehding schenkte ihrer Tochter ein und musterte sie mit gewohnt kritischem Blick. »Gut siehst du aus. Als hättest du dich über Weihnachten erholt.«

Esther zuckte kaum merklich zusammen. Das war kein Kompliment. Es war eine Anklage.

»Erholt? Eigentlich weniger. Ich habe gearbeitet.«

»So kann man es natürlich auch nennen.«

Esther setzte zu einer Erwiderung an, aber ihre Mutter sprach schon weiter. »Ich bin nicht sicher, ob du dir damit einen Gefallen tust. Du solltest mal Pause machen, glaub mir, das tut dir nicht gut, jedenfalls nicht auf Dauer!«

»Es ist mein Job. Außerdem arbeite ich gern. Und zwischen den Reisen habe ich ja Pause.« Es klang wie auswendig gelernt. Warum wollte ihre Mutter das nicht verstehen? Warum stellte sie ihre Arbeit wieder und wieder infrage?

»Andere nehmen sich Weihnachten für ihre Familie frei.«

Sie maßen sich mit Blicken. In den Augen ihrer Mutter spiegelte sich Verletztheit. Die Kränkung, dass Esther Weihnachten nicht gekommen war, dass sie hier allein gesessen hatte, dass sie sie regelrecht hatte zwingen müssen, wenigstens zu ihrem achtzigsten Geburtstag anzureisen. Nein, all die Abwesenheiten der letzten Jahre – sie hatten sich zu einem großen Minus summiert, zu einer Schuld, die bei Esther lag und die sie kaum würde tilgen können.

»Diese Reportage konnte ich nicht absagen, Mama. Immer mehr Leute verbringen ihren Weihnachtsurlaub in der

Karibik. Die Reiseveranstalter bieten Kuba als sicheres Reiseziel an. Darüber hätte ich nicht schreiben können, ohne selbst da gewesen zu sein!«

»Das verstehe ich. Ich lebe ja nicht hinterm Mond. Aber musst du denn wirklich jeden Auftrag annehmen? Sogar über die Feiertage? Es gibt doch auch andere Journalisten.«

Esther stellte ihre Tasse hart auf den Tisch. Ja, genau das war das Problem. Es gab genug andere. Andere, die Geschichten günstiger anboten und auf Anfrage sofort lieferten. Andere, die jünger waren, flexibler und die ihr Handwerk ebenso beherrschten wie sie.

»Du brauchst mir nichts zu erklären. Ich weiß es ja«, lenkte ihre Mutter ein. »Freiberuflich zu sein ist nicht immer leicht. Aber du bist doch nicht irgendwer! Du hast doch einen Ruf! Wenn du eine Reportage nicht machen kannst, dann kannst du sie eben nicht machen, basta! Dann machst du eben die nächste!«

Ja, eine von Mehding war nicht irgendwer, nicht im Weltbild ihrer Mutter. Sie glaubte immer noch, dass jeder die Arbeit bekam, die er wollte, wenn er sich nur anstrengte. Aber die Welt hatte sich weitergedreht, und Anstrengung und Wünsche konnten gegen Digitalisierung und Umstrukturierungen auf dem Arbeitsmarkt wenig ausrichten. Journalisten sangen ein Lied davon, die Branche hatte es vor zehn Jahren hart erwischt. Einer ihrer Kollegen, Chef vom Dienst, mit Hauskredit und Vater von drei Kindern, hatte sich die Haare gerauft, als ihm gekündigt worden war. Da konnte Esther selbst fast von Glück sprechen, unabhängig und kinderlos, wie sie war.

Ihre Kündigung als Redakteurin hatte sie wortlos hingenommen. Und kurz darauf eine gut recherchierte Reportage über die gewaltsame Vertreibung von Bauern, die sich in Honduras gegen die rasant wachsenden Palmölplantagen wehrten, angeboten. Und über die Zerstörung des Regenwalds, die mit dem Palmölanbau einherging. Die Reise hatte sie mithilfe ihrer Abfindung finanziert, ihre ehemalige Redaktion kaufte sie gerne.

Eine Weile gelang es Esther, die ökologischen und sozialen Themen unterzubringen, die ihr am Herzen lagen. Aber es wurde immer schwieriger, und die Kosten für ihren Lebensunterhalt und die aufwendigen Recherchen wurden durch die Honorare nicht mehr gedeckt.

Esther passte sich an, auch wenn es ihr schwerfiel. Sie beschränkte sich auf Europa. Nannte das Hotel, in dem sie übernachtete, einen Geheimtipp. Empfahl das Restaurant um die Ecke und die Manufaktur des Bruders des Inhabers gleich dazu. Flüge wurden billiger, die Leute reisten wie verrückt, und in den Redaktionen gab es Bedarf an immer neuen Empfehlungen und Routen, die allerdings nicht viel kosten durften. Also entdeckte Esther unbekannte Winkel an der ligurischen Küste, schrieb über Schäfer auf Mallorca und rang selbst dem Jakobsweg eine neue Facette ab. Mit dem engagierten Journalismus, mit dem sie angetreten war und für den sie in den Neunzigerjahren sogar mit einem Journalistenpreis ausgezeichnet worden war, hatte das nicht mehr viel zu tun.

Esther sah ihre Mutter an. Viel zu kompliziert, das einer Edith von Mehding zu erklären.

Die war mit dem Wegräumen der Teetassen beschäftigt und hatte längst das Thema gewechselt. »Bist du morgen früh da? Marlies und Göran kommen zum Frühstück. Sie freuen sich schon darauf, dich endlich mal wiederzusehen, ich habe ihnen erzählt, dass du diesmal länger bleibst!«

Esther mochte Marlies, die beste Freundin ihrer Mutter. Was die beiden verband, wusste der Himmel. Die warmherzige, ruhige Marlies, der ihre Mutter ständig unbedacht über den Mund fuhr. Aber wenn Marlies sie am Arm nahm und leise »Edith« sagte, hielt ihre Mutter tatsächlich inne und hörte zu.

Mit Göran, dem Freund ihrer Mutter, Schwede und fünf Jahre jünger als sie, bildeten sie ein unzertrennliches Trio. Göran hatte ihre Mutter vor fünf Jahren bei einem Kirchenkonzert kennengelernt. Auch er war deutlich zurückhaltender als sie, etwas umständlich und hatte einen hübschen schwedischen Akzent.

»Klar, ich freue mich auf die beiden!«

»Danach gehen wir zum Tennis. Wir haben hier übrigens eine neue Halle, wie findest du das? Du könntest mitkommen. Und Montag beginnt mein Chorworkshop.«

»Singst du denn nicht mehr im Kirchenchor?«

»Doch, natürlich. Aber unser Chorleiter ist im Krankenhaus, ein Eingriff, schon lange geplant, und deshalb nehmen ein paar von uns jetzt an diesem Workshop teil. Jemand aus Husum studiert eine Woche lang Madrigale von Monteverdi mit uns ein, stell dir vor, wir sind schon sehr gespannt.«

»Ich denke, du willst nächste Woche deine Feier vorbereiten?«

Esther schwindelte angesichts des Tempos ihrer Mutter. Hielt sie denn nie inne? Sie wurde achtzig, und es schien, als packte sie immer mehr Aktivitäten in ihren Alltag.

Esther fühlte sich fremd zu Hause, es war, als würden Fliehkräfte sie aus Ediths Umlaufbahn schleudern. Oder lag es daran, dass sie schon immer eine Einzelgängerin gewesen war, taub für das, was andere taten? Sie war nicht die Tochter, die ihre Mutter sich wünschte, dieses Gefühl blieb übermächtig. Es knirschte und knackte im Gebälk. Edith suchte Nähe, Esther fühlte sich fern. Und wenn Esther näherkommen wollte, versetzte Edith ihr mit einer spitzen Bemerkung sofort einen Stich.

Ihre Mutter sah sie über den Rand ihrer Brille hinweg an. Dann lächelte sie. »Das schaffe ich schon. Du bist ja da, um mir zu helfen.«

Kapitel 2

In einen Bademantel gehüllt stand Dörthe an ihrem Fenster in der Klinik, ein Glas Selleriesaft in der Hand. Das Kiefernwäldchen, auf das sie blickte, war durch den dichten Nebel nur zu erahnen. Aber Dörthe kannte sich aus, sie wusste, was man normalerweise sah: die Promenade, jetzt wahrscheinlich leer, dahinter die Salzwiesen, den Strand. Und irgendwann, ganz am Ende, das Meer.

Freddy war nicht klar gewesen, was er auslöste, als er die Kur ausgerechnet in Sankt Peter-Ording gebucht hatte. Er konnte nicht ahnen, was sie als Jugendliche hier erlebt hatte. Er hatte es gut gemeint. »Heimatgefühle, das ist doch dufte, da fühlst du dich gleich dreißig Jahre jünger!« Jünger, oh ja, zurückversetzt in eine andere Zeit. Aber dufte war das nicht.

Dörthe ließ sich aufs Bett fallen. Der deprimierende Achtzigerjahre-Charme der Einrichtung umfing sie, Auslegeware in Beige, Schrankwand, Tisch und Bett. Ihr Blick fiel auf das Gemälde über dem Tisch. Eine Strandansicht in verwischter Tusche mit Fischerboot und Dünen. Es erinnerte sie an die Bilder ihrer Mutter. Der Zeitreise-Sog wurde stärker.

Sechs Jahre ihres Lebens hatte Dörthe hier verbracht. Zwölf war sie gewesen, als ihre Mutter, eine Malerin, mit Dörthe und ihren Geschwistern nach Sankt Peter-Ording gezogen war. Aus dem Schwarzwald waren sie gekommen, die Mutter hatte die Nase voll gehabt von dunklen Tälern und Tannen, das Meer sollte es sein, seine Farben und Bewegungen, das Licht. »Dieses Licht, das brauche ich für meine Bilder!«

Mit Emil Nolde hatte sie sich verglichen, dessen Haus in Seebüll besucht und war mit ihrer Staffelei, mit Pinseln und Farben unter dem Arm am Stand von Sankt Peter-Ording losgezogen. Das Licht erschien Dörthe eher grau als blau, Emil Noldes Gemälde fand sie beunruhigend und düster, und das Malerischste an den Bildern ihrer Mutter war diese selbst, mit Strohhut auf dem Kopf und Pinsel in der Hand. Der Strohhut flog aufgrund des kräftigen Windes ständig weg, und ihre Mutter rannte hinterher, bis jemand ihn festhielt und ihr lächelnd überreichte. Oft war es ein Mann. Sie nahm den Hut dann an sich und lächelte kokett zurück. Und dieser jemand war meist auch sofort begeistert von ihren Bildern. Was wiederum weniger an den Bildern lag als an den Grübchen der Malerin. An ihren blauen Augen, an ihrer Ausstrahlung, künstlerisch und frei. Die Dünen waren nicht weit, manchmal verschwand sie darin, mit dem Menschen, der ihr freundlicherweise den Sonnenhut zurückgebracht hatte, die Leinwand flatterte verlassen an der Staffelei, die Farbtuben wurden von Flugsand bedeckt.

Zu Hause pfiff die Mutter leise vor sich hin und strich Calendula-Öl auf ihre Haut. Nie sah sie verbrannt aus, es war, als ob die Sonne ihrer leuchtenden Pfirsichhaut nichts anhaben konnte, ihr nur eine tiefere Schattierung hinzufügte, wie ein Pinselstrich mit Ölfarbe den Bildern von Dünen und Meer.

Diese Haut hatte Dörthe von ihrer Mutter geerbt, ebenso die Grübchen, sonst nichts, so schien es ihr. So leichtfüßig ihre Mutter unterwegs war, so schwerfällig kam sie selbst sich vor, als sie die neue Schule betrat. »Begabt bist du ja, Pummelchen!« – mit diesen Worten schob ihre Mutter sie ins örtliche Gymnasium, dessen Direktor reserviert blieb, während der Blick des Klassenlehrers wohlgefällig auf den Waden der Mutter ruhte, um die sich ein leichter Indienrock bauschte. Das silberne Kettchen an ihrem Knöchel klingelte, als sie die Schule verließ. »Mach's gut, meine Süße!«

Dann war sie weg, und Dörthe musste bleiben. Den Bauch in die Jeans gezwängt, mit Schlag, immer noch, obwohl die anderen ihre Jeans so eng wie möglich trugen und mit Chlorreiniger entfärbten, darüber eine Blümchenbluse, unvorteilhaft geschnitten. In der Klasse mit neunzehn Kindern, einige bereits in der Pubertät, die kicherten und sie neugierig musterten. In Luft hätte sie sich auflösen mögen. Der Lehrer schrieb bereits die nächsten mathematischen Gleichungen an die Tafel, während Dörthe in der letzten Reihe neben einem dunkelhaarigen und ausnehmend hübschen Mädchen Platz fand, das nichts sagte und dessen Gesichtsausdruck sie nicht zu deuten wusste.

Dörthe schwitzte. Vom Rest der Stunde bekam sie nichts mit, so wie sie auch in der Folge von den Mathematikstunden des Klassenlehrers, der gleichzeitig der Physiklehrer war, nicht viel mitbekam. Aber das Mädchen neben ihr hatte ihren Apfel mit ihr geteilt, ihr den Schulhof gezeigt, fast wortlos, und am Ende des Vormittags tatsächlich Tschüs gesagt, mit einer leicht rauen Stimme, obwohl sie kein einziges Mal gelächelt hatte. So hatte sie Esther kennengelernt.

Wie lange das alles her war. Und wie nah es rückte, wenn sie zu lang ins neblige Grau sah.

Was wohl aus den Leuten ihres Jahrgangs geworden war? Dörthe wusste wenig, sie war nur noch selten hier gewesen in all den Jahren, nachdem ihre Mutter Hals über Kopf aufgebrochen war. Und zwar ein Jahr, bevor sie das Abitur gemacht hätte. Kein besonders gutes, aber sie hätte bestanden, davon war Dörthe überzeugt. »Das schaffst du sowieso nicht«, hatte hingegen ihre Mutter behauptet und Dörthe und ihre Geschwister regelrecht aus der Schule gezerrt. Von einem Tag auf den anderen hatten sie Sankt Peter-Ording verlassen.

Dörthes Magen zog sich zusammen. Zu viel Selleriesaft.

Auf dem Gang hörte sie Geräusche, Türenklappern, Reden. Sie sah auf die Uhr. Zeit fürs Abendessen. Besser, die nächste DETOX-Ration, korrigierte sie sich. Was hatte sie für einen Hunger! Ihr Magen knurrte vernehmlich. Dörthe nahm noch einen Schluck und schüttelte sich. Ach was. Alles eine Frage der Einstellung.

»Zum Wohl!«, sagte sie laut und hob das Glas.

• • •

Esther war erleichtert, als sie die knarzende Treppe ins

Obergeschoss steigen konnte. Sie wäre lieber in Hamburg geblieben, um sich ein wenig treiben zu lassen und für die nächste Reise zu recherchieren. Aber Edith von Mehdings achtzigster Geburtstag war Pflicht, auch für Esther. Gerade für Esther.

Wie erbost ihre Mutter gewesen war, als sie angekündigt hatte, erst einen Tag vorher in Sankt Peter-Ording eintreffen zu wollen.

»Ich wünsche mir, dass du mir hilfst!«, hatte sie in schneidendem Ton gesagt. »Ich brauche dich bei der Vorbereitung und Schluss!«

Und sie hatte ja recht. Man ließ seine Mutter zum Achtzigsten nicht hängen. Nicht, wenn sie alleinstehend war. Nicht, wenn es keine Geschwister gab, die hätten einspringen können. Also hatte Esther zugesagt. Zwei Wochen würde sie bleiben, nicht nur zwei Tage wie sonst, auch zum Ausgleich für das verpasste Weihnachten.

Esthers Vater war gestorben, als sie dreizehn war, und Esther hatte sich in einen Kokon aus Trauer zurückgezogen. Alle Versuche ihrer Mutter, Nähe herzustellen, scheiterten. Dass Esther bei der Gelegenheit erfuhr, dass ihre Eltern gar nicht ihre Eltern waren und sie als Kleinkind zur Adoption freigegeben worden war, machte es nicht besser.

Ihre leibliche Mutter hatte Esther nie kennengelernt. Diese lehnte den Kontakt ab, und Esther war die Letzte, die jemandem auf die Pelle rückte. Mit siebzehn beschloss sie ein für alle Mal, dass es egal war. Das Gefühl von Fremdheit auf der Welt allerdings blieb. Der taube Fleck. Die Unfähigkeit, sich einzulassen. Das Bedürfnis, sich zurückzuziehen, wenn Leute ihr zu nahe rückten. Die fast mechanische Regung zu gehen, bevor jemand anderes ging. Ihren Ruf der unnahbaren Schönen steigerte das nur, das wusste sie, und es interessierte sie nicht.

Einmal hörte sie, wie ihre Mutter über die Unzugänglichkeit ihrer Tochter klagte. »Ich komm nicht an sie heran, Marlies. Wenn ich bloß wüsste, was ich falsch mache!«

»Sie ist so, Edith, du machst alles richtig, du wirst sie nicht ändern.«

»Seit Wilfried tot ist, hat sie sich noch mehr zurückgezogen.«

»Er war ihr Vater.«

»Ich bin ihre Mutter!«

»Sie wird jetzt erwachsen. Lass sie einfach, sie wird auf dich zukommen, wenn sie etwas braucht.«

Da allerdings lag Marlies falsch. Esther kam auf niemanden zu. Je mehr sie etwas brauchte, desto mehr machte sie die Dinge mit sich allein aus. Edith und Esther von Mehding hatten sich arrangiert. Zwei Magnete, an den gleichen Polen zusammengefügt, einander nah und doch fern.

Mit achtzehn war Esther ausgezogen – und hatte die Heimatlosigkeit zum Beruf gemacht.

Im Gästezimmer setzte Esther sich auf das Sofa mit dem gestreiften Überzug, das zu einem Bett ausgeklappt worden war. Sie knipste die Lampe auf dem Nachttisch an und wollte gerade nach ihrem Laptop greifen, als ihr Blick auf die in den Regalen gestapelten Schachteln und Pappboxen fiel. Darin waren die Abzüge der Fotos, die sie auf ihren ersten Reisen geschossen hatte. So oft hatte sie damals Zimmer und Wohnungen gewechselt, dass sie das Material hier gelagert hatte. Sie hatte die Fotos auf den Dachboden bringen wollen, doch ihre Mutter hatte lieber Platz im Gästezimmer geschaffen. Hatte Esther dies zunächst irritierend gefunden, so als würde ihre Tätigkeit ausgestellt, war sie auf einmal gerührt, dass die Pappboxen nicht nur vorhanden, sondern sogar abgestaubt waren.

Hunderte von Fotos waren es, Esther war wie berauscht gewesen von fremden Ländern und Kontinenten, gleichzeitig wurde sie merkwürdig nüchtern, wenn sie unterwegs war, als wäre ihr Kopf eine Filmkamera, die alles dokumentierte und nichts vergaß.

Wie lange das her war.

Neugierig zog Esther eine Schachtel hervor. Bilder von Sumatra, sie spürte förmlich die Luftfeuchtigkeit. Auf Elefanten waren sie in den Dschungel geritten, als der Führer plötzlich abgesprungen war und auf große Spuren im Schlamm gezeigt hatte. Tiger, hatte er geflüstert, ein Tiger sei in der Nähe. Sie waren weitergezogen, aber der Tiger hatte die Gruppe beschäftigt, man sprach darüber bis in die Nacht.

Sie öffnete die nächste Schachtel. Ein abgetrennter Stierkopf, der in einer dunkelroten Blutlache auf der Erde lag. Eine Menschenmenge, Männer in schwarzen Gewändern, Frauen in Festkleidung, Trommeln und Tanz. Schließlich die Prozession zu den von geschnitzten Figuren bewachten Felsgräbern. Es war der Begräbnisritus des Toraja-Volkes auf Sulawesi, den sie damals aufgenommen hatte.

Indigene Völker hatten Esther immer fasziniert. Bis in die letzten Winkel eines Landes war sie gereist, um Rituale und Feste zu besuchen. Und immer dann, wenn die Menschen um sie herum wie in Trance waren, mitgerissen von dem, was sie taten, blieb sie selbst, obwohl mittendrin, eine distanzierte Beobachterin, in einem einzigen Modus der Aufnahme. Sie hatte meist nur wenige Tage für eine Recherche, alles musste stimmen, und Esther war effizient. Die Termine waren getaktet, die Reiseabschnitte im Voraus gebucht, und wo das nicht möglich war, wusste Esther sich zu orientieren und mithilfe einheimischer Führer die Reise so fortzusetzen, wie sie es geplant hatte.

Nein, Esther ließ sich nicht aus dem Konzept bringen. Die Erschöpfung kam erst danach. Manchmal schlief sie noch im Hotel fünfzehn Stunden durch, manchmal zu Hause zwei Tage lang, dann hatte sie die Strapazen der Reise überwunden und machte sich ans Schreiben. Krank war sie nie. Wenn andere von Durchfällen berichteten, die sie in Asien erwischt hatten, und sich allein bei der Erinnerung daran schüttelten, zuckte Esther die Schultern. Sie blieb verschont, sie wusste nicht, warum.

Weiter oben im Regal entdeckte sie einen Stapel Zeitschriften. Es waren alte Hefte, in denen ihre ersten Reportagen erschienen waren, *Geo*, der *Stern*. Ihre Mutter hatte sie alle sorgsam verwahrt. Dabei war sie von der Berufswahl ihrer Tochter anfangs nicht begeistert gewesen. »Ich bitte dich herzlich, mach etwas Vernünftiges! Studier Pharmazie, damit du die Apotheke übernehmen kannst, Medizin, meinetwegen Jura, aber nicht dieses Orchideenfach!« Aber Esther hatte Ethnologie studiert und Vor- und Frühgeschichte noch dazu, hatte nach dem Abschluss ein Volontariat gemacht und war Journalistin geworden.

Und nun musste sie sich fragen, ob ihre Mutter nicht doch recht gehabt hatte mit ihren Bedenken. Fast schien es so, sie war ihrem eigenen Anspruch zuletzt nicht mehr gerecht geworden. Aber das würde sich jetzt ändern. Esther schob die Kartons beiseite, setzte sich mit dem Laptop aufs Bett und richtete sich auf. Als Nächstes stand Kambodscha an. Eine große Reportage, so wie früher. Sie kannte das Land, sie war in den Neunzigern schon dort gewesen. Die Hausboote auf dem Mekong. Überhaupt, der Mekong, wie er sich breit und schlammig dahinwälzte, vielleicht der schönste Fluss der Welt. Sie würde über die Staudämme berichten. Über die Vernichtung der traditionellen Fischerei und die drohenden Umweltzerstörungen durch die geplanten Wasserkraftwerke. Esther bekam einen guten Vorschuss, und es war sicher, dass das Magazin die Reportage exklusiv drucken würde. Sie konnte wieder in Erscheinung treten als ernst zu nehmende Journalistin.

Die Internetverbindung im Haus ihrer Mutter war langsam. Die Flüge hatte Esther bereits gebucht, nun ging es um die Unterkünfte. Außerdem wollte sie per E-Mail Kontakt zu Informanten aufnehmen und Termine vereinbaren. Vorab ein paar Berichte und Studien lesen, sich einarbeiten. Sie rief ein Booking-Portal auf und kuschelte sich in die Kissen. Rutschte tiefer. Die Website lud. Und lud. Und lud. Das Symbol verschwamm vor ihren Augen.

Kurz darauf war sie eingeschlafen.

Kapitel 3

Maj-Britt Andresen trat vor die Tür ihres Restaurants, stützte die Hände auf die Holzbrüstung und atmete tief durch. Langsam legte sich der Schwindel, der sie eben erfasst hatte, ihr Puls beruhigte sich. Dann hob sie den Blick.

Der Nebel der letzten Tage hatte sich gelichtet, die Luft war klar. Vor ihr lag das glatte Watt, durchzogen von einem Priel, in der Ferne glitzerte das Meer. Ein Glücksgefühl breitete sich in ihr aus. Sie spürte jeden Tag von Neuem, dass sie hierhergehörte, sie liebte diesen Blick aus sieben Metern Höhe. Und sie liebte das Pfahlbaurestaurant, ihre *Seeschwalbe*.

Unzählige Lichtreflexe funkelten auf dem Wasser. Maj-Britt schloss die Augen. Auf der Haut spürte sie die Sonne, die jetzt, Ende Januar, schon deutlich höher stand als Weihnachten und den Frühling ahnen ließ. Alles zeugte von Neubeginn, und neu waren auch die Öffnungszeiten, mit denen sie das Restaurant auf Erfolgskurs bringen wollte.

Etwas flügellahm hatte sich die *Seeschwalbe* zuletzt gezeigt. Im Herbst hatte eine frühe Sturmflut beträchtliche Schäden angerichtet. Die Eichenholzpfähle, die das Restaurant trugen, waren stabil und hatten widerstanden, Treppen und Lagerräume jedoch hatte es erwischt, auch Leitungen waren weggerissen worden. Gegen Elementarschäden war sie versichert, gegen Schließung nicht, die Einnahmen zweier Monate waren ihr entgangen. Dabei war es noch nicht lange her, dass sie investiert hatte: Im letzten Frühjahr hatte sie den Gastraum erneuert und eine zusätzliche Terrasse angebaut. Bis in den Herbst hinein und schon im Frühjahr konnten seitdem mehr Gäste als bisher bei gutem Wetter draußen sitzen.

Die Bilanz war in eine deutliche Schieflage geraten. Sie musste etwas tun. Und auch, wenn sie in manchen Momenten der Mut verließ: Maj-Britt glaubte daran, dass ihr Restaurant wieder Aufschwung nehmen würde. Eine der Maßnahmen, zu denen sie sich entschlossen hatte, war das Öffnen jetzt im Winter, zumindest für drei Tage die Woche. Und das kulinarische Angebot würde sie ebenfalls ausweiten, so der Plan.

»Chefin.« Die etwas heisere Stimme ihres Kochs durch die geöffnete Tür. Maj-Britt fröstelte. Rasch ging sie wieder hinein. »Was gibt's?«

»Die Krabben sind nicht geliefert worden.«

»Und?«

Kilian verschränkte die Arme. »Ohne Krabben kein Krabbenomelett.«

»Dann gibt es eben Rührei. Ohne Krabben. Mit Matjes, was weiß ich.«

Voller Verachtung sah er sie an. »Matjes?«

Maj-Britt wusste selbst, dass keine Matjeszeit war. Und

zu Rührei passte er auch nicht. »Du wirst doch irgendeine Idee haben? Vielleicht Fischsuppe?«

Kilian trommelte mit den Knöcheln auf die Arbeitsplatte aus Edelstahl. Sein Verhalten war Maj-Britt unangenehm, distanziert und aufdringlich zugleich. Die Schürze, die er mit betonter Gründlichkeit umband, sobald er die *Seeschwalbe* betrat, und demonstrativ ablegte, wenn er ging. Die Mischung aus Herablassung und aufgesetzter Unterwürfigkeit, mit der er sie behandelte. In einem passenden Moment würde sie ihm die Meinung sagen und dabei aufpassen, dass sie ihn nicht vergraulte, denn gute Köche waren derzeit schwer zu bekommen. Und es gab genug andere Restaurants im Ort, bei denen er anheuern konnte, Restaurants hinterm Deich, geschützt vor den Gezeiten. Die meisten dieser Lokale boten ebenso wie sie die typische Nordseeküche an, Fisch, traditionell zubereitet, Scholle mit Bratkartoffeln und Speck, Pannfisch, Matjes nach Hausfrauenart. Es war das, was die Touristen wollten, und von Touristen lebte schließlich ganz Sankt Peter-Ording.

Aber Kilian konnte mehr. Sie brauchte ihn, wenn sie die Speisekarte verändern wollte. Die *Seeschwalbe* aus dem Labskaus-und-Matjes-Einerlei herausführen, wenigstens abends, um den Umsatz zu steigern. Zielgruppe: die Hamburger Gourmets. Die fuhren nicht mehr nur nach Sylt, sondern steuerten inzwischen ebenso Sankt Peter-Ording an.

Maj-Britt spürte, wie ihr warm wurde. Erneut warf sie einen Blick auf Kilian, der begonnen hatte, die Töpfe herauszuholen, und den Lehrling, der abgehetzt angekommen war, knurrend anwies, das Gemüse zu schneiden. Der eine abfällige Bemerkung über Sören machte, die bleiche, aufgeschossene Bedienung mit dem breiten Lächeln und dem blonden Pferdeschwanz. Um dann ein Messer in die Hand zu nehmen und es von allen Seiten zu mustern, bevor er es zu schärfen begann.

Doch, Kilian beherrschte sein Handwerk auf hohem Niveau. Mit ihm sollte sie es sich lieber nicht verderben. Dafür nahm sie auch seinen Mops in Kauf, der im Personalraum saß und dort auf sein Herrchen wartete.

In diesem Moment hob Kilian den Kopf und nickte ihr zu, als hätte er ihre Gedanken erraten.

• • •

Drei Stunden später hatte Maj-Britt zum Grübeln keine Zeit mehr. Die Gäste hatten ihre Jacken über die Stuhllehnen gehängt, saßen mit geröteten Wangen an den Tischen, wärmten sich die Finger und studierten die Speisekarte. Die Bedienungen liefen hin und her, um Bestellungen aufzunehmen und Getränke zu bringen.

Maj-Britt begrüßte die Gäste und wies ihnen den Weg zu den Tischen. Das gute Wetter machte sich bemerkbar, außerdem waren am Wochenende auch Tagesausflügler unterwegs.

Maj-Britt räumte die Reste eines Schwarzbrot-Imbisses vom Tisch, schenkte den nächsten Eintretenden ein Lächeln und beobachtete gleichzeitig den eiernden Kurs, mit dem Sören, der stets freundlich lächelnde Sören mit dem Seemannsgang, der sich das abzuräumende Geschirr zur Freude einiger Kinder immer höher auf den Arm geladen hatte, sich der Küchentür näherte. Sah, wie diese aufschwang und Kilian herausschaute, Sören konnte mit einem Hüftschwung gerade noch ausweichen, der Stapel auf seinem Arm schwankte, fiel aber wie durch ein Wunder nicht.

Kilian suchte ihren Blick und hob den Daumen. Die Krabben waren doch noch geliefert worden. Sie nickte und übergab das Geschirr Beke, ihrer ältesten Kraft. Für eine Gruppe rückte Maj-Britt zwei Tische zusammen und wies Sören an, die Bestellung aufzunehmen. Dann ging sie auf die Terrasse, um ein einsames Kaffeegedeck abzuräumen. Durch die Fenster sah sie, dass die Gaststube nahezu bis auf den letzten Platz besetzt war.

Doch, die Maßnahme war richtig gewesen. Man konnte auch im Winter öffnen, am Wochenende, das war gut möglich. Der Bedarf war da, die Leute kamen. Essen hatte immer Saison, und gerade nach einem Winterspaziergang waren die Leute hungrig und wollten sich an heißen Getränken wärmen. Wie gut, dass sie den Ofen hatte einbauen lassen. Jetzt musste sie nur noch einen Weg finden, um bekannt zu machen, dass die Seeschwalbe in der kalten Jahreszeit geöffnet hatte, dass es sich lohnte hierherzukommen. Mit einem besonderen Angebot aufwarten, das es reizvoll machte, von Hamburg aus die Fahrt auf sich zu nehmen, nicht nur im Sommer. Die für den Winter neu eröffnete *Seeschwalbe*. Mit Kaminfeuer und Eierpunsch, Grog und Glühwein. Friesentorte in großen Stücken. Und abends: Feine Küche. Das Bessere, das Besondere für die verwöhnten Gäste. Sturmfluten? Denen würde sie, Maj-Britt Andresen, trotzen.

Das waren Maj-Britts Träume, während sie durch die Gegend eilte, hier eine Vase zurechtrückte, dort ein Tablett in die Küche brachte. Sie fühlte sich wohl, wenn sie sah, wie Leute ihre Servietten beiseitelegten, sich zurücklehnten, ein Lächeln auf dem Gesicht, das von vollkommener Sättigung herrührte. Vollkommen, weil es das Richtige gewesen war. Und eine tüchtige Portion war es auch.

Eine ältere Frau mit drei Kindern, vermutlich ihre Enkel, die Becher mit heißer Schokolade vor sich stehen hatten, verteilte schwungvoll Karten und nahm zwischendurch einen kräftigen Schluck von ihrer »Toten Tante«.

Maj-Britt lächelte. Auch solche Gäste wollte sie haben. Nicht nur die, die Vier-Gänge-Menüs bestellten. Nein, auch Familien. Auch Hark, der jeden Freitag zur selben Zeit hierhergelaufen kam, seinen Schnaps trank, schweigend, und wieder verschwand. Seitdem das benachbarte Pfahlbaurestaurant, *Hedwigs Kombüse*, in dem er dreißig Jahre seinen Schnaps getrunken hatte, den Betreiber gewechselt hatte, war er zur *Seeschwalbe* herübergekommen. *Hedwigs Kombüse* war von einem Österreicher übernommen worden. »Der schenkt Obstschnaps aus statt Köm«, hatte Hark gebrummelt, »so 'n Marillengedöns, und Hirschgeweihe hängen dort auch an der Wand«, und Maj-Britt hatte ihm einen Köm hingestellt und nach zehn Minuten ungefragt nachgeschenkt.

Maj-Britt schob einen Stapel Speisekarten auf Kante.

Sie ging zu der Frau, die ihr Kartenspiel eingesammelt und den Kindern die Sahne von der Oberlippe gewischt hatte und zahlen wollte. Wo war Giulia, die Bedienung? Eigentlich war sie für diesen Tisch zuständig. Zarte zwanzig, auch im Winter braun gebrannt, mit Nasenring und Tattoo auf der Schulter und von enervierender Langsamkeit, aber mit einem Lächeln, das jeden Gast schmelzen ließ.

Die Antwort ließ nicht lange auf sich warten. Ein markerschütternder Schrei ertönte aus der Küche. Scharrende Geräusche, unterdrücktes Schluchzen und Sören, der noch bleicher als sonst auf sie zueilte. »Frau Andresen – Giulia ... Sie hat sich den Finger abgeschnitten!«

• • •

Der Notarzt war abgefahren. Maj-Britt hatte einen Schnaps gekippt und sich geschüttelt. Auch die anderen machten wie benommen weiter. Letztlich war es nur ein tiefer Schnitt gewesen, zu tief allerdings, um ihn auf die leichte Schulter zu nehmen, im Krankenhaus wurde geprüft, ob eine Sehne durchtrennt war.

Was Giulia überhaupt mit dem großen Messer gemacht hätte, hatte Maj-Britt aufgebracht gefragt. Zitronen für die Getränke hätte sie in Scheiben schneiden wollen, hatte Beke erwidert und einen blutigen Putzlappen in den Müll befördert.

Maj-Britt versuchte, sich zu merken, dass sie das Messer austauschen und dem Personal eine neue Einweisung geben müsste. Nicht, dass ihr die Berufsgenossenschaft auf den Leib rückte, weil das Zitronenscheibenschneiden neuerdings eine Gefahrenquelle darstellte. Neue Auflagen wären das Letzte, was sie jetzt gebrauchen könnte.

Noch zwei Stunden, dann würden sie schließen. Die Sonne warf einen milden Schein durch die großflächigen Fenster. Die Flut lief auf. Die meisten Gäste saßen jetzt bei Kaffee und Kuchen, Grog und »Tote Tante« wurden vermehrt bestellt.

Maj-Britt spürte, wie ihr wieder schwindelig wurde. Ihre Schläfen pochten. Sie hatte zu lange nichts gegessen. In der Küche griff sie an Kilian vorbei aufs Schneidebrett und schnappte sich ein Stück Möhre.

»Wollen Sie auch einen Finger weniger?«, fragte dieser empört.

»Keinesfalls.« Sie lächelte Kilian an und biss in die Möhre.

»Na, kommen Sie. Ich mach Ihnen mal was Richtiges.«

Kurz darauf überreichte Kilian ihr eine dampfende Schale mit gelblich-sämigem Inhalt.

»Was ist das?« Sie konnte den Inhalt der Suppenterrine keinem Gericht auf der Speisekarte zuordnen.

»Spezialmischung.« Seine Stimme klang fast weich.

Maj-Britt probierte. Scharf, heiß und wärmend. Genau das, was sie brauchte, um neue Energie zu sammeln. Leicht süßlich, Kürbis-Karotte, angereichert mit Kartoffel, gewürzt mit Ingwer, vermutete sie.

Kilian sah ihr zufrieden beim Essen zu. »Von nichts kommt nichts.«

Das hätte er sich sparen können. Maj-Britt nahm noch ein paar Löffel, dann schob sie die Schüssel weg. Letzte Runde. Giulia fehlte. Und wenn Sören gestresst war, versiegte sein Lächeln, dann sah er eher aus wie ein Klabautermann auf Urlaub. Verstört, schlicht bemitleidenswert. Maj-Britt nahm eine Bestellung entgegen.

Als sie die Tür schlagen hörte, drehte sie sich um. Es nahm kein Ende heute.

Dreieckstuch, Anorak. Sie erkannte sie sofort. Als die Frau, die eben eingetreten war, die Kapuze abnahm, fielen ihr die dunkelbraunen glatten Haare auf die Schultern. Sie schüttelte sie kurz. Ihr zurückhaltender Blick durchmaß den Raum.

Kaum zu glauben, aber sie war es.

Ihre alte Schulfreundin Esther.

Kapitel 4

Esther stieß die Tür der *Seeschwalbe* auf. Warme Luft schlug ihr entgegen. Sie lockerte ihren Schal und schob die Kapuze vom Kopf. Ihr Blick glitt aufmerksam durch den Raum. Es hatte sich einiges verändert, seitdem sie das letzte Mal hier gewesen war.

Die Tische aus hellem Holz, die großen Fensterfronten, das Restaurant hatte einen neuen Anstrich bekommen, frisch und modern. Gäste an den Tischen, mit sandigen Stiefeln und Mützen neben sich auf der Bank. Sogar einen Kaminofen gab es, in dem ein Feuer loderte. Und dort hinten, das war tatsächlich Maj-Britt, schlank und hochgewachsen, aufrecht wie ein Pfahl im Watt. Esther erkannte sie sofort.

»Esther! Meine Güte!« Schon stand Maj-Britt vor ihr und setzte zu einer herzlichen Umarmung an, hielt aber inne, als ob sie sich im letzten Moment erinnerte, dass Esther Körperkontakt nicht mochte. »Was machst du denn hier?!«

Esther fiel es schwer, spontan Freude auszudrücken. Wie oft war ihr halb bewundernd, halb vorwurfsvoll gesagt worden, dass sie so cool wäre und man nie wüsste, was in ihr vorginge. Aber sie freute sich wirklich, und sie bemühte sich, es auch zu zeigen.

»Ich bin auf Durchreise, quasi. Und komme gerade vom Strand.«

Maj-Britt lachte. »Setz dich dort hinten hin, ja? Wir sind unterbesetzt, aber ich komme gleich zu dir. Was nimmst du?« Noch bevor Esther antworten konnte, entschied sie: »Ich bringe dir Tee und ein Stück Friesentorte.«

»Mach dir keine Mühe!«

»Sicher?« Maj-Britt zwinkerte ihr zu. Auf dem Weg in die Küche griff sie nach einem benutzten Glas.

Esther sah aufs Watt. Gut tat es, hier zu sitzen. Erinnerungen kamen hoch. An früher, als Maj-Britts Eltern die *Seeschwalbe* noch betrieben und sie hier als Schülerin gejobbt hatte. Ihre Mutter war dagegen, sie sollte lieber für die Schule lernen, aber Esther hatte sich darüber hinweggesetzt. Viele Stunden hatte sie hier im Sommer verbracht und gekellnert, in den Ferien und nachmittags nach der Schule. Wie lang das her war. Sie war wirklich nur noch selten hier gewesen.

Und dann stand der Tee vor ihr, ein echter Friesentee mit einer Sahnewolke darin und Kandisbrocken in einem Schälchen daneben, und ein Riesenstück Torte aus Blätterteig mit Schlagsahne und Pflaumenmus.

Maj-Britt setzte sich zu ihr, erwartungsvoll. »Wenigstens kurz, ich hab dich so lange nicht gesehen! Warst du im letzten Jahr überhaupt hier?«

»Nur einmal«, gestand Esther.

»Du bist also immer noch unterwegs in der Welt und hast genug zu tun?«

»Hm.«

»Neulich habe ich tatsächlich etwas von dir gelesen – über Märkte in Istanbul, in einem Magazin, als ich beim Frisör saß. Es klang spannend. Ich wäre am liebsten sofort hingefahren, auch wenn ich eigentlich gar nicht gerne reise. Die Farben und die Atmosphäre – das kam toll rüber! Und gut siehst du aus, übrigens. Du hast kaum mehr als zwei graue Haare.«

Ja, sie hatte Glück gehabt, was das Aussehen betraf, das wusste Esther. Gleichzeitig war es ihr gleichgültig. Sie hatte sich noch nie für ihr Äußeres interessiert.

Sie ging nicht weiter darauf ein. »Und du? Hier scheint mir deutlich mehr passiert zu sein als bei mir, du hast die *Seeschwalbe* flottgemacht!«

»Ja, ich hab vor anderthalb Jahren erweitert. Mehr Plätze, moderneres Ambiente, frischer Wind. Das musste sein.« Maj-Britt sagte es bescheiden, aber sichtlich stolz.

»Hut ab. Sieht wirklich gut aus.«

»Findest du?«

»Aber ja! Du selbst übrigens auch.«

Natürlich sah sie gut aus, Maj-Britt hatte schon immer gut ausgesehen. Schlanke eins achtzig, heller Teint, rotblonde Haare. Die Blicke der Gäste folgten ihr zuverlässig.

Und trotzdem war es nicht die ganze Wahrheit. Maj-Britt war schmaler geworden, fast knochig. Ihre Haut wirkte durchscheinend, obwohl sie viel an der frischen Luft war. Ihre Mimik hatte sie im Griff, wie immer, dennoch hatten sich Falten eingegraben, wo keine hingehört hätten, dachte Esther, noch nicht jetzt.

Aber das würde sie ihr nicht sagen. Denn das Zerbrechliche, das sah Esther auch. Maj-Britt hielt sich aufrecht, aber gleichsam an einem dünnen Faden. Ob es immer noch daran lag, dass Michael sie verlassen hatte? War sie nicht darüber hinweggekommen?

Maj-Britt hatte gerade ihr Juraexamen bestanden – durchs Studium hatte sie sich gequält, es hatte ihr keinen Spaß gemacht, aber sie hatte gemeint, mal rauszumüssen aus dem Ort und etwas aus ihrem guten Abitur zu machen –, als sie in Sankt Peter-Ording Michael kennenlernte, den Hoteliersssohn aus der Schweiz, der hier Urlaub machte und von der rauen Gegend ebenso verzaubert war wie von Maj-Britt, der friesischen Schönheit. Alles war ganz schnell gegangen. Schon war sie mit Zwillingen schwanger, sie heirateten, Jette und Jannis kamen zur Welt. Maj-Britt war zu Hause geblieben und hatte sich um die Kinder gekümmert, Michael hatte als Manager in einem Hotel gearbeitet. Als Maj-Britts Vater einen Schlaganfall erlitt und nicht mehr weitermachen konnte wie bisher, hatten sie die Chance ergriffen, gemeinsam die *Seeschwalbe* weiterzuführen.

Soweit Esther es von außen einschätzen konnte, hatten sie mehr als zwanzig gute Jahre gehabt. Und dann war ihr Ehemann Knall auf Fall in die Schweiz zurückgekehrt, um dort das Hotel seines Vaters zu übernehmen, ein mondänes Wintersporthotel. Hatte sich in die Sommelière verliebt, die aus seinem Heimatort kam, und die Scheidung eingereicht. Vor zwei Jahren war das gewesen.

Sie würde schon herausfinden, was mit Maj-Britt los war, dachte Esther, sie blieb ja noch ein paar Tage. Zunächst einmal probierte sie die Torte und hob anerkennend den Daumen. »Die ist gut!«

»Ja?« Maj-Britt schaute zufrieden zu Esther. »Freut mich, wenn es dir schmeckt. Hat Beke gebacken.«

»Die alte Beke Iwersen? Arbeitet sie immer noch hier?«

»Aber ja, und sie ist meine größte Stütze. Ohne Beke, ihren Kuchen und ihre Umsichtigkeit ginge gar nichts. Außerdem schaut sie den jungen Aushilfen auf die Finger.«

Die beiden sahen sich an und mussten grinsen. Auch ihnen hatte Beke damals auf die Finger geschaut, als sie als Schülerinnen hier jobbten, hatte sie in die Finessen des Service und vor allem der notwendigen Hygiene eingeweiht. Beke hatte einen Putzfimmel.

»Ich muss weitermachen. Eine dieser jungen Aushilfen ist heute ausgefallen, Unfall in der Küche.«

Während Maj-Britt verschwand, nahm Esther einen letzten großen Schluck. Bald würde sie in Asien sein, in Kambodscha mit seiner Wärme, der Üppigkeit, den intensiven Düften. Esther sah sich um. Die Gäste hier im Restaurant liebten es gerade umgekehrt. Die kalten Böen, die nordische Weite. Das raue Meer und die salzige Luft. Sankt Peter-Ording war für viele Menschen ein Sehnsuchtsort. Komischerweise war es ihr auf den Äußeren Hebriden ähnlich gegangen. Da hatte sie Großartigkeit gespürt, sich verlieren können an den Stränden, sich verliebt in den Anblick des Wassers, das alle Farben zeigte - von Türkis bis tiefblauem Azur. Die Macht der Wellen, auch dort am Atlantik, aber so umwerfend. Sie wusste nicht, was bei ihr in Sankt Peter einen Fluchtimpuls auslöste. Warum sie das Gefühl hatte, dass der Ort ihr die Luft abschnürte, wenn sie zu lange blieb. Aber es war, als lieferte sie sich einer übergroßen Macht aus, wenn sie nicht beizeiten ging. Immer wieder musste sie sich beweisen, dass sie es konnte. Weggehen.

Esthers Blicke wanderten über die sandfarbenen Töne des Watts, die allmählich von der untergehenden Sonne beleuchtet wurden.

Dabei beobachtete sie, wie sich eine einsame Gestalt über den Strand kämpfte. Bommelmütze, wehender Schal, kräftige Beine, die sich tapfer gegen den Wind stemmten. Diese Frau, die auf die *Seeschwalbe* zuhielt, erinnerte sie an jemanden. Esther kniff die Augen zusammen. Aber nein, das konnte nicht sein, es war nur eine Ähnlichkeit, oder?

Kurz darauf stand sie tatsächlich im Gastraum. Dörthe. Mit Wangen, so leuchtend wie ihre rote Mütze, und schnaufend vor Anstrengung. Sie riss sich die Mütze vom Kopf, darunter kam ihr blonder Lockenkopf zum Vorschein.

Die aufmerksame Maj-Britt erkannte die Freundin sofort. »Dörthe! Ist nicht wahr!«

Die beiden schlossen sich in die Arme.

Maj-Britt führte Dörthe an Esthers Tisch, und mit einem Strahlen im Gesicht, das ihren roten Wangen Ehre machte, fiel Dörthe auch Esther um den Hals. »Ich fass es nicht! Was ist das denn? Esther! Haben wir Klassentreffen, oder was?«

Esther bemerkte, dass einige Gäste neugierig herüberschauten, und war überrascht, welche Präsenz von Dörthe ausging, kaum dass sie den Raum betreten hatte.

»Nun setz dich erst mal.« Maj-Britt drückte Dörthe auf den Stuhl und nahm ihr die Jacke ab. »Ich hol uns was Feines! Habt ihr Hunger?«

»Immer«, sagte Dörthe, »aber ich darf nicht.«

»Wie, du darfst nicht?!«

»Ich faste«, erklärte Dörthe mit theatralischem Ernst.

Esther zog eine Braue hoch.

»Na dann – dann bringe ich dir einen Saft. Ach, ich weiß etwas Besseres, eine Suppe, die ist flüssig!«

»Wenn sie so dünn ist, dass sie als Brühe durchgeht, ist das okay«, erklärte Dörthe würdevoll.

»Kriegen wir hin.«

Zwei Minuten später kam Maj-Britt zurück, mit einem Tablett, der Suppe und drei Gläsern darauf, eine Flasche unter dem Arm.

»Hier, Dörthe, für dich. Kürbis, Möhre, Ingwer. Spezialsuppe von Kilian. Hatte ich heute auch schon. Er hat sie extra verdünnt.«

»Na ja, nicht sehr verdünnt«, murmelte Dörthe, die schon den Löffel hineingesteckt hatte und den scharfen Duft einatmete.

Maj-Britt füllte die drei Gläser mit Sanddornlikör. »Auf uns! Auf unser Wiedersehen!« Sie selbst nippte lediglich. Esther leerte ihr Glas mit einem einzigen Schluck. Auch Dörthe hob das Glas und strahlte. Dann war sie wieder mit ihrer Suppe beschäftigt. »Köstlich! Dein Kilian macht das ganz gut, oder?«

Maj-Britt wiegte den Kopf. »Grundsätzlich schon. Ach was, natürlich macht er das gut. Und ich hoffe, bald noch besser.« Sie lächelte geheimnisvoll. »Aber erzählt doch mal, was macht ihr so, was treibt euch hierher?«

»Esther treibt die Sehnsucht nach der Heimat«, bemerkte Dörthe trocken.

»Ja, die war übermächtig«, bestätigte Esther. »Nein, es ist ganz einfach: Meine Mutter wird achtzig. Sie wünscht sich, dass ich ihre Feier mit vorbereite.«

»Achtzig!«

»Ist sie immer noch so streng?« fragte Dörthe. »Weißt du eigentlich, dass ich mich früher kaum in eure Apotheke getraut habe? Sie sah einen immer an, als wäre man für seine Krankheit selbst verantwortlich, als täte sie einem wirklich nur ganz ausnahmsweise den Gefallen, ein Medikament rauszurücken.«

»Sie hat sich gut gehalten, würde ich sagen. Singt im Chor, spielt Tennis, besucht Konzerte. Und sie hat einen schwedischen Freund, Göran.«

»Nee!«

»Doch.

»Shit, diese Oldies machen das besser als wir.«

»Wieso, sieht es bei dir in der Liebe gerade schlecht aus?«, wollte Maj-Britt wissen.

»Aber nein!« Dörthe nahm den nächsten Löffel. »Alles bestens. Eheähnliches Verhältnis.«

»Und sonst?«

»Neues Jahr, neue Dörthe. Ich bin in der Föhrenklinik und erfinde mich neu. Jogging, Fitness, Fasten. Fit for Health. Sieht man schon was?« Sie drehte den Oberkörper hin und her. »Kann man jedem nur empfehlen!«

Maj-Britt hob die Brauen, sichtbar unentschieden, was sie sagen durfte.

Dörthe stieß sie an. »Scherz. Ich bin erst seit zwei Tagen da. Heute ist Pausentag, es gibt kein Programm. Wir sollen uns an der frischen Luft bewegen und das gesunde Reizklima ausschöpfen, hieß es. Also bin ich hierhergewandert! Und ich würde sagen: Es hat sich gelohnt!« Sie sah die Freundinnen strahlend an.

Sie ist immer noch sie selbst, dachte Esther. Ein paar Pfunde zu viel, ja, vielleicht auch ein paar mehr, aber sie sieht prächtig aus. Dörthe hatte tatsächlich, was man Pfirsichhaut nannte, einen rosigen Teint, um den die meisten Frauen sie beneiden mussten. Und eine Energie, die absolut mitreißend wirkte. Ihr Kleidungsstil war immer noch äußerst fantasievoll. Ob sie ihre Klamotten selbst nähte? Oder in Boutiquen kaufte? Eine Explosion in Grün, Blau und Pink. Mutig, dachte Esther. Oder einfach stillos? Dagegen wirkte Maj-Britt fast blass. Wobei ... nein, diese aristokratischen Ohren hatte nur sie, die Perlenstecker darin mit der Silbereinfassung – Maj-Britt bestach durch andere Eigenschaften.

» ... Brühe, immer nur Brühe!«, berichtete Dörthe gerade. »Also gesalzenes Wasser. Oder Tee. Brennnesseltee. Fencheltee. Pfefferminztee. Würg!« Andeutungsweise steckte sie den Finger in den Mund. »Aber ich schaff das. Was meint ihr? Das kann ich doch schaffen, oder? Sechs Kilo in zwei Wochen, das ist realistisch, sagt der Arzt, und zu Hause mache ich weiter. Und im Sommer ...«, sie dämpfte die Stimme verheißungsvoll, »im Sommer habe ich eine Bikinifigur!«

Esther sog die Luft ein. Das war schon zu ihrer Schulzeit das Problem gewesen, Dörthe, die nicht an den Strand gehen mochte. Die weite Batikkleider trug, um ihre Rundungen zu kaschieren. So unverwüstlich Dörthe wirkte, mit ihren Kilos hatte sie es als Jugendliche nicht besonders leicht gehabt. Und auch nicht mit ihrem Humor, den verstand nämlich nicht jeder. Jetzt also eine Bikinifigur. Esther bezweifelte, dass es klappte, es war auch nicht nötig, aus ihrer Sicht. Oder, dachte sie, man war kompromisslos und packte es wirklich an.

»Klar hast du das«, sagte sie. »Wir können ja mal zusammen joggen gehen in den nächsten Tagen.«

»Joggen?! Bist du verrückt? Es ist arschkalt!«

»Na und? Zieht man sich halt warm an.«

»Lieber in die Sauna, damit komme ich klar. Pfunde schmelzen. Lasst uns doch mal zu dritt gehen! Einen richtigen Beauty-Tag einlegen. Hier gibt es doch bestimmt eine Menge Spas!«

Maj-Britt schüttelte den Kopf. »Ich vertrag die Hitze nicht.«

»Du warst doch früher so gerne in der Sauna! Erinnere ich mich falsch?«

»Früher ist schon eine Weile her.«

Nein, sie würde den Freundinnen nichts von ihren Schwindelgefühlen erzählen. Vom Pfeifen in den Ohren. Dass sie hier zufällig beisammensaßen, hieß nicht, dass sie ihre Befindlichkeiten ausbreiten musste. Sie musste dringend mal zum Arzt, das wusste sie, und sie verschob es Tag um Tag. Was sollte der schon sagen. Wenn es nichts Ernstes war, umso besser, und wenn doch, dann wollte sie es gar nicht erst wissen.

Sie sah schon Esthers skeptisch-forschenden Blick und Dörthes erschrockene Geste vor sich. Nein, besser nicht. Es war nett, hier zusammenzusitzen, aber in ein paar Tagen waren die beiden wieder weg. Sie wollte weder bemitleidet noch geschont werden.

Seit dem Zusammenbruch vor zwei Jahren, nachdem Michael gegangen war, hatte sie ziemlich gut durchgehalten. Einmal hatte es noch einen Rückfall gegeben, im letzten Sommer, als es heiß war und der Laden voll wie nie zuvor. Da war ihr schwarz geworden vor Augen und sie war umgekippt, einfach so. Beke hatte den Arzt gerufen, und Kilian hatte kurzfristig die Leitung des Restaurants übernommen. Nach zwei Tagen war sie jedoch wieder eingestiegen. Die Arbeit in der *Seeschwalbe* ließ sie sich nicht nehmen. Die *Seeschwalbe* war ihr Leben.

»Uns fällt schon was ein«, sagte Esther. »Ich finde es jedenfalls klasse, dass du das machst, Dörthe. Gesund ist dieses Fasten ja schon. Oder? Entschlackt angeblich.«

»Ich hab es nie ausprobiert«, gestand Maj-Britt. »Ich lebe davon, dass die Leute essen.«

»Sei froh!« Dörthe rollte mit den Augen. »Aber ich zieh das jetzt durch. Alles: Aquajogging, Entgiftung, das ganze Programm. Und in drei Wochen starte ich fit und gesund in meinen neuen Job!«

»Ein neuer Job?«

»Eine neue Stelle innerhalb der Behörde. Abteilungsleiterin. Was sagt ihr jetzt?«

»Willst du das denn, ich meine, ist das dein berufliches Ziel?«, fragte Esther, während Maj-Britt gleichzeitig aufmunternd »Super« sagte.

Dörthe sah von einer zur anderen. »Aber logo will ich das, klar wie Kloßbrühe sozusagen, ähem, also ich meine, ich wollte nie etwas anderes! Gib mir noch mal ein Schlückchen Likör!« Sie hielt Maj-Britt das Glas hin.

Diese schenkte nach: »Auf die Zukunft!«

»Auf die Zukunft!« Die sie bald wieder wegführte, nach Kambodscha und an andere interessante Orte der Welt, dachte Esther. Was hier passierte, war schräg. Aber auch ziemlich schön. Ein Schluck, und das Glas war leer.

Maj-Britt sah sie überrascht an. »Dich haut nichts um, oder?«

»Wenig. Ich weiß nicht, warum, aber ich vertrage Alkohol. Und verrückt ist das ja schon: Auf der ganzen Welt hilft dir das Trinken, mit den Leuten warm zu werden. Ob es Wodka ist, Reiswein oder Pernod: Ohne Trinken kommt man nicht weit.«

»Berufliches Saufen? Cool«, sagte Dörthe. »Darauf noch einen. Auf Esther, die in der ganzen Welt zu Hause ist, nur nicht hier!«

»Biest.« Maj-Britt stupste Dörthe in die Seite.

»Vorsicht, meine zarten Hüften, die vertragen das nicht!«

»Wie ist es denn so in der Klinik?«, wollte Esther wissen. Und Dörthe schilderte es gestenreich, Maj-Britt lachte herzlich, sogar Esther schmunzelte.

Am Ende hatten sie die Likörflasche zur Hälfte geleert, hatten alle drei rote Wangen und redeten durcheinander.

Die Gäste waren gegangen, ohne dass sie es bemerkt hatten, nur Maj-Britt war zwischendurch aufgestanden, um Stammgäste zu verabschieden; draußen war es dunkel, drinnen leuchtete die Lampe an ihrem Tisch und brannte der Ofen, in den Beke noch einmal Holz gelegt hatte, bevor auch sie gegangen war.

Zuletzt stand Kilian vor ihnen, seinen Hund unter dem Arm. Es war ein schwarzer Mops, der mit blanken Augen und zerknautschter Schnauze in die Gegend schaute. »Ich bin dann mal weg, Chefin. Mit Giulia werde ich noch ein Wörtchen reden.«

»Danke, Kilian.« Maj-Britt sah nur kurz auf, sie sprach weiter mit Dörthe und Esther, erzählte etwas, lachte.

Kilian zögerte, dann schlug er den Kragen seines Dufflecoats hoch und ging. Unten auf dem Sand startete er seinen Jeep. Die Scheinwerfer verschwanden Richtung Deich.

»Was war das denn für einer?«, wollte Dörthe wissen.

»Das ist mein Koch. Der hat dir die köstliche Suppe gemacht. Wieso?«

»Und mit wem will er ein Wörtchen reden?«

»Mit dem Mädchen, das heute den Unfall in der Küche hatte. Sie hat sein Fleischmesser genommen, um eine Zitrone zu zerteilen.«

»Kennst du ihn schon lange?«

»Seit drei Jahren. Er kam, als Hinrich ging. Den kennt ihr noch, oder? Hinrich Behrens war ja lange bei uns. Er fiel schließlich aus, Bandscheibe, konnte nur noch Teilzeit arbeiten. Wir brauchten aber zusätzlich jemanden, der sich voll einsetzt. Kilian stand dann vor der Tür und bewarb sich. Er hatte gute Referenzen.«

Esther nickte. »Und du bist zufrieden?«

»Es ist einfach verdammt schwer, jemanden zu finden. Außerdem hat er den Laden letzten Sommer, als ich krank war, eine Woche allein geschmissen. Er hat das sehr gut gemacht.«

»Du warst krank?«, fragte Esther.

Maj-Britt winkte ab. »Sommergrippe.«

Dörthe kniff nachdenklich die Augen zusammen. »Er erinnert mich an irgendwen, ich weiß nur nicht, an wen. Egal.« Sie strahlte und hob das Glas: »Auf die *Seeschwalbe*! Prost!«

Kapitel 5

»Ich hab dir Kaffee gemacht. Esther!« Ihre Mutter klopfte energisch an die Tür. Wie lange sie wohl gewartet hatte, bis sie sich entschlossen hatte hochzukommen.

Esther schlief, wann immer sie die Gelegenheit hatte. Selbst den Fünf-Minuten-Schlaf im Wartebereich eines Flughafens beherrschte sie perfekt. Schlafstörungen kannte sie nicht, und wenn sie früh aufstehen musste, um den Flieger zu bekommen, schlief sie das nächste Mal eben länger. Die eiserne Esther, so hatte eine Kollegin sie mal genannt, die perplex gewesen war, dass sie nach nur drei Stunden Schlaf Interviews führen und stundenlange Fußmärsche durch die Wüste durchhalten konnte.

Ihre Mutter dagegen schwor auf einen regelmäßigen Tagesablauf. Um 22 Uhr ins Bett, um 6:30 Uhr aufstehen, Morgengymnastik, kalte Dusche, eine Tasse Kaffee, mittwochs auf den Markt.

Esther zog ihr Handy heran. Zehn Stunden hatte sie geschlafen, Himmel. Lange hatten sie gestern noch zusammengesessen, gelacht und herumgewitzelt. Und ein paar weitere Sanddornliköre getrunken. Als sie die *Seeschwalbe* verließen, hatte Dörthe sich am Geländer festhalten müssen und Maj-Britt sich an Dörthe, beide wiederum an Esther, die so getan hatte, als könnte sie gerade stehen. Ein Taxi hatte sie nach Hause gebracht.

Aber es war wunderbar gewesen. Dieselbe Vertrautheit wie früher, als hätte es die dreißig Jahre dazwischen nicht gegeben. Esther hatte von ihren Reisen erzählt, Maj-Britt vom Umbau der *Seeschwalbe* und Dörthe Anekdoten aus ihrem Büroalltag zum Besten gegeben.

Esther hatte gestaunt, wie beherzt Maj-Britt die *Seeschwalbe* allein weiterbetrieb. Dabei wäre es mit einem Geschäftspartner sicherlich leichter. Ob dieser Koch infrage kam? Aber mit dem wollte sie auf persönlicher Ebene offenbar nicht allzu viel zu tun haben.

In den letzten Jahrzehnten hatte Esther von Maj-Britts Leben nur noch sporadisch etwas mitbekommen. Nach dem Studium hatte es mit Schwangerschaft und Ehe rasch geordnete Bahnen angenommen. Von der Hochzeit mit Michael hatte sie später nur Fotos gesehen. Maj-Britt in Weiß, Schleier, Kutsche zum Westerhever Leuchtturm, dort die standesamtliche Trauung, in der Kirche von Sankt Peter die kirchliche. Große Gesellschaft, man hatte die ganze Nacht gefeiert.

Esther hatte die Bilder aufmerksam angeschaut. Sie war am Mekong gewesen, genau zum Zeitpunkt der Hochzeit, drei Wochen lang.

Und hatte vergessen, sich abzumelden.

Als sie die Freundin später besuchte, hatte sie Maj-Britt bis über beide Ohren im Chaos vorgefunden, zwischen

Spucktüchern und Babywindeln, erschöpft, erfreut über ihren Besuch und trotzdem abgelenkt, mit zwei Babys im Arm.

Esther war ratlos. Sie erkannte Maj-Britt nicht wieder, ihr permanentes Kreisen um die Kinder war ihr fremd. Wo war ihre Selbstständigkeit geblieben?

Über die Hochzeit hatten sie nicht mehr geredet. Esther hatte sich mit ein paar knappen Worten entschuldigt, für sie war die Sache damit erledigt. Maj-Britt wusste schließlich, dass es keine Absicht gewesen war.

Esthers spätere Stippvisiten bei Maj-Britt, wenn sie überhaupt mal vor Ort war, waren kurz. Sie hatte sich ihr Bild gemacht: Maj-Britt in einem geordneten Zuhause, Neubau auf dem großzügigen Grundstück des Elternhauses, die Kinder im Poloshirt und mit guten Zeugnissen. Alles stimmte. Dazu das makellose Äußere, das stets gepflegte Auftreten. Maj-Britt hätte das »von« im Namen eindeutig besser gestanden als ihr.

Und dann war Michael weg, von einem Tag auf den anderen. Und es hatte sich herausgestellt, dass es keinen Ehevertrag gab und Maj-Britt, die frühere Jurastudentin, ihren Ehemann auszahlen musste.

Das war natürlich bitter. Andererseits: Wie konnte man nur so dumm sein. Es war eine Falle, die Maj-Britt sich nach Esthers Ansicht selbst gebaut hatte, für die Familie und ein bürgerliches Leben hatte sie sich selbst aufgegeben. Wann hatte das angefangen? Im Grunde war sie schon immer so gewesen, überlegte Esther. Mit Maj-Britt hatte man so viel Spaß haben können, aber wenn ihre Eltern sie in die *Seeschwalbe* beordert hatten, hatte sie die Verabredungen mit ihren Freundinnen sofort abgesagt. Maj-Britt war gleichsam angepasst durch die Pubertät gegangen, durch und durch pflichtbewusst.

Die *Seeschwalbe* allerdings lohnte sich, davon war Esther überzeugt. Warum hätte Maj-Britt sie sonst weiter betreiben sollen? Nein, Sorgen um ihren Lebensunterhalt musste sich die Freundin sicher nicht machen, Zahlungen an den Exmann hin oder her, das Restaurant war garantiert eine Goldgrube, die Pfahlbauten von Sankt Peter waren einzigartig und bei den Besuchern außerordentlich beliebt.

Ihre Mutter klopfte erneut.

Esther schwang die Beine aus dem Bett. »Bin gleich da!«

Sie sammelte sich, legte die Handflächen zusammen und führte den »Sonnengruß« durch, wie jeden Morgen, dann stieg sie die Treppe hinunter, dem Kaffeeduft entgegen.

...

Eine Stunde später lief Esther den Deich entlang. Sie war froh, dass sie ihre Laufkleidung mitgenommen hatte, auch wenn sie den Wind in Kauf nehmen musste.

Schon nach zwei Kilometern verspürte sie eine wunderbare Leichtigkeit, und in ihrem Kopf verfestigte sich eine Idee. Ob sie einen Abstecher nach Ording machen sollte? Ja, das würde sie tun. Also weiter auf dem Deich, an der Seebrücke vorbei und durch das Kiefernwäldchen. Links halten, eine Straße rechts.

Und dann sah sie es: Okkes Reetdachhaus, das sich hinter den Deich duckte. Rauch stieg aus dem Schornstein. Esthers Herz hüpfte. Das Häuschen schien ihr noch schiefer als damals, die Scheiben waren salzverklebt.

Sie wartete, bis ihr Atem sich beruhigt hatte, und klopfte.

Nach einer Weile hörte sie ein Schlurfen, dann öffnete sich die Tür, und Okke stand vor ihr.

Sein grob gestrickter Pullover, die unverwüstliche Cordhose. Die wettergegerbten Hände und das weiße Haar. Sein Blick aus blauen Augen, von tausend Runzeln umgeben. Und die schlechten Zähne. Die sah sie allerdings erst, als er sie begrüßte.

»Na, mien Deern, bist du wieder da?«

Esther blieb die Stimme weg. Sie rieb sich über die Stirn.

»Dann komm mal rein in die gute Stube!«

Tabakgeruch und Ofenluft schlugen Esther entgegen. Es dauerte einen Moment, bis ihre Augen sich an das Dämmerlicht gewöhnt hatten, das in Okkes Küche herrschte. Ihr Blick glitt über all die Gegenstände, die ihr so vertraut waren. Die Delfter Kacheln. Die hölzernen Harpunen an der Wand. Bernsteinbrocken, groß wie Kinderfäuste, Tonscherben, getrocknete Seepferdchen und der Zahn eines Pottwals.

Spinnweben. Sogar die Küchenhexe stand noch da, auf den alten Herd ließ Okke nichts kommen. »Wat süll ick mit so'n modernen Krams?«, hatte er immer gesagt und nie etwas verändert. Okke war in diesem Haus geboren und aufgewachsen, hier wollte er auch sterben.

Wie oft sie als Kind hier gesessen hatte, auf der beschlagenen Truhe, die ihr so geheimnisvoll erschienen war, einer Piratenkiste, wie Okke behauptet und wie sie es ihm geglaubt hatte. Denn Okke wusste alles. Er erzählte von Klabautermännern und gestrandeten Seeleuten, von Wiedergängern und Meeresungeheuern mit langen Fangarmen, von Schifffahrten auf allen sieben Weltmeeren. Und von Rungholt, der versunkenen Stadt.

Sogar einen Wal hatte er auf der Sandbank gefunden. »So groß, dass drei Häuser hineingepasst hätten!« Er hatte ein paar Schritte getan, als könnte er die Größe des Wals abmessen, und die Arme ausgebreitet. Zerteilt hätten sie ihn damals, die Männer, und das Fleisch verteilt. Eine Rippe allerdings hatte Okke aufgehoben, die lehnte hinten an der Wand. Gern zog er die fleckige Schwarz-Weiß-Fotografie hervor, die den Walfund bezeugte.

Okke schlurfte durch die Stube, und es war Esther, als wäre sie wieder neun Jahre alt. Auch als Jugendliche hatte sie ihn noch gelegentlich besucht, denn bei Okke hatte sie sich immer willkommen gefühlt. Bei Okke durfte sie schweigen. Er hatte ihr gezeigt, wie man Bernstein schleift, Planken hobelt, Tampen knotet. Und sie mit ins Watt genommen, wenn er Touristen führte und Vögel zählte. Bereits mit zehn kannte Esther nicht nur die heimischen Möwen-, sondern auch alle Zugvogelarten, konnte sämtliche Wattbewohner im Schlaf aufsagen und die europäische von der pazifischen Auster unterscheiden.

Von Okke hatte Esther alles gelernt, was sie über das Watt wusste. Und trotzdem war es ihr irgendwann zu eng geworden. Bei Okke, in Sankt Peter und im Watt. Als Erwachsene war sie nur noch selten bei ihm gewesen.

»Ist ja schön, dass du mal wieder da bist. Tee?«

Fast hätte Esther sich wie als Kind auf die Truhe gesetzt. Erst im letzten Moment nahm sie den Stuhl. Die Kanne stand auf einem Stövchen. Okke nahm eine Tasse aus dem Schrank, sie war von Teesatz verfärbt. Es störte sie nicht.

»Wie geht es dir, Okke, was ist so passiert in der letzten Zeit?«, fragte sie munter.

»Och«, brummelte er, »läuft alles wie immer. Fast.«

Doch dann berichtete er von Neubauten hinter den Dünen, dem Versuch des Nachbarn, sein, Okkes, Haus zu kaufen, um es abreißen zu können – »Aber da können die sich in den Hintern beißen, das gebe ich nicht her!« –, von den Zugvögeln, die immer weniger wurden, und dem jungen Schweinswal, den er vor Kurzem am Spülsaum liegend gefunden und zurück ins Meer getragen hatte.

Da war noch etwas, Esther spürte es, aber Okke schwieg und schenkte ihr Tee nach. »Und du bist zu Besuch? Oder bleibst du jetzt hier?«, fragte er schließlich.

Esther schüttelte den Kopf. »Nein, nein, ich muss wieder los. Diesmal geht es an den Mekong.«

»Ah, an den Mekong.« Okke nickte verständnisvoll, als wäre dies ein Tagesausflug, den er selbst in Erwägung ziehen könnte.

»Der Fluss in Kambodscha«, setzte Esther sicherheitshalber hinterher.

»Kambodscha.« Dasselbe bedächtige Nicken.

Er musste nichts sagen, damit Esther seine Zweifel spürte.

»Es ist wichtig für mich, Okke. Die Dinge laufen nicht mehr so wie früher. Für die gleiche Arbeit bekomme ich weniger Geld. Von irgendetwas muss ich aber leben. Außerdem setzt es mir zu, nicht mehr die Möglichkeiten zu haben, die ich früher hatte. Ob du es glaubst oder nicht, aber ich hatte tatsächlich einen Ruf in der Branche, zumindest gute Aufträge. Man hat mich weit weg geschickt und gutes Geld dafür gezahlt. Es war mein Traumjob.«

Okke sah sie an, als überlegte er, etwas zu sagen. Verstand er überhaupt, was sie ihm erklärte? Er war sichtlich älter geworden und lebte vermutlich in seiner eigenen Welt.

»Und du, Okke, willst du nicht auch mal eine Reise machen?« Es war ein Versuch, die Stimmung aufzulockern.

»Nach Föhr muss ich mal wieder, zu meinem alten Freund Hannes. Der wird übermorgen ins Grab gelegt.«

Esther machte den Mund auf und wieder zu.

»Von Jahr zu Jahr werden es weniger.« Okke schwieg.

Esther erkannte ihn kaum im Gegenlicht. Die Helligkeit draußen, die Dunkelheit hier drinnen.

»Aber du bist doch fit, oder etwa nicht?«

»Fit wie ein Tümmler. Aber es ist so, Mädchen, irgendwann müssen wir alle gehen.«

»Du wirst bestimmt hundert Jahre alt, meinst du nicht?«

Esther erhob sich. Es war Zeit, sich auf den Rückweg zu machen.

»Könnte schon sein.« Der alte Mann schmunzelte.

»Tschüs, Okke. Ich komm noch mal vorbei. Ich bin ein

bisschen länger in Sankt Peter als sonst.« Esther warf einen letzten Blick in die Stube.

»Kiek in, mien Deern, wann immer du willst.«

Als sie sich umdrehte, den Türknauf schon in der Hand, wäre sie fast mit jemandem zusammengestoßen. Mit jemandem, dessen Augen unter einer Fellmütze mit Ohrenklappen hervorblitzten. Mit jemandem, den sie kannte, nur allzu gut.

Mit Thees.

Kapitel 6

Zack. Der saß. Und noch einen. Die Abwehr durchbrechen. Antäuschen mit rechts. Und sofort links drehen. Rums. Sie lächelte triumphierend. Nur kurz, dann konzentrierte Dörthe sich erneut und umklammerte die Griffstange des Kickers. Ein weiterer Stoß. Zack. Wumm.

Der Ball war drin. Allerdings bei ihr.

Dörthe ließ die Griffe los.

»Willste 'n Bier?«

Sie schüttelte den Kopf. »Darf ich nicht.«

Der Sanddornlikör gestern Abend hatte sich gerächt. Alkohol und Fasten, das vertrug sich nicht. Auch wenn sie sich einen zweiten Teller von der verdünnten Suppe gegönnt hatte.

Der junge Mann, gegen den sie gespielt hatte, zuckte die Schultern, setzte sich an die Theke und begann eine Unterhaltung mit dem Barkeeper.

Die Kneipe, in der sie gelandet war, hieß *Zum Walfänger*. Musikplakate klebten an den Wänden, im Fenster umschlang eine Lichterkette eine vertrocknete Zimmerpalme. Neben dem Tresen hing eine hölzerne Galionsfigur, es war ein Admiral mit Dreispitz und verblassten goldenen Schulterklappen, der leicht nach vorne geneigt zuversichtlich in die Ferne blickte.

Dörthe hatte dringend weggemusst aus der Klinik, und diese Eckkneipe war ihr eben recht gekommen.

Sie setzte sich im hinteren Teil an einen Tisch und starrte in ihr Wasser. Schwenkte es, als wäre es Whiskey. Lange würde sie das nicht mehr aushalten mit dem Fasten.

Ihr Handy klingelte, hektisch fummelte sie es aus der Tasche.

»Konstantin!« Sie schrie es fast.

»Mom, hey, beruhig dich, alles locker.«

Seine Worte, sein entspanntes Lächeln, das sie noch über die Entfernung förmlich sehen konnte. Wie gut es tat, ihren Sohn zu hören.

Aus dem Hintergrund erklang melodischer Hip-Hop.

»Hey, mein Schatz, alles klar bei dir?«

»Logisch. Obwohl – nicht so ganz.«

»Was ist los!? Spätzchen!«

»Nenn mich nicht Spätzchen. Sonst nenn ich dich Garfield.«

»Sag mir bitte, was passiert ist.«

Für Momente Schweigen am anderen Ende. »Na ja, wie soll ich sagen ... Sie haben mich .... Sie haben mich gehen lassen.«

»Sie haben dich –« Dörthe spürte, wie ihr Herzschlag sich beschleunigte.

»Ja, okay, was soll's: Ich bin geflogen.«

Dörthe presste das Handy ans Ohr. Mit der anderen setzte sie das Glas an und nahm einen tiefen Schluck.

»Trinkst du etwa? Ich denke, du fastest.«

»Keine Sorge. Ausschließlich Wasser.«

Konstantin am anderen Ende atmete auf. »Ja, ich weiß, ist scheiße, Mom, es tut mir auch echt leid, es ist einfach ...«

»Ist gut, Spatz, ist alles gut.« Dörthe merkte, wie die Kräfte sie verließen. »Wir telefonieren morgen, ja? Wenn ich etwas gegessen habe. Halt durch. Wir kriegen das alles hin.« Die letzten Worte flüsterte sie fast.

»Hey, Mom, was ist los? Muss ich mir Sorgen machen? Soll ich kommen?« Ihr Sohn klang ernsthaft besorgt.

»Alles gut, mein Schatz, ich bin einfach etwas wackelig auf den Beinen. Nur Brühe und Saft bekommt keiner Sau. Mach's gut, wir sprechen uns morgen.«

Dann legte sie ein paar Münzen auf den Tresen, schlang sich den Schal um den Hals und wankte aus der Kneipe.

Draußen war es dunkel. Und leer. So verdammt leer und dunkel.

Vor dem aufragenden Klinikgebäude stand ihr Auto auf dem Parkplatz. Dörthes Finger spielten mit dem Autoschlüssel in ihrer Manteltasche.

Als sie die Tür zuschlug, blieb ihr Schal in der Tür hängen. Sie saß hinter dem Lenkrad und versuchte nachzudenken. Konstantin ohne Lehrstelle, Konstantin wieder auf Suche, Konstantin mit seinem chaotischen Lebenslauf, mit den abgebrochenen Schulausbildungen, Praktika und Lehrstellen.

Konstantin, ihr einziger und ihr Lieblingssohn, ihr

Goldkind. Konstantin mit dem breiten Lächeln, den stolzen 1,86 Metern, den blonden Haaren, der immer guten Laune. Konstantin, dem die Herzen zuflogen. Konstantin, der Star der Theateraufführungen in der Schule, dem niemand je böse sein konnte. Der einfach machte, was er wollte.

Sie hielt es nicht mehr aus.

Dörthe startete den Motor. Zwei Grad Celsius hatte es draußen, aber trocken war es. Sie steuerte den Wagen aus dem Ort, tippte sich durch die Radiosender, bis sie bei Siebzigerjahre-Rockmusik hängen blieb, und gab Gas. Deep Purple, es passte zu ihrer Stimmung. *Child in time*, die dramatischen Töne erfüllten den Innenraum. Dörthe klopfte den Takt aufs Lenkrad und brüllte manche Passagen laut mit.

Schwärze rechts, Schwärze links der Landstraße, nur ein einziges entgegenkommendes Auto. Die Scheinwerfer erfassten Schafe an einem Zaun, reglos, wie eingefroren. Was machten die im Winter überhaupt draußen? Ein Schatten, der sich über das Feld bewegte. Möglicherweise ein Wolf? Ein Festmahl wäre das hier für ihn. Schafsragout, hm, lecker. Schaf als Vorspeise, Schaf als Hauptgang und zum Nachtisch noch einmal Schaf.

Dörthe spürte, wie ihr Herzschlag sich beruhigte. Das Fahren tat ihr gut, dazu die Musik.

Der Song verklang. Sie musste zur Toilette. Das ganze Wasser. Mist, sie wusste nicht, wo sie war, außerdem stand die Tanknadel gefährlich niedrig.

Neben ihr leuchtete im Vorüberfahren ein Schild auf. Ein Gasthof? Sie wendete im nächsten Feldweg, fuhr zurück, hielt auf dem Kiesparkplatz. Die meisten Fenster waren dunkel, der Gastraum schien nur schwach erleuchtet, über der Eingangstreppe brannte jedoch Licht. Sollte sie? Das dringende Bedürfnis ließ ihr keine Wahl.

Dörthe schlug die Autotür zu und stapfte zum Eingang.

Kaum hatte sie einen Fuß in die altmodische Gaststätte gesetzt, zog ihr ein verführerischer Duft in die Nase. Sie hielt sich an der Klinke fest und schloss die Augen. Es duftete nach Essen. Ein fast sanfter Duft, wärmend und würzig. Für ihr Empfinden roch es orientalisch, süß und kräftig zugleich.

Im Gastraum war niemand zu sehen. Leere Stühle und Tische.

»Hallo?« Wie zaghaft ihr Rufen klang. »Hallo!«

Auf einmal stand ein Mann vor ihr. Er musste aus der Küche gekommen sein.

»Wir haben geschlossen.« Ein hörbarer Akzent.

»Aber Sie haben eine Toilette, richtig? Und Sie haben …«

Dörthe spürte, wie ihr die Knie versagten. Sie stützte sich an der Theke ab, beugte sich nach vorn und fiel mit ihren Augen förmlich in die Augen des Mannes vor ihr – » … Essen.«

»Essen.« Er war sichtlich verwirrt, fing sich aber. »Sie möchten essen?«

Dörthe nickte wie eine Ertrinkende.

»Es tut mir leid. Wir haben geschlossen. Die Küche … Es ist niemand da. Alles zu.« Er machte eine Geste, die den gesamten Gastraum umfasste. Dabei sah er sie fest an. Er war nicht besonders groß, trug einen Dutt auf dem Kopf und ein verwaschenes T-Shirt, auf dem sich die Totenkopfknochen des Hamburger Sportvereins Sankt Pauli kreuzten.

»Aber Sie …« Dörthes Hände begannen, am glatten Tresen abzurutschen, es fühlte sich an, als würde sie gleich in Ohnmacht fallen. Dieser Duft.

Er bedachte sie mit einem Blick, als würde er ihr Innerstes röntgen. Schwieg drei Sekunden. Dann hatte er offenbar eine Entscheidung getroffen. »Dort drüben ist die Toilette. Danach kommen Sie zu mir.«

Als Dörthe zurück war, beorderte er sie in die Küche. Auf einem großen Tisch stand ein benutzter Teller. Und auf dem Herd dahinter ein Topf. Von genau diesem Topf ging der Duft aus.

Ein Nicken bedeutete ihr, sich zu setzen. Dann zauberte er Löffel und Gabel hervor, füllte einen zweiten Teller und servierte ihn. »Bitte sehr!«

Und Dörthe aß. Aß, wie sie nie in ihrem Leben gegessen hatte. Kaute, schluckte, schnupperte, nahm Löffel für Löffel, achtsam, um ihren Magen nicht zu überfordern, und spürte, wie sich schon nach den ersten Bissen eine wunderbare Wärme in ihr ausbreitete – im Bauch, im Magen, in ihrer Seele.

Der Mann, der ihr zusah, lächelte. Zumindest war es die Andeutung eines Lächelns, ein Hauch von Zufriedenheit auf seinem scharf geschnittenen Gesicht mit den dunklen Augen, der ausgeprägten Nase und dem schön geschwungenen Mund.

»Gut?«, erkundigte er sich, als sie den Rest des Mahls mit einem Stück Brot aufwischte.

»Hervorragend«, seufzte Dörthe.

Dann war ihr, als käme sie zu sich. Verwirrt sah sie ihn an. Sie kannte den Mann gar nicht. Was war hier passiert?

»Sind Sie der Koch hier?« Zurückhaltung war noch nie ihre Stärke gewesen.

Er schüttelte den Kopf. »Hier? Nein. Nur Bedienung.«

»Und was war das?« Dörthe wies auf den leeren Teller.

»Das war ›Schakriyeh‹.«

»›Schakriyeh‹«, wiederholte Dörthe. »Das war gut! Das war fantastisch! Das war das Beste, was ich je ...«

»Essen halt«, unterbrach sie der Mann. »Irgendetwas braucht man schließlich im Magen.«

»Das heißt, Sie haben das nur für sich gekocht?«

»Das habe ich für mich gekocht, richtig. Feierabend, nicht wahr? Muss man ja vernünftig essen. Von Hering und Schmalzbrot werde ich nicht satt.«

»Verstehe ich. Mit Hering kann man mich auch jagen. Das hier war wirklich gut. Danke.« Sie meinte es ernst. Noch nie war sie so dankbar gewesen. Dörthe streckte die Hand aus. »Ich heiße übrigens Dörthe Michels.«

Der geheimnisvolle Koch ergriff ihre Hand nicht. »Nachtisch?«, fragte er stattdessen.

Ohne ihre Antwort abzuwarten, stellte er ein Schälchen mit einer Art hellem Pudding vor sie, verziert mit gehackten Pinienkernen. Daneben ein Glas schwarzen Tee, der aromatisch duftete, nach Sternanis, Zimt und Kardamom.

Dörthe verging schier vor Genuss. Sie nahm ein Löffelchen, schmeckte, schloss die Augen. Wieder war es, als explodierten die Aromen auf ihrer Zunge, als hätte sie nie zuvor etwas gegessen.

Ihr Gastgeber beobachtete sie mit verschränkten Armen. Ein Mann der vielen Worte war er nicht, er hob nur die Augenbrauen und schmunzelte leicht, als sie das restlos geleerte Schälchen vor sich anstarrte.

»Es hat Ihnen geschmeckt«, stellte er fest.

»Oh Gott.« Dörthe kam nur langsam zu sich. Ihr war nicht klar, was passiert war, außer, dass sie einem fremden Mann sein Essen weggefuttert hatte, ratzeputz. Sie musste sich festhalten, als sie aufstand. Diesmal war ihr schwindelig vor Wohlgefühl. Sie suchte nach ihrem Portemonnaie, wie immer unauffindbar in der viel zu großen Handtasche mit all den Perlen und Troddeln daran. »Kann ich das irgendwie ...«

Mit einer knappen Geste schnitt er ihr das Wort ab. »Sie sind mein Gast.«

»Danke. Herr ...«

»Firas, einfach Firas.«

»Ich glaube, ich sollte aufbrechen ... Aber sagen Sie mir eins: Was war das für eine köstliche Nachspeise?«

»›Mhalayeh‹. Ein Rezept aus meiner Heimat.«

»Das ist ein gutes Rezept. Und Sie können gut kochen.«

»Ich weiß. Besser als die meisten hier.« Ups, das war selbstbewusst.

Er nickte und wandte sich schon wieder ab.

Wie auf einer Wolke schwebte Dörthe nach draußen und setzte sich ins Auto. Konstantin. Der Gedanke an ihren

Sohn streifte sie, berührte sie sanft, flog wieder davon. Irgendeine Lösung würde sich finden.

Dann fuhr Dörthe durch die nächtliche Stille zurück in die Klinik, wo sie sofort einschlief, schwer, satt und müde.

Endlich einmal satt.

• • •

Esthers Sohlen berührten den Boden in schnellem Takt. Die kalte Luft stach in ihren Lungen. Die Straße entlang und durchs Wäldchen. Sie legte noch einen Zahn zu.

Thees. Maj-Britts älterer Bruder.

Er hatte sie ebenso verblüfft angesehen, wie sie ihn angestarrt haben musste. Mit seinen nussbraunen Augen, die sie schon immer erschüttert hatten, unter wilden Brauen, kupferrot. Einen Bart trug er jetzt, regelrecht verwegen sah er aus.

Impulsiv hatte Thees die Hand nach ihr ausgestreckt. »Esther!«

Sie hatte geschluckt, aber der Kloß im Hals hatte sich nicht gelöst. Etwas sagen wollen hatte sie und hatte doch nur genickt.

Viel zu dicht standen sie voreinander, unvorbereitet.

Thees.

Dann lächelte er sie an. »Willst du weg – oder kommst du noch mal mit rein?«

Wie konnte er nur lächeln, so ruhig, so sicher, als hätten sie sich lediglich einige Wochen nicht gesehen. Dabei waren es Jahre. Jahrzehnte sogar. Und sein Anblick traf sie so heftig, wie sie es nicht vermutet hätte.

Esther versuchte ebenfalls ein Lächeln, wie man es eben machte, wenn man jemanden traf, aber es geriet schief.

»Hallo, Thees. Nein, ich muss los.« Heiser klangen ihre Worte. Hölzern.

Er sah sie fragend an.

»Ich –« Esther wies unbestimmt nach vorne. Dass sie Laufsachen trug, sah er ja. Wieder das verkrampfte Lächeln. Nicken.

Dann war sie losgelaufen. Langsam erst, bemüht, es nicht nach Rennen aussehen zu lassen, immer schneller dann.

An der Straßenecke hatte sie sich noch einmal umgedreht, Thees und Okke hatten im Eingang gestanden und ihr verwundert hinterhergeschaut.

Sie hatte die Hand zum Gruß gehoben und dabei gespürt, wie Röte ihre Wangen überzog. Das passierte ihr sonst nie.

Dann lief sie weiter, wie eine Maschine, und nahm weder Radfahrer noch Fußgänger wahr.

Was um alles in der Welt machte Thees hier?! Er war doch in Sibirien? So jedenfalls hatte es ihre Mutter erzählt, die immer bestens informiert war. Als Geologe arbeitete er dort. Ja, er hätte wohl richtig Karriere gemacht. Verheiratet wäre er, keine Kinder. Aber Genaueres hatte sie nicht sagen können, und Esther hatte sich ihre Fragen verbissen.

Nein, Thees hatte sie gestrichen, gerade, weil er nicht zu streichen war, unlösbar verankert im Untergrund ihrer

Erinnerungen und Gefühle. Thees war etwas, was sie sich nicht hatte aussuchen können. Thees war immer da gewesen. Aber niemals hätte sie zugegeben, was er ihr bedeutete.

Dreißig Jahre lang hatte sie ihn nicht gesehen. Und jetzt, heute, gerade eben, hatte er leibhaftig vor ihr gestanden.

Der Deich schnurrte gleichsam unter ihr entlang. Dieses Tempo konnte sie nicht durchhalten. Oder doch? Sie steigerte es. Plötzlich verspürte sie heftiges Stechen in der Seite. Wann hatte es das zuletzt gegeben? Esther verlangsamte, tat ein paar tiefe Atemzüge, massierte die Stelle, versuchte, im Gehen zu entspannen. Sie wollte sich nicht von Thees aus dem Gleichgewicht bringen lassen. Das hätte ihr in dieser Situation, hier in Sankt Peter, wo sie eigentlich gar nicht sein wollte, noch gefehlt.

Sie startete vorsichtig. Lief schneller. Dann war sie wieder im Takt. Nur ein unbestimmtes Ziehen, das blieb.

• • •

Lange hielt Esther den Kopf unter die dampfende Dusche. Ihre Mutter sah sie verwundert an, als sie aus dem Bad kam. »Willst du dir nicht eben die Haare trocknen?«

»Nicht nötig.« Einen Föhn zu benutzen hatte sie sich abgewöhnt. Es war überflüssiger Aufwand, ihre glatten Haare trockneten schnell und fielen immer gleich. »Komm, lass uns den Ablauf deiner Feier besprechen«, schlug sie vor.

Ihre Mutter griff nach einer der zahlreichen Listen, die sie bereits angefangen hatte, suchte ihre Lesebrille und nahm einen Stift zur Hand.

»Heringshappen, Lachs, Ei. Knäckebrot. Wir brauchen alles für ein schwedisches Buffet. Göran will mir sogar eine Smörgåstårta machen, stell dir vor!«

Esther sah sie fragend an. »Eine Smör-?«

»Na, eine schwedische Torte, aber herzhaft! Und dann gibt es Salate, und zwar ausreichend. Kartoffelauflauf mit Anchovis. Ach, das machen wir später. Erst mal das Praktische. Vasen. Die müssen wir bereitstellen. Sonst sucht man ewig. Die Sträuße sollen ja nicht vertrocknen. Das ist Marlies neulich passiert! Dabei ist sie erst 75, sie ist ja noch jung. Marlies hat die Sträuße in die Küche gelegt und sie dort liegen lassen. Marlies ist immer so unachtsam! Vasen also. Wie sieht es mit Sekt aus? Wer trinkt Sekt, was meinst du? Der alte Thomsen trinkt auf jeden Fall zu viel, dem muss man gleich was anderes einschenken ... Würdest du das übrigens übernehmen? Das Einschenken des Aperitifs?«

Die Listen wurden immer länger. Die mit den Gästen, den zu besorgenden Dingen, den zu treffenden Vorbereitungen.

»Wir brauchen eigentlich mehr Stühle. Marlies hat welche im Schuppen, das sind Gartenstühle, aber wenn man sie mal sauber machen würde, das macht sie ja nie, sie stellt sie im Herbst einfach so weg, dann wären sie zu gebrauchen, was meinst du ...«

Von Punkt zu Punkt sprang ihre Mutter, Esther konnte kaum folgen. Sie verstand nicht, wieso sie die Feier nicht in einem Restaurant ausrichtete oder wenigstens einen Catering-Service beauftragte. Doch als sie ihr das vorgeschlagen hatte, hatte Edith sie nur vorwurfsvoll angesehen.

»Ich liege noch nicht unter der Erde. Für den Leichenschmaus kannst du meinetwegen einen Catering-Service beauftragen, das steht dir frei, damit hab ich dann nichts mehr zu tun.«

Und Esther begriff, dass es ihr mit der Einladung genau darum ging: höchste Lebendigkeit zu beweisen, sich selbst und allen Gästen.

»Was meinst du dazu, Esther?« Alle drei Minuten formulierte sie diese Frage, wartete die Antwort jedoch nicht ab, sondern sah aufs Papier, und schon flog wieder der Stift, wurden Häkchen gesetzt, Dinge notiert. Warum musste es unbedingt ein schwedisches Buffet sein? Wäre es nicht schlichter gegangen?

Nach einer Stunde stand die Planung. Dann fiel ihrer Mutter noch etwas ein.

»Was ist mit Musik? Wer macht die Musik? Ein Ständchen, das wäre doch nett, oder? Marlies spielt ja Akkordeon, vielleicht kann jemand sie begleiten. Fällt dir jemand ein?«

Nein, Esther kannte niemanden, sie interessierte sich nicht dafür, wer aus dem Bekanntenkreis ihrer Mutter ein Musikinstrument beherrschte.

»Du hast mal Blockflöte gespielt!«

»Ja, als ich sechs Jahre alt war.«

»Nein, du warst acht«, beharrte ihre Mutter.

»Das ist jetzt nicht dein Ernst.« Damit alles passte, wollte sie ihr tatsächlich eine Flöte in die Hand drücken?!

»Dann also nicht. Kannst du singen?«

»Natürlich nicht! Mama, ich bin absolut unmusikalisch!«

Ihre Mutter sah sie an, als wäre sie zu wirklich gar nichts

zu gebrauchen. War sie auch nicht. Jedenfalls nicht, was die Ausrichtung von Feiern betraf. Sie selbst feierte ihren Geburtstag nie. Gab höchstens eine Runde unter Kollegen aus, wenn es sich ergab. Es interessierte sie nicht, im Mittelpunkt zu stehen, und sie hätte nicht einmal gewusst, wen sie einladen sollte. Dieses Jahr wurde sie fünfzig. – Und?

Auf Reisen bei Festen dabei zu sein, das war etwas anderes. Bei einer griechischen Hochzeit auf den Auslöser der Kamera zu drücken, an der Tafel zu sitzen, zu trinken und mitzutanzen, wenn die Gäste sich in einer Reihe die Hände reichten und der Vortänzer den Arm hob. Später alles zu protokollieren, sich Notizen zu machen. Für Bericht und Beobachtung war Esther nur zu gern verantwortlich.

Nein, was sie hier machte, war ein Tribut an die unumstößliche Zahl achtzig. Ein Aufwand, den sie überflüssig fand. Und es waren Tochterpflichten, die ihr unbequem waren wie ein zu enges Kleidungsstück.

Schließlich stand ihre Mutter auf. »Ich gehe jetzt zu Marlies und kläre das mit den Stühlen. Willst du nicht mitkommen? Anschließend gehen wir direkt zum Chor. Der Workshop ist wirklich wunderbar. Du könntest mitsingen! Das kann man lernen! Sicher hat niemand etwas dagegen, wenn ich dich mitbringe.«

Esther schüttelte den Kopf und rang sich ein Lächeln ab.

Ihre Mutter lächelte ebenfalls, ratlos, so schien es, dann verließ sie das Haus.

Esther zog sich ins Gästezimmer zurück. Es war an der Zeit zu überlegen, mit welchen Projekten es im Frühjahr weitergehen sollte.

Sie fuhr den Laptop hoch. Eine günstige Reservierung für eine Kreuzfahrt hatte sie erhalten, weil der Veranstalter sich davon einen werbewirksamen Bericht versprach. Der Gesundheitstrend war auch hier angekommen. Vollwertkost, Meditationen, verschiedene Arten von Massagen sowie Vorträge über Achtsamkeit, während das Schiff über die Ozeane schipperte. Ein persönlicher Coach und das Versprechen auf gesteigerte Sinneswahrnehmungen auf dem Meer.

Esther scrollte durch ihre Unterlagen. Wenn sie zu etwas wenig Lust verspürte, dann waren es Kreuzfahrten. Aber der Boom hielt an. Sie konnte nicht darauf verzichten, positiv darüber zu berichten, auch wenn sie lieber auf Schwefeldioxid und Feinstaub aufmerksam gemacht hätte, die die Kreuzfahrtdampfer in die Luft bliesen. Auf die gesundheitlichen Belastungen, die dadurch sowohl für die Passagiere als auch für die Umwelt entstanden.

Was sie hingegen reizte, war die geplante Reise nach Kamtschatka. Dort gab es eine Deutsche, die mit einem Ewenen verheiratet war, eine Kollegin hatte mal von ihr erzählt, und eine Reiseredakteurin war schon auf den Vorschlag angesprungen. Eine interkulturelle Ehe am anderen Ende der Welt, das wäre ein super Thema. Na, und aus den Ewenen, die wie früher noch als Rentiernomaden lebten, könnte sie vielleicht eine weitere Geschichte machen, die sich verkaufen ließe. Vielleicht auch etwas Spezielles über die Natur, damit sich die teure Reise lohnte? Bären und Lachse lebten auf der Halbinsel, teilweise gehörte sie zum UNESCO-Weltnaturerbe.

Fünf Minuten später hatte Esther Kopfhörer auf den Ohren, blickte konzentriert auf den Bildschirm und stellte eine mögliche Reiseroute zusammen.

Kapitel 7

Esther und Dörthe hatten Maj-Britt überredet, sich am nächsten Morgen freizunehmen. »Aber ich muss doch die Abrechnungen machen!«, hatte sie eingewandt. »Die machst du später.« Esther hatte keine Ausrede gelten lassen. Und so hatten sie sich in Ording getroffen und waren zu einem Strandspaziergang aufgebrochen.

Zu dritt überquerten sie den Dünengürtel. Dörthe stieß die Freundinnen rechts und links von sich vergnügt an. Spaßeshalber versetzte sie Esther einen etwas kräftigeren Stoß, woraufhin diese sie mit zwei kräftigen Griffen in den Sand legte.

»Hey, Esther, was ist das denn? Hast du 'ne Karate-Ausbildung, oder was?«

»Selbstverteidigung.«

Schwang Stolz darin mit? Nein, davon war nichts zu bemerken. Esther konnte die Dinge einfach. Esther war sportlich. Esther war schlank, Esther war – allein, dachte Dörthe. Und war fasziniert von dieser Erkenntnis. War Esther überhaupt allein? Sie wusste es nicht. Was Verlieben oder Partnerschaften betraf, hatte die Freundin ihr Herz nie auf der Zunge getragen.

»Dörthe, was ist los? Bin ich das achte Weltwunder?«, fragte Esther, während sie ihr die Hand zum Aufstehen reichte.

Dörthe sagte nichts und schüttelte den Gedanken ab wie den Sand von ihrer Kleidung.

Vor ihnen breitete sich der Strand aus. Die Wellen versprühten ihre Gischt weit hinten am Wassersaum, rechts und links, so weit man schauen konnte, nur der Strand und die Überreste der Flut, in denen sich die Wolken spiegelten. Ein kräftiger Wind wehte.

»Brrr, kalt«, stellte Dörthe fest und zog sich den gelben Schal bis zur Nasenspitze.

»Beweg dich«, neckte Esther sie.

»Wart's ab!« Dörthe stieß einen Schrei aus und rannte los. Maj-Britt und Esther sahen sich überrascht an, dann folgten sie ihr.

Die Taschen voller Schwertmuscheln, Herzmuscheln und glatter, vom Meer geblichener Zweige, waren sie nach einer Stunde wieder am Parkplatz.

»Ich brauch was in den Magen«, stöhnte Dörthe. »Sonst muss ich zum Mittagessen in die Klinik. Dazu hab ich aber keine Lust.«

»Wieso Essen?«, fragte Esther.

»Na ja, Brühe, kann schon mal als Essen durchgehen.«

»Lasst uns doch zu Willemsen fahren«, schlug Maj-Britt vor, »in die alte Schankwirtschaft. Dort war ich lange nicht mehr.«

Kurz fragte sich Dörthe, ob sie den Freundinnen von ihrem abendlichen Erlebnis erzählen sollte. Vielleicht kannten Esther oder Maj-Britt die mysteriöse Gaststätte, in der sie gelandet war? Besser nicht. Dass sie sich dermaßen den Bauch vollgeschlagen hatte, das brauchten sie nicht zu erfahren.

In Willemsens Schankwirtschaft angekommen, hängten sie Mäntel und Schals an die Garderobe und ließen sich auf das samtbezogene Sofa fallen, das in einem der niedrigen Räume stand.

Veit Willemsen selbst händigte ihnen die Karte aus. »Moin, Maj-Britt. Wo geiht 't? Und was macht die *Seeschwalbe?*«

»Ich habe jetzt drei Tage die Woche geöffnet, freitags und am Wochenende. Mal sehen, wie das läuft.« Maj-Britts verbindliches Lächeln. Sie war es gewohnt, dass jeder in der Gegend mit ihr plauderte, die Gastronomen kannten sie ohnehin alle.

»Dein Bruder ist wieder da, hab ich gehört.«

Maj-Britts Lippen verzogen sich zu einem Strich. »Hm.«

»Dann hast du ja ein bisschen Hilfe, nehme ich an.«

»Ach, Veit, mein Bruder ist Geologe, der macht was ganz anderes. Mit der *Seeschwalbe* hat er überhaupt nichts zu tun.«

Veit Willemsen kratzte sich den Bart. »Na, du bist ja auch ’ne tüchtige Deern.«

»Fru«, betonte Maj-Britt. »Ich bin eine alte Frau. Fünfzig werde ich dieses Jahr, stell dir vor.«

»Ist nicht zu glauben, so jung, wie du aussiehst!«

»Danke für das Kompliment!«

Esther und Maj-Britt bestellten Bauernfrühstück mit Spiegelei, Dörthe konnte sich nicht entscheiden. »Etwas Frisches möchte ich. Saft. Smoothie am liebsten. Veit, habt ihr Smoothies?«

»Schmu ... was? Nee, so was haben wir nicht.« Veit grinste. »Aber Orangensaft kann ich dir bringen. Frisch gepresst.«

»Dann bring mir Saft. Bitte extra groß.«

»Tut das gut!« Esther streckte die Beine aus, und Maj-Britt rieb sich die Hände.

»*Ihr* bekommt auch gleich was zu essen. *Ich* dagegen faste.« Dörthe schlug die Speisekarte zu, von der sie den Blick nicht hatte lösen können, und sah die Freundinnen strafend an.

»Du bekommst Saft. Ein großes Glas«, sagte Maj-Britt.

»Hast du eigentlich schon abgenommen?«, wollte Esther wissen.

Dörthe zuckte die Schultern. »Anderthalb Kilo?«

»Ist doch klasse!«, sagte Maj-Britt aufmunternd.

»Wie viel willst du denn schaffen?«, erkundigte sich Esther sachlich.

»So an die zwanzig, dachte ich. Bis ich so aussehe wie du.«

»Bist du sicher? Das könnte schwierig sein in zwei Wochen.«

»Hast wohl Angst, dass ich dir Konkurrenz mache. Hallo, Esther! Das war ein Witz. Fünf würden mir schon reichen. Bisher hab ich ... sagen wir so: Ich bin auf dem Weg.«

»Genau, der Weg ist das Ziel!« Maj-Britt hob ihr Glas mit Apfelschorle.

Dörthe bekam ihren gepressten Saft, eine Orangenscheibe an den Rand gesteckt, mit Strohhalm und langstieligem Löffel. Darin waren Schlieren einer dunkleren Flüssigkeit.

»Was hast du mir denn da reingemischt, Veit?« Dörthe beäugte die Mischung skeptisch.

»Na, was wohl? Einen Schuss Sanddorn natürlich! Extravitamine.« Veit wischte sich die Hände an der Schürze ab.

Dörthe rührte mit dem Löffel im Glas und beobachtete interessiert, wie sich die Farben vermischten. »Sag mal, was hat Veit eben gesagt?«, fragte sie beiläufig, als der Wirt wieder in der Küche verschwunden war, »dein Bruder ist wieder da?«

Esther hatte sich verschluckt und hustete.

Maj-Britt nickte. »Ja, er ist aus Sibirien zurück.«

»Sibirien?«

»Da war er zuletzt beschäftigt. Erdschichten untersuchen für eine große Gasförderanlage, die sie da bauen wollen.«

»Nicht schlecht. Und jetzt hat er den Job geschmissen, oder warum ist er hier?«

»Ich weiß es nicht. Und ich habe den Verdacht, dass er es selbst nicht weiß. Das Leben auf Kurs bringen, sagt er. Oma, die Mutter meiner Mutter, ist Ende November gestorben. Sie ist fünfundneunzig geworden und war zuletzt ziemlich krank. Thees ist zur Beerdigung gekommen und ist danach hiergeblieben. Er will in ihrem Haus wohnen, also dem von Oma.«

Ihre ganze Miene drückte Missbilligung aus. Dann sah sie Esther an. »Hattest du in der Zwischenzeit eigentlich Kontakt zu ihm?«

Esthers Husten hatte sich beruhigt. »Nein. Wieso sollte ich?«

»Na, ihr wart doch viel zusammen damals, oder nicht? Was das genau war zwischen euch, hast du ja nie erzählt. Und Thees übrigens auch nicht. Entschuldige, ist ja auch lange her. Ich bin einfach wütend auf ihn.«

Sie wandte sich Veit zu, der sich mit zwei großen Portionen Bratkartoffeln und Spiegelei näherte. »Danke, Veit. Wunderbar sieht das aus.«

Esther griff nach Messer und Gabel. Vielleicht konnte sie unauffällig das Thema wechseln.

Nein, Kontakt hatten sie nicht gehabt, Thees und sie. Einmal in all den Jahren hatte Esther ihn gesehen, flüchtig, auf dem Weihnachtsmarkt. Sie war sich später nicht einmal mehr sicher, ob er es gewesen war. Sie hatte alles getan, um ihm nicht zu begegnen.

Dörthe, die unermüdlich weiterrührte, beobachtete sie. Immer wieder stieß ihr Löffel gegen den Rand des Glases. Pling!

»Du mochtest ihn aber schon, oder? Mir kommt es auch so vor, als wäre da was gewesen. Shit, ist das lange her. Wieso weiß man diese Dinge nicht mehr? Ich wüsste nicht mehr zu sagen, ob du in Thees verliebt warst oder nicht.« Sie legte den Kopf schief. Der Löffel hing in der Luft.

»Ich hatte nichts gegen ihn«, erklärte Esther, »aber verliebt ...«

Wie sie sich zusammenreißen musste. Keine Wimper sollte zucken. Ja, sie war verliebt gewesen. Bis über beide Ohren. Und hätte einen Teufel getan, das jemandem zu sagen, auch nicht ihren besten Freundinnen.

Ganz selbstverständlich hatte Maj-Britts Bruder immer ein paar Worte mit ihr gewechselt, wenn sie Maj-Britt besuchte. Wenn er da war, denn oft war er beim Sport, oder er half in der *Seeschwalbe* aus, traf Freunde. Die Jahrgänge mischten sich erst in der Oberstufe. Da waren sie manchmal nach Garding gefahren, ins *Black Magic*, die einzige Diskothek weit und breit. Alle hatten sich zusammengezwängt, Hauptsache, es fand sich jemand mit Führerschein und einem Elternteil, der sein Auto rausrückte. In der Diskothek stand Thees meist bei seinen Kumpeln. Ein gewisses Verantwortungsgefühl, das sich nicht nur auf seine jüngere Schwester, sondern auch auf deren Freundin erstreckte, merkte man ihm an. Manchmal hatte sie seinen warmen Blick aufgefangen. Aber Esther hatte immer getan, als bemerkte sie es nicht. Sie wusste, dass sie den Ruf eines Kühlschranks hatte. Die schöne Esther, abweisend und unnahbar. Die jungen Männer ahnten ja nicht, dass Esther unsicherer war, als sie vermuteten. Sie stand so lässig an der Bar, als wäre sie dort geboren, tatsächlich aber wusste sie schlichtweg nicht, wo sie sonst stehen sollte. Thees war der Einzige, den das nicht zu kümmern schien. Das, was Esther für Thees empfand, war so stark und selbstverständlich, dass es ihr überhaupt nicht wie Verliebtheit vorkam. Außerdem hatte man, wenn man verliebt war, ja das Ziel, mit demjenigen zusammen zu sein. Sie aber wollte überhaupt nicht mit Maj-Britts Bruder zusammen sein. Sie fühlte sich nur so wohl, wenn sie in seiner Nähe war. Weil sie bei ihm den Eindruck hatte, als würde er sie kennen, und als könnte er sie mühelos auffangen, wenn sie sich fallen ließe.

Aber eine Esther ließ sich nicht fallen.

Pling! Pling! »Aber da war doch was, Esther, oder? Gib's zu!«

Esther hätte Dörthe am liebsten den Löffel aus der Hand geschlagen.

Ja, irgendwann hatte Thees sie anders angesehen. War öfter zu Hause, wenn sie Maj-Britt abholte. Manchmal tauchte er auch im Reitstall auf, es schien, als übte Thees alle Sportarten aus, die man in Sankt Peter betreiben konnte. Er unterhielt sich länger mit ihr und fragte, ob sie nicht mitkommen wollte, wenn es ins Kino ging oder an den Strand.

In einer milden Frühsommernacht hatte es sich ergeben, dass sie nach einem kleinen Feuer, das sie zu fünft oder sechst gemacht hatten, einfach am Strand sitzen blieben. Wir kommen nach, hatten sie gesagt, als die anderen mit den Autos abfuhren, lachend, mit wummernder Musik.

Aber sie waren nicht aufgebrochen. Stattdessen hatten sie auf Thees' Isomatte gesessen, sich in seinen Schlafsack gewickelt, in den Nachthimmel geschaut, Sternschnuppen gezählt und den Wellen gelauscht. Auf dem Rücken liegend, war Esther eingeschlafen, ihren Kopf an Thees' Schulter.

Sie begannen, mehr miteinander zu unternehmen. Sahen Arthouse-Filme, für die weder Maj-Britt noch Dörthe etwas übrig hatten, diskutierten über Bücher. Esther liebte die Ausflüge mit Thees. Außerdem teilten sie Gedanken zum Umweltschutz. Das verklebte Gefieder der Seevögel, die Ölverschmutzung im Wattenmeer, das war etwas, das sie beide aufbrachte. Wie sie interessierte er sich für ferne Länder und wollte vor allem eines nicht: nach der Schule dableiben.

Und dann war da die Party am Strand gewesen. Die inoffizielle Party von Thees' Abiturjahrgang, einen Tag nach dem offiziellen Ball, von der jeder wusste und über die jeder sprach.

Auch Esther wollte dabei sein, natürlich, wegen Thees.

Zwei Tage zuvor hatte er ihr gestanden, dass er sie mochte. Ihr gesagt, wie gern er Zeit mit ihr verbrachte. Und sie lange angesehen, sodass Esther ganz flau wurde.

Mit wem sie nicht gerechnet hatte, war Susann gewesen. Susann, die Überfliegerin, klug und redegewandt, die schon vor der Zeugnisübergabe nach Hamburg gezogen war und jetzt den ganzen Abend an Thees' Seite klebte. Und Thees ging auf sie ein, lachte mit ihr, fragte sie nach ihrem Studium aus.

Das Feuer loderte, Strandgut war zusammengetragen worden, nur Esther war kalt. Sie konnte sich nicht mehr rühren, während Susann auf der anderen Seite des Feuers Witze riss und Storys aus der Großstadt zum Besten gab. Immer wieder stieß sie Thees wie zufällig an, legte ihm die Hand auf den Arm.

Sie hatte ihn als Flirtopfer erkoren. Susann. Der Star des Jahrgangs mit ihren lebhaften Locken und ihrer Stupsnase. Den Kulleraugen und den endlos langen Beinen. Die das immer einzusetzen gewusst hatte, auch bei den Lehrern. Dazu war sie auch noch überdurchschnittlich begabt, hatte als Erste eine Berufsvorstellung gehabt und sich für Medizin eingeschrieben.

Jetzt verpasste Susann Thees spielerisch einen Stoß mit dem Ellbogen, übertrieb ihre Empörung, er lachte, Esther hatte den Witz verpasst, und dann gab sie ihm vor aller Augen einen Kuss, ohne dass Thees sich ernsthaft wehrte.

Esther spürte, wie sie innerlich schrumpfte, bis es sich anfühlte, als wäre sie gar nicht mehr vorhanden. Sie war wie gelähmt, unfähig, aufzustehen und zu gehen.

Nach einer Weile bemerkte sie, dass Thees und Susann nicht mehr am Feuer saßen.

Esther starrte ins Leere und begann, von hundert rückwärts zu zählen, um bei null endlich aufzubrechen. Martin aus ihrer Stufe näherte sich ihr zögernd mit einem Bier und setzte sich hocherfreut neben sie, als sie danach griff. Was er redete, wusste sie nicht mehr. Als er näher rückte, rührte sie sich nicht. Und als er triumphierend den Arm um sie legte, ließ sie es zu. Martin mit der Lederjacke und der Gitarre. Der sie immer attraktiv gefunden hatte, das wusste sie, um den sich einige Mädchen des Jahrgangs rissen.

Bei minus eins erhob sie sich, murmelte, sie müsste sich übergeben, und wankte über den Strand nach Hause. Ein Stück weit stolperte Martin hinter ihr her, rief, sie solle warten, er würde sich um sie kümmern, aber sie hatte ihn bald abgehängt.

Dass sie Thees nicht mehr begegnete, darauf achtete Esther peinlich bemüht. Ließ es sich nicht vermeiden, wandte sie sich ab und ging ihm aus dem Weg. Maj-Britt bat sie, ihrem Bruder zu sagen, dass er sich bitte nicht mehr bei ihr melden sollte.

Mit Martin war sie tatsächlich ein paar Wochen zusammen, zumindest tat sie so. Und als Thees Sankt Peter-Ording kurz darauf verließ, um in Hamburg seinen Zivildienst abzuleisten, saß sie bei Okke und heulte. Sobald sie ihr Abitur in der Tasche hatte, zog sie selbst weg. Weit weg. Zunächst nach Frankfurt. Dann nach München. In Hamburg landete sie erst viel später, als angestellte Redakteurin einer Frauenzeitschrift.

Ein leises Pling! drang in Esthers Bewusstsein. Dörthe legte den Löffel ab und hob das Glas an die Lippen. Sog geräuschvoll am Strohhalm. »Mmh, très bon.« Dann schürzte sie die Lippen. »Okay, verstehe, von dir erfahren wir nichts.«

Sie wandte sich an Maj-Britt. »Und was ist das jetzt mit dem Haus? Es scheint dich ja zu stören, dass dein Bruder da wohnen will.«

Maj-Britt schüttelte leicht den Kopf. »Darüber mag ich jetzt nicht reden. Ich sag mal so: Bauland ist quasi Gold hier in Sankt Peter. Thees möchte das Haus behalten, ich bin davon ausgegangen, dass es verkauft wird. Geerbt hat es meine Mutter.«

»Ist das nicht so eine alte Kate, vermoostes Reetdach, Fenster mit Eisblumen an den Scheiben, halb versunken im Morast?« Dörthe rührte wieder heftiger.

»Ja, genau. So, wie es ist, kann da eigentlich kein

Mensch wohnen. Neu bebaut wäre das aber ein feines Eckchen. Etwas abseits und trotzdem nah am Ort gelegen. Das Grundstück ist riesig, da würden auch drei Häuser drauf passen.«

Esther erinnerte sich. Das alte Bauernhaus nahe des Tümlauer Koogs, kein Haubarg, ein einfaches friesisches Reetdachhaus in den Wiesen, ein paar Bäume drum herum, sodass man es aus der Ferne nicht sah.

Einmal hatte sie Thees dorthin begleitet. Er hatte gelacht und die gebeugte kleine Frau umarmt, die sich auf die Zehenspitzen gestellt und ihm über die Wange gestrichen hatte.

»Aber eigentlich gehört es deiner Mutter. Die müsste das also entscheiden.«

»Theoretisch schon. Ich dachte eben ... ach, was auch immer.«

Ein bitterer Zug erschien um Maj-Britts Mundwinkel.

»Und Thees hält es dort aus?«, erkundigte sich Dörthe.

»Offenbar ja, er ist jedenfalls eingezogen.« Die scharfen Linien neben ihrem Mund wurden tiefer.

»Ist es dort nicht schweinekalt? Mich würde ja kein Mensch mehr in so eine Hütte kriegen. Brrr!« Dörthe klapperte demonstrativ mit den Zähnen.

»Aber ihr habt früher doch selbst in einem alten Haus gewohnt, du und deine Familie«, stellte Esther überrascht fest.

»Eben. Meine Mutter fand es romantisch.« Dörthe verdrehte die Augen. »Die Wahrheit ist, für etwas anderes hatte sie kein Geld. Nein danke. Von zugefrorenen Wasserhähnen und Mäusen im Zimmer habe ich für den Rest meines Lebens genug.«

»Mäuse?«

»Die waren immer mal wieder im Haus, auch wenn wir die Löcher zustopften. Irgendwelche Wege haben sie gefunden. Meine Mutter hat Fallen aufgestellt, und meine Schwester hat die Fallen wieder weggenommen. Sie fand die Mäuse niedlich. Nie wieder.«

»Was macht deine Schwester denn jetzt?«

»Ist Polizistin in Berlin. Wir haben wenig Kontakt.«

»Und deine Mutter?«

»Pffft ... Lebt in Portugal, irgendwo an der Küste.«

»Geht es ihr gut? Malt sie noch?«, wollte Esther wissen.

»Sie schlägt sich durch. Versucht, ihre Bilder an Touristen zu verkaufen. Sie hat ja nie richtig gearbeitet, da fehlt die Rente.« Dörthe dachte an das Geld, um das ihre Mutter sie manchmal bat, um zum Zahnarzt gehen zu können. An die Summen, die sie ihr überwies und die sie anschließend zu vergessen versuchte.

Dann fiel ihr Blick auf Maj-Britt, die wie versteinert dasaß. Dörthe schloss die Augen. Dass man sich schlagartig so schlecht fühlen konnte. Diese alte Geschichte. Lange hielt sie diese Fasterei nicht mehr aus. Und warum klingelte jetzt auch noch ihr Handy?

Es erinnert sie daran, dass sie mit Konstantin sprechen musste. Und zwar dringend.

Warum, bitte, kam immer alles auf einmal?

»Oh nein«, murmelte sie, »das hatte ich tatsächlich vergessen.«

Kapitel 8

Dörthe drückte ihre Knie Richtung Boden und legte die Handrücken locker darauf ab.

Yoga mit Janina stand auf dem Programm. Janina verschränkte die Beine und richtete sich kerzengerade auf, die Kursteilnehmer versuchten angestrengt, etwas Schneidersitzähnliches hinzubekommen.

Dörthe blinzelte. Die Sonne knallte durch die großen Fensterscheiben und blendete sie. Janina, lächelnd, in weißer Kleidung, betrachtete sie mit unerschütterlicher Freundlichkeit. »Und jetzt gehen wir in den Vierfüßlerstand ...«

Wie mühelos es wirkte. Dörthe wuchtete sich hoch, ebenso wie die anderen Teilnehmer des Kurses es taten. Unterdrücktes Stöhnen und Seufzen um sie herum.

»Und atmen ... und halten ... halten ... und lösen ...«

Dörthe musste an den gestrigen Abend denken. Es kam ihr vor wie ein Traum. Als ob es den Gasthof gar nicht gegeben hätte. Rocky Horror Picture Show, surreal, mystisch. Hatte es gewittert, als sie dort ankam? Nein, nur diesen Wolf hatte sie gesehen. Ein Zeichen? Dazu passte nicht, dass dieser Gasthof ihr so rettend erschienen war wie eine Oase in der Wüste.

Was war das für ein Typ, der ihr das Essen serviert hatte? Der schien ja völlig allein gewesen zu sein. Wo hatte der Gasthof überhaupt gelegen? Irgendwo zwischen Sankt Peter-Ording und Garding. Hatte es diese Lokalität früher schon gegeben? Dörthe konnte sich nicht erinnern. Sie musste Esther und Maj-Britt doch noch mal darauf ansprechen.

Ja, es war schräg gewesen. Und gleichzeitig ... hatte dieser Mann völlig normal auf sie gewirkt. Normaler jedenfalls als das Personal hier in der Klinik, als Janina, die genussvoll die Glieder dehnte und den Kopf nach hinten bog. »Und dehnen ... und halten ...« Zufrieden und völlig ungerührt sah sie die schwitzenden Teilnehmer an.

Dörthe wurde heiß. Sie war einfach nicht so beweglich. Ihre Hüften, die konnte sie schwenken, tanzen, das tat sie gern, aber diese Verrenkungen ... Wozu sollte das gut ein? Verdammt noch mal – wozu? Vor allem jetzt, da sie sich so unlocker fühlte wie selten zuvor.

Wut stieg in ihr auf. Wut auf Janina, diese Streberin, auf die Welt und vor allem auf sich selbst. Das, was sie gestern getan hatte, nannte man sündigen. Sie hatte gesündigt. Eindeutig. Sie hatte sich verführen lassen von diesem Kerl in der Küche und seinem duftenden Essen. Und jetzt musste sie büßen. So einfach war das. Hätte sie widerstanden, müsste sie diese Tortur nicht auf sich nehmen. Dann wäre es vermutlich leichter, ihr Bauch etwas dünner.

Dörthe presste die Lippen zusammen und zwang sich in die geforderte Position.

»Alles okay?« Janinas betont weiche Stimme. Sie kam aus Sachsen, das hörte Dörthe. »Schön locker bleiben! Und lächeln!« Lächeln. Haha.

»Und ausatmen ... und dehnen ... zehn Atemzüge halten ...«

Shit. Was machte sie hier? War das noch sie?

Und dann fiel ihr Konstantin wieder ein. Der nicht mehr geantwortet hatte auf ihre Nachrichten, hunderttausend waren es gefühlt. »Süßer, was machst du jetzt??? – Verdammt, denk nach. Nur ein einziges Mal. – Einen Zukunftsplan, den hätte ich gerne von dir. Und zwar bis morgen!!« Und so weiter. Ihre gestrige Gefühllosigkeit, der Schock des ersten Moments, hatte sich in Sorge und Wut verwandelt.

Konstantin hatte das offenbar vorhergesehen, er wusste, wie aufgebracht seine Mutter war, und ließ sie auflaufen. Und obwohl Dörthe das Spiel kannte, war sie zornig. Was bildete der Junge sich eigentlich ein? Wann, bitte schön, wollte er endlich erwachsen werden?

»Und dehnen ... «

Dörthe dehnte.

Hätte sie nur früher in ihrem Leben damit angefangen, Sport zu treiben.

»Und locker lassen ... ausatmen ... und wieder anspannen ...«

Das war bereits die zweite Lehre, die Konstantin geschmissen hatte. Aufs Abitur hatte er verzichtet.

»Arbeiten ist viel besser. Ach, Mom«, nachsichtig hatte

er auf sie herabgeschaut, dieser großgewachsene Junge mit dem strahlenden Gesicht, auf den Dörthe so stolz war. Aber dann hatte er nicht gearbeitet oder nur ein bisschen, hatte ein paar Wochen auf dem Bau gejobbt und wieder die Lust verloren. War mit zwei Freunden losgefahren, die einen alten Ford-Transit hatten, mit einer Matratze und Zelt hinten drin, der Roadtrip wurde bei Facebook gepostet, bis der Transit bei Saint-Tropez den Geist aufgab. Danach hatte er sich für die Abendschule eingeschrieben. »Ich hole das Abi nach«, hatte er verkündet. Und nach drei Monaten aufgehört. »Ich bin einfach nicht so der Lerntyp.« Es folgte seine Lehre bei der Bank. »Kohle machen, das fänd ich gut.«

Und jetzt der Abbruch. Nach einem Dreivierteljahr.

»Und locker lassen ... nach vorne beugen ... und in die Knie gehen ...«

Janina lächelte tiefenentspannt, Dörthe beugte sich verbissen nach vorn.

Ein plötzlicher heftiger Schmerz schoss ihr in den Rücken.

Sie schrie auf und krümmte sich.

Dann wurde ihr schwarz vor Augen.

• • •

Maj-Britt ließ den Kopf auf die Arme sinken. Diese Müdigkeit, die sie in letzter Zeit häufiger erfasste. Sie zwang sich weiterzumachen. Mit Stift und Papier in der Hand und dem aufgeklappten Laptop vor sich bilanzierte sie, was sie im letzten Monat erwirtschaftet hatte. Es war eine einfache Rechnung. Und die sah nicht gut aus.

Weihnachten war noch ganz anständig gelaufen, da hatte sie wieder eröffnet, Silvester nicht so gut, wie sie gehofft hatte, und danach war der Umsatz eingebrochen.

Weihnachten. Sie selbst hatte während der Feiertage keine ruhige Minute gehabt. Jette und Jannis waren zu Besuch gewesen, sie wünschten sich immer noch den von Kerzen erhellten Baum, ganz klassisch, wollten, dass sich nichts änderte, mit Geschenken und Gänsebraten und Besuch in der Dorfkirche an Heiligabend. So wie früher.

Aber es war nicht mehr wie früher.

Jannis und Jette hatten sich beschwert, dass sie so viel im Restaurant war, obwohl sie noch um Mitternacht den Baum geschmückt, Geschenke verpackt und die Gans vorbereitet hatte. Lust zu helfen hatten sie nicht gehabt, ihre eigene Mutter hatte sich um ihren Vater gekümmert, der immer klappriger wurde und sogar sie, seine Tochter, manchmal nicht mehr erkannte, ihrem Bruder war sie aus dem Weg gegangen. Der Zauber fehlte, der Zauber einer heilen Familie, und Maj-Britt hatte sich zu sehr zusammenreißen müssen, um wenigstens ansatzweise so locker zu sein, wie ihre Kinder das gern gehabt hätten.

Dass sie nächstes Jahr dann ja bei Papa sein würden, hatten sie angedeutet. Natürlich, sein Hotel war verlockend. Snowboard und Ski fahren, mit dem Schneemobil die Hänge hinunterdüsen – Michaels Hütte hatte Glamour, zielte aufs wohlhabende Publikum, klar, dass dem Nachwuchs das gefiel. Und seine Neue fanden sie lustig, sie war jünger und sogar schon mit ihnen auf Popkonzerte gegangen, sie hatten offenbar eine Menge Spaß gehabt.

Sie wollte nicht darüber nachdenken. Michael war weg, und gegangen war mit ihm: eine Arbeitskraft, jemand für die Kinder, jemand, der selten den Überblick verlor. Jemand, der hier mit anfasste und dort Dinge regelte.

Sie hatten den Betrieb zusammen geführt und die Routine als Paar hervorragend gemeistert. Zeit zu zweit hatten sie kaum gehabt. Aber hätte man das nicht hinkriegen können? Hätte es nicht sowieso eine neue Phase gegeben, die Kinder waren schließlich aus dem Haus? Maj-Britt verstand bis heute nicht, warum Michael nicht bereit gewesen war, es noch einmal zu versuchen. Sie sah die äußeren Gründe. Aber gab man dafür eine langjährige Ehe auf? Es nützte nichts. Er hatte sich anders entschieden. Da war nichts zu machen gewesen, er hatte die Chance zur Veränderung ergreifen wollen – aber nicht mit ihr. Ob es wirklich nur die Sehnsucht nach den Bergen gewesen war? Der Wunsch, das Hotel seines Vaters weiterzuführen? Diese rotwangige Sommelière – Maj-Britt kannte sie nur von Bildern –, in ihrem Job auch noch erfolgreich, war plötzlich da, und sie war schließlich der Auslöser dafür gewesen, dass er die Scheidung einreichte.

Mit ihren Gefühlen hatte Maj-Britt über Wochen gekämpft. Immer wieder war sie in Löcher gefallen, obwohl sie über den Dingen zu stehen versuchte. Wut und Rache waren unter ihrer Würde, fand sie, und für Trauer hatte sie keine Zeit. Ihre Energie brauchte sie schließlich für die *Seeschwalbe*. Die wollte sie auf keinen Fall aufgeben, auch wenn der Ausgleich nach der Scheidung die Rücklagen verschlungen hatte und jeder ihr prophezeite, dass sie es allein nicht schaffen würde. Vor allem ihre Eltern. Sie hatten Michael gemocht, und es war, als sähen sie die Schuld an der Trennung insgeheim bei ihr, der eigenen Tochter.

Schließlich hatte sie sich herausgearbeitet aus dem Schlamassel. Schritt für Schritt.

Und auch jetzt. Sie würde sich nicht mit Grübeleien an die Vergangenheit belasten, sondern sich auf die *Seeschwalbe* konzentrieren. Volle Kraft voraus. Und die Kinder würden schon wieder an Land kommen.

Werbung wollte sie machen. Ihre Homepage aktualisieren, den Facebook-Account. Dafür war immer Michael zuständig gewesen. Konnte Jannis sich nicht darum kümmern? Sie seufzte.

Die neuen Öffnungszeiten mussten bekannt gemacht werden.

Dass sie an den Wochenenden geöffnet hatte, war vielen Wintergästen offenbar nicht klar. Hatte sie das unterschätzt in ihrer Kalkulation? Sie war davon ausgegangen, dass die Strandbesucher ganz selbstverständlich bei ihr einkehren würden, so wie im Sommer. Aber viele dachten offenbar, dass die *Seeschwalbe* geschlossen hatte, und kamen nicht auf die Idee, sich vom Gegenteil zu überzeugen. Zumal sie etwas abseitslag, nicht im Ortsteil Bad, wo sich die meisten Touristen aufhielten. Darüber konnte auch der letzte Sonntag, an dem das Restaurant ungewöhnlich voll gewesen war, nicht hinwegtäuschen. Nein, sie war eher ein Geheimtipp, immer gewesen, eine Anlaufstelle für die Individualisten. Und besonders viele Besucher gab es im Winter ohnehin nicht.

Ja, sie musste verkünden, dass die *Seeschwalbe* auch im Winter flog. Und sie musste den Umsatz steigern. Und zwar möglichst schnell. War gehobene Küche wirklich das richtige Konzept?

Maj-Britt grübelte. Wie von selbst malte sie mit dem Stift auf dem Papier ein paar Linien, schrieb Worte. Zeichnete Wolken, den Strand, dampfende Teller. Wattwanderungen mit anschließender Einkehr und original friesischer Küche? Verbunden mit Sprachkursen auf Platt? Oder sogar auf Nordfriesisch? Kochkurse? Dann müsste sie den Restaurantbetrieb, wie sie ihn bisher führte, aufgeben, beides zugleich ging nicht.

Eine Bekannte von ihr bot in Husum erfolgreich Kochkurse an, sehr beliebt bei Geburtstagsfeiern, Firmenevents und Junggesellenabenden. *Sannes Kochkiste*. Das lief. Aber sie selbst hatte hier ein Pfahlbaurestaurant, eines der Wahrzeichen von Sankt Peter-Ording. Sie hatte Gäste zu bedienen, eine Verpflichtung gegenüber dem Ort. Nein, keine Kochkurse.

Oder eher optisch denken? Kuchen, die wie die Muscheln geformt waren, die man am Strand finden konnte? Schwertmuscheln aus Schokolade und Wattwürmer aus Karamell? Bei Kindern fände das sicher Anklang. Aber bei Erwachsenen? Damit es gut aussähe, müsste sie einen Patissier beschäftigen, aber wo sollte sie den herbekommen und wovon bezahlen? Der Aufwand war zu hoch.

Sie malte, zeichnete, überlegte.

Schob das Blatt beiseite, auf dem eine einzige Zahl stand. Das andere Blatt, auf dem viele Zahlen standen, segelte zu Boden. Viele Zahlen, eine Tendenz. Und ein Datum.

Wenn es bis dahin nicht aufwärtsging, war sie im April dieses Jahres pleite.

• • •

Dörthe humpelte die Strandpromenade entlang. Einen geschlagenen Tag lang hatte sie auf dem Bett gelegen, mit Wärmflasche im Kreuz, dann hatte sie es nicht mehr ausgehalten.

Konstantin hatte sich nur kurz dazu herabgelassen, mit ihr zu sprechen, dann war er erneut auf Tauchstation gegangen. »Ich regle das schon.«

Seine Pläne hatte sie ihm zu entlocken versucht, ihn beschworen, sich bei seinen Ausbildern zu entschuldigen und weiterzumachen.

»Ich will gar nicht weitermachen«, hatte er ihr erklärt, »das war die falsche Ausbildung für mich.«

»Und jetzt?!«, hatte sie ihn angeschrien.

»Ich weiß es nicht. Jobben«, hatte er entgegnet und: »Mama, so nicht.«

Nein, so nicht. Anschreien ging gar nicht. Sie wusste ja, dass er seine eigenen Wege ging, und trotzdem, je mehr Schlenker sein Weg aufwies, desto übler wurde ihr. Diese wahnsinnige Sorge, die Verantwortung. Und das schlechte Gewissen, dass sie ihm keinen Vater bieten konnte.

Konstantins Erzeuger war eine Zufallsbekanntschaft gewesen, auf einer Fortbildung, noch dazu der Leiter. Dass sie zwar verhütet hatten, sie jedoch trotzdem schwanger geworden war: Pech, mal wieder, und typisch für sie. Aber Abbruch kam nicht infrage, nein, sie wollte dieses Kind. Sie liebte es, schwanger zu sein, wurde noch ein bisschen runder und fühlte sich rundum gut. Die Geburt verlief unkompliziert, alles war unkompliziert, Konstantin war ein lebhafter, aufgeweckter Junge, der früh in die Kita kam und von allen gemocht wurde. Dörthe arbeitete halbtags und liebte ihren Sohn abgöttisch – aber das Gefühl, ihm keine heile Familie bieten zu können, war ein Makel, der blieb.

Konstantin zu haben empfand sie als Glück, er war das Größte in ihrem Leben, ein Geschenk des Schicksals – mit seinem Erzeuger allerdings wollte sie nichts zu tun haben. Nachher hätte er noch Ansprüche angemeldet, nee, besser nicht.

Der abwesende Vater, das funktionierte, solange Konstantin klein war. Als er in die Pubertät kam, hatte er nicht nachgelassen: Was denn jetzt wäre mit seinem »Erzeuger«? Und weil Dörthe ihren Sohn nicht anlügen konnte, hatte er ihr den Namen entlockt. Konstantin war zu seinem Vater gefahren, achthundert Kilometer entfernt. Und was auch immer passiert war, danach hatte er selbst keine Lust mehr gehabt, seinen Vater wiederzusehen. »Wozu? Um ihm Unterhalt aus dem Kreuz zu leiern? Nee, keinen Bock drauf!«

Und trotzdem: Irgendwelche Spuren schien es hinterlassen zu haben, Konstantin war unkonzentriert, reizbar, schmiss kurz darauf die Schule.

Dörthes Schuldgefühle wuchsen. Sie versuchte, ihren

Sohn zu unterstützen, ihn nicht zu drängen, Verständnis zu zeigen. Und trotzdem platzte sie regelmäßig. Die Geradlinigkeit, um die sie selbst kämpfte, die wünschte sie sich auch für ihren Sohn. Dass er eine Verwaltungsfachausbildung machte, so wie sie, das erschien ihr wünschenswert. Besser noch ein Studium. Jura, Medizin. Etwas Vernünftiges, das ihn absicherte für alle Zeiten. Wie es anders ging, das hatte sie schließlich selbst erlebt, das wollte sie ihm um jeden Preis ersparen.

Die Ausbildung in der Bank hatte sie sehr erleichtert. Und jetzt das.

Schritt, Schritt und noch ein Schritt. Im Zimmer zu liegen war keine Lösung gewesen. Sie hatte Tee getrunken, bis er ihr zu den Ohren herauskam, die Zeitschriften aus der Patientenbibliothek durchgeblättert, bis sie genau wusste, wie sie aussehen und sich fühlen musste, um gesund, glücklich und erfolgreich zu sein, und bestimmt fünf zerfledderte Liebesromane überflogen.

Das Fasten sollte sie trotzdem durchhalten, hatte der schlecht gelaunte Arzt ihr geraten. Sie wolle doch abnehmen, oder etwa nicht, deshalb sei sie doch hier? Ja, hatte sie erwidert, ja sicher. Und auch das Bewegungsprogramm solle sie durchziehen. Sie hätte schließlich keinen Bandscheibenvorfall, sondern nur einen Hexenschuss. »Sie sind doch, hm, eine starke Frau, Frau Michels, oder nicht?« Dabei hatte er fast so etwas wie gelächelt.

Mit Fred hatte sie telefoniert. Er wurde ganz aufgeregt, als sie andeutete, dass sie sich am liebsten »so richtig vollfressen« würde. »Tu's nicht, Purzelchen. Alles bricht zusammen, wenn du das tust. Du fühlst dich schlecht, du isst noch mehr, Jo-Jo-Effekt, und was dann? Eben. Denk an die neue Stelle!«

Dörthe hatte hilflos geschwiegen.

»Geh walken«, hatte er ihr geraten, »mach jeden Tag zehntausend Schritte. Du besorgst dir eine Pulsuhr, die müssten sie in der Klinik doch haben, außerdem lädst du dir eine App aufs Handy, die deine Schritte zählt. Du wirst sehen, das motiviert ungemein, und der Blick aufs Meer müsste dich doch belohnen!«

»Hier gibt es kein Meer, nur Salzwiesen«, hatte Dörthe eingewandt, aber Fred hatte nicht mehr zugehört.

Und er hatte ja recht. Bewegung half beim Abnehmen, das hatten sie in der Klinik regelrecht beschwörend deutlich gemacht. Deshalb all die Fitnesskurse. Und nur deshalb quälte sie sich jetzt die Strandpromenade entlang. Erlebnispromenade hieß sie hier. Rechts, links, rechts, links, klick, klack, klick, klack. Die Walkingstöcke hatte sie aus der Klinik mitgenommen. Die App hatte sie tatsächlich heruntergeladen, zweitausend Schritte hatte sie doch bestimmt schon geschafft, oder?

Dörthe fror. Es war kaum jemand unterwegs. Verfluchter Wind. Und diese App … funktionierte nicht, sie zeigte nichts an.

Dörthe klemmte die Stöcke unter den Arm und zog die Handschuhe aus. Während sie auf ihr Handy starrte und vergeblich darauf herumtippte, ging sie weiter. Jeder Schritt zählte. Beknacktes Handy.

Ah, jetzt erschien ein Balken, ein Diagramm. Und die

Pulsuhr? Sie schob den Ärmel hoch. Die zeigte etwas an. Waren das normale Werte? Schritte gewinnen. Schneller gehen. Was war das denn? Jetzt passierte gar nichts mehr!

Wumm.

Sie war in jemanden hineingelaufen.

Dörthe erschrak. Die Werte schnellten in die Höhe.

»Probleme?«, fragte eine weiche Stimme von oben.

Sie musste sehr weit nach oben gucken. Und sie sah erst einmal – nichts. Einen gestrickten Schal. Darüber eine spitze Nase. Und blitzende Augen unter buschigen Brauen. Darüber wiederum eine Mütze in derselben Farbe wie der Schal.

»Oh nein, danke!« Dörthe trat zwei Schritte zurück und ging weiter. Fünf, zehn, fünfzehn. Dann blieb sie stehen und sah sich um.

»Sie humpeln!«

»Und Sie sind angewachsen!«

Was war das denn für ein schräger Vogel? Wie eine Krähe sah er aus in seinem langen Mantel und dem flatternden Schal. Er hüpfte auf einem Bein, dann auf dem anderen, breitete die Arme aus wie im Segelflug und kam so auf sie zu.

»Ich fliege«, sagte er ernst. Dann zog er seine Mütze ab und verbeugte sich.

Dörthe spürte, wie Röte ihr Gesicht überzog.

Was machte dieser Typ hier? Wie ein Tourist sah er nicht aus, die waren immer funktionsverpackt. Eher wie ein Künstler. Dieser Mantel, so altmodisch. Und, meine Güte, war der Kerl lang.

»Okay.« Dörthe lächelte leicht übertrieben. »Na, dann fliegen Sie noch ein bisschen weiter. Ich muss.«

Sie drehte sich um, wollte ihr Handy in die Tasche stecken, versuchte einen würdevollen Abgang. Der ganze Rücken tat ihr weh. Scheißhexenschuss.

Das Handy rutschte ihr aus den klammen Fingern an der Jackentasche vorbei und fiel zu Boden.

Dörthe starrte es an. Wenn ich mich jetzt bücke, schießt es wieder ins Kreuz, dachte sie. Sie traute sich nicht.

»Brauchen Sie Hilfe?«

»Wenn Sie so nett wären«, sagte Dörthe. »Ich hab nämlich ...«

Der Vogeltyp bückte sich elegant und präsentierte ihr das Handy, das in diesem Moment eine Melodie von sich gab.

Konstantin! Dörthe wollte zugreifen.

Auf einmal war es verschwunden. Irritiert blickte sie auf die leere Handfläche.

Mit der anderen Hand griff der Krähenmann hinter seinen Rücken und zauberte das Handy hervor.

Ein kleines Fingerspiel folgte. Wieder war das Handy weg. Er zog es aus seinem rechten Ärmel. Dörthe hätte schwören können, dass es in seiner Manteltasche hätte stecken müssen. Sie musste unwillkürlich grinsen.

Schließlich reichte er es ihr mit einer Verbeugung. »Gut drauf aufpassen!«

Ein Zauberer. Cool. Das war ja mal etwas anderes.

»Nicht schlecht. Machen Sie das öfter?«, fragte Dörthe

betont lässig und wies mit dem Kopf auf die leere Promenade.

»Im Moment nicht. Aber im Sommer, wenn mehr Feriengäste da sind, würde es sich lohnen. Das habe ich tatsächlich schon überlegt.«

»Wenn man sonst nichts zu tun hat«, entfuhr es Dörthe.

»Oh, ich habe eine Menge zu tun.« Er lächelte fein. »Aber es ergänzt sich.«

Sehr interessant. Aber womit sollte sich Zauberei ergänzen? Dörthe beobachtete, wie er die Finger rieb und seine Hände wärmte. Vielleicht ein Taschendieb? Der die Leute so gewitzt bestahl, wie er sie verzauberte? Sie wusste nicht, warum ihr das durch den Kopf schoss. Dörthe Michels, du hast eine blühende Fantasie, schalt sie sich.

»Es sind mehr Kinder da, viele Familien, die sind oft leichter zu beeindrucken. Dann funktionieren die Tricks besser.«

Er steckte die Hand in die Manteltasche und zog etwas hervor. Eine schlichte Uhr, die er durch die Hand gleiten ließ.

Wie jetzt, sollte ihre Annahme etwa zutreffen? Das konnte nicht sein, oder? Sie sah ihn noch einmal scharf an. Der schräge Vogel beklaute die Leute? Sogar Kinder?

»Die hier hab ich allerdings gefunden. Ich muss noch herausfinden, wem sie gehört.«

Aha. Na dann. Ob es nun stimmte oder nicht, sie würde sicherheitshalber auf Abstand gehen. Dörthe nickte knapp. »Ich muss dann mal.«

Er sah aus, als würde er es bedauern. »Vielleicht sieht man sich?« Klang das etwa hoffnungsvoll?

Ach, nee, besser nicht, dachte Dörthe, drehte sich mit einem Ruck um und klickerklackerte grußlos davon.

Kapitel 9

Esther hob den Milchkaffee an die Lippen. Dörthe, die ihr gegenübersaß, rührte versonnen in einer Tasse mit grünem Tee.

»Bald kenne ich alle Teesorten. Der Winter des grünen Tees. Klingt doch poetisch.«

Sie hatten sich wahrhaftig zum Walken verabredet. Für Esther eine Herausforderung, da sie kaum vorwärtskamen. Ständig blieb Dörthe stehen und beschwerte sich. Kontrollierte die App, die ihre Schritte zählte. Lief anschließend umso eiliger los, um bald darauf wieder schnaufend innezuhalten. Nein, mit Ausdauer tat Dörthe sich schwer. Dabei war sie so lebhaft. Und kaum waren sie gestartet, hockten sie schon im Fisch-Schnellrestaurant an der Seebrücke.

»Bis hierhin und nicht weiter, der Mensch braucht Pausen«, hatte Dörthe behauptet, und Esther hatte sich die Bemerkung verkniffen, dass man nur dann etwas erreichte, wenn man durchhielt, wenn man auch mal an seine Grenzen ging, am besten darüber hinaus.

»Bekommst du in deiner Kur denn wirklich überhaupt

nichts zu essen?«, erkundigte sie sich stattdessen diplomatisch.

»Oh doch, eine Menge: klare Suppen, verschiedene Säfte von Obst und Gemüse, Fenchel, Karotte, Sellerie – die Auswahl ist groß!«

»Und, hast du das Gefühl, dass es dir bekommt?«

»Aber ja. In gewisser Weise fühle ich mich leicht und luftig. Fast zum Abheben. Heute Morgen hatte ich sieben Pfund weniger auf der Waage. Hammer, oder? Und trotzdem fehlt was.«

Esther lachte. »Jetzt mal ganz unter uns: Isst du denn wirklich so viel? Ich finde, du siehst gut aus.«

»Danke, das ist lieb. Aber etwas schlanker wäre nicht schlecht.«

»Findest du das selbst, oder sagt dir das dein eheähnliches Verhältnis?«

»Wie jetzt?«

Esther hob beschwichtigend die Hände. Aber Dörthes Brauen zogen sich bereits unheilvoll zusammen.

»Ja, genau, Freddy hat mir die Kur geschenkt. Ich finde das sehr süß. Was dagegen? Außerdem habe ich bald einen neuen Job. Er unterstützt mich.«

»Stimmt, das hast du erzählt, als Abteilungsleiterin.«

»Genau. Na ja, zumindest Leiterin einer Unterabteilung.«

»Dann hast du also mehr Verantwortung?«

»Richtig.«

»Und, bringt dich das beruflich vorwärts? Deinem Ziel näher?«

»Ja klar, was denn sonst?«

»Und dir gefällt die Arbeit?«

»Natürlich!«

Worauf wollte Esther bloß hinaus? Dörthe kam es vor, als würde sie fachmännisch zerteilt. Person Dörthe Michels, übergewichtig, unselbstständig, gebunden an einen Kollegen, der zwei Zentimeter kleiner war als sie und häufig ins Sportstudio ging. Angestellte einer Stadtverwaltung, Abteilung Abfallentsorgung, bald Leiterin der Unterabteilung gefährliche Abfälle. Perspektiven: Giftmülldeponie und Zimmerlinde.

Esther sah nicht so aus, als hegte sie böse Absichten, sie wirkte lediglich sachlich-interessiert. Esther blieb Journalistin, auch im privaten Umfeld, das begriff Dörthe auf einmal: nachfragen, nachhaken, so lange, bis sie die Dinge hübsch gefaltet in einer Schublade abspeichern konnte.

Sie als Freundin fühlte sich allerdings in die Enge getrieben. Ob ihr die Arbeit gefiele? Diese Frage verbot Dörthe sich seit fünfundzwanzig Jahren. Aber das ging Esther nichts an, die hatte schließlich ihren Traumjob gefunden.

»Also, noch mal fürs Diktiergerät: Mit der neuen Stelle habe ich mehr Verantwortung und mehr Geld und freue mich über die Chance, mich beruflich weiterzuentwickeln.«

Unendlich piefig und langweilig kam Dörthe sich auf einmal vor. Dieser fast mitleidige Blick. Aber wer, verdammt, gab Esther das Recht, über sie zu urteilen?

Esther beugte sich vor. Sie sah auf einmal weich aus, fast ein wenig verloren. »Weißt du, das wünsche ich mir manchmal. Etwas Sicheres zu haben. Jeden Tag eine klare Aufgabe. Ein festes Gehalt. Mir keine Gedanken machen zu müssen.«

»Bist du sicher?«, fragte Dörthe misstrauisch. »Für dich musste es die große weite Welt sein, das weiß ich doch genau!«

»Ja, schon. Und dann habe ich mich darin verloren.«

»Na ja, so groß ist die Welt nun auch wieder nicht!«

Esther lachte. »Du hast recht, und ich denke auch nicht ans Aufhören. Ganz im Gegenteil, ich möchte noch einmal durchstarten.« Sie erzählte Dörthe von der Reportage über den Staudamm, der Reise nach Kambodscha, der sie so sehr entgegenfieberte.

Dörthe hörte zu, das Kinn auf die Hände gestützt. »Klingt gut. Da kann man direkt neidisch werden. Obwohl, für mich wäre das nichts, ständig woanders. Ich bin durch den Lebenswandel meiner Mutter geschädigt. Bei Ortswechseln kriege ich Atemnot und Panikattacken.« Sie griff sich an den Hals.

Nein, Esthers unstetes Leben wäre nichts für sie, das wusste Dörthe. Sie war froh, dass sie endlich angekommen war nach all den Umzügen in ihrer Kindheit und Jugend. Mit Schwerin in einer mittelgroßen Stadt lebte. Ihren Job hatte und Fred und ihr kleines Reihenhaus. Es reichte ihr. Sie wollte nichts anderes.

Dörthe wunderte sich, dass sie trotzdem einen Stich verspürte. Tatsächlich war sie regelrecht wütend, weil Esther bald am anderen Ende der Welt sein würde. Weil das alles so richtig schien. Weil Esther wusste, was sie wollte. Weil sie ein Ziel hatte. Weil sie einfach ihre Sachen packte und aufbrach.

»Siehst du. So macht jeder das, was ihm passt.« Esther widmete sich nachdenklich ihrer Milchkaffeetasse.

Dörthe legte den Kopf in den Nacken. Alte Fischreusen hingen an der Decke, Fangnetze, ein ausgemusterter Rettungsring.

Dann sah sie wieder Esther an. »Zu mir passt also das Büro. Zimmerlinde. Aktenschränke. Abfallbehälter. Die Aufkleber mit der richtigen Nummer auf der Mülltonne. Anmeldung und Abmeldung von Müllgefäßen.«

»Habe ich nicht gesagt.«

Dörthe erhob sich überraschend wendig. »Komm, wir gehen weiter. Hier kriege ich keine Luft mehr.«

Esther nahm verwundert ihre Jacke. »Wie du meinst.«

Auf dem Deich rammte Dörthe verbissen die Stöcke in den Boden und legte ein ungewöhnliches Tempo vor.

»Hey, Dörthe, was ist denn los?«, wollte Esther wissen.

»Nichts.«

Mühelos ging Esther mit großen Schritten neben ihr her, während Dörthe immer schwerer atmete. Dörthes Handy klingelte, sie holte es kurz hervor, es steckte in einer quietschbunten Hülle, warf einen Blick darauf und packte es wieder weg.

»Hast du eigentlich einen Freund? Einen Lebenspartner?«, brach es plötzlich aus Dörthe heraus.

Überrascht sah Esther sie an. »Nein, zurzeit nicht.«

»Mal Kinder haben wollen? Verheiratet sein?«

»Ich bin ja oft unterwegs. Ich bin nicht so der Kuscheltyp. Ich komm gut alleine klar.«

In Dörthe wuchs der Zorn. Ja, Esther war immer alleine klargekommen. So war es leicht, durch die Weltgeschichte zu reisen. Wenn man niemandem verpflichtet war. Kein Kind hatte, das einen an sich band und das einen nachts nicht schlafen ließ. Zuerst, weil es Dreimonatskoliken hatte (wie die meisten Säuglinge), später, weil es einem anderen Jungen im Kindergarten den Zahn ausgeschlagen hatte (der Junge war unglücklich auf eine Stuhlkante gefallen), dann, weil es selbst einen Zahn verloren hatte (Fußball, ein Foul, er hatte es ausgeführt), »Durchgreifen, Frau Michels, wir müssen schon alle am selben Strang ziehen, nicht wahr? Da muss man vielleicht auch mal hart sein«, von der Lehrerin geäußert, vorwurfsvoll, als ließe sie mit ihrem Sohn zu Hause die Puppen tanzen; dann die Schlaflosigkeit wegen gefährdeter Versetzung, wegen langer Partys, schließlich, weil das Herzblatt sämtliche Ausbildungen abbrach.

Nein, Esther hatte keine Ahnung. Immer frei, immer ungebunden, bloß niemanden an sich herankommen lassen und nicht wissen, wie es war, wenn man jemanden verzweifelt liebte. Und zwar das eigene Kind. Wie es war, wenn man sich einen Partner ausgesucht hatte, mit dem es vielleicht nicht glamourös war, mit dem man sich aber wohlfühlte. Jemanden, mit dem es eheähnlich war, mit dem man zusammenwohnen und abends auf dem Sofa sitzen wollte, weil es auf unspektakuläre Weise passte. NA UND??!!

Dass Fred mit Konstantin Schwierigkeiten hatte, war der einzige Punkt, der nicht so ideal war. Aber Konstantin würde ausziehen, und Freddy wäre wieder gnädiger mit ihm. Dann müsste sie sich nicht mehr zerreißen. Ausziehen. Dann, wenn er seine Lehre fertig hatte und es sich leisten konnte, so war der Plan gewesen.

Seine Lehre.

»Verdammte Scheiße!«, brüllte Dörthe, blieb stehen und knallte ihre Stöcke auf den Boden.

• • •

»Sie hat sie einfach hingeworfen«, sagte Esther kopfschüttelnd.

Zur *Seeschwalbe* war sie weitergelaufen, allein, nachdem Dörthe abrupt umgekehrt war. »Ich brauch mal meine Ruhe«, hatte Dörthe geknurrt, und dann hatte Esther sie nur noch von hinten gesehen, die Stöcke schwenkend, mit wippendem Bommel.

Dass die *Seeschwalbe* heute geschlossen hatte, hatte Esther erst bemerkt, als sie die Treppen hochgestiegen war. Richtig, drei Tage die Woche hatte sie geöffnet, von Freitag bis Sonntag, aber Maj-Britts Auto stand davor, sie musste also da sein, und Esther hatte an die Tür geklopft, und Maj-Britt hatte sie reingelassen.

Maj-Britt zuckte die Schultern. »Lass sie, sie wird sich schon wieder beruhigen. Was war denn los?«

»Nichts. Sie hat mich gefragt, ob ich einen Freund habe.«

»Und, hast du einen?«

»Natürlich nicht!«

Maj-Britt lachte. »Siehst du, das ist das Problem. Du bist ungebunden.«

»Aber das ist doch meine Entscheidung!«

»Eben. Und noch schlimmer: Du entscheidest es einfach, sie hängt wahrscheinlich mehr schlecht als recht in ihrer Beziehung fest und beneidet dich um deine Unabhängigkeit!«

»Es gibt aber keinen Grund, mich zu beneiden«, murmelte Esther.

»Nein? Ach, komm!«

Nein, ganz bestimmt nicht, dachte Esther. Das einsame Gefühl, wie undichte Fenster, durch die der Wind strich, der einen nach und nach auskühlte. Das Gefühl, dass die anderen ganz weit weg waren und man nicht herankam an sie. Das Gefühl, Zuschauer zu sein und einfach nicht teilhaben zu dürfen an deren Leben. Der Eindruck, dass andere so wohlig eingebettet waren in ihre Familien, mit ihren Kindern, ihren Partnerschaften. Und man selbst frühstückte allein.

Natürlich war auch sie, Esther, mal mit jemandem auf dem Zimmer gelandet, nach einem Absacker in der Bar. Aber der innere Abstand blieb. Sie konnte nichts dagegen tun. Und immer, wirklich fast immer, hatte sie sich noch in der Nacht angezogen und war gegangen. Oder sie war in aller Frühe zum Joggen aufgebrochen und hatte einen Zettel hinterlassen und die Bekanntschaft für eine Nacht gebeten, besser fort zu sein, wenn sie wiederkäme.

Nur Philippe, mit dem war es anders gewesen. Drei Jahre lang hatten sie sich an verschiedenen Orten der Welt getroffen. Esther mochte sich kaum eingestehen, dass sie ihre Reportagen teilweise nach seinen Einsatzgebieten plante.

Ein paarmal im Jahr sahen sie sich in Hotels.

»Esther, ich kann keine Beziehung führen, meine Arbeit geht vor.«

Esther wusste, dass es ihm ernst damit war. Philippe hätte Kinder haben wollen. Zehn. Aber er konnte nicht. Er fühlte sich verpflichtet, das Leben zu dokumentieren, dort, wo es bedroht war. »Mit dir möchte ich Kinder haben«, hatte er in ihr Haar gemurmelt, wenn sie sich geliebt hatten, in Pakistan, Somalia, im Sudan. In den Krisengebieten war er unterwegs, unermüdlich, mit seiner Kamera, immer riskantere Einsätze wagte er, um die Menschheit aufzurütteln, um denjenigen eine Stimme zu geben, die keine hatten, Bilder zu zeigen von den verlorenen Regionen dieser Welt, den Bürgerkriegen, von der Welt unbeachtet mit Tausenden Toten. Sie war weit gereist, um ihn zu sehen. Ein Zuhause gab es nicht und auch keine Normalität.

Mit Philippe hätte sie gefrühstückt. Immer wieder. Im Bett des Hotels, im Frühstücksraum oder an einem Straßenimbiss. Ihn angeschaut, während sie heißen, starken Kaffee trank. Mit ihm eine Orange geteilt und eine Spalte mit den Lippen aus seinem Bauchnabel gepflückt.

Aber Philippe war tot.

Ein Irrläufer, eine vergessene Granate. Komplett zerfetzt war er gewesen, und sie hatte es erst Wochen später erfahren, von seiner Tochter. Sie hatte nicht einmal gewusst, dass er eine hatte.

Esther strich sich mit den Handflächen über das Gesicht, dann sah sie hinaus. Am Horizont verschwanden Meer und Himmel.

Maj-Britt sah sie immer noch zärtlich an. Sie legte Esther die Hand auf den Arm, dann stand sie leise auf und arbeitete weiter.

Als sie das nächste Mal an den Tisch kam, war dieser leer.

• • •

Über Mittag waren Wolken aufgezogen. Esther spürte die Kälte am Körper, vor allem an den Zehen. Alles war grau um sie herum. Als sie das Wasser erreichte, lief sie den Spülsaum entlang. Einmal schnupperte ein Hund an ihrem Stiefel, der Besitzer rief ihn zurück, sonst traf sie niemanden.

Das Rauschen der Brandung war wie eine Meditation. Die Wellen, die auf den Sand aufschlugen, ausrollten, sich zurückzogen. Aber hier am Wasser war Schluss, hier ging es nicht weiter. So viel Ende auf der Halbinsel Eiderstedt.

Die Wellen hatten Muster in den Sand gemalt. Ein rötlicher Schimmer im schwarzen Griesel, der sich in den feinen Mulden gesammelt hatte, zog ihre Aufmerksamkeit auf sich. Esther bückte sich. Tatsächlich, es war ein Klumpen Bernstein. Verfestigtes Harz aus einer Zeit, als es hier Wälder gegeben hatte und nicht das Meer, glatt gespült, die Rindenstruktur des Baumes, an dem er wie ein zähflüssiger Tropfen gehangen hatte, war noch zu erkennen.

Esther steckte den Bernstein in die Tasche und kehrte um. Weit und breit nur grau. Ein Spalt in den Wolken, ein

Lichtstrahl auf dem Wasser. Das Wasser war auflaufend, erst jetzt wurde es ihr bewusst. Hier, an dieser Stelle der Sandbank, machte es keinen Unterschied, sonst hätte sie darauf geachtet. Jemand kam ihr auf dem Strand entgegen, noch ein Stück entfernt. Sie kannte die Person nicht. Oder doch?

Oh doch, das tat sie.

Esther versuchte, ihre Atmung unter Kontrolle zu halten, während der Mann immer näher kam und ungerührt weiterzugehen.

Dann stand er vor ihr.

»Hallo, Thees. Wo zieht es dich denn hin?« Das mit der Atmung war nicht leicht.

»Zu dir.« Der Wikingerbart unter der Kapuze mit Fellbesatz, die aufmerksamen Augen.

»Hast du kein besseres Ziel?« Esther wehrte sich reflexartig, sie konnte nicht anders. Leute, die etwas von ihr wollten, musste sie auf Abstand halten. Wenn sie ihn auf diese Weise loswurde, auch gut.

»Hab ich. Sogar eine Menge anderer Ziclc. Ich würde dich aber gern begleiten, wenn es dir recht ist.«

Was sollte sie tun? Sie nickte. Thees gab ihr Windschatten, während er neben ihr herging, sie wusste nicht, ob es Absicht war oder Zufall. Er war ähnlich groß wie seine Schwester, dabei deutlich kräftiger. Und er hatte nichts von seiner Attraktivität verloren. Sie musste eingestehen, dass das Älterwerden ihm nicht geschadet hatte, im Gegenteil.

Eine Weile gingen sie wortlos nebeneinander her. Esther wusste nicht, was Thees dachte, wusste nicht, was er wollte, und sie würde einen Teufel tun und ihn danach fragen.

Wenn es darauf ankam, beobachtete Esther ihre Umgebung und schwieg. Thees schien das nicht zu stören. Andere Männer begannen meist zu reden, wenn sie nichts sagte, erzählten von sich, verwechselten Esthers Wortkargheit mit Interesse, bis sie unter einem Vorwand die Flucht antrat.

Sie gingen im selben Rhythmus. Thees schwieg einfach mit, und es war keinesfalls unangenehm.

Als der Hund, den sie schon auf dem Hinweg getroffen hatte, auf sie zusprang, lachte Thees und klopfte ihn. Dann drehte er sich kurzerhand zu ihr um. »Ich würde gern mit dir reden. Meinst du, das ist möglich? Du brauchst gar nichts zu sagen. Aber wenn du mir zuhörst, das wäre schön.«

Die plötzliche Hitze in ihrem Körper. Sie nickte andeutungsweise.

»Gut. Dann schlage ich vor, dass wir uns einen gemütlicheren Ort suchen.«

Esther registrierte wie von außen, wie ihr Mund sich öffnete. »Die *Stranddistel*?« Das war das nächste Pfahlbaurestaurant.

Thees schüttelte den Kopf. »Hat zu.«

»Dieser neue Laden, die *Almhütte*?«

Wieder ein Kopfschütteln. »Der Besitzer kennt mich. Wir haben kein so gutes Verhältnis. Kommst du mit zu mir?«

Das ging zu schnell. Esther spürte, wie sie innerlich gefror.

»Zu …«

»Ich muss mein Brot aus dem Ofen holen. Das wäre dann auch ein Imbiss, den ich dir anbieten könnte. Und eine Suppe. Was meinst du, wäre das gut?«

Kapitel 10

Eine halbe Stunde später wurden ihre Füße allmählich warm. Thees hatte ein Feuer im Ofen entzündet und ihr ein Paar geringelte Wollsocken gereicht. »Von meiner Oma. Jedes Jahr zu Weihnachten hat sie mir welche geschenkt, selbst gestrickt natürlich, und ich habe es nie über mich gebracht, sie wegzuwerfen.«

Das versprochene Brot war warm, duftete und hatte eine dicke Kruste.

»Backst du dein Brot immer selbst?«

Thees bestrich eine Scheibe mit gelber Butter. »Ja, meistens. Es schmeckt mir besser als das gekaufte und es ist eigentlich nicht schwer. In Finnland habe ich damit angefangen. Inzwischen kann ich mehrere Rezepte und probiere immer wieder etwas Neues aus.«

Die Gemüsesuppe war heiß und schmackhaft und passte sehr gut zum Brot, wie Esther feststellte. »Mal ehrlich, war es Absicht, dass du mich getroffen hast, oder Zufall?«

»Halb und halb. Ich wollte tatsächlich an den Strand. Meine Schwester, bei der ich kurz reingeschaut habe, sagte mir, dass du gerade gegangen wärst, und da sah ich dich hinten am Wasser. Ich hab dieselbe Richtung genommen. Du warst flott unterwegs, ich dachte schon, ich hole dich nicht ein. Und dann kamst du mir plötzlich entgegen.«

»Ich bin umgekehrt.«

Thees lachte. »Ja. Mein Glück.«

»Und was wolltest du am Strand?«

»Frische Luft schnappen und nachdenken. Im Watt erkunden sie im Moment den Boden, um zu sehen, wo sie Seekabel verlegen können. Zwanzig Kilometer vor Sankt Peter-Ording soll ein neuer Windpark entstehen, offshore, der muss ans Netz angeschlossen werden.«

Esther sah ihn fragend an.

»Eine Firma aus Finnland, ganz groß in der erneuerbaren Energie, steht dahinter. Es ist eine neue starke Leitung, die den Strom dieser und anderer zukünftiger Windkraftanlagen bündeln soll.«

»Das Watt ist Nationalpark.«

»Du sagst es.«

»Und gebohrt wird hier bei uns?!«

»Zwanzig Kilometer entfernt, Richtung Helgoland.«

»Irre.«

Thees nickte.

»Aber das müsste doch die Naturschützer auf den Plan rufen. Ich dachte immer, hier dürfte in der Hinsicht überhaupt nichts gemacht werden, kein Eingriff ins Weltnaturerbe und so.«

»So etwas ändert sich auch mal. Im Prinzip hast du recht, aber die Anträge auf Probebohrungen für Erdöl liegen ebenfalls schon lange vor. Lass die Landesregierung wechseln, und schon kann so ein Antrag genehmigt werden.«

»Sind die Leute hier nicht sauer?«

»Na ja, man sieht nichts davon. Solange für sie selbst alles so bleibt, wie es ist, stören sich die meisten nicht daran.«

»Und die Naturschützer?«

»Die natürlich schon. Und Okke regt sich auf. Der hängt sich da ziemlich rein. Gesund ist das nicht für ihn.«

»Und sonst? Die Umweltverbände? Vogelschützer?«

»Die demonstrieren seit Langem dagegen. Hast du gar nichts davon mitbekommen?«, fragte Thees überrascht.

»Nein. Ich bin eigentlich nie hier.« Es klang merkwürdig, als sie das sagte. Nie hier.

»Ich reise einfach viel«, schob sie hinterher. »In drei Wochen fliege ich nach Kambodscha und recherchiere über ein Staudamm-Projekt. Nach dem Geburtstag meiner Mutter geht es los. Und im Juni will ich nach Kamtschatka.«

»Kamtschatka. Da war ich auch mal.«

»Ach, tatsächlich?«

»Ja, klar. Goldgräberland für Geologen. Da wird Erdöl gefördert, werden Gaspipelines verlegt. Ein paar Jahre war ich da.«

»Sprichst du Russisch?«

»*Konechno.* Und einige andere Sprachen, na ja, ein bisschen.«

»Wo warst du denn noch?«

»Überall. Dreißig Jahre sind eine lange Zeit. In Finnland, Kanada, Mauretanien und, wie gesagt, mehrere Jahre in Sibirien.«

»Durchgehend?«

»Zwischendurch war ich immer mal wieder hier. Aber meistens unterwegs.«

»Also läuft es bei dir.«

»Kann man so sagen.« Er schmunzelte.

Esther biss, um Zeit zu gewinnen, in ihre Brotscheibe. Sie hätte gern mehr gewusst. Was er erlebt hatte. Ob er geheiratet hatte, verliebt gewesen war. Maj-Britt hatte nichts davon erzählt, nur ihre Mutter. Angeblich sei er verheiratet gewesen. Gab es Kinder? Dreißig Jahre. Da erlebte man doch was. Wie alt war Thees jetzt? Sie wurde fünfzig. Dann war Thees –

»Wie alt bist du jetzt?«

Seine Augen blitzten. »Älter als du! Zwei Jahrgänge über euch, vergiss das nicht! Für mich warst du damals ein Küken.«

Wie er sie plötzlich musterte, mit diesem aufmerksamen Blick, als wolle er ihre Schichten bis ins Innerste vermessen. Esther wurde heiß. Sie zog ihren Pullover aus, fächelte sich Luft zu.

Thees lächelte. »Ist dir warm?«

Es kribbelte. Überall. Esther zwang sich zur Ruhe. Es sah so aus, als würde er gleich aufstehen und zu ihr kommen. Er blieb aber sitzen.

»Zweiundfünfzig. Siebzehnter Dezember«, sagte sie.

»Das hast du dir gemerkt!«

»Ich weiß noch alle Geburtstage von damals. Auch die Telefonnummern. Sie waren ja nicht lang.«

»Stimmt. Ich weiß sogar die Namen fast aller meiner

Mitschüler. Wir hatten vor drei Jahren Abitreffen. Als gäbe es ein Zeitempfinden, das die Zeit, die man als Jugendlicher verbracht hat, konserviert. So vieles, was man dazwischen erlebt, vergisst man, aber das bleibt.«

An Thees' Abitur wollte sie lieber nicht denken.

»Und Okke macht sich wegen des Windparks Sorgen?«, kam Esther noch mal darauf zurück.

»Und wie. Du kennst ihn doch. Seine Schweinswale, die Zugvögel, das Watt. Die Küste hier ist sein Leben.«

Ja, das wusste sie. Wenn jemand im Watt zu Hause war, dann Okke. Früher hatte er Führungen gemacht, für Besucher und Touristen, jetzt tat er das nur noch selten, meistens war er allein unterwegs.

»Mit dem Windpark kann er nicht leben. Die Bohrung der Fundamente erzeugt Schallwellen, die die Schweinswale stören. Sie haben ein sehr empfindliches Echolotsystem. Und die Schweinswale sind streng geschützt.«

Esther nickte.

»In den Windrädern sieht Okke tatsächlich keinen Nutzen, sondern lediglich eine Bedrohung. Die Zugvögel würden sie vertreiben, sagt er. Er wird dann ganz grimmig und sagt, wäre ich in seinem Alter, würde ich sehen, wie die Welt zugrunde gerichtet wird. Er kann sich nicht damit arrangieren.«

»Wie alt ist Okke eigentlich?«

»Gute Frage. Ich weiß es nicht. Fünfundachtzig? Neunzig? Warte mal, er ist mit meiner Oma zur Schule gegangen. War aber jünger. Meine Oma ist als junge Frau aus Pommern geflüchtet, dann ist sie hier gelandet. Sie sagte immer, der alte Spökenkieker sei der Einzige gewesen, der sie nicht gehänselt hätte. Sie mochte ihn.«

»Deine Oma kam aus Pommern?«

Thees nickte. »1945.«

»Ich dachte immer, ihr wärt friesische Ureinwohner.«

»Sind wir auch! Die Seite meines Vaters kommt aus Husum. Und der Vater meiner Mutter aus Sankt Peter. Meine Oma hat eingeheiratet. Ihre Schwiegereltern waren wenig begeistert, aber mein Großvater war offenbar sehr verliebt. Ihm war es egal, wo sie herkam.«

»Das wusste ich gar nicht. Sie war so eigen.«

»Sie war sehr eigen!« Thees lachte. »Ich mochte das. Vielleicht fühle ich mich deshalb so wohl in ihrem Haus.«

»Das Haus gehört jetzt ...« Sie musste sich herantasten. Maj-Britt hatte ja kaum etwas erzählt. Esther wollte das wenige nicht auch noch falsch wiedergeben, sie hasste Klatsch und Tratsch.

»Meiner Mutter. Sie hat nichts dagegen, dass ich hier eingezogen bin. Ich hab ja nichts aufgebaut in all den Jahren, keine eigene Wohnung, nichts. Ich kam hier an, stand im Haus und dachte: Ja, hier will ich bleiben. Es fühlte sich einfach richtig an.«

»Und Maj-Britt?«

Thees warf ihr einen Blick von der Seite zu. »Das ist das Merkwürdige. Maj-Britt ist enttäuscht, sie fühlt sich offenbar übergangen. Verstehen tue ich es allerdings nicht. Sie hat ihr eigenes Wohnhaus, das ist ja nun wirklich einigermaßen groß, und sie hat die *Seeschwalbe*. Ich weiß nicht, was sie noch dazu mit der ollen Kate hier will.«

»Verkaufen.« Jetzt war es doch heraus.

»Hast du mit ihr gesprochen?«

Esther wurde unbehaglich. Zwischen zwei Leuten zu stehen gefiel ihr nicht. Man machte es immer verkehrt, zwangsläufig, damit wollte sie nichts zu tun haben. Sie hielt sich raus, immer.

Sie hob die Hände. »Sorry, ich will nicht ...«

Jetzt sah Thees sie nachdenklich an. »Nein, nein, es stimmt schon. Das hat sie gesagt. Sie will tatsächlich verkaufen. Ich verstehe allerdings nicht, wieso. Für mich kommt es absolut nicht infrage. Das Haus gehört in die Familie, und diese alten Häuser haben einen besonderen Charakter, man kann sie sanieren, und es ist wunderbar, darin zu wohnen. Wenn man es verkauft, ist es weg, und zwar für immer.

Maj-Britt kann ja nicht einfach Anspruch auf alles hier erheben. Es kommt mir vor, als spräche sie mir das Recht ab, überhaupt noch etwas mitzubestimmen, nur weil ich ein paar Jahre nicht hier war. Ja, das Haus gehört meiner Mutter, und sie hat es mir netterweise überlassen. Ich zahle ihr sogar Miete, ganz regulär, also ist alles in Ordnung.«

Thees schüttelte den Kopf. »Maj-Britt hat sich verändert. Ich weiß nicht, was mit ihr los ist. Auf mich wirkt sie sehr angespannt, aber als ich nachgefragt habe, hat sie mich angefaucht, ich solle mich nicht in ihr Leben einmischen, und ist weggegangen.«

»Warst du deshalb in der *Seeschwalbe* heute?«

»Ja, ich wollte es noch mal versuchen, als ich gesehen hab, dass sie alleine dort ist. Aber keine Chance!«

Esther dachte daran, wie nahe Thees und Maj-Britt sich früher gestanden hatten. War es wirklich so gewesen, oder hatte sie es sich nur eingebildet? Und im Grunde hatte sie keine Ahnung, was in den letzten Jahren mit Maj-Britt geschehen war und wie es ihr wirklich erging. Nach außen erhielt sie die perfekte Fassade aufrecht.

Esther nahm sich vor, die Freundin allein zu treffen, ohne Dörthe. Vielleicht konnte sie sie vormittags bei sich zu Hause besuchen. In ihrem großzügigen, schick eingerichteten Haus – in dem sie jetzt allein lebte. Was sie jedenfalls nicht wollte, war, mit Thees über seine Schwester zu rätseln. Was zwischen den beiden war, ging sie nichts an, das mussten sie selbst klären.

»Wie ist denn dein Eindruck von ihr?«, wollte Thees jetzt wissen.

Himmel. Sie stand tatsächlich dazwischen. Esther schüttelte entschieden den Kopf.

»Kann ich verstehen. Lass gut sein. Das sind zwei Paar Schuhe. Jetzt bist du hier. Und das freut mich übrigens außerordentlich.«

Thees war aufgestanden. »Was zum Verdauen?«, bot er an.

»Danke, ich muss los.« Esther wollte sich erheben, aber es war, als klebte sie an der Sitzfläche des Stuhls.

»Wartet jemand auf dich?«

Thees' Stimme. Wie tief sie auf einmal klang.

Meine Mutter, wollte sie sagen, aber es stimmte nicht. Ihre Mutter war zum Singen im Gemeindehaus. Es würde sie nicht interessieren, wann Esther zurückkäme, erst morgen stand der erste Einkauf auf dem Plan. Niemand wartete auf sie, nur etwas, das wartete immer. Ihre Reisevorbereitungen, ihre To-do-Listen, ihr Sport.

Esther schüttelte den Kopf.

Thees schraubte die Flasche auf, die er aus der Küche geholt hatte, und schenkte ihr ein. »Das ist ein richtig guter Wodka. Eine Einstimmung auf Kamtschatka. Auf Sibirien!« Er hob das Glas.

Esther spürte dem Brennen im Hals nach, dann hielt sie Thees ihr Glas erneut hin. »Auf alles, was passiert ist!«

»Auf dreißig Jahre!«

»Auf uns!«

Sie tranken.

»Komm, wir setzen uns vors Feuer.« Thees wies auf die Sessel in der kleinen Wohnstube, verlockend sah das aus. Hätte jemand anderes sie dazu aufgefordert, Esther hätte sofort Reißaus genommen. Nie hätte sie sich dazu herabgelassen, einer Einladung aufs Sofapolster zu folgen. Wie geschmacklos.

Als wäre es ein Kommentar dazu, prasselte Regen in einer Böe gegen die Fenster. Immer stärker war er im Lauf der letzten Stunden geworden.

Entspannt legte Thees die Beine hoch. Auch er trug geringelte Socken und lachte, als er sah, dass ihr Blick darauf fiel.

Es war wie Nach-Hause-Kommen. Unverfänglich. Als würden sie sich lange kennen. Was sie ja auch taten. Und genau so fühlte es sich an. Unendlich vertraut. Esther verspürte die wohlige Schwere ihrer Glieder und ein Einssein mit der Situation, wie sie es lange nicht erlebt hatte. Die Wärme des Ofens, die Haut, die sich heiß anfühlte, durchblutet vom Wind und vom Feuer.

Hatte er nicht mit ihr reden wollen? Es hatte so konkret geklungen. Sollte sie nachfragen? Besser nicht. Sie wollte nichts hören, was die Stimmung zerstörte. Nicht, dass er von damals anfing, alles wieder aufwärmte. Ihr war es lieber, nicht daran zu rühren. Worte legten die Dinge unnötig fest. Es reichte, dass sie selbst mit den Erinnerungen kämpfen musste.

Esther betrachtete Thees unauffällig von der Seite. Auf welch attraktive Weise er älter geworden war. Ein Mann, der viel erlebt hatte. Die Jahre in Sibirien hatten sich eingegraben, bildete Esther sich ein. Und trotzdem war es derselbe Thees wie früher. Der mit den haselnussbraunen Augen, den kräftigen Unterarmen, den zupackenden Händen. Der zwei Jahre Ältere. Der so selbstverständlich mit ihr umging, wie kein anderer Mann es je getan hatte, bis auf Philippe, aber das war eine andere Geschichte.

Der, in den sie rasend verliebt gewesen war.

Thees wies zum Fenster. »Es hagelt.« Mit der nächsten Sturmböe schien das Haus zu erzittern. Die Balken knackten.

Eigentlich wollte Esther nie wieder weg und dachte doch, dass sie allmählich aufbrechen müsste. Wenn sie ihre Jacke gut zuzog, wäre der Hagel kein Problem. Sie war ausgeruht, etwas wattig im Kopf zwar, aber bisher hatte sie jeden Weg bewältigt, den sie nehmen wollte.

Esther wurde klar, dass sie es jetzt tun musste.

»Ich mach mich auf den Weg«, sagte sie und erhob sich.

Thees sah sie an. »Sicher?«

Sie nickte.

»Ich bring dich.«

Es dauerte nur eine Minute, dann hatte er den dicken Parka mit der Fellkapuze übergezogen und lotste sie zu seinem Auto. Der Sturm riss an ihnen, Thees schob sie hinein und schlug die Tür hinter ihr zu.

Im Schritttempo fuhren sie auf den Feldweg und die kleine Straße entlang, die zur Landstraße führte. Schneetreiben, erste Verwehungen. Die Scheibenwischer kämpften, doch man sah kaum etwas.

»Das hat keinen Sinn. Dreh um«, sagte Esther.

»Sicher?«

»Sicher. Ich bleib bei dir. Hast du ein Plätzchen für mich?«

»Das Sofa ist erstaunlich bequem. Und morgen früh sieht die Welt wieder anders aus, dann bringe ich dich, wohin du willst.«

Im Haus bezog er eine Decke, gab ihr ein frisches Handtuch und fand sogar eine unbenutzte Zahnbürste.

»Am besten schläfst du hier«, sagte Thees und zeigte in die Schlafkammer. »Ich nehme das Sofa.«

»Sicher?« Erneut.

»Sicher.« Er schmunzelte.

Die Balken knackten. Esther löschte das Licht und versank in den Kissen. Bildete sich ein, dass Thees' Geruch, vertraut und neu, trotz des frischen Bettbezugs wahrzunehmen war. Sie spürte, wie das Haus geschüttelt wurde, und war heilfroh, dass sie hier war. Es war unmöglich gewesen, bei diesem Schneesturm zu fahren, versicherte sie sich selbst. Der Wind heulte regelrecht ums Haus. Aber morgen früh, da würde sie gleich aufbrechen.

Thees hatte sie nach Hause bringen wollen. Wie früher. Morgen früh ... Aus der Wohnstube hörte sie ein regelmäßiges Atmen. Oder täuschte sie sich? Das leise Knacken des Feuers.

Darüber schlief sie ein.

Kapitel 11

Der Regen wechselte sich mit Hagelschauern ab. Von ihrem Hexenschuss merkte Dörthe nichts mehr, erstaunlich schnell war sie wieder fit geworden. Nun ja, sie war ja auch in einer Klinik, da ging so etwas quasi wie von selbst, oder etwa nicht? Auf Yoga mit Janina verzichtete sie trotzdem, kippte den einen oder anderen Fruchtsaft und überlegte, ob sie vorzeitig abreisen sollte. Fünf Tage war sie jetzt hier, und sie hatte die Nase gestrichen voll. Dieser Dauerregen, das war Sankt Peter-Ording, wie sie es kannte: Unwirtlich und karg, zumindest im Winter, und der war bekanntlich lang.

Wenigstens hatte Konstantin sich endlich bei ihr gemeldet und ihr versichert, dass er sich um eine neue Lehrstelle kümmern würde. Einen Plan machen wollte er, der wäre fertig, wenn sie nach Hause käme. Sie bräuchte sich wirklich keine Sorgen zu machen. »Entspann dich, Mom, ja? Achte einfach nur auf dich!«

Auf Fred angesprochen, hatte er angefasst reagiert. »Der Typ, Mama, der tut dir echt nicht gut, der macht dich klein!«

»Doch, das tut er. Er hat mir diese Kur geschenkt, ich

mache Yoga, ich walke, ich faste, und ich starte als neuer Mensch ins Frühjahr!«

»Du bist ein neuer Mensch! Ich kenne niemanden, der so lebendig ist wie du! Der Typ redet dir das doch nur ein, du bist perfekt, so wie du bist!«

»Perfekt mit achtzig Kilo auf den Rippen?«

»Die sich wunderbar verteilen. Meinetwegen, nimm ab, mach Yoga, walke, bis du schwarz wirst, das kann alles nicht schaden – aber trenn dich von diesem Typen!«

»Du bist mein Sohn, nicht mein Eheberater«, sagte Dörthe scharf. »Das Zusammenleben mit Fred tut mir gut. Er liebt mich, und er unterstützt mich in meinen Zielen. Ich rede dir in deine Liebschaften auch nicht rein.«

Das stimmte allerdings. Dörthe ließ die jungen Frauen, mit denen Konstantin auftauchte, unkommentiert. Insgeheim empfand sie es allerdings als Vorteil, dass Konstantin nicht besonders beständig war, denn die Richtige war ihrer Einschätzung nach noch nicht dabei gewesen.

Die Damen, die Konstantin anschleppte, hatten fast immer Modelmaße, einen gelangweilten Gesichtsausdruck und lachten entweder gar nicht oder gekünstelt. Mit mancher folgten, wenn es vorbei war, noch beschwichtigende Telefonate. Lange dauerten diese Beziehungen nie.

»Pass auf, Mom.« Seine weiche Stimme. »Ich kümmere mich. Und wenn du wiederkommst, ist alles in trockenen Tüchern. Und du lässt es dir bis dahin gut gehen, versprichst du mir das?«

»Ja«, seufzte sie, »ich verspreche es dir.«

Es sich gut gehen lassen. Gar nicht so leicht. In den Regen hatte sie gestarrt, war die Klinikflure entlanggelaufen, hatte Ablenkung gesucht. Vergeblich. Mit Maj-Britt oder Esther hätte sie sich noch einmal verabreden können, doch dazu hatte sie wenig Lust. Esthers ständige Analysen und Maj-Britts vornehme Zurückhaltung.

Wenn sie es richtig mitbekommen hatte, studierte Maj-Britts Sohn in München Hotelmanagement, und ihre Tochter machte irgendetwas mit internationalem Recht in Brüssel. Na großartig. Die waren auch auf Internaten in England gewesen. Geld spielte bei Andresens sicher keine Rolle. Sie durfte nicht darüber nachdenken, dann bekam sie wirklich schlechte Laune.

Schließlich setzte sie sich in ihren Ford und fuhr, bevor ihr vollends die Decke auf den Kopf fiel, einfach los. Die sofort einsetzende Beruhigung, als sie die Musik aufdrehte. Als wüsste sie, was zu tun wäre, sobald sie auf der Straße war. Sie musste nur das Lenkrad halten, bremsen, Gas geben. Sie brauchte keine Entscheidungen zu treffen außer der zu überholen.

Esther hätte sicherlich die Augenbrauen hochgezogen und demonstrativ geschwiegen. Sie hätte gar nichts über den CO2-Ausstoß eines alten Fords verlauten lassen müssen, und trotzdem hätte sie sich sofort schlecht gefühlt.

Dörthe hieb einmal kräftig aufs Lenkrad. Esther regte sie auf. Die stets korrekte Esther. Die alles wusste, zu allem eine Meinung hatte, die sie nicht einmal äußern musste, damit man sie von ihrer Miene ablas, und es war natürlich immer die richtige Meinung.

Dörthe hatte keine Meinung, Dörthe hatte Gefühle. Die

Dinge waren viel zu kompliziert, um sie so zu ordnen, wie Esther es tat. In Esthers Kopf gab es offenbar Kästchen, um die Welt zu sortieren. Auf allem ließ sie ihren kühlen, abschätzenden Blick ruhen. Wann hatte Dörthe ihre Freundin jemals heulen sehen oder brüllen hören? Das gab es nicht bei Madame Esther, die geriet nie aus der Fassung.

Schilf und Weidezäune. Ein Passat überholte sie, zog auf dieser schmalen Straße, rechts und links die Gräben, einfach an ihr vorbei, zügig, und entfernte sich. Der Passat war betagt, der Mann, der darin saß, mit weißen Haaren, offenbar ebenso. Kennzeichen Nordfriesland, natürlich.

Vielleicht hätte sie es in der Gegend früher besser ausgehalten, wenn sie damals hätte Auto fahren können. Aber mit dem Fahrrad unterwegs sein – abgesehen davon, dass man gegen den Wind kaum ankam – oder zu Fuß, das war noch nie etwas für sie gewesen. Es war einsam gewesen, vor allem im Winter. Ihre Mutter versank im Winter in Niedergeschlagenheit und setzte sich gelegentlich für ein paar Tage nach Hamburg ab – »Mal aufatmen, meine Süße, das brauche ich« –, während Dörthe ihren Geschwistern die Schulbrote strich, das Geschirr abspülte und ihren Bruder ins Bett brachte.

Um ihre Familien hatte Dörthe ihre Freundinnen immer beneidet. Gleichzeitig hätte sie nicht gewusst, ob sie dem Druck in diesen Familien gewachsen gewesen wäre, der Erwartung, in jeder Hinsicht zu funktionieren. All das Zeug mit den guten Noten und dem vernünftigen Aussehen, auf das so viel Wert gelegt wurde, das wäre nichts für sie gewesen.

Esthers Mutter hatte in ihrer Apotheke gestanden, als hätte sie einen Stock verschluckt, sie hatte die Ausstrahlung eines Feldwebels. Für Esther schien das kein Problem zu sein, sie war ja selbst so, unterkühlt bis zum Gehtnichtmehr. Aber für sie, Dörthe, wäre das ein Problem gewesen.

Mit den guten Manieren war es nämlich so eine Sache. Bei ihnen zu Hause wurde manchmal auf dem Boden gegessen, buchstäblich. Dann hatte ihre Mutter ein großes Tuch ausgebreitet, »So machen die Menschen das in Indien!«, und man durfte essen, wie man wollte, auf dem Bauch liegend, mit den Fingern. Sie und ihre Geschwister hatten gekleckert und geschlemmt, sich mit Rosinen beworfen und gelacht, und es war jedes Mal ein Fest gewesen.

Wenn sie nur nicht so oft weggefahren wäre. Ihre Mutter. Nach Hamburg, zu Freunden, wohin auch immer. Und nur Dörthe übrig blieb, die sich um Christian und Bine kümmerte. Bine, die nicht auf sie hörte, und Christian, dessen Bettwäsche sie wechseln musste, wenn ihre Mutter nicht wie angekündigt nach zwei, sondern erst nach vier Tagen wiederkam.

Über die Fahrbahn hoppelte ein Hase.

Dörthe bremste scharf. Und stutzte. Der Gasthof, den sie gerade passiert hatte – war es nicht genau der von vorgestern Abend? Die Wiesen sahen alle gleich aus. Zumal im Regen. Aber doch, es konnte sein, dass ... Dörthe wendete und hielt auf dem kiesbedeckten Parkplatz. Wie heruntergekommen der Gasthof bei Tageslicht aussah. Und tatsächlich, dort hing sogar ein Schild: zu verkaufen. War er etwa gar nicht mehr bewirtschaftet? Ein Windstoß riss ihr fast die Autotür aus der Hand.

Forsch betrat Dörthe den Gastraum. Eine ältere Frau, hager, mit verbitterten Gesichtszügen, putzte die Theke. »Wir haben geschlossen«, sagte sie ohne Begrüßung.

»Ich weiß, ich suche Ihren Koch. Firas heißt er.«

Die Frau sah sie misstrauisch an und wischte weiter.

»Er ist hier bei Ihnen beschäftigt«, half Dörthe nach. »Kommt aus Syrien, oder so. Vielleicht auch aus einem anderen Land. Vielleicht ist sein Name auch etwas anders.«

Energisches Kopfschütteln. Dann putzte die Frau direkt vor ihr herum, dass das Schmutzwasser spritzte.

Dörthe wurde ärgerlich. »Ich bin ganz sicher. Ein Mann mit einem Dutt auf dem Kopf, nett, vielleicht dreißig. Firas. Er arbeitet hier. Ich habe ihn Anfang der Woche kennengelernt.«

»Wo Sie Leute kennenlernen, weiß ich nicht. Wenn Sie den Hof kaufen wollen, können Sie bleiben, sonst nehmen Sie Ihr Auto und fahren besser wieder.«

Damit wandte sie sich um und schloss die Tür zur Küche hinter sich mit deutlichem Geräusch. Der Küche, in der Dörthe neulich noch am Tisch gesessen hatte.

Ratlos verließ Dörthe den Gasthof. Auf dem Parkplatz drehte sie sich noch einmal um. Alles schien unbewohnt. Ein halb ausgeschlachtetes Auto stand hinten auf dem Hof. Ein paar Fahrräder, an eine Schuppenwand gelehnt. Unwirtlich sah dieser Ort aus. Die kahlen Bäume taten ihr Übriges.

Als sie ins Auto stieg und noch einmal am Haus hinaufsah, zwischen Hagelkörnern und Wischern an der Windschutzscheibe, meinte sie, eine Bewegung am Fenster wahrzunehmen und einen Haarknoten zu sehen.

Vielleicht hatte sie sich auch getäuscht.

• • •

Trotz des Schneefalls, der abends einsetzte, zog es Dörthe wieder in den *Walfänger*. Sie musste ihn eine Weile suchen. Dann tauchte er plötzlich zwischen zwei Häusern auf, fast als ob es ihn tagsüber gar nicht gäbe. Nur die Lichterkette im Fenster wies auf ihn hin.

Der Kicker stand verlassen, der Barmann nickte ihr zu. Dörthe fühlte sich wie in einem dieser finnischen Filme, in denen die Männer nicht sprachen und die Frauen schön und verlebt aussahen.

Sie setzte sich an die Theke und studierte die Karte. Wasser, Wasser – oder doch lieber Wasser?

Der Wirt, er trug ein Metallica-T-Shirt, schob ihr unaufgefordert ein Bierglas hin, das Geschirrtuch über dem Arm. »Ist 'n Alster, hat kaum Alkohol.«

Dörthe nahm einen tiefen Schluck. Es war kühl und erfrischend. Wie gut das tat.

Rockmusik lief. Der Gesang allerdings war ungewöhnlich schief. Dörthe sah sich um. Hinten im Raum saßen ein paar junge Leute, ein Mikrofon in der Hand, und blickten gemeinsam auf einen Bildschirm. Ah, sie sangen Karaoke. Über ihnen hing eine Discokugel, die sich nicht drehte und offenbar nur als Dekoration diente.

Dörthe wandte sich wieder ihrem Glas zu. Schielte auf

die Salzstangen, die in einem Glas auf der Theke standen. Die Erdnussflips daneben. Mein Gott, war das alles altmodisch hier. Genau richtig für sie. Sollte sie …? Stopp, weder Salzstangen noch Erdnussflips. Sie schob die Schale fort und drehte sich wieder zu den jungen Leuten.

Ein Basslauf. »You keep saying you got something for me …« Das war gar nicht schlecht. Dörthes Fuß wippte mit. Lächelte der Barmann etwa, der gerade sorgsam ein Glas abtrocknete?

Sie trank, lauschte. War nach zwei Schlucken bereits beschwipst, so kam es ihr vor, kein Wunder nach so viel Detox. Unbeschwert fühlte sie sich. Der *Walfänger* war ein besserer Ort als die Föhrenklinik, entgiftender, definitiv.

»All the leaves are brown …« Jetzt sangen sie *California Dreaming*, und zwar vierstimmig. Dörthe summte eine Stimme mit.

Ein weiterer Schluck. Das Bier, gemischt mit Limonade, flirrte sacht durch ihre Glieder.

Die Gruppe machte eine Pause, vertiefte sich in eine Unterhaltung. Ein Junge beugte sich zu einem Mädchen, um es zu küssen, dieses wehrte ihn lachend ab.

Ohne nachzudenken, ging Dörthe zu ihnen hinüber. Singen, das war jetzt genau das Richtige. »Dürfte ich auch mal?«

Die jungen Leute überließen ihr bereitwillig das Mikrofon und reichten ihr die Liste mit den Liedern, eingesteckt in eine fleckige Klarsichthülle. Dörthe erkannte nicht viel im Schummerlicht und gab aufs Geratewohl eine Nummer ein.

Ach herrje, ausgerechnet. Dieser Endlossong. Aber es

war ihr peinlich, das noch einmal zu ändern, also Augen zu und durch.

Das Gitarren-Intro erklang. Einer ihrer Mitschüler von früher hatte es spielen können. Immer wieder hatte er die Melodie gezupft.

Dann ging es los. Auf dem Monitor zeigte ein Countdown an, dass gleich der Gesang einsetzte.

»There's a lady who's sure ...«

Dörthe schloss die Augen. Sie kannte das Lied auswendig. Es war egal, was diese Jungs und Mädels von ihr dachten. Sie sang. Sieben lange Minuten. Mit Zwischenteil und Refrain. Sie spürte, wie ihre Stimme an Fülle gewann, sie ließ sich in den Song fallen, und sie spürte noch etwas anderes. Es war wie eine Zeitreise. Erinnerungen wurden wach. An Sommernächte und Winterstürme. An Alleinsein und Gemeinsamkeit. An heimliche Lagerfeuer am Strand und Schlittenfahrten am Deich.

Als die letzten Takte verklungen waren, hörten die Jugendlichen kurz auf zu reden und klopften anerkennend auf den Tisch.

Von weiter vorne, von der Theke her, klatschte jemand. Eine hohe Gestalt. Der Krähenmann.

»Ach nee.« Dörthe schlenderte zu ihm. Er hatte ein Bier vor sich stehen.

»Auch eins?«, fragte er.

»Ich halt mich an das hier.« Sie wies auf ihr Alsterwasser, das allerdings fast leer war und sicher schon schal schmeckte. Ach was, wenn schon verbotener Alkohol, dann wenigstens frisch. »Doch, gern. Ich nehm ein Alster.«

Der Mann blickte sie von der Seite an. Seine Augen unter den buschigen Augenbrauen blitzten freundlich, seine Nase sah wirklich aus wie eine Adlernase. »Das war ganz schön gut.«

Dörthe schwang sich auf den Barhocker neben ihm. »Ich mag's auch. Ist ein echter Klassiker, oder?«

»Nein, ich meinte deinen Gesang.«

Er duzte sie. Das war okay.

Das Alsterwasser wurde herübergereicht. Sie hatte Gesellschaft, wunderbar. Ein Zauberer war allemal interessanter als all die Übergewichtigen in der Klinik mit ihren Jogginghosen und ihren Pantoletten. Oder war er doch ein Taschendieb? Beiläufig prüfte Dörthe, ob ihr Handy noch in der Handtasche steckte.

»Und du so, hier?«, fragte sie gut gelaunt und hob das Glas.

»Zum Wohl!« Der Krähenmann stieß mit ihr an. »Läuft.«

Er wischte sich den Schaum vom Mund. Seine Lippen waren schmal und fein gezeichnet. Er hatte etwas Aristokratisches, fand Dörthe, oder etwas Diabolisches, ganz sicher war sie sich nicht. Sein langer Mantel hing über der Stuhllehne hinter ihm, die Schöße reichten bis zum Boden.

»Erfolg gehabt heute?«, fragte sie munter.

»Man tut, was man kann. Meine Kundschaft hier ist, sagen wir, äußerst begeisterungsfähig, aber leider nur mittelmäßig begabt.«

»Dafür gibt es bare Münze«, sagte Dörthe.

»Stimmt. Aber deshalb tue ich es nicht.«

Er zauberte nicht fürs Geld?

»Es ist eher ein Hobby. Genau genommen habe ich Urlaub, und da ich mich im Urlaub langweile und nicht wie andere Leute um die Welt fliege, mache ich eben etwas Kreatives.«

Aha. Als kreativ bezeichnet er das Zaubern also. Oder war er doch ein Taschendieb, der über seine Tätigkeit als Hobby plauderte? Dörthe legte das Gesicht in die rechte Hand, stützte den Ellbogen auf die Theke und sah ihn mit einem betont liebenswürdigen Lächeln an. »Erzähl gern mehr.« Sie hatte wundervolle Grübchen, das wusste sie und setzte es in diesem Moment gezielt ein.

Er sah sie an, dabei spielten seine Finger mit einem Feuerzeug, das er aus der Hosentasche gezogen hatte.

Plötzlich war das Feuerzeug verschwunden.

Und, schwupp, war es wieder da. In der rechten Hand, obwohl er es vorher in der Linken gehalten hatte. Wieder verschwand es. Woraufhin er es aus dem Schuh zog.

Ein Zaubertrick. Natürlich. Dörthe lächelte weiter.

»Du bist ja nicht besonders leicht zu beeindrucken«, stellte er amüsiert fest und steckte das Feuerzeug weg. »Wie wär's, wollen wir lieber singen?«

Es klang, als forderte er sie zum Nacktbaden auf. So direkt und schnörkellos. Und gleichzeitig ohne jede Anzüglichkeit. Dachte er, dass sie sich nicht trauen würde? Aber hallo!

»Warum nicht?«

Sie gingen nach hinten. Unauffällig schob Dörthe ihre Geldbörse in die Hosentasche. Das machte ihre Oberschenkel noch breiter. Egal, Hauptsache, das Geld war sicher.

»Willst du anfangen?«

»Fang du an.« Sie war gespannt, welches Lied er wählen würde. Seine Augenbrauen führten ein Eigenleben, während er die Liste studierte. Er zog eine Lesebrille hervor, setzte sie auf die Nase und sah aus wie ein Gelehrter. Merkwürdiger Kauz.

»Okay.« Er drückte die Tasten am Mikro.

Das war ... Moment ... *New York, New York*. Wie langweilig. Keine besonders inspirierte Wahl. Aber als er den Mund öffnete, war Dörthe überrascht. Doch, er sang tatsächlich ganz gut. Wenn es auch so wirkte, als gäbe er sich nicht wirklich Mühe. Aber dann nahm er an Fahrt auf, und beim letzten Ton hatte sie ihre Einschätzung geändert: Er konnte singen, definitiv.

Dann war sie selbst dran. Dörthe spürte eine Welle von Energie. Warm gesungen hatte sie sich schon. Sie konnte etwas Anspruchsvolleres wählen. Oder doch erst mal klein anfangen? Etwas zum Eingrooven? Nein, es gab keine Zeit zu verlieren. Außerdem passte es überhaupt nicht zum Wetter und war genau deshalb richtig. Sie wählte, was sie mochte.

»*Summertime* ...«

Ihr Begleiter hörte aufmerksam zu. Was er da hörte, schien ihm zu gefallen.

»Wie heißt du eigentlich?«, fragte Dörthe, als sie ihm anschließend das Mikro reichte.

»Danilo. Und du?«

»Sunshine.« Sie wollte nicht zu viel von sich verraten. Er war eine zufällige Bekanntschaft, mehr nicht. Sonst würde er das womöglich noch als Aufforderung deuten. Besser nicht. Sunshine. So hatte ihre Mutter sie immer genannt. Es war diese übertriebene Flowerpower-Zärtlichkeit, und trotzdem hatte Dörthe es gemocht.

Danilos Finger folgte der Liste. Dann drückte er die Tasten.

»Sunny ...« Dörthe musste lachen. Er sang gut, unterstützte seinen Gesang mimisch, sah sie von der Seite an.

Dörthe konterte mit »Raindrops keep falling on my head ...«

Dann wählte Danilo *Kiss from a rose* und machte sie damit aus irgendeinem Grund verlegen. Seine Stimme war gut, sie hatte sie am Anfang unterschätzt. Diesmal machte er beim Singen keine Faxen, sang quasi sachlich, als suchte er vor allem die stimmliche Herausforderung.

»Ich hol mir was zu trinken«, murmelte Dörthe. »Willst du auch was?«

»Ein Wasser. Gerne.«

Als sie wiederkam, runzelte er die Stirn. »Okay, das war vielleicht zu gefühlvoll, ich geb's zu. Ich mach mal mit was Witzigem weiter.«

Was war das noch gleich? Sie kannte den Song. Ach, natürlich, Himmel, das Dschungelbuch! »I wanna walk like you, talk like you, too ...«

Danilo übertrieb hoffnungslos, sang das Lied mit vielen pantomimischen Einlagen. Dörthe krümmte sich vor Lachen.

Dann suchten sie zusammen ein Lied aus und sangen *Ain't No Mountain High Enough* im Duett. Es war großartig. Sie beugten die Köpfe abwechselnd übers Mikro, reichten es hin und her.

Irgendwann stand der Barkeeper mit verschränkten Armen vor ihnen. Müde sah er aus. »Sorry, ihr beiden, aber wir schließen.«

»Eins noch?«, bat Danilo. Der Barkeeper nickte zustimmend, begann allerdings schon, die Stühle hochzustellen.

»Strangers in the night ...«

Meine Güte, dachte Dörthe, er WAR gut. Während er sang, sah er sie an, mit diesem Schmunzeln in den Augenwinkeln, aber todernst. Sie wurde nicht schlau aus diesem Mann. Es war herzzerreißend, großartig. In Dörthes Hals kratzte es.

Aber das war jetzt das Ende. Dörthe raffte ihre Jacke an sich. Suchte und fand ihre Strickmütze, die auf dem Boden gelandet war. Als sie an der Theke war, griff sie in ihre Hosentasche.

Die Geldbörse war weg.

»Fuck!«, fluchte sie und starrte Danilo an.

Dieser bezahlte beim Barkeeper für sie beide. »Wollen wir zusammen suchen?«, bot er an.

»Das ist ja wohl nicht nötig!«, zischte Dörthe.

Trotz ihres Protestes ging er nach hinten. Dörthe lief ihm hinterher. Das Portemonnaie lag tatsächlich unter dem Tisch, genau dort, wo sie gesessen hatte. Es war ihr aus der Hosentasche gerutscht. Dörthe spürte, wie sie rot wurde. »Na dann.«

Sie traten vor die Tür. Draußen herrschte dichtes Schneetreiben.

»Ciao, Sunshine!« Danilo steckte die Hände in die Taschen und deutete eine altmodische Verbeugung an, seine Mantelschöße flatterten.

Dörthe schämte sich immer noch. Sie wollte für gute Stimmung sorgen. »Bist du eigentlich Italiener?«, rief sie, während ihr Schneeflocken auf die Nase fielen. »Ich meine, wegen dieses Namens?«

»Meine Mutter war Italienerin!«

»Sehen wir uns noch mal?« Gütiger Himmel, was bitte sagte sie da, ohne nachzudenken?

Er lächelte. »Morgen? Tagsüber muss ich arbeiten, du weißt, mein Hobby. Abends wäre ich frei.«

Sie kannte den Kerl überhaupt nicht und hatte den ersten Schritt getan. Egal, das Karaoke-Singen mit ihm war besser als alles, was sie hier bisher erlebt hatte. Bis auf das Essen im Gasthof natürlich. Sie brauchte ja nicht hinzugehen, wenn sie es sich anders überlegte.

»Hier?«

»Hier.«

Sie nickte. Dann tanzte sie durch die Schneeflocken in Richtung Klinik. An der Ecke drehte sie sich noch einmal um und sah gerade noch die Enden seines schwarzen Mantels um eine Ecke verschwinden.

Plötzlich drehte er sich ebenfalls um.

»See you, Sunshine«, hörte sie durch den Sturm. Er formte mit den Händen ein Herz.

»Ich heiße Dörthe«, schrie sie. »See you!«

Dann tanzte sie weiter.

»All the leaves are brown ...«

Kapitel 12

Esther erwachte vom Geräusch eines Traktors, der den Feldweg entlangfuhr. Meine Güte, waren diese Maschinen laut. Warum war der zu dieser Jahreszeit überhaupt unterwegs? Landleben, dachte sie und blinzelte. Es war noch dunkel. Sechs Uhr fünfzehn zeigte der Wecker, der neben Thees' Bett stand. Sie nickte beruhigt wieder ein.

Als sie das nächste Mal erwachte, war es bereits hell im Zimmer. Aus der Küche hörte sie Klappern. Esther schwang die Beine aus dem Bett, griff nach ihrer Kleidung und blickte auf ihr Handy.

Fünf Anrufe in Abwesenheit. Zweimal ihre Mutter. Dreimal die Redakteurin, die sie für den Kambodscha-Artikel beauftragt hatte. Welcher Tag war heute? Donnerstag. Großeinkauf mit ihrer Mutter. Das konnte doch nicht wahr sein! Das Handy zeigte eine andere Uhrzeit als der vorsintflutliche Wecker auf dem Nachttisch neben Thees' Bett – hier war es zwei Stunden später.

In Windeseile war sie in Hose und Pullover gesprungen. Steckte den Kopf in die Küche. »Sorry, aber ich muss los!« Alles in ihr war angespannt, bereit zum Spurt. Die Redaktion, was wollte die, es war doch alles geklärt? Sie nahm das Handy noch einmal und scrollte durch die Mails. Kein vernünftiger Empfang hier. Nur die ersten Worte konnte sie lesen, » … früher als geplant, melde dich bitte umgehend …«

Thees, der mit zerzausten Haaren im T-Shirt am Herd stand und eine Kaffeedose in der Hand hielt, sah sie überrascht an. »Kein Frühstück?«

Sie schüttelte den Kopf. Stand vor ihm, wusste auf einmal nicht, was sie sagen oder tun sollte. Wäre am liebsten einen Schritt näher getreten, tat es aber nicht.

Thees stellte die Kaffeedose weg und griff nach seinem Pullover. »Wo musst du hin?«

Edith von Mehding sah ihr vorwurfsvoll entgegen, als Esther das Haus betrat. »Soweit ich weiß, wollten wir heute einkaufen. Seit anderthalb Stunden sitze ich hier und warte auf dich!«

»Ich weiß, Mama.« Esther verkniff sich eine Erwiderung. »Ich mach mir eben ein Knäckebrot, und dann geht's los, ja?«

»Wer war das eigentlich eben in dem Auto?«, fragte ihre Mutter, als sie auf dem Weg zum Supermarkt waren.

Sie hatte also am Fenster gestanden. »Thees, der Bruder von Maj-Britt.«

»Ah«, ihre Mutter war sofort im Bild, »der Weltenbummler! Hat der dich nicht früher schon manchmal nach Hause gebracht?«

»Das hat er.« Dass ihre Mutter das noch wusste.

»Er war lange weg.«

»Ja, er hat im Ausland gearbeitet. Er ist Geologe.«

»Und seinen Vater hat er nicht besucht, als der im Krankenhaus lag.«

»Wieso im Krankenhaus? Herr Andresen?«

»Einen Herzinfarkt hatte er letztes Jahr! War aber nicht so schlimm. Viel schlimmer ist es, dass er tüddelig geworden ist. Stell dir vor: Demenz!«

Esther stöhnte innerlich. Natürlich, wenn es um Krankheiten ging, war ihre Mutter bestens informiert. Dann lief sie zu Hochform auf.

Sie versuchte, sie zu bremsen. »Weißt du, man kann nicht am anderen Ende der Welt sein und hier in Sankt Peter-Ording zugleich.«

»Nein, das kann man wohl nicht.« Das war derselbe vorwurfsvolle Ton, mit dem sie ihr die Kubareise vorgehalten hatte.

Esther begann, langsam von fünfzig rückwärtszuzählen. Bei siebenunddreißig wurde sie ruhiger.

Später, als sie die Getränkekisten ins Auto wuchtete, fragte Esther doch noch einmal nach: »Herr Andresen ist dement?«

»Ich soll eigentlich nicht darüber reden. Aber Maj-Britt stemmt alles allein, soweit ich weiß. Restaurant, Haus, Kinder, na gut, die sind ja inzwischen aus dem Haus, kümmert sich um ihre Eltern. Dabei ist sie wohl selbst nicht ganz gesund.«

»Wie bitte?« Esther kniff die Augen zusammen. Natürlich wusste ihre Mutter über viele Krankheiten Bescheid, die Leute erzählten ihr als ehemaliger Apothekerin davon, sie genoss einen ähnlichen Vertrauensstatus wie der Arzt, aber musste sie deshalb jedem eine Krankheit andichten?

Ihre Mutter winkte ab. »Ich *darf* gar nichts sagen«, sagte sie, um dann übergangslos auf die Kaviar-Eier zu kommen, die sie zubereiten wollte.

Schließlich waren die Einkäufe im Haus verstaut.

»Mama, ich ziehe mich noch mal zurück. Ich hab E-Mails von meiner Redaktion bekommen«, erklärte Esther.

»Na gut, geh du nur arbeiten.« Das klang schon wieder spitz.

Esther presste ihren Handballen. Ja, natürlich wäre es schön, mehr Zeit mit ihrer Mutter zu verbringen. Sie als Gast zu ihrem Gesangsworkshop zu begleiten. Als fünfte Spielerin dabei zu sein, wenn sie mit Marlies und Göran und einem seiner Freunde ihre wöchentliche Doppelkopfrunde hatte. Teilzunehmen an ihrem Leben. So wie früher. Zumindest theoretisch, denn bis auf die Tatsache, dass sie unter einem Dach lebten, hatten Esther und sie ihr Leben nie geteilt. Die Versuche ihrer Mutter, sie einzubinden, indem sie sie mit zum Tennisspielen nahm oder Ähnliches, waren auch damals schon gescheitert. Die Apotheke hatte Esther nicht interessiert, und über ihr Engagement im Naturschutz wiederum hatte ihre Mutter nur den Kopf geschüttelt.

Ihre Mutter brauchte das nicht, sagte sich Esther. Sie hatte ja Göran und Marlies und all die anderen Menschen im Ort. Da zählte sie gar nicht. Erst recht nicht als Tochter, ohne Mann und ohne Kinder. Esther wusste, dass ihre Mutter sich Enkel gewünscht hätte. Großmutter wäre sie gern gewesen, so viel war klar. Rührte ihr, Esthers, Unbehagen, auch daher, immer, wenn sie hier war? Aus dieser Unvollständigkeit heraus?

»Ich komm gleich wieder runter«, sagte Esther beschwichtigend. »Zehn Minuten, ja?« Wie sehr sie sich hatte zwingen müssen, zumindest den Einkauf zu erledigen, bevor sie sich an die Mails machte, sagte sie ihrer Mutter nicht. Nur rasch klären, worum es ging.

»Gehst du heute noch singen?«, schob sie hinterher, bemüht um gute Stimmung.

»Sicher, das geht bis Sonntag. Sonntag ist unser Auftritt.«

»Und, macht es dir Spaß?« Esthers Finger strichen über das Handy in ihrer Tasche.

»Es macht uns viel Freude. Der Leiter ist ungewöhnlich musikalisch, wir lernen eine Menge. Er macht das ganz anders als unser Kantor. Weißt du«, ihre Mutter zögerte einen Moment, »dieses Singen löst irgendetwas aus. Es macht so ... frei. Ich habe den Eindruck, dass es sogar Krankheiten lindern kann.« Sie schüttelte den Kopf, als wäre sie überrascht über ihre eigenen Worte.

»Wie schön.« Hatte sie richtig gehört? Singen sollte Krankheiten lindern? Esoterisch war ihre Mutter eigentlich nicht. Gegen Krankheiten gab es Pillen, Salben und Rezepte. Singen gehörte nicht dazu. Aber bitte, ihr war es egal.

Fast blind hatten Esthers Finger derweil das Mailprogramm geöffnet. »Bis später, ja?«

•••

Piep, piep. Piep piep piep. Pieppieppieppieppiep …

Der Wecker auf dem Nachttisch fräste sich in ihre Träume. Dörthe stöhnte und zog sich die Decke über den Kopf.

Kurz darauf hatte sie gefrühstückt – heute gab es erstmals feste Nahrung, Joghurt und Obst, wie fantastisch –, hatte sich umgezogen und stand im Badeanzug am Schwimmbecken im Untergeschoss der Klinik.

»Na, Frau Michels, Sie sind heute ja richtig jut druff«, begrüßte der Schwimmmeister sie mit breitem Grinsen. Ein waschechter Berliner.

Dörthe grinste zurück. »Wir machen heute ja auch Aquajogging, nicht wahr, Herr Kalupke?«

Der Widerstand des Wassers, der sie sonst so wütend machte – heute spürte sie ihn gar nicht. Wie eine Meerjungfrau hüpfte sie durchs Schwimmbecken, hoch und runter, die Schwimmnudeln rhythmisch schwenkend, im Takt der Lieder, die sie noch im Kopf hatte. Abstoßen, schweben, aufkommen. Ging doch.

Die Stimme des Bademeisters ertönte erneut. »Na, Frau Michels, da hamm Se wohl wat verlorn!«

Jetzt bemerkte Dörthe es auch. Ihr Gürtel mit den Auftriebskörpern hatte sich gelöst. Und ein Träger ihres Badeanzugs gleich dazu. Na großartig. Eine andere Frau half ihr, beides wieder zu befestigen, der Schwimmmeister verschränkte amüsiert die Arme vor dem Bauch.

In der Umkleide und in den Gängen summte sie vor sich hin.

»Gut druff, wa«, grinste der Bademeister noch einmal,

als sie ihm begegnete. Murmelte er da etwa was von Bierchen heute Abend? Dörthe tänzelte an ihm vorbei, winkte und ging weiter.

Freddy hatte eine Nachricht geschickt. Er interessierte sich für die Schrittzahlen, die sie als Tagespensum erreicht hatte, und für ihr aktuelles Gewicht. Dörthe überlegte nur kurz, dann tippte sie kurz entschlossen zwei erfundene Zahlen in ihre Antwortnachricht. Sie fühlte sich prächtig, etwas anderes zählte nicht, oder? Wer gab schon etwas auf Zahlen? Aber wenn es Fred glücklich machte, bitte sehr.

Sie war glücklich. Jedenfalls zufrieden, guter Dinge. »Ain't no mountain high enough …« Sie benutzte die Wasserflasche in ihrem Zimmer als Mikro und sang ein paar Takte. Was würde sie heute Nachmittag unternehmen? Die Klinik hatte Freizeit angesetzt, »Aber nicht zur nächsten Pommesbude rennen!«, die man sinnvoll füllen sollte.

Danilo wiederzutreffen wäre äußerst sinnvoll. Danilo. Sie wusste nicht einmal seinen Nachnamen, hatte keine Telefonnummer. Googeln? Als Dörthe den Vornamen ›Danilo‹ in die Suchmaschine eingab, wurden ihr lediglich italienische Fußballspieler angezeigt, weder ein Zauberer noch ein langer Mann im zu großen Mantel.

Sie hatte wirklich Spaß gehabt. Endlich einmal. Vielleicht war er auf der Strandpromenade unterwegs?

Eine abschließende Nachricht an Fred – »Heute ist ein guter Tag, Freddy, so langsam komme ich in Form«, dazu tausend Blümchen und eine Tänzerin –, dann packte sie sich warm ein und ging nach draußen, wo just in dem Moment ein Sonnenstrahl hervorbrach und ihr die Nase kitzelte.

• • •

»Wäre super, wenn du das schaffst.«

Esther starrte die E-Mail an. Schaute noch einmal aufs Datum. Aber es gab keinen Zweifel.

Ob sie die Reportage über das Staudamm-Projekt vier Wochen früher abliefern könnte, hatte Ines, die Ressortleiterin, gefragt. Sie würden die Geschichte gern ein Heft eher bringen. Vermutlich hatte jemand anderes abgesagt, seinen Beitrag versemmelt, und sie sollte dafür einspringen. Esther presste die Fingerknöchel an die Schläfen.

Wenn sie es sich nicht verderben wollte mit Ines, musste sie das schaffen. Sonst beauftragten sie jemand anderen, Esther wusste, wie der Hase lief. Auch wenn es einem keiner sagte, wenn versichert wurde, wie gut man ihre Reportagen fand – wenn sie jetzt nicht lieferte, wäre sie raus.

Einen Monat eher. Obwohl die Flüge bereits gebucht waren. Das bedeutete, dass sie quasi sofort losmusste. Was unmöglich war, denn nächste Woche wurde ihre Mutter achtzig. Sollte sie absagen? Einfach sagen, dass sie es nicht schaffte, die Reportage selbst finanzieren und später an ein anderes Magazin verkaufen? Nein, das wäre keine gute Idee. Diese Zeitschrift zahlte anständig, ihre Story war eingekauft, sie hatte einen Vorschuss erhalten. Und sie wollte an diesen verdammten Mekong.

Sie würde umbuchen. Bis zum Geburtstag hierbleiben, die Vorbereitungen stemmen, sich auf dem Fest zeigen, zwei Stunden mussten reichen, und sich dann direkt auf den Weg machen. Die Geschichte müsste sie noch in Kambodscha während der Reise zu schreiben beginnen, danach wäre keine Zeit dafür. Dann käme es hin. Gerade so.

Esther biss sich in die Wange. Ihre Mutter wäre enttäuscht, vermutlich sehr. Ihr Verhältnis wäre noch mehr belastet, als es das ohnehin schon war, wenn sie sich in diesen Tagen zurückzog, um die Reisevorbereitungen anzupassen. Und gar nicht daran zu denken, wie ihre Mutter reagieren würde, wenn sie ihr eröffnete, dass sie an ihrem Ehrentag bereits abreisen würde.

Egal, das musste sie aushalten. Vielleicht würde sie es auch gar nicht bemerken, all die Gäste würden sie ablenken. Am Anfang wäre sie ja noch da. Und beim Aufräumen würde ihr Göran helfen.

Einem kurzen Schmerz gleich, gestochen scharf, blitzte der Gedanke an Thees auf.

Sie schob ihn beiseite.

Esther öffnete die Reiseportale. Schrieb eine E-Mail an Ines, die Redakteurin: Ja, klar, kein Problem, sie würde umdisponieren.

Dann suchte sie ihre Login-Daten für die Fluglinie heraus.

Kapitel 13

Dörthe schwebte die Stufen der *Seeschwalbe* hinauf – sie fühlte sich so angenehm leicht! – und betrat erwartungsvoll den Gastraum. Dies war wirklich ein Ort, an dem man quasi umgehend im Urlaub war, gechillt, wie Konstantin sagen würde. Eine Woche hatte sie noch. Eine Fitnesswoche, die an das Fasten anschloss. Shape-your-Body-and-Mind. Sie würde sie genießen. Vielleicht den ein oder anderen Kurs schwänzen und stattdessen hierherkommen und im Blick aufs Meer schwelgen.

Sie ließ ihre Mütze beiseitefliegen und breitete sich an einem Tisch vorm Fenster aus. Mit einem wohligen Seufzer nahm sie von einem jungen Mann mit Zopf die Speisekarte entgegen.

Gerade wollte sie eine Jumbotasse Milchkaffee und ein Stück Friesentorte bestellen, als sie sich besann. Nein, nicht gleich wieder aus der Form geraten. Es ging ihr ja besser als vorher. Fünf Kilo hatte sie abgenommen, das war nicht nichts. Die würde sie jetzt nicht an die Friesentorte verlieren, auch wenn diese sich in der Vitrine neben der Theke verlockend präsentierte. Stattdessen würde sie einen Obstsalat nehmen. Mit Ananas! Sehr gut. Sahne? Na, vielleicht besser Joghurt. Der junge Mann segelte davon, ein Lächeln zwischen den Ohren von hier bis zum Nordpol.

Wo war Maj-Britt überhaupt? Dörthe spähte in die Küche, als die Schwingtür sich öffnete, Maj-Britt entdeckte sie nicht, dafür den Koch. Was war das nur für eine Type? Das Kinn erhoben, die Wampe selbstbewusst vorgeschoben. Okay, sie hatte selbst eine, aber so …? Der hier gab den Chef vons Janze. War er das denn? Nein, Chefin war Maj-Britt. Aber er spielte sich auf, als wäre das hier sein Sternerestaurant.

Der Koch warf ihr einen misstrauischen Blick zu. Dörthe wandte sich ab. Die Aussicht übers Watt war sowieso viel schöner. Watt und Himmel in sonnenglänzender Einheit, man konnte fast pathetisch werden. Und hier drin wärmte die Sonne den Raum durch die Scheiben, lief leise Radiomusik, es war relativ ruhig und leer. Hach, wie gemütlich.

Da sah Dörthe Maj-Britt in ihrem Kleinwagen über den Strand kurven, zügig um die Pfützen herum. Kurz darauf hörte sie ihre Stimme in der Küche, abwechselnd mit der des Kochs, es wurde laut.

Dann stand Maj-Britt in der Gaststube, mit zorniger Miene. Dörthe winkte ihr zu. Maj-Britt nickte, machte sich an der Kaffeemaschine zu schaffen, beachtete die anderen Gäste nicht und setzte sich mit einem Espresso zu Dörthe an den Tisch.

»Stress?«, fragte Dörthe verständnisvoll.

Maj-Britt sog geräuschvoll Luft ein. »Geht so.«

»Was war denn das eben in der Küche?«

»Hat man das etwa gehört?«

Dörthe schüttelte den Kopf. »Kaum etwas«, log sie.

»Kilian hat ein anderes Tagesgericht vorbereitet, als wir vereinbart hatten. Er hat die Speisekarte geändert und auch selbst Bestellungen vorgenommen.«

Maj-Britt strich sich eine Haarsträhne hinters Ohr und nahm den Inhalt der winzigen Tasse in einem Schluck. »Ich sei ja nicht da gewesen, behauptet er, und irgendjemand hätte die Sache ja in die Hand nehmen müssen.«

»Und, warst du nicht da?«

»Nein, war ich tatsächlich nicht. Ich hatte einen Termin bei der Bank. Und, meine Güte, ich kann ja nicht überall gleichzeitig sein!« Eine Falte stand zwischen ihren Augenbrauen.

»Dann ist es doch super, dass er dir geholfen hat!«

»Nein«, Maj-Britt sah Dörthe scharf an. »Ich bin die Chefin. Ich entscheide, was auf die Karte kommt.«

»Was gibt's denn jetzt? Vielleicht kann ich das Essen ja testen.« Dörthe kicherte.

»Machst du nicht Diät? Es gibt Kabeljau mit Zitronengras und Granatapfelsoße. Dazu hat er Couscous bestellt. Couscous!«

»Mmh, lecker«, entfuhr es Dörthe. »Ich mache übrigens keine Diät«, sie deutete Anführungszeichen mit den Fingern an, »ich habe gefastet. Und seit heute darf ich wieder essen. Aber ich gehe es langsam an.« Sie wies auf ihren Obstsalat.

»Fasten. Ist genauso gut. Kann ich dir noch etwas bringen? Einen Orangensaft vielleicht?«

»Gerne. Und bring dir auch einen mit, du siehst nämlich

aus, als hättest du einen Vitaminstoß dringender nötig als ich!«

Als Maj-Britt wiederkam, stellte sie Dörthe den Saft hin und sich selbst eine Teetasse.

»Was 'n das?« Dörthe deutete darauf.

»Kamillentee, wenn's recht ist.«

»Hast du's mit dem Magen? Wenn ich dürfte, wie ich wollte, würde ich ja alles tun, nur nicht freiwillig Kamillentee trinken!«

»Eben, du hast es nicht mit dem Magen. Sei froh. Bis auf deine paar Kilo zu viel bist du kerngesund.«

Das lief schon wieder in die falsche Richtung. War Maj-Britt etwa krank? Kamillentee trank man, wenn man eine Magenverstimmung hatte oder eine Grippe. Am besten nie. Dabei war sie nur hierhergekommen, weil sie Maj-Britt sehen wollte. Sie fühlte sich so beschwingt, dieses Aquajogging wirkte Wunder, und dies schien ihr der richtige Moment, um etwas zu klären, das ihr auf der Seele lag.

»Hör mal«, begann sie.

»Es tut mir leid«, fiel Maj-Britt ihr ins Wort. Da war es wieder, das warmherzige Maj-Britt-Lächeln. »Du siehst blendend aus, weißt du das? Du hast abgenommen, oder?«

»Ja, tatsächlich, fünf Kilo, der Weg hierher war schon viel leichter als letzte Woche.«

»Siehst du! Man muss nur an sich glauben.«

»Scheibenkleister, sag das nicht. Das sagt Fred immer. Dass alles vom eigenen Willen abhängt. Dafür bin ich nicht gemacht!«

»Bist du vermutlich nicht, aber die paar Kilo weniger stehen dir gut.«

Maj-Britt fragte sie wenigstens nicht, wer Fred war. Dass Maj-Britt selbst gerade nicht so blendend aussah, sagte Dörthe nicht. Vielleicht verspürte sie ein kleines bisschen Befriedigung, dass die unantastbare Maj-Britt Andresen nicht mehr ganz so makellos war wie sonst.

Sie schob ihre Joghurtschale beiseite. »Erzähl mal, was war das jetzt genau mit der Speisekarte? Wo liegt das Problem?«

Maj-Britts feine Augenbrauen zogen sich zusammen. »Ich muss was bieten. Ich möchte weg von Hering und Krabbenomelett und etwas auf die Karte setzen, was es hier sonst nicht gibt. Für die Gourmets, verstehst du? Damit es sich für die Leute lohnt, auch im Winter herzukommen.«

»Klar, die Gourmets.« Dörthe nickte.

Maj-Britt zwirbelte eine Haarsträhne um den Finger. »Da gibt es Bedarf, es muss mir nur gelingen, die Gäste darauf aufmerksam zu machen.«

»Fette Party?«, schlug Dörthe vor und schlug sich auf den Mund, als Maj-Britt sie verwirrt ansah.

»Du möchtest also Gäste herbekommen.«

»Es soll passen. Neue Gäste, mit neuem Angebot.«

»Arsch auf Eimer.«

»Ja, genau.« Ein Lächeln zog sich über Maj-Britts Gesicht.

»Und«, Dörthe wünschte, Esther wäre hier, die konnte schlaue Fragen stellen und hätte die Situation wahrscheinlich sofort erfasst, »wie erfahren die Gäste, dass es bei dir mehr gibt als Krabben?«

Maj-Britt seufzte. »Das ist das Problem. Sie erwarten hier nichts anderes. Sie sehen die Pfähle und erwarten Matjes mit Bratkartoffeln. Nichts gegen Matjes!«

»Nein, nichts gegen Matjes!«, wiederholte Dörthe.

»Aber hier sollen sie mehr finden. Die sollen hierherkommen, essen, glücklich sein, es weitererzählen – das Angebot, kombiniert mit der Lage, das ist es doch.« Maj-Britt sprach versonnen weiter. »Berichte in den Feinschmecker-Zeitschriften, ein Ruf bis nach Hamburg, Reservierungen für den Abend, volles Haus ... Ach, Dörthe, das wäre so schön!«

»Und wo–«, Dörthe unterbrach sich. Liegt das Problem?, hatte sie fragen wollen. Aber sie wollte Maj-Britt, die endlich einmal erzählte, nicht stoppen.

»Ist die *Seeschwalbe* denn nicht voll?«, fragte sie stattdessen.

Maj-Britt erwachte gleichsam und sah Dörthe ernüchtert an. Fettnäpfchen! Hurra, Dörthe Michels.

»Siehst du doch.«

»Hier sitzen doch ein paar Leute!« Dörthe wies großzügig durch den Raum.

Wie müde Maj-Britt auf einmal wieder aussah. »Darum geht es nicht. Das sind Frühstücksgäste. Und zwar wirklich nur ein paar. Es geht um die Abende, um die warme Karte. Ich hab investiert, Dörthe, vergrößert vor ein paar Jahren. Hatte Bauarbeiten im Herbst und musste ein paar Wochen schließen, das hat gekostet.« Sie schwieg. Da war etwas, das spürte Dörthe, sie wusste nur nicht, was.

»Na ja, jetzt muss sich das auch rechnen«, sagte Maj-Britt schließlich.

»Aber im Sommer ist hier doch alles voll!«

»Ich hab trotzdem ein Minus. Bis zum Frühjahr möchte ich das ausgleichen.«

In Dörthes Kopf arbeitete es. Langsam ahnte sie, wo der Hase im Pfeffer lag. »Möchtest oder musst du?«

»Ich …« Maj-Britt brach ab. Unendlich erschöpft wirkte sie plötzlich.

Dörthe blies die Wangen auf.

»Du hast Schulden?«

Der Blick, mit dem Maj-Britt sie ansah, gab ihr die Antwort. Ach, du meine Güte! Maj-Britt hatte Geldsorgen, ausgerechnet die besonnene Maj-Britt. Dörthe wollte sich Luft verschaffen und machte dabei eine unbedachte Armbewegung. Die Joghurtschale flog in hohem Bogen vom Tisch.

Maj-Britt sprang sofort auf. »Ich beseitige das!« Und weg war sie. Eine junge Frau fegte an ihrer statt die Scherben weg. Ausnehmend hübsch sah sie aus, Dörthe betrachtete fasziniert den schmalen Ring in ihrem Nasenflügel und überlegte sich, ob sie sich auch so etwas hätte stechen lassen, wenn sie jünger gewesen wäre. Aber wie lange sie brauchte, um das Malheur zu beseitigen. Wie in Zeitlupe vollzogen sich ihre Bewegungen. Stand sie unter Drogen? Sie schickte Dörthe ein entschuldigendes Lächeln, das einen charmanten Spalt zwischen ihren Zähnen sichtbar werden ließ. Fast hätte Dörthe ihr das Kehrblech aus der Hand genommen. So weit kam es noch.

Als das Mädchen in der Küche verschwunden war, hörte sie wieder die Stimme des Kochs, der laut wurde und offenbar das Mädchen zusammenfaltete. Was für ein Miesepeter! Anscheinend hatte er mit Frauen ein Problem.

Dörthe zahlte, zog Jacke und Mütze über und verließ nachdenklich die *Seeschwalbe*.

• • •

Wie wundervoll es ist, einfach nur zu gehen, dachte Dörthe. Dass sie das bisher nicht erkannt hatte! Schritt für Schritt den Deich entlang, auf der einen Seite die Salzwiesen, auf der anderen das Kiefernwäldchen, dicht vor ihr der Böhler Leuchtturm. Vom Wind wurde sie sanft vorwärtsgeschoben, sie musste nur die Füße setzen. Vielleicht sollte sie mal mit Fred zusammen herkommen, dem würde es sicher gefallen: Sauna, Wellness, Strand. Freddy. Mochte er die Nordsee? Mallorca war eher sein Revier, das hatte er nach der Wende für sich entdeckt, zusammen mit ein paar Kumpels abseits von Getümmel eine Finca zu mieten, das hatte Freddys Ansicht nach Stil.

Die Leute, die ihr entgegenkamen, lächelten unter dicken Mützen, beglückt über den blauen Himmel, Dörthe strahlte zurück. Hunde an der Leine, Möwen in der Luft.

Eine Läuferin näherte sich in geschmeidigem Tempo. Eben noch ein großes Stück entfernt, hatte sie die Höhe des Leuchtturms fast erreicht. Schlank, trainiert, zielstrebig.

Dörthe stellte sich ihr in den Weg.

Widerwillig bremste die Läuferin ab. Dann wich ihr verschlossener Gesichtsausdruck einem überraschten »Dörthe!«

»Esther!«

Esther blieb schwer atmend stehen, stützte die Hände auf die Oberschenkel. »Was machst du denn hier?«

»Urlaub. Chillen. Strandkorb. Ich leih mir gleich einen Sonnenschirm. Kommst du mit zum Sandburgen-Bauen?«

Esther lachte. »Ist Sandburgen-Bauen nicht inzwischen verboten?«

»Keine Sandburgen mehr?! Denk mal an früher. Da hatten wir Meisterschaften im Sandburgen-Bauen. Dann machen wir es eben heimlich, nachts!«

»Ja, früher. Jetzt ist wirklich einiges anders geworden. Ich find's aber auch nicht schlecht. Ein paar Regeln eben.«

»Regeln?«

»Für die Hunde und so.«

»Ach Gott, ja, die Hunde. Stimmt, du hast recht, Regeln finde ich auch gut.« Dörthe hatte die hohen Schilder am Strand, die die Abschnitte markierten, an denen Hunde frei laufen durften, mit Befriedigung registriert.

Dörthe mochte keine Hunde. Fred hätte gern einen gehabt. »Einen kleinen, scharfen. Der auch mal zubeißen kann. Muss er ja nicht, wenn er nicht soll.« Dörthe hatte sich gefragt, wie er das unterscheiden können sollte. Nein, kein Hund. Fred hatte es großmütig hingenommen. Sie würden sich schon einig werden, was ihr Zusammenleben betraf. »Wir müssen ja beide zufrieden sein, was, Purzelchen?«

»Früher haben die Hunde gegen die Sandburgen gepinkelt. Weißt du noch? Ich bin definitiv für Regeln.«

»Früher gab es auch nicht so viele Hunde.«

»Esther, sag mal, magst du vielleicht keine Hunde?« Waren sie sich in dieser Sache etwa einig?

Esther grinste. »Geht so.«

Dann begann sie, auf der Stelle zu joggen. »Sonst kühle ich aus«, sagte sie entschuldigend.

Dörthe musterte sie. »Wie viel läufst du eigentlich am Tag?«

»Ich musste raus«, erklärte Esther, ohne direkt darauf zu antworten. »Stress bei der Arbeit.«

»Arbeit? Hier?«

»Ein paar E-Mails, ich musste eine Reise umbuchen, Dinge regeln …« Esther brach ab, aber an ihrer Miene erkannte Dörthe, dass es etwas Unerfreuliches war.

Die Vorbehalte, die immer noch in Dörthe geschlummert hatten, was Esthers Job betraf, schmolzen dahin. Esther tat ihr leid. Nein, sie war nicht nachtragend. Das war vielleicht eine ihrer Schwächen.

Sie sah Esther nachdenklich an. Dann erhob sie munter die Stimme. »Ich weiß was. Heute Abend gehen wir zusammen aus. Und Maj-Britt nehmen wir auch mit. Wir machen mal so richtig einen drauf. Was hältst du davon?«

Esther sah sie zweifelnd an.

»Wir gehen was essen! Oder meinetwegen trinken!«

»Wohin denn? Ein Party-Hotspot ist das hier ja nicht gerade.«

»Du täuschst dich, meine Liebe.« Dörthe senkte verheißungsvoll die Stimme. »›Caribbean Night‹ in der *Frischen Brise*.«

Esther lachte hell auf. »Da willst du hin?!«

»Willst du lieber ins *Black Magic* nach Garding? Meinetwegen, das gibt's noch, glaube ich.«

»Nee, ist schon okay, dann lieber die ›Caribbean Night‹.«

»Ich weiß, du hast Cuba Libre schon in der Karibik inhaliert, bist dort wahrscheinlich mit einer Jacht rumgeschippert. Aber ich will auch mal karibische Luft schnuppern. Sonst denk einfach an Maj-Britt, die kann's brauchen.«

»Maj-Britt?«

»Die ist so blass wie der Sand im Sommer. Sie wirkt etwas mitgenommen.«

»Weißt du, wieso?«

»Ach, Banktermine, Kochprobleme, Abwechslung wäre sicher nicht schlecht für sie.«

»Gut. Ich lauf sowieso in die Richtung, ich mach einen Abstecher und sag es ihr.«

»Hasta la vista, baby!« Dörthe winkte.

Esther umrundete den Leuchtturm und verschwand in Richtung *Seeschwalbe*.

Na also, ging doch.

Kapitel 14

Sie durchquerten die Lounge des Hotels *Frische Brise*, ein Plakat kündete von der »Caribbean Night« in der Bar.

Dörthe schwenkte fröhlich die Hüften, als sie eintraten. Dabei schob sie Maj-Britt, deren etwas angestrengtes Lächeln ihr nicht entgangen war, energisch weiter. »Maj-Britt, denk dran, heute wollen wir uns einfach nur vergnügen!« Wäre ja gelacht.

Die Bar empfing sie mit gedämpftem Licht, bunten Teelichtern und aufgeschüttetem Sand. Die Fischernetze waren umfunktioniert worden und mit künstlichen Hibiskusblüten geschmückt. Eine »heiße Nacht in einer kalten Jahreszeit« war das Versprechen. Sie schälten sich aus ihren Mänteln, rieben die Hände.

Der Barkeeper lächelte ihnen entgegen. »Hi, Maj-Britt!«

»Sven!« Sie lächelte, nichts sah man mehr von ihrer Zögerlichkeit. Maj-Britt konnte das, sofort umschalten. Wie gut sie schon wieder aussah. Ein Kleid mit großen Blumen, ärmellos, es stand ihr ausgesprochen gut. Dörthe hatte darauf bestanden, dass sie sich schick machten, alle drei.

Mit Schwung ließ Dörthe sich auf dem ersten Barhocker nieder.

Maj-Britt berührte sie an der Schulter: »Lass uns bitte da hinten sitzen!« Sie wies auf einen niedrigen Tisch und deutete unauffällig auf Sven. »Ich muss mal privat sein.«

Andere Leute hingen entspannt in den Lounge-Kissen, Touristen und Gäste des Hotels, sogar der ein oder andere Einheimische. Musik vom Band vermittelte karibisches Flair, an einem Ende des Raums warteten Instrumente auf einer improvisierten Bühne auf ihren Einsatz.

»Was trinken wir, einen Cuba Libre?«, fragte Dörthe munter.

»Gern«, stimmte Esther zu.

Maj-Britt winkte ab.

»Spielverderberin!« Dörthe stupste sie an.

»Ach, die haben das bestimmt auch alkoholfrei! Ich geh mal hin.« Esther trug eine enge Jeans und Stiefel, eine schwarze Bluse, dazu Pferdeschwanz. »Du siehst eher aus wie ein Cowboy, der zum Rodeo will«, hatte Dörthe festgestellt.

Dörthe selbst hatte ein bunt gemustertes Wickelkleid gewählt und hohe Schuhe. Rot. Ihre Haare hatte sie hochgesteckt und Perlen hineingeflochten.

Im Takt wippte sie mit dem Fuß. »Heute haben wir Spaß, oder?« Den musste sie haben, sie war fest entschlossen, sie hatte den Freundinnen zuliebe nämlich Danilo versetzt. Beim Barkeeper des Walfängers, Hove hieß er, das wusste sie inzwischen, hatte sie eine Nachricht hinterlassen: »Heute geht es leider nicht. Domani?! I hope so«, und ihm eingeschärft, nach dem Mann mit dem Mantel Ausschau zu halten. Auf Hoves T-Shirt hatte das Stierkopflogo von Wacken 2019 gekündet.

Mit einem Tablett, auf dem drei hohe Gläser standen, kehrte Esther zurück. »Cheers!«

»Auf uns!«

»Schön, dass ihr in Sankt Peter seid!«

Die Eiswürfel klimperten im Glas, ihre Lippen schlossen sich zeitgleich um die Strohhalme.

»Mmh, köstlich.« Dörthe setzte als Erste ab.

»Trinkbar«, nickte Esther.

Maj-Britt nippte. »Schmeckt gut.« Sie beobachtete den Barkeeper, der im Hawaii-Hemd den Kubaner mimte. Einen Strohhut hatte er keck auf dem Kopf. Gastgeber, Gäste, Konzepte, sie war berufsgeschädigt, sie musste immer darauf achten.

Ein Mann trat auf die Bühne, setzte sich ans Schlagzeug. Eine Frau kam dazu und ein Gitarrist, der ein paar Akkorde anschlug. Dann setzte die Sängerin mit ihrem Lied ein.

Dörthe spürte, wie es in ihr vibrierte, auf Töne reagierte sie quasi sofort. Vielleicht war es auch der Cuba Libre.

Ein Paar drehte sich, hatte offenbar einmal einen Salsakurs besucht und war begeistert, die Kenntnisse anwenden zu können. Die anderen Gäste sahen zu, noch beschäftigt mit Essen und ihren Getränken.

Ein helles Instrument ertönte, auf das der Perkussionist schlug. »*Baila, baila!*«, forderte die Sängerin, die unbeirrt ihre breiten Hüften wiegte und auf hohen Absätzen hin- und herging, ihr norddeutsches Publikum auf.

Zwei junge Frauen begannen ebenfalls zu tanzen, Freestyle und etwas neben dem Takt, aber das machte nichts.

Okay, Maj-Britt musste sich erst gewöhnen, sie war noch nie eine Partyfee gewesen, aber Esthers Überlegenheit forderte Dörthe heraus. »Erinnere dich, wir wollten gute Laune haben«, sagte sie.

Zu Dörthes Überraschung stand Esther wortlos auf. Dörthe sah ihr verblüfft hinterher. Der Trommler strahlte, und schon hatte ein älterer Mann Esther aufgefordert und drehte sie, etwas umständlich und altmodisch zwar, aber Esther ließ sich nichts anmerken und tanzte souverän mit.

»Hui«, sagte Maj-Britt und nahm einen kräftigen Schluck.

»Was ist mit dir?«, fragte Dörthe.

Maj-Britt schüttelte nur den Kopf.

»Ach, komm!« Dörthe war angestachelt. Man konnte Esther doch nicht alleine auf der Tanzfläche lassen! Und der Cuba Libre ...

Maj-Britt gab nach und ging mit Dörthe nach vorne. Karibisch tanzen konnte sie nicht, aber sie konnte es zumindest versuchen. Der Mann verbeugte sich vor Esther, als das Lied beendet war. Die Leute klatschten, und die Band spielte sofort weiter.

Esther nahm vor Maj-Britt eine Tanzhaltung ein und begann, sie zu führen. Meine Güte, dachte Dörthe, was war hier los? Esther musste mindestens zehn Jahre auf einer Karibikinsel verbracht haben. Und auch Maj-Britt konnte die Schritte. Vor, zurück, mit Schwung um die eigene Achse, eindrehen, ausdrehen.

Dörthe wurde von dem älteren Herrn aufgefordert, der schon Esther beglückt hatte. Wie der sich wohl hierher verirrt hatte. So höflich und formvollendet, bestimmt siebzig war er, das sah Dörthe jetzt. Aber er tanzte gut, und als er merkte, dass Dörthe keine südamerikanischen Tänze konnte, wechselte er zu Discofox. Das ging immer. Und das konnte auch Dörthe.

»*Gracias*«, bedankte sich die Sängerin. Ein weiterer Cocktail, Esther hatte ihn organisiert, *Havana Nights*.

Ein junger Mann aus dem Publikum kam auf die Bühne, die Musiker luden ihn ein mitzuspielen, er nahm sich eine der Congas. Es kam Schwung in die Sache, die Musiker legten zu, und auch wenn es Sankt Peter-Ording war, war es für Momente doch sehr ausgelassen.

Und Maj-Britt hatte rosige Wangen, wie Dörthe befriedigt feststellte. Mission accomplished.

Außer Atem ließen sie sich schließlich auf die Polster in der Ecke fallen. »Wirklich, sehr karibisch«, stellte Dörthe fest. »Ich hab Hunger.«

»Ich kümmere mich!« Kurz darauf war Maj-Britt mit einer Riesenportion Tacos zurück.

»Wem gehört das hier jetzt eigentlich?«, fragte Esther und wies durch den Raum, während sie mit der anderen Hand einen Taco eindippte.

»Das hier? Das gehört Karsten Ungereit«, erklärte Maj-Britt.

»Wie jetzt, der kleine Karsten?« Dörthe lispelte das 's' und legte die Schneidezähne auf die Unterlippe. Karsten war in ihrer Jahrgangsstufe gewesen, sie hatten ihn in der Schule immer belächelt, weil er Hasenzähne hatte und das 's' nicht richtig sprechen konnte. Schmächtig gewesen war er, der Typ, der beim Basketballspiel als Letzter in die Mannschaft gewählt wurde. Dabei war er immer nett gewesen. Vielleicht ein bisschen zu nett, bemüht, es allen recht zu machen.

»Genau der.«

»Ach herrje.«

»Warum ›Ach herrje‹? Er hat das Hotel von seinen Eltern übernommen und komplett umgebaut. Und lispeln tut er übrigens auch nicht mehr. Du wirst es nicht glauben, aber er hat sich gemacht.«

Das alte Kurhotel aus den Siebzigerjahren war ebenfalls nicht wiederzuerkennen, dachte Esther. Ein Lifestyle-Hotel war daraus geworden, frisch im Design, modern und doch bezahlbar, ein junges, urbanes Publikum ansprechend. Und das war Karstens Werk?

»Respekt«, sagte Esther.

»Er hat Erfolg, das kann man nicht anders sagen«, sagte Maj-Britt, »das *Tiefseerauschen* betreibt er auch.«

»Das Restaurant? Das nur Meeresfrüchte anbietet?«

Maj-Britt nickte.

Jetzt war die karibische Musik in Lounge-Musik übergegangen, plätscherte flockig dahin. Dörthe beschäftigte sich eingehend mit der Limonenscheibe im Glas.

»Na, und?«, fragte Esther.

»Nichts und. Bei Karsten läuft's.«

»Bei dir läuft es doch auch.«

Maj-Britt schüttelte den Kopf. Sie setzte an, etwas zu sagen, ließ es aber bleiben.

In Esthers Kopf arbeitete es. Dörthe hatte ein Bankgespräch erwähnt. Aber wo lag das Problem? Die Pfahlbaurestaurants waren eine Institution hier im Ort, da musste man sich doch keine Sorgen machen.

»Woran liegt es? Keine Gäste? Kein Personal?«

Maj-Britt seufzte, sah Esther dann geradewegs an. »Investitionen, meine Liebe. Und eine Ehe, die in die Hose gegangen ist, und zwar vollauf. Da brauchte es nur noch eine Sturmflut und schwups, sind die Rücklagen weg. Ich hab sogar mein Haus beliehen.«

Wie bitte? Maj-Britt war pleite?

Esther schob das leere Glas beiseite, griff zum zweiten, ihr war schwummrig und sie war dankbar, dass Dörthe eine Runde alkoholfrei bestellt hatte. Obwohl, eigentlich war ihr jetzt nach einem Schnaps.

»Ich brauch Nachtisch.« Dörthe verhandelte mit dem Barmann, kurz darauf balancierte sie einen Teller mit Obst und Nüssen heran und spießte ein Ananasstück auf. Sie schob den Teller den Freundinnen zu.

»He, ihr trüben Tassen. Wenn die *Seeschwalbe* nicht fliegt, basteln wir ihr Flügel, oder? Dann braucht sie Starthilfe!«

War Dörthe angesäuselt? Vermutlich.

Esther und Maj-Britt schwiegen.

»Das sollte doch zu schaffen sein. Mensch, Maj-Britt! Du kennst Sankt Peter-Ording wie deine Westentasche, hast Kontakte, bist die Fachfrau schlechthin. Was Karsten Ungereit schafft, schaffst du schon lange!«

Der Vergleich zog nicht, das bemerkte Dörthe selbst.

»Na, du sollst ja keine Kraken in Aspik servieren, du

machst was Eigenes! Die *Seeschwalbe* wirst du ja wohl flott-kriegen!«

Maj-Britt schüttelte nur müde den Kopf. »Wenn ihr wüsstet.«

»Können wir etwas tun, dir irgendwie helfen?«

»Ihr beide seid ja bald wieder weg.«

Das kam heraus, ohne dass Maj-Britt nachgedacht hatte, so viel war klar. Und dass es schon lange schwelte, auch. Bald wieder weg. Wie ein Stich trafen Esther die Worte. Fein und präzise.

»Noch sind wir hier«, sagte sie und wunderte sich über sich selbst. Wollte sie das wirklich in die Hand nehmen? Eigentlich mied sie Verbindlichkeiten dieser Art. Aber das hier war ein Sonderfall.

Esther zog einen Stift aus ihrer Jacke und faltete eine Serviette. »Was brauchst du, damit es wieder läuft?«

»Gäste.«

»Und wie kriegst du die?«

»Mit einem guten Angebot.«

»Und, hast du ein gutes Angebot?«

»Das habe ich, aber ich brauch was Neues, damit die Leute auch im Winter kommen, zahlungskräftiges Publikum. Am besten ab morgen.«

»Na bitte. Noch sind wir hier. Was stellst du dir vor?«

»Feinen Fisch, letztlich doch wie das *Tiefseerauschen*, mit Werbung bis nach Hamburg.«

»Sylt in Sankt Peter?«

»Quasi.«

Dörthe klimperte mit den Eiswürfeln. »Sag mal, und dein Koch? Dieser Kilian? Welche Rolle spielt der dabei?«

»Na, welche schon? Er kocht!«

»Kann er das?«

»Er kann. Er hat in einem Sternerestaurant gelernt.«

»Hattet ihr mal was miteinander?«

Esther sah sie mahnend an. Dörthe hatte offenbar wirklich einen Schwips.

»Ich weiß nicht, was das jetzt zur Sache tut«, sagte Maj-Britt.

»Wusste ich's doch«, murmelte Dörthe und widmete sich wieder ihrem Glas. Schob eine Nuss in den Mund. »Nüsse sind gesund, oder? Vitamin E und so, ist gut fürs Gehirn.«

»Kilian ist loyal.«

»Und warum schnauzt ihr euch dann an?«

»Dörthe!«

»Sorry, aber ich finde diesen Koch ...«

»Kommen wir lieber zum Konzept«, unterbrach Esther. »Ein neues Angebot muss bekannt gemacht werden. Wenn bald mehr Leute da sein sollen, muss rasch was passieren. Hast du eine Idee?«

»Anzeigen ... die kosten natürlich. Keine Ahnung, Mundpropaganda.«

Von Marketing hatte Maj-Britt wirklich keine Ahnung, stellte Esther fest, dieses Feld war von ihr nie beackert worden. Wenn sie an die Hotels dachte, die Journalisten köderten, um auf Blogs und in Zeitschriften erwähnt zu werden ... Aber wie, bitte, hätte Maj-Britt auch noch Marketingexpertin sein sollen? Die *Seeschwalbe* als Traditionslokal lief bisher ja immer von selbst. Trotzdem war es überraschend festzustellen, wie wenig andere über das, was einem selbst beruflich vertraut war, wussten.

»Lass uns doch eine Aktion starten. Eine, die richtig Wind in die Sache bringt. Du brauchst Multiplikatoren, etwas Sensationelles. Dein Vorteil: Im Winter ist nicht so viel los, du kannst leichter in die Presse kommen als im Sommer.«

Maj-Britt hob den Kopf.

Esther fühlte sich mit einem Mal stark und konzentriert. Ja, sie wollte der Freundin helfen, bevor sie wieder abfuhr. Werbemaßnahmen zu überlegen war für sie ein Leichtes.

»Lasst uns doch mal ein Motto überlegen ...«

»Nicht Fisch, nicht Fleisch«, kam es von Dörthe.

»Super. Und was soll das sein?«

»Körner! Früchte! Gesundes Essen!«

»Das sagst du, weil du gerade eine Diät gemacht hast.«

»Ich mache keine Diät, es ist–«

»Fasten. Ich weiß.« Maj-Britt sah schon munterer aus.

Esther wirbelte den Stift. »Kann man damit was machen? Fisch und Körner? Fish 'n Fruit, keine Ahnung, irgendetwas?

»Fish 'n Fruit klingt gut.«

»Klingt nach Imbiss«, meinte Maj-Britt.

»Macht nichts, du musst dich absetzen, ein Alleinstellungsmerkmal ist wichtig.« Esther klopfte mit dem Stift auf die Serviette. »Noch mal von vorne. Du willst gehobene Küche, willst Fisch ... Maj-Britt, weißt du was? Das machen alle. Fisch ist langweilig. Fang etwas an, das wirklich anders ist. Körner, genau wie Dörthe sagt, veganes Essen ...«

Ein Blick genügte, um zu sehen, was Maj-Britt davon hielt. Nein, das war zu experimentell. Es musste etwas Solides sein.

»Also doch Fisch, Küstenküche wie gehabt, nur auf einem anderen Niveau. Dann finden wir jetzt ein Motto, das Lust macht, die *Seeschwalbe* neu kennenzulernen.«

»Gelüste an der Küste!« Dörthe kicherte und bekam einen Schluckauf.

»Trink besser was Alkoholfreies«, sagte Esther.

»Tu ich«, sagte Dörthe und funkelte sie an.

»Ich find's gar nicht schlecht«, schaltete sich Maj-Britt ein, »zu verlieren habe ich nichts, oder?«

Esther überlegte. »Küstengelüste, okay. Du könntest Gedichte rezitieren. Oder du machst ein Menü mit szenischer Lesung.«

»Und wer soll lesen?«

»Schauspieler, die du engagierst. Ein Shakespeare-Motto wäre auch nett, meint ihr nicht? *Ein Sommernachtstraum*. Oder ein Wintermärchen. Was hältst du davon? Vielleicht auch die *Winterreise* von Schubert. Das ist ein Liederzyklus, dafür brauchst du einen Sänger.«

»Einen Sänger?«

»Einen ausgebildeten Sänger. Und zwischen den Liedern werden die Gänge serviert.«

»Kannst du das mal singen?«

»Fremd bin ich eingezogen ...« Esther brach ab. »Ich kann nicht singen.«

»Ich glaub, ich kenn das.« Dörthe räusperte sich, der Schluckauf blieb aus. »Fremd bin ich eingezogen, fremd zieh ich wieder aus …«

Dörthe hatte eine weiche und kräftige Stimme, das hörte man sogar über die Musik aus den Boxen hinweg. Esther war überrascht. Sie hatte vergessen, dass Dörthe so gut singen konnte.

»Wow, wir engagieren dich!«

»Danke, danke«, wehrte Dörthe ab, »aber ich bin ja bald weg. Leider.«

»Also: Winterreise mit weißen Tischdecken, Kerzen in Silberleuchtern, dezente Dekoration, mal ganz weg von Möwen und Muscheln – wäre das was?«

»Klingt gut.«

Esther notierte alles auf der Serviette und hob die Hand in Richtung Barkeeper. »Drei noch!«

Der Barkeeper grinste.

»Meinst du nicht, dass es reicht?«, sagte Maj-Britt erschrocken, »ich wollte eigentlich bald los.«

»Nee, das besiegeln wir jetzt. Ein Drink zum Abschluss.«

»Und wie mache ich das bekannt?«, wollte Maj-Britt wissen.

Dörthe sah Esther an. »Du arbeitest doch bei der Zeitung.«

»Ich liefere Reportagen an Magazine, das ist was anderes.«

»Egal. Schreib denen doch mal, was Maj-Britt vorhat.«

»Ich arbeite für das Reiseressort!«

»Macht doch nichts, hier reist man doch her.«

»Ja, aber das hier ist …«

»Das beste Reiseziel der Welt«, vollendete Dörthe und ließ ihre hübschen Grübchen spielen. »Kontakte hast du doch bestimmt!«

Maj-Britts Blick, hilflos, bittend. So hatte Esther sie noch nie gesehen. Die Hochzeit fiel ihr ein. Da hatte Maj-Britt sich ebenfalls etwas von ihr gewünscht. Trauzeugin hatte sie sein sollen.

»Logisch«, murmelte sie. Natürlich kannte sie viele Leute, und wenn es um zwei Ecken war.

»Wir müssten einen Restaurantkritiker einladen«, sagte Maj-Britt hoffnungsvoll.

»Oh ja, jemanden mit Einfluss«, bestätigte Dörthe. »Das schaffst du doch locker, Esther, oder?«

Esther überlegte. Welche Gastromagazine gab es? Die *Tafelfreunde*. *Foodstyle*. Und die *Köstlich!*. Ja, dieses Magazin gehörte zum selben Verlag wie die Frauenzeitschrift, für die sie gearbeitet hatte. Das war zwar Ewigkeiten her, aber egal. Wie hieß der Chefredakteur noch?

Dörthes und Maj-Britts erwartungsvolle Blicke.

Esther zog ihr Smartphone heraus. »Was soll ich schreiben?«

»Dass es hier Ende nächster Woche einen Eröffnungsabend gibt«, sagte Maj-Britt. »Die Winterreise, wir machen das. Lassen Sie sich verzaubern von einer Winterreise am Meer … irgendwie so. Du kannst das besser.«

»Okay. Winterreise … bezauberndes Ambiente … in einer besonderen Jahreszeit …« Esther tippte. Dann suchte sie den Kontakt raus, drückte auf Senden.

Dörthe strahlte. Sogar Maj-Britt sah erleichtert aus.
»Auf uns!«
Ein helles Pling! machten die Gläser.

Kapitel 15

Es klopfte kräftig an der Tür, dann stand die Reinigungskraft neben Dörthe am Bett und stemmte die Hände in die Hüften: »Sie schlafen ja noch!« Flink wischte sie über den Tisch, verschwand im Bad. Dort klirrten irgendwelche Flaschen.

»Lassen Sie es gut sein, ich mach das selbst, wirklich! Ich steh jetzt auf!« Dörthe erhob sich ächzend. Zu viel Cuba Libre gestern Abend, auch wenn er alkoholfrei gewesen war. Zur Hälfte, mindestens.

»Ist kein Problem, bin gleich fertig!« Weiteres Klirren und Scheppern, dann zog sie die Tür wieder hinter sich zu.

Dörthe stöhnte. 10 Uhr. Nee, nicht? Gerade der zweite Tag, an dem sie wieder essen durfte, und sie hatte das Frühstück verpasst. Die knusprigen Brötchen mit Marmelade.

Ein Blick in den Spiegel. Warum schwollen ihr nur immer die Tränensäcke so an? Und ihre Haare hatten dringend Wasser und Shampoo nötig.

Aber erst brauchte sie etwas zu essen.

Dörthe streckte ihrem Spiegelbild die Zunge heraus, versuchte, die Augen mit kaltem Wasser zu kühlen, zog eine Sporthose über, wickelte ein rot-türkisfarbenes Tuch um den Kopf und verließ ihr Zimmer. Der Wagen der Reinigungsfrau stand auf dem Flur. Klirren aus dem Nachbarzimmer.

Der Speiseraum war leer, auch hier wurde gewischt und geputzt.

Dörthe tappte in die Richtung, in der sie die Küche vermutete. Sie brauchte etwas Salziges. Als sie sie gefunden hatte, öffnete sie leise die Tür. Ein gekacheltes Reich mit viel Edelstahl. Frauen und Männer mit Kitteln, Plastikhandschuhen und Hauben waren damit beschäftigt, das Mittagessen vorzubereiten. Eine Frau schimpfte, dass es nicht schnell genug ginge.

Dörthe verging die Lust aufs Essen. Sie wollte die Tür eben wieder schließen, da zog die offene Hintertür ihre Aufmerksamkeit auf sich. Dort stand ein Mann und schien mit jemandem zu verhandeln.

Es war Firas.

Dörthe versuchte zu winken, ohne Aufmerksamkeit zu erregen. Die schimpfende Frau, die jetzt freundlicher aussah, bat sie hinauszugehen, es gäbe bald Mittagessen.

»Ich brauche Frühstück«, erklärte Dörthe, »und den da hinten, den kenne ich!« Dörthe winkte noch einmal, jetzt stärker. Firas erkannte sie, das sah sie an einer kleinen Bewegung seines Arms. Er gab aber sonst kein Zeichen.

Der Mann vor ihm drehte sich um.

Dörthe schob die strenge Frau beiseite und durchquerte die Küche. Wenn sie jetzt ginge, würde sie Firas wieder verpassen. Firas, ihren Retter, der ihr das köstlichste Mahl ihres Lebens beschert hatte.

Atemlos stand sie am Hintereingang. »Hallo, das ist ja eine Überraschung!«

Der Mann sah sie unwirsch an.

Dörthe beachtete ihn nicht. »Was machst du hier?«, fragte sie Firas.

»Mich bewerben.«

»Als Koch?«

Er nickte. Sein Blick glitt über ihren Turban. Dörthe spürte, wie sie rot wurde.

»Oh«, Dörthe wandte sich an den Mann, »er kocht wunderbar, das glauben Sie nicht, er ist ein wahrer Zauberer in der Küche!«

»Koch? Nachweise darüber gibt es aber nicht. Oder haben Sie welche?«

Firas schüttelte den Kopf.

»Na gut, eine Aushilfe können wir brauchen. Kommen Sie rein. Und Sie«, er wandte sich an Dörthe, »verlassen bitte die Küche.«

»Vielleicht sehen wir uns ja mal!«, sagte Dörthe zu Firas.

Der nickte ihr zu.

Auf einmal war Dörthe peinlich, was sie gesagt hatte. »Na gut, mach's gut, ja? Ich freue mich auf deine Gerichte!«

Meinte sie, ein Lächeln gesehen zu haben? Er wirkte sehr gefasst, konzentriert auf den Küchenmann. Firas war ihr ein Rätsel.

Die beiden verschwanden in der Küche. Dörthe stand ratlos da, dann schritt sie hindurch, zwischen Containern mit zerschnittenen Tomaten und Eimern mit Salatblättern, ohne die Blicke der Leute zu beachten, und war froh, als sie wieder in ihrem Zimmer war.

Ohne Frühstück.

• • •

Esther gönnte sich noch ein paar Minuten im Bett und sah in den bereits blauen Himmel. Fast wie Urlaub. Dazu der Brötchen- und Kaffeeduft, der wie jeden Morgen durch die Tür drang. In ihrer kleinen Hamburger Altbauwohnung erwachte sie morgens von den Geräuschen der jungen Familie, die über ihr wohnte, meist vom Rattern von Bobbycars auf dem Dielenboden. Nachts dagegen drangen die Bässe von Technomusik au der Wohnung unter ihr durch die Wände.

Hier war es anders. Hier herrschte Ruhe. Stille sogar. Dieser Ort war so überschaubar wie eine Bushaltestelle. Es war ja kaum ein Ort, nur der Wind blies, ein Rauschen hörte man ständig, ob von Wind oder Wellen, man war der Natur sehr nah.

Esther sprang kurz auf, öffnete das Fenster und kuschelte sich wieder unter die Decke. Frostklare Luft drang herein. In zwei Minuten würde sie aufstehen.

Himmel, sie waren ja richtig ausschweifend gewesen gestern, fast wie früher. Esther grinste in sich hinein. Nett war es gewesen, das Trinken und das Tanzen, das musste sie zugeben.

Und Karstens Hotel hatte sich gemacht. Sogar der kleine Karsten hatte sein Leben im Griff, er hatte sich etwas aufgebaut, während sie selbst ... Besser nicht daran denken.

Apropos aufgebaut, so rosig, wie sie gedacht hatte, sah es bei Maj-Britt gar nicht aus. Beim Gedanken daran wurde Esther mulmig. Was war das für eine Einladung gewesen, die sie da gestern geschrieben hatte? Ein paar blumige Worte, getippt aus einer Laune heraus. Die hatte sie an den Chef der *Köstlich!* geschickt, wenn sie sich richtig erinnerte, oder? Der Text war hoffentlich nur als Entwurf gespeichert.

Wie viel Cuba Libre hatten sie eigentlich schon intus gehabt, als sie sich das neue Konzept ausgedacht hatten? »Esther von Mehding, betrunken bist du nie«, murmelte sie. Doch sie ahnte Schlimmes und zog ihr Handy heran. Öffnete das Mailprogramm. Nein, der Text war nicht im Entwurfsordner. Sie hatte ihn abgeschickt, an den Chefredakteur der *Köstlich!*, führende Hamburger Gourmetzeitschrift.

Eine überschwängliche, völlig übertrieben formulierte Einladung zur Winterreise in der *Seeschwalbe*.

Sie WAR betrunken gewesen.

Esther sank stöhnend zurück in die Kissen.

Um nach zwei Sekunden aufzuspringen. Der Brötchenduft hatte sich in einen angebrannten Geruch verwandelt.

»Mama?« Sie hastete die Treppe hinunter.

Unten saß ihre Mutter in der Küche und starrte teilnahmslos auf den Tisch. Während der alte Toaster ungehindert qualmte, er musste dringend ausgetauscht werden.

Esther riss den Stecker aus der Dose, dann fasste sie ihre Mutter an der Schulter. »Mama, was ist los?!«

Ihre Mutter wandte sich um. »Ich fühl mich nicht gut.« Wie blass sie auf einmal aussah. »Ich glaube, ich leg mich noch mal hin.«

Sich noch einmal hinzulegen passte nicht zu ihrer Mutter. »Geht es dir gut? Bist du krank?«, fragte Esther besorgt.

»Das hättest du wohl gern«, murmelte ihre Mutter, musste sich aber am Geländer festhalten, als sie auf die Treppe trat.

»Komm, ich stütz dich.« Esther fasste sie am Arm.

Und ihre Mutter ließ es tatsächlich zu, dass sie sie nach oben begleitete. Nur in ihrem Schlafzimmer, da schloss sie sofort die Tür.

Esther strich sich durch die Haare. Es war verwirrend, das alles.

• • •

Der trockene Geruch nach Holz, vermischt mit dem der Kräuteraufgüsse. Dörthe spürte, wie ihre Wangen vor Schweiß glänzten, sie fühlte sich wie ein Bratapfel in der Röhre. Gleich würde sie eine Runde im kalten Becken schwimmen.

Fred war ganz bestürzt gewesen, dass sie noch nicht in der Sauna gewesen war. »Gönn es dir doch, du bist doch da oben, um es dir so richtig gut gehen zu lassen!«

»Wenn du dich erinnerst, ich hatte zu tun. Schritte zählen. Aufs Essen verzichten. Yoga.«

»Trotzdem, Sauna tut dir gut, du wirst sehen!«

Nach der Mittagspause hatte sie sich also auf den Weg in die *Dünentherme* gemacht.

Die Tür öffnete sich, und zwei neue Gäste betraten die

Sauna, ein Mann und eine Frau. Hinter ihnen schob sich eine lange Gestalt herein.

Dörthe wurde röter, als sie es ohnehin schon war.

Danilo.

Sie versuchte, sich unsichtbar zu machen. Angesichts der Enge des Raums und ihrer Körperfülle ein schwieriges Unterfangen.

Danilo breitete sein Handtuch aus. Dann erblickte er sie.

Er rieb sich die Stirn, zögerte, um dann verschwörerisch zwei Finger zu einem V zu heben.

Dörthe wusste nicht, wie sie reagieren sollte, grinste schief, schaute weg. Zaubern war schlecht in der Sauna, oder? Oder – der Gedanke überkam sie unwillkürlich – ging er in der *Dünentherme* etwa auf Beutezug? Hier war nichts zu holen, aber in den Umkleiden standen Taschen unbeaufsichtigt herum, während jemand sich die Haare föhnte. Sie hatte ihn gar nicht mehr gefragt, ob er die Uhr abgegeben hatte, die er gefunden hatte.

War sie dazu verpflichtet, Danilo abzulenken und die Menschen vorm Verlust ihrer Wertsachen zu retten? Dörthe, die Beschützerin der Schwitzenden. Aber wie sollte sie das machen? Sie konnte ihn ja schlecht auf Verdacht anzeigen. Außerdem schämte sie sich, etwas zu sagen, schließlich waren sie nackt wie Adam und Eva.

Verstohlen schielte sie auf Danilo, der leicht abgewandt saß und nicht sie, sondern die Wand betrachtete.

Er war groß und schlank, leicht knochig. Die Haare an seinem Kopf standen in alle Richtungen ab. Hübsch sah er aus, befand Dörthe, und klug. Er fiel auf. Er gefiel ihr besser als die anderen Männer, die hier saßen.

Mit einem flotten Spruch auf den Lippen kam der Saunameister herein und erneuerte den Aufguss. Die Leute freuten sich, ein paar Witze fielen, dann herrschte wieder Ruhe. Und trotzdem: Etwas stimmte nicht. Es gab einen Stein des Anstoßes in dieser Sauna, und das waren weder Danilo noch sie selbst. Es war, wie Dörthe bemerkte, ein freundlicher junger Mann, der kürzlich hereingekommen war, unbekümmert auf einer Bank saß und den Saunagang sichtlich genoss.

Um ihn herum baute sich fast sichtbar der Unmut auf. Was hatten die Leute bloß gegen ihn?

»Frechheit, so ohne Handtuch«, erklang es aus dem Getuschel. Jetzt bemerkte auch Dörthe, dass das blanke Hinterteil des Mannes sich auf dem Holz der Bank befand, ohne Laken dazwischen, wie es sonst üblich war.

Sie wollte ihn gerade darauf hinweisen, als der Saunameister wieder auftauchte und den jungen Mann nicht eben freundlich dazu aufforderte, die Sauna zu verlassen.

Dessen Lächeln erstarb. »Viel Freude noch«, sagte er mit einem Akzent, den Dörthe nicht zuordnen konnte, in die Runde und war weg.

Allseitiges Aufatmen. » ... wirklich unerhört.« Das war eine Frau neben Danilo. Dann herrschte Ruhe.

»Letztes Jahr war ich in Schweden.« Das war Danilos Stimme, die sich auf einmal erhob. »Dort wird ja ohne Tücher sauniert. Wussten Sie das? Merkwürdig, nicht wahr? Lauter Schweden ohne Tuch. Ich fand das auch befremdlich.« Er wandte sich der Frau neben sich zu, todernst. »Die Tücher waren vor der Tür abzugeben. Ich hab mein Handtuch natürlich mit hineingenommen. Wo kämen wir denn hin, wenn jeder es so machte, wie er es von zu Hause kennt?«

Die Frau wandte sich brüsk ab.

Dörthe hielt sich die Hand vor den Mund, aber das machte es nur noch schlimmer. Schließlich platzte es aus ihr heraus. Sie konnte nicht aufhören zu lachen.

Höchste Zeit zu gehen. Sie raffte ihr Badetuch zusammen, feucht von Dampf und Schweiß, hielt es sich vor die Brust und stolperte Richtung Ausgang.

»Sehen Sie. Diese Dame würde ebenfalls nie ohne Tuch eine Sauna betreten. Niemals.«

Es nahm ihr fast den Atem vor Heiterkeit. Mit letzter Kraft öffnete Dörthe die Tür.

»Auf Wiedersehen, die Dame«, hörte sie hinter sich. Danilos wohlklingende Stimme. »Und immer schön ans Handtuch denken!«

Draußen bekam sie ihr Lachen allmählich in den Griff. Immer noch erheitert, suchte sie die Duschen auf.

• • •

Nachdenklich räumte Esther, nachdem sie ihre Mutter nach oben begleitet hatte, den Frühstückstisch ab. An das Haus hatte sie sich bereits wieder gewöhnt. An die Gläser oben rechts im Hängeschrank, die Schale mit den Stiften auf der Ablage. Immer noch waren Werbekugelschreiber von Pharmafirmen dabei. Ein gleichmäßig abgenutztes Radiergummi, weggeworfen wurde nichts. Die gefalteten Plastiktüten unten im Schrank.

Sie war fast beruhigt, als sie entdeckte, dass auf dem Wandbord Staub lag. Hatte ihre Mutter im Haushalt eigentlich Unterstützung? Im März kam Beke Iwersen immer, um beim Frühjahrsputz zu helfen, dasselbe noch einmal im Herbst. Dann wurden die Wintersachen herausgeholt und die Dekoration der Jahreszeit angepasst, dann wich die maritime Möwe einem Herbstkranz mit roten Beeren.

Aber sonst? Da war der Garten, Esther konnte sich nicht erinnern, ihn jemals ungepflegt gesehen zu haben. Ihre Mutter erledigte alles selbst, jätete, harkte und pflanzte unermüdlich. Sogar die Heckenschere nahm sie dem bedächtigen Göran aus der Hand, wenn er sich ihrer Ansicht nach zu umständlich an den Zweigen zu schaffen machte.

Wie lange das noch so gehen würde? Jetzt lag ihre Mutter oben im Bett und ruhte sich aus, und Esther wurde bewusst, dass sie sich nie Gedanken darüber gemacht hatte, was werden sollte, wenn ihrer Mutter nicht mehr konnte. Ihre Mutter, die Beharrlichkeit und Regsamkeit für zwei zu haben schien und Hilfe nur dann in Anspruch nahm, wenn sie selbst es bestimmte.

Esther saß am Tisch, die Ellbogen aufgestützt, und schaute hinaus. Eine Amsel flog heran, landete im Apfeldorn und sah sie mit ihren blanken Knopfaugen an. Wendete den Kopf, schaute.

Was nicht mehr konnte? Nicht mehr putzen? Nicht mehr aufstehen? Nicht mehr … denken? Was hatte sie gesagt,

Herr Andresen litt unter Demenz? Sie hatte Maj-Britt noch gar nicht darauf angesprochen.

Und was, wenn es so weit wäre? Ach was, unnötig, sich Gedanken darüber zu machen. Wie sie sie kannte, hatte ihre Mutter vorgesorgt. Bestimmt würde sie mit Marlies und Göran in eine Alten-WG ziehen. Die drei waren ein Team, von dem Jüngere nur träumen konnten, sie teilten alles und unterstützten sich gegenseitig nach Kräften.

Nein, kein Grund, sich Sorgen zu machen, zumindest nicht jetzt.

Die Amsel im Busch flog mit einer übrig gebliebenen Beere im Schnabel davon.

Esther wischte die Krümel vom Tisch. Auf jeden Fall würde sie morgen in die Kirche gehen und diese Madrigale hören, das war sie ihr schuldig. Morgen das Konzert, Montag die letzten Sachen einkaufen, Dienstag das Buffet und die Räume vorbereiten, Mittwoch war die Feier – und nachmittags abreisen. So war ihr Plan.

Und sonst? Sie könnte Okke noch einmal besuchen. Vielleicht sogar – Thees? Ob er überhaupt Zeit für sie hätte? Sie hatten nichts ausgemacht, als sie aus seinem Auto gesprungen war. Ein kurzer Abschiedsgruß, von Thees ein langer, nachdenklicher Blick. Thees. Mit dem Gedanken an ihn zerstoben gleichsam alle Planungen, eine plötzliche Sehnsucht machte sich breit, fast unbezwingbar. Nein, nicht jetzt. Es passte nicht. Sie musste nachdenken. Die Dinge in Ordnung bringen, und zwar der Reihe nach. Vernünftig.

Als Erstes würde sie sich mit der Einladung beschäftigen, die sie an die *Köstlich!* geschickt hatte, den unprofessionellen Eindruck korrigieren. Außerdem würde sie ein paar weitere Zeitschriften auf den Winterreiseabend in der *Seeschwalbe* aufmerksam machen.

Worauf hatte sie sich da nur eingelassen? Aber wie es schien, brauchte Maj-Britt diese Werbeaktion dringend. Steckte sie wirklich so sehr in den Miesen? War das der Grund dafür, dass sie das Haus ihrer Großmutter verkaufen wollte?

Es blieb dabei, letztlich ging sie Maj-Britts finanzielle Situation nichts an. Und sie merkte wieder, dass sie sich nicht mehr so nahstanden wie früher, sonst hätte Maj-Britt vermutlich was erzählt.

Na, im Zweifel konnte man ein Restaurant natürlich auch verpachten, dachte Esther. Damit Maj-Britt dann was täte? Die Frage folgte beinah automatisch. Däumchen drehen? Maj-Britt brauchte das Restaurant und die Arbeit, ihr Leben drehte sich darum, so viel war klar.

Und sie konnte die Freundin verstehen. Ihr selbst war ihre Unabhängigkeit auch wichtig. Es war nicht schön, wieder zurückzuschalten, nachdem man beruflich einmal etwas erreicht hatte. Und Maj-Britt hatte unter der Trennung von Michael vermutlich genug gelitten.

Nein, die *Seeschwalbe* durfte sie nicht verlieren. Esther mochte sich nicht ausmalen, wie es Maj-Britt dann gehen würde. Außerdem war sie im Gegensatz zu ihr verwurzelt in Sankt Peter, und die Seeschwalbe war eine Institution. Sie war es Maj-Britt schuldig, ihre Kontakte zu nutzen und ihr marketingmäßig ein wenig unter die Arme zu greifen. Bald wäre sie sowieso wieder weg. Die paar Zeilen, meine Güte.

Esther holte ihren Laptop, horchte noch einmal an der Schlafzimmertür ihrer Mutter, sie hörte ein leises Schnarchen, alles in Ordnung also, stellte ihn auf den Küchentisch und machte sich an eine neue Pressemitteilung. »Winterglanz und Strandzauber ... Silbersonnenglanz am Winterstrand ...« Ja, das war es. » ... lassen Sie sich verzaubern vom Glanz der silbernen Jahreszeit ...«

Mal schauen, ob sie nicht etwas würde bewegen können. Sie würde der *Seeschwalbe* Flügel machen.

Kapitel 16

Im *Walfänger* überreichte Hove Dörthe einen Zettel. In schwungvoller Schrift hatte Danilo ihr eine Mitteilung hinterlassen:

»Mrs Sunshine, erbitte Ihre freundliche Anwesenheit in der Kirche von Ording am Freitagabend um 20 Uhr. Um Pünktlichkeit wird gebeten!« Als Unterschrift schwungvolle Kringel, die Dörthe nicht entziffern konnte.

20 Uhr, eine Stunde war es noch bis dahin. Sie hatte genug Zeit, um zu essen.

Während sie in einer Bar einen Burger aß, veggie natürlich, mit mehr Salatblättern als Brot und einer Menge Körnern, die nur so herausrieselten, dazu eine gesunde Soße (auf Joghurtbasis), die zwischen den Hälften hervorquoll und ihr über die Finger tropfte – wie aß man so etwas? –, überlegte sie, welche Überraschung Danilo wohl parat hielt.

Es piepte in ihrer Tasche. Dörthe leckte sich die Finger ab. Sie hatte eine Nachricht von Freddy.

»Huhu, Purzelchen, schon verbrutzelt oder wieder aus der Sauna? Ich beneide dich! Du fehlst mir! Sitze hier auf dem Sofa ohne dich!« Viele Herzchen und eine nackte Frau. Wie geschmacklos. Aber das war Freddy.

Offenbar war er nicht beim Sport. Oder schon zurück.

»Alles gut, Freddymaus. Sauna war super, bin frisch wie der junge Frühling, vermisse dich auch. Kusskuss!!«

Sie schickte die Nachricht ab und hatte plötzlich ein schlechtes Gewissen, als sie daran dachte, was sie heute Abend vorhatte.

Ach was! Die Kur hier war Verbannung genug. Und für wen tat sie das alles? Für ihren Schatz! Eben. Damit sie sportlich, schlank und schön zurückkam. Damit ihrer gemeinsamen Zukunft nichts im Weg stand.

Pünktlich um acht Uhr parkte Dörthe vor der Kirche von Ording. Etwas abseits der Straße stand sie auf einer Erhebung, nicht besonders groß, aus Backstein mit einem Glockenturm. Der Wind brauste, doch der Himmel war klar, die Sterne waren zu sehen, es roch nach Salz.

Dörthe trat auf das Kirchentor zu. Hier war sie, soweit sie sich erinnerte, vor Ewigkeiten an Weihnachten einmal im Gottesdienst gewesen, mit ihrer Mutter und ihren Geschwistern. Es war einer der letzten Gottesdienste gewesen, die sie besucht hatte.

Was wollte Danilo hier von ihr? War er ein Friedhofsfreak? Um die Kirche herum standen Grabsteine. Aber so furchterregend wirkte die kleine Dorfkirche nun auch wieder nicht.

Aus den Fenstern drang ein schwacher Schein. Die Kirchentür war tatsächlich offen. Sie trat ein. Ein paar Kerzen brannten. Dann stand Danilo vor ihr und verbeugte sich. »Schön, dass du gekommen bist.«

Dörthe war auf einmal verlegen, die Atmosphäre war feierlich, so besonders. »Ich hoffe, ich brauche kein Handtuch, das hab ich diesmal zu Hause gelassen«, murmelte sie. Sie sah sich um. Auch drinnen funkelten goldene Sterne, und zwar am blauen Gewölbe des Kirchenschiffes. Hübsch war das.

»Wollen wir?«, fragte Danilo.

»Was?!«, fragte Dörthe alarmiert. Eine Kirchenführung starten? Taschenspielertricks üben? Sex haben? Ob es eine gute Idee gewesen war hierherzukommen? Sich einem Fremden auszuliefern, den sie überhaupt nicht kannte? Was zum Teufel tat sie hier?!

»Singen«, sagte er sanft.

Da bemerkte Dörthe, dass Danilo ein Notenheft in der Hand trug.

»Komm mit, vorne am Altar ist der Klang am besten.«

Vor der Kanzel stellte er sich neben sie und schlug das Heft auf. Es waren verwirrend viele Noten, mehrere Reihen untereinander.

»Es tut mir leid, aber das ist ein Missverständnis ...«

»Versuch es einfach.«

»Danilo, ich glaube, du verstehst mich falsch ...«

Er sah sie an. »Bitte.« Seine Augen unter den dichten Brauen. Die feinen Linien in seinem Gesicht. Aber er sah jetzt ganz ernst aus. Mehr denn je wie ein Künstler. Der Schalk war aus seinen Augen verschwunden.

Dörthe seufzte und wandte sich den Noten zu.

»Diese Stimme hier. Es ist ganz einfach.« Sein Finger wies auf die zweite Linie, Dörthe fiel auf, was für gepflegte Hände er hatte.

Sie konnte Noten lesen, zumindest ein bisschen, das war nicht das Problem. Aber so was hier, das hatte sie nie gesungen.

Danilo nickte ihr zu.

Dörthe räusperte sich.

Danilo stimmte einen Ton an. Sie stimmte ein. Wie hell und klar das klang, hier in der schummrigen Kirche. Wenn es kalt war, konnte man nicht gut singen. Aber ihr war warm.

Dann verfolgte sie die Stimme, die er ihr anwies, den zweiten Sopran, langsam und tastend. Danilo wippte auf den Füßen, neigte sich unwillkürlich vor und zurück im Rhythmus ihres Gesangs.

Was war das? Dörthe staunte selbst. Diese Töne, die in die Nacht perlten. Das Kerzenlicht, das nur leicht flackerte. Ein Lied, und es gefiel ihr, die italienischen Worte unter den Noten verstand sie nicht, sie versuchte einfach zu singen, was sie las. Die Noten neben Danilos wohlgeformtem Fingernagel.

Wie dicht er neben ihr stand.

Plötzlich setzte Danilo ein. Seine Stimme kannte sie ja schon, aber hier klang sie anders, voller, wärmer, und was geschah, war zauberhaft, wie leuchtend es klang, so erhebend, alt und zeitlos zugleich.

Dörthe sang sich durch die Noten, Danilo blätterte um, ihre Stimme wurde geschmeidiger, die Akustik war wunderbar in diesem Gewölbe, und die Kirche stand so weit abseits, dass sicherlich keiner hörte, was hier los war. Wer war schon unterwegs zu dieser Zeit.

Ende des Liedes.

Dörthe holte Luft.

Sie sah Danilo an.

Er lächelte. Seine Augen blickten zärtlich.

Dörthe spürte, wie ihr ein wenig schwindelig wurde. Welche Augenfarbe hatte er eigentlich?

Danilo streckte den Finger aus und tippte ihr sanft auf das obere Brustbein. »Hai fatto bene, carina.«

»Häh?«

»Häh?«, äffte er sie nach. Um daraus ein Hähähähähähähä zu machen, eine siebenstufige Tonleiter. Dörthe stieg darauf ein. Huhuhuhuhuhuhu. Und einen Ton höher. Und noch einen. Daraus wurde ein hahahahahahaha. Dann ging es wieder abwärts.

»Noch einmal das Lied?«, fragte Danilo.

»Gern«, stimmte Dörthe aus tiefstem Herzen zu.

Diesmal klappte es viel flüssiger. Der Zauber vom ersten Mal war verflogen, aber das Lied klang voll und jubelnd, auch zweistimmig.

Sie hielten den letzten Ton. Dann herrschte Stille.

»Wir haben uns ein Bier verdient, was meinst du?«

»Unbedingt.«

Er ließ sie vor und schloss das Kirchentor hinter ihr. Woher hatte er den Schlüssel? Geklaut? Dass sie nicht aufhören konnte, das zu denken. Und selbst wenn es so gewesen wäre, es war ihr in diesem Moment vollkommen gleichgültig.

Frostig war es draußen, und immer noch diese Sterne. Riesengroß und ganz nah. Dörthe schlang die Arme um ihren Körper.

»Guck mal, die Milchstraße.« Danilo legte ihr die Hand auf den Arm.

Die Milchstraße. So deutlich hatte sie sie noch nie gesehen.

»Und da, der Abendstern.«

An der Stelle, an der Danilos Hand lag, durchflutete Dörthe wohltuende wundersame Wärme.

»Der Abendstern«, wiederholte sie krächzend.

Über ihr wölbte sich das winterliche Firmament.

• • •

Maj-Britt fuhr mit Schwung über den Strand, auf ihr Restaurant zu, dass das Wasser in den Pfützen spritzte. Es war ein weiterer sonniger Tag, das verhieß gute Gästezahlen. Sie fühlte sich ausgeruht, nachdem sie gestern doch ziemlich in den Seilen gehangen hatte. Aber was war das für ein ausgelassener Abend gewesen in der *Frischen Brise*! Maj-Britt hatte ganz vergessen, wie viel Spaß man mit Esther und Dörthe haben konnte.

Und auch bei ihr würde es jetzt einen Themenabend geben, nämlich die »Winterreise«. Die Gäste würden die *Seeschwalbe* und ihre kulinarischen Spezialitäten ganz neu kennenlernen. Ja, solch ein Event war genau das, was ihr fehlte.

Sogar ein Sänger sollte dabei sein. Wo sie einen herbekommen sollte, war ihr noch nicht klar, aber morgen gab es in Ording ein Kirchenkonzert, sie wollte hingehen und den Kantor ansprechen. Und weiße Tischdecken wollte sie auflegen – Tischdecken gab es in der *Seeschwalbe* bisher nicht, sie war, bei guter Qualität, dem eher schlichten Stil verpflichtet. Kerzen. Sonstige Dekoration? Vielleicht helle Muscheln, vereinzelte weiße Rosen? Kilian jedenfalls würde ein feines Fischmenü kreieren.

Ende nächster Woche, acht Tage noch bis dahin.

Vor allem aber hatte Esther ihre Kontakte genutzt und dem Chef der *Köstlich!* eine Mail geschickt. Esther hatte sich zwar skeptisch geäußert, ob das etwas bringen würde, Gastrokritiker ließen sich normalerweise nicht einladen und kämen unerwartet vorbei, aber Maj-Britt hatte trotzdem Hoffnung. Esther wusste, was sie tat, davon war sie überzeugt.

Maj-Britt spürte, dass ihre Vorbehalte Esther gegenüber schmolzen wie Eis in der Sonne. Die Sache mit der Hochzeit hatte immer noch in ihr gebohrt, ganz hatte sie der Freundin nie verziehen, gleichgültig, was aus Michael und ihr geworden war. Dass Esther nicht dabei gewesen war, ihre beste Freundin, die Maj-Britt sich zudem als Trauzeugin gewünscht hatte – auf ihre diesbezügliche Anfrage hatte sie nicht einmal geantwortet –, hatte tiefer gesessen, als sie sich eingestehen wollte. Eine richtige Entschuldigung war nie gekommen. Jedenfalls nicht das, was Maj-Britt unter einer angemessenen Beteuerung des Bedauerns verstanden hätte.

Aber jetzt ... Das war die Esther, die sie von früher

kannte. Die einfach da war, sie unterstützte und kein Aufhebens darum machte.

Maj-Britt schloss das Restaurant auf, stellte den Aufsteller mit den Öffnungszeiten raus, schaltete das Licht an. Eine Lampe musste sie austauschen. Der Strom war so oft ausgefallen in letzter Zeit, dass sogar die Energiesparlampen durchgebrannt waren. Für die Kühlräume war das kritisch. Hatte es etwa Mängel bei den Renovierungsarbeiten gegeben, waren die Leitungen beschädigt worden bei all der Buddelei? Sie hatte den Stromversorger bereits benachrichtigt, doch der hatte geprüft und keinen Fehler feststellen können.

Sie sah aus dem Fenster. Kilian näherte sich in seinem wuchtigen SUV. Auf dem Beifahrersitz saß der Mops. Maj-Britt seufzte. Ein Hund in einem Restaurant, das war definitiv nicht korrekt, sie wusste es, aber sie brauchte Kilian. Bis zum Personalraum und nicht weiter. Wenn sie den Mops nur einmal in der Küche sähe, wäre er, Kilian, bereits geflogen, bevor er Hund sagen könnte, das hatte sie ihm versichert.

Maj-Britt sah sich im Gastraum um. Vielleicht hatte Dörthe gute Ideen für die Dekoration? Dörthe war enorm kreativ, das hatte sie von ihrer Mutter. Schade eigentlich, dass sie nie etwas daraus gemacht hatte. War so eine Behörde überhaupt das Richtige für sie?

Als Maj-Britt an Dörthes Mutter dachte, verlangsamten sich ihre Bewegungen.

Sie waren in der zwölften Klasse gewesen, und sie war mit zu Dörthe gegangen, als die letzten beiden Stunden ausfielen, um mit ihr für eine Klausur zu lernen. Maj-Britt hatte dringend aufs Klo gemusst. Im Bad hatte sie ihren Vater getroffen. Nackt. Dörthes Mutter kam mit geröteten Wangen in die Küche, ein leichtes Kleid übergeworfen, und tat, als ob nichts wäre.

Mit Dörthe hatte sie nicht mehr geredet. Das Bild ihres Vaters, wie er in der Duschwanne stand und sich verlegen ein Handtuch vorhielt, saß zu tief. Sie war so enttäuscht gewesen und beschämt. Und wütend. Auf ihren Vater, Frau Michels und auch auf Dörthe. Sie konnte sich nicht vorstellen, dass Dörthe nichts davon gewusst hatte.

Ihr Vater ging in die Offensive und gestand das Verhältnis noch am selben Abend seiner Frau. Die nahm ihm das Versprechen ab, dass so etwas nicht wieder vorkäme, und blieb gefasst. Erstaunlich schnell sprach sich der Fehltritt jedoch im Ort herum, und dabei kamen noch ein paar weitere Affären mit Dörthes Mutter ans Licht. Kurz darauf verschwand die Familie Michels, die Malerin mit ihren drei Kindern, samt ihrer Kastenente aus Sankt Peter-Ording. Sie zogen wieder einmal um, diesmal nach Berlin.

Maj-Britt starrte nachdenklich ins Leere.

Über dreißig Jahre war das her. Soweit Maj-Britt wusste, war es der einzige Fehltritt, den ihr Vater sich jemals erlaubt hatte, letztes Jahr hatten ihre Eltern goldene Hochzeit gefeiert. Und Dörthe? Sie hatte vermutlich am meisten gelitten. Was für eine Mutter. Kreativität hin oder her.

Ihre Eltern. Sie musste sie dringend besuchen. Maj-Britt nahm es sich fest vor, während sie das Paket mit den Energiesparlampen im Lagerraum suchte. Sie würde ihnen von der *Winterreise* berichten. Ihren Vater würde das freuen, er war neuen Ideen gegenüber immer aufgeschlossen gewesen. Nur würde er es leider vielleicht nicht begreifen. Er hatte gute und schlechte Tage. Ihre Mutter hingegen setzte auf Bewährtes, ihre Devise war: Immer tapfer weitermachen, Fleiß setzt sich durch. Zögern und Zaudern gab es bei ihr nicht, wenn man etwas nicht schaffte, war man selbst schuld, dann hatte man sich nicht genug angestrengt. Andere Gründe ließ sie nicht gelten.

Maj-Britt biss sich auf die Lippe.

Ihre Mutter. Sie hatte sie davon überzeugen können, das Haus zu verkaufen, nachdem Oma gestorben war. Doch als Thees auftauchte, hatte sie diese Vereinbarung einfach beiseitegewischt, damit er einziehen konnte, ihr geliebter Sohn, der schon immer bekommen hatte, was er wollte.

Sie wusste allerdings auch nicht, wie schlimm es um die *Seeschwalbe* stand.

Verdammt!

Maj-Britt schlug die Schranktür heftiger zu als beabsichtigt. Keine Glühbirne mehr. Warum war immer alles weg? Woanders, als man es suchte? Sie spürte, wie sich die Zornesfalte auf ihrer Stirn bildete, als sie hörte, wie unten die Tür ging. »Kilian!«

»Chefin?«

»Wo hast du die Glühbirnen hingelegt?!«

Sein Gesicht zeigte sich auf der Treppe, auf seinem Arm der Mops.

»Die haben Sie in der Hand, Frau Andresen.«

Kapitel 17

Pling, machte Esthers Handy. Eine Nachricht ploppte auf.

Thees hatte ihr geschrieben. Ob sie Lust hätte, ihn zu treffen?

»Wann?«, schrieb sie. Wenn es ihrer Mutter besser ging, konnte sie problemlos weg. War heute Chorprobe? Vermutlich.

»14 Uhr? Ich hol dich ab. Zieh dir warme und robuste Sachen an. Stiefel und eine nicht allzu lange Jacke.«

Hatte er gedacht, dass sie sich in Abendkleidung werfen würde? Egal, einige Stunden waren es noch bis dahin. Sie überflog noch einmal die Pressemeldung für die *Seeschwalbe* und suchte Adressen von Zeitschriften heraus.

Kurz vor 14 Uhr stand Esther in der Diele. Sie versuchte, das erwartungsvolle Gefühl zu dämpfen, das in ihr aufstieg.

Auch ihre Mutter zog gerade den Mantel über, um zum Workshop aufzubrechen. Ein wenig blass war sie, aber sie fühlte sich deutlich besser, hatte sie versichert.

»Ich geh dann mal. Danke für deine Hilfe.« Sie musterte Esther kritisch. »Morgen zum Konzert kommst du? Ich hab dir eine Karte reserviert.«

»Morgen komme ich«, versprach Esther.

»Gehst du zu Maj-Britt in die *Seeschwalbe*? Oder machst du einen Spaziergang?«

»Ich warte noch auf jemanden«, sagte Esther ausweichend.

»Gottchen, ich hab die Kekse vergessen! Wir stärken uns immer zwischendurch, weißt du? Jeder bringt etwas mit. Diese hab ich gestern extra gebacken.« Und schon war Edith in der Küche verschwunden.

Esther öffnete die Tür. Sie horchte auf, als sie Pferdehufe hörte. Merkwürdig, hier im Ort sah man eigentlich selten Pferde, der Weg führte vom Reitstall hinter dem Deich direkt zum Strand.

Das Getrappel wurde lauter. Ein Pferd schnaubte.

Und dann bog Thees um die Ecke. Er thronte auf einem großen Braunen, am Zügel führte er einen zierlichen Grauschimmel.

»Donnerlittchen«, entfuhr es ihrer Mutter, die wieder neben Esther aufgetaucht war. »Na, dann viel Spaß.« Sie knuffte sie scherzhaft und stieg zu Göran, der vorgefahren war, ins Auto.

Thees parierte durch. »Und, was sagst du? Lust auf einen Ausritt?«

Esther schüttelte den Kopf, wie um wach zu werden.

»Darf ich vorstellen? Kasimir, er ist ein Shagya-Araber.« Der Grauschimmel schnaubte und sah sie aus dunklen wachen Augen freundlich an. Und dann drückte Thees ihr die Zügel in die Hand.

»Und ich soll ...?«

»Du sollst ihn reiten. Das kannst du doch noch, oder?«

Reiten. Früher war sie mit Maj-Britt fast täglich im Reitstall gewesen. Was hatte man in Sankt Peter auch sonst tun können. Aber sie hatte lange nicht mehr auf einem Pferd gesessen. In der Wüste von Marokko, im Atlasgebirge zuletzt. Doch Reiten verlernte man nicht, ebenso wenig wie Rad fahren.

»Wir werden sehen.« Sie berührte Kasimir am Hals, steckte den Fuß in den Steigbügel und schwang sich in den Sattel. Dann nahm sie eine aufrechte Haltung ein und nahm die Zügel auf. »Wohin?«

Thees wies mit dem Kinn geradeaus. »Ans Wasser, würde ich sagen.«

Hintereinander überquerten sie den Deich, dann nahmen sie den Weg, der durch die Salzwiesen an den Strand führte. Die frostige Luft war wie Quellwasser, frisch und klar. Mit jedem Meter, den die Pferde voranschritten, überkam Esther ein stärkeres Freiheitsgefühl. Das Reiten war nicht dabei gewesen, wenn sie sich an ihre Jugend in Sankt Peter-Ording erinnerte. Warum hatte sie es nur vergessen?

Bald darauf galoppierten sie durch das silbrige Watt. Die Pferde schnaubten, der Schlick spritzte auf. Neben ihnen das Meer. Esther beugte sich leicht nach vorn, ihre Augen tränten vom Wind. Für den Bruchteil einer Sekunde schloss sie die Augen. Die salzige Luft, der Pferdekörper in gestreckter Bewegung, das Rauschen der Wellen. Es gab nichts Schöneres.

Thees in einiger Entfernung auf gleicher Höhe. »Gut?«, rief er.

Er legte noch einmal zu, preschte davon und wendete. Kam wieder auf sie zu, um dann neben ihr zu bleiben.

Dampfend fielen die Pferde schließlich in Schritt, schüttelten ihre Mähne und schnaubten. Esther klopfte das Pferd, sah Thees an und nickte.

»Du kannst es noch.« Er schmunzelte.

Sie trabten durchs Wasser, die Wellen spülten um die Pferdebeine, und kehrten erst zum Stall zurück, nachdem sie eine große Runde gedreht hatten. Und noch eine kleinere, der Strand lag jetzt bei Niedrigwasser verlockend frei.

Esthers Gesicht brannte vom Wind. Ihre Zehen mussten Eisklumpen sein. »Und jetzt verrate mir, woher du die Pferde hast!«

»Sie gehören einem alten Freund von mir.«

Im Stall sattelten sie ab, rieben die Pferde trocken und brachten sie in ihre Boxen. Der Geruch von Stroh und Pferdeleibern, das zufriedene Mahlen von Heu. Esther verabschiedete sich von Kasimir.

»Und jetzt?« Thees rieb sich Hände. »Aufwärmen wäre gut, was?«

Er beugte sich vor. »Darf ich?« Behutsam rieb er ein wenig Schlick von ihrer Wange.

Esther wollte zurückzucken, stellte jedoch fest, dass ihr Thees' Berührung nicht unangenehm war.

»Hast du Zeit? Kommst du mit zu mir?«

Er war selbst mit Schlammspritzern übersät. In seinem rötlichen Bart hingen Tropfen, seine Haare waren verstrubbelt, nachdem er den Reithelm abgelegt hatte. Die Falten um die leuchtenden Augen – Esther war wieder überrascht, dass Thees jetzt erwachsen war, immer noch er selbst und doch ganz neu. Ernster, geerdeter. Das Alter stand ihm, fand sie.

»Hast du wieder Suppe gemacht?« Sie versuchte es mit Spott.

»Kuchen gebacken.« Er lächelte, und Esther spürte, wie etwas Weiches durch ihren Bauch zog.

»Dazu vielleicht einen Pharisäer?«

Flirtete er mit ihr? Das war schwer auszumachen. Sie musste aufpassen, dass sie nichts falsch deutete.

Esther tat, was sie immer tat in solchen Situationen. Sie deutete Zustimmung nur an und setzte die Miene auf, die ihr den Ruf der ewig Rätselhaften und Unnahbaren eingetragen hatte.

Thees schien damit bestens klarzukommen.

Langsam färbte sich der Himmel indigofarben, erste Sterne wurden sichtbar, während sie zu seinem Auto gingen. »Immer wieder schön, oder?«, bemerkte Thees und wies auf den hellen Streifen über dem Meer.

Esther nickte. Er stand dicht neben ihr, sie spürte seinen Arm. Fast dachte sie, er würde ihn ihr um die Schulter legen, doch das tat er nicht.

• • •

Im Friesenhaus in den Wiesen kümmerte Thees sich zuerst um den Ofen. Er holte Holz herein, entfernte die Asche, schichtete Papier und Spaltholz, hielt ein Streichholz daran und beobachtete, wie die Flammen sich immer weiter fraßen, bis die Scheite schließlich brannten.

Esther sah ebenfalls in die Flammen. Und sie beobachtete unauffällig Thees, der seine Reithose gegen eine Cordhose getauscht und den Pullover ausgezogen hatte, darunter trug er ein langärmeliges Shirt. Thees schob die Ärmel hoch, um Holz nachzulegen, und ihr Blick fiel auf seine kräftigen Unterarme.

Esther lehnte sich im Sessel zurück. Sie fühlte sich wehrloser, als sie es von sich kannte. Thees in seiner ganzen Leibhaftigkeit, das überforderte sie. Es stand nicht im Plan. Thees. Nach so langer Zeit.

Thees, der damals nichts von ihr gewollt hatte. Erinnere dich, mahnte eine Stimme in ihr, du warst letztlich nur eine Spielerei für ihn. Dass du ihn mochtest, hat ihm geschmeichelt, aber als es ernst wurde, hat er sich an Susann gehalten.

Susann. Das war das eine. Aber da war noch mehr gewesen. Esther musste gegen den Wunsch, es zu vergessen, ankämpfen. Das Gerücht, das schließlich auch bei ihr angelangt war: Dass Thees ja nichts mit ihr anfangen hätte können, unterkühlt, wie sie wäre, da wäre ja nichts zu holen gewesen. Susann selbst war offenbar diejenige, die es in die Welt gesetzt hatte. Esther konnte sich noch so oft sagen, dass das billige Herabsetzung war. Es saß. Es hatte sie in ihrem ganzen Unvermögen getroffen. Sie konnte nicht aus ihrer Haut. Und ein Funken Unsicherheit blieb, ob nicht doch Thees selbst es gewesen war, der so über sie geurteilt hatte.

Das Feuer flackerte, das Scheitholz begann zu glühen.

Jetzt allerdings war das dreißig Jahre her. Es war egal.

Es war an der Zeit, Thees mit neuen Augen zu sehen. Was ihn wohl umgetrieben hatte all die Jahre? Wie hatte sein Leben ausgesehen an den Bohrstätten dieser Welt? Sie überlegte, was sie über den Beruf des Geologen wusste. Ein Leben auf Abruf, im Provisorium. Frauen? Gab es natürlich, die gab es überall. Eine hübsche Russin, dachte Esther, und es versetzte ihr einen Stich. Auf Frauen wirkte er anziehend, davon war sie überzeugt. Zu viel Stärke strahlte er aus, zu viele männliche Attribute trafen auf ihn zu, und verständnisvoll war er außerdem. Er würde immer eine Frau finden, die sich ihm hingab, auch im fernen Sibirien. Und dass er jemand war, der das grundsätzlich ablehnte, daran zweifelte Esther.

Gleichzeitig war es Thees. Mit dem sie so viel verband. Den sie schon gekannt hatte, als er sechzehn war. Letztlich schon immer.

»So, und jetzt der versprochene Kuchen!«

Thees klapperte in der Küche, es duftete nach Kaffee. Nach einer Weile kam er mit Bechern zurück, die eine Sahnehaube zierte, langstielige Löffel darin. Daneben stellte er einen Napfkuchen.

Esther nahm einen Schluck, leckte sich die Sahne von der Oberlippe. Starker schwarzer Kaffee und darin: Rum. Ein echter Pharisäer. Sie hatte Pharisäer nie besonders gemocht, jetzt schmeckte er ihr.

Das Feuer loderte hoch, es knackte und knisterte.

»Ich habe das vermisst«, sagte Thees. »Du nicht?«

Esther schüttelte den Kopf. Nein, sie hatte nichts vermisst. Was meinte er überhaupt? Ein heißes Getränk nach einem Ritt am Strand? Die Enge der nordfriesischen Bauernwelt? Das Dorfleben Sankt Peter-Ordings? Das hatte sie hinter sich lassen wollen.

Thees hatte die Beine übereinandergeschlagen und sah in die Flammen. Den weißen Porzellanbecher mit dem blauen Muster hielt er umschlossen mit beiden Händen, seine Unterarme lagen auf der Lehne.

»Hier am Feuer hat mir meine Oma früher Schauergeschichten erzählt.« Thees wippte mit dem Fuß.

War es der Rum im Pharisäer, dass Esther schwindelig wurde? Sie griff nach einem Stück Kuchen.

»Heute frage ich mich, wo sie das alles herhatte. Ein bisschen war sie wie Okke. Tote Seemänner, aufgedunsene Körper, halb verborgen unter verwehtem Sand, Rippen, die man im offenen Brustkorb sah – sie sparte wirklich kein Detail aus. Ob sie das alles wirklich gesehen hatte oder sich ausdachte, ob das Seemannsgarn war, Spökenkiekerei – keine Ahnung.«

Esther dachte an die alte Frau, die ihr immer unheimlich gewesen war. »Ein bisschen merkwürdig war sie schon, oder?«

»Ja«, Thees schien das eher zu amüsieren, »aber sie war völlig klar im Kopf. Hier war alles in Schuss, das kannst du dir nicht vorstellen, jeder Staubkrümel war weggewischt, das Feuerholz ordentlich gestapelt. Sie war bis zum Schluss eigenständig. Bis sie eines Morgens nicht mehr aufgewacht ist.«

»Macht dir das keine Angst? Findest du es nicht seltsam, hier zu sein?«

»Im Gegenteil. Sie ist der Grund, dass ich jetzt hier bin. Als ich im Herbst zur Beerdigung kam und danach hier im Haus stand, wusste ich, wo ich hingehöre. Es war ein ganz klarer Moment. Ich hatte es mir vorher nie überlegt, ich hab ja gearbeitet, hatte immer wieder neue Verträge, fand es interessant, in andere Länder zu gehen.«

»Wurdest du gut bezahlt?«

»Das kann man so sagen.«

»Und wie war das, als du es auf einmal wusstest? Dass du hierhergehörst, meine ich?«

»Ich dachte, ich will hier leben und steinalt werden. Auf einmal wusste ich, dass mir das reicht.«

Das sollte reichen? Jedem ging es doch auch darum, Anerkennung zu erlangen, indem er Geld verdiente, jeder wollte sich in seinem Beruf beweisen.

Thees sah zu Esther hinüber und lachte, als er ihre skeptische Miene sah. »Ja, glaub es, oder glaub es nicht, aber ich fühle mich gut damit. Nur der Streit mit meiner Schwester, der setzt mir zu.«

»Du willst bis an dein Lebensende hierbleiben?«

»Fürs Erste, ja.«

»Und was ist mit deiner Arbeit? Fehlt sie dir nicht? Von irgendetwas musst du doch leben.«

»Erst mal habe ich meine Ersparnisse. Glaub mir, in Sibirien kann man nichts ausgeben. Und ein Dach über dem Kopf hab ich hier ja. Außerdem kann man ja auch noch mal für eine Weile weggehen und wiederkommen.« Er nahm einen Schluck, die halb geschmolzene Sahne blieb in seinem Bart hängen. »Mal schauen, ich hab keine Eile. Im Moment passt es mir ganz gut, am Haus herumzubasteln und meinen Eltern ein bisschen unter die Arme zu greifen.«

»Basteln.« Es war Esthers bewährte Strategie als Journalistin, ihr Gegenüber zum Weiterreden zu bewegen, indem sie Stichworte wiederholte.

»Ja, ich hab einfach Lust, hier selbst tätig zu werden und das Haus auf Vordermann zu bringen. Vordergründig sieht es gut aus, aber man merkt eben doch, dass die alte Oma Frieda zig Jahre nichts gemacht hat. Sie wollte es nicht, obwohl mein Vater sie oft gedrängt hat. Die Fenster sind undicht, der Estrich müsste erneuert werden, das Dach neu gedeckt – solche Dinge.«

»Und das willst du alles selbst machen?«

»Das habe ich gedacht. Ich hab Lust dazu. Solange ich hier allein wohne, stört es ja nicht, wenn die Dinge nicht perfekt sind. Ich nehme mir den Sommer über Zeit und erneuere nach und nach alles, was nötig ist. Ich bin dabei, mir das notwendige Wissen anzueignen, finde bestimmt auch den ein oder anderen Handwerker, der mir hilft. Auf Elektrik bin ich jetzt nicht so scharf, das sollte lieber ein Fachbetrieb machen.«

»Langweilst du dich hier im Ort nicht?«

Thees nahm noch einen Schluck. »Ach, es ist eigentlich nicht langweiliger als, sagen wir, in Sibirien«, bemerkte er trocken.

»Und im Winter?«, entfuhr es ihr. »Da ist hier doch tote Hose!«

»Jetzt bist zum Beispiel du hier. Sehr lebendig.«

Warum wurde ihr warm, sobald er sie so ansah? Sie tat, als ob nichts wäre. »Ja, jetzt! Das ist ja nicht die Regel. Es sei denn, du lädst dir öfter Damen ein.«

Thees ignorierte ihre Bemerkung. »Hamburg ist nicht weit. Hundertdreißig Kilometer, und schon bin ich in der Großstadt. Das ist keine Strecke.«

»Nicht für sibirische Verhältnisse«, gab Esther zu.

Hamburg. Dorthin war er damals aufgebrochen. Esther brachte es nicht über sich, Thees darauf anzusprechen. Thees in Sankt Peter-Ording, ab jetzt wieder und vielleicht für immer, das war ein Gedanke, an den sie sich erst gewöhnen musste.

»Und dieses Handwerkliche ist etwas, was ich wirklich immer wollte, ich hatte nur nie die Gelegenheit.«

»Die klassische Nestbauphase hast du offenbar ausgelassen.« Esther sah ins Feuer, tat unbeteiligt, war aber gespannt, was er daraufhin sagen würde. Kämen jetzt die Geständnisse über Frauen und Häuser, über Kinder womöglich?

Esther wollte es gar nicht wissen. Sie holte Luft, um die Bemerkung zurückzunehmen, und merkte erst spät, dass Thees sie ansah. »Genau wie du«, sagte er nur.

Er schwieg eine Weile. »Ich war genau ein Jahr verheiratet. Das hat gereicht.«

Esther stand auf, um zur Toilette zu gehen. Sie schwankte ein wenig und hielt sich an der Sessellehne fest.

Im Bad stand eine antike Badewanne, auf Füßen. Ja, dieses Haus war alt. Ein typisches Friesenhaus. Lang gestreckt, von Ost nach West, um dem Wind möglichst wenig Angriffsfläche zu bieten, weiß verputzt, mit einem tiefgezogenen Reetdach. Und vielleicht war es richtig, das zu bewahren. Was würde sonst damit passieren? Wobei man für Bauland in Sankt Peter wirklich viel Geld bekam. Dieses Haus stand nah am Ort, das zählte. Im Hinterland waren die Häuser günstiger, als Ferienimmobilie waren sie weit entfernt vom Strand nicht so sehr gefragt.

Als Esther an der Haustür vorbeikam, öffnete sie sie. Die kalte Luft schlug ihr entgegen. Am Himmel Sterne.

Thees saß unverändert vorm Feuer. »Willst du aufbrechen?«

Esther schüttelte den Kopf. Etwas in ihr wollte immer weg, sie wusste nicht, wieso, aber jetzt wollte sie bleiben. In dieser warmen, anheimelnden Stube, bei diesem Mann, der seine wollbestrumpften Füße ausstreckte und einen Becher in der Hand hielt.

»Von deinem Ofen komme ich nicht los«, sagte sie im Versuch, einen Scherz zu machen.

»Ja, ich weiß. Der Ofen ist gut.« Er stand auf, rieb seine Hände aneinander und sagte: »Ich bin zwar auch gern allein, aber ich würde mich freuen, wenn du hierbleibst, um mit mir zu essen. Was hältst du von einem guten Lammeintopf?«

Gegen Lamm hatte sie nie etwas einzuwenden. Außerdem gab es noch viele Fragen.

Gemeinsam bereiteten sie das Essen zu. Esther schälte Knoblauch, Thees schärfte die Messer, holte Gemüse hervor. Er reichte fast bis an die Deckenbalken und musste sich im Türrahmen bücken. Gleichzeitig wirkte es, als wäre dies das passende Nest, als wäre er hier groß geworden. Schwer, ihn sich in einer Hamburger Altbauwohnung vorzustellen.

Thees schnitt das Fleisch, das wirklich gut aussah, rot und frisch, fachmännisch in Würfel, briet es mit Knoblauch an, gab Gemüse und Brühe dazu, ließ es schmoren. Es duftete in der kleinen Küche. Er öffnete eine Flasche, einen Rotwein aus dem Burgund, wie er erklärte.

Hinter den Fenstern die Dunkelheit, Lampen und Kerzen in der Küche. Thees' Bewegungen. Ruhig, aufmerksam.

Esther dachte, dass sie gerade dabei war, ihre Regeln über den Haufen zu werfen. Sie lehnte an der Wand und sah Thees zu, das Glas mit dem funkelnden samtroten Wein in der Hand. Er kochte so routiniert, das war die Schule der elterlichen *Seeschwalbe*. Auch er hatte als Jugendlicher mithelfen müssen. Die Lust am Kochen war ihm offenbar nicht vergangen.

Die *Seeschwalbe*. Das war das Stichwort. »Hast du inzwischen mit Maj-Britt gesprochen?«, fragte Esther.

Thees schüttelte den Kopf. »Sie ist sehr kühl. Wir reden miteinander, das schon, aber sie tut, als wäre ich ein Fremder. Als ich sie fragte, ob sie Probleme hätte, schien das ein regelrechter Affront zu sein. Und als ich ihr sagtc, dass wir das Haus später ja immer noch verkaufen könnten, die Bodenpreise würden sicherlich steigen, da hat sie mich fast verachtend angestarrt. Sag mal, braucht sie vielleicht Geld, weißt du das?«

»Na ja, sie musste ihren Mann auszahlen.«

Thees sah Esther überrascht an. »Davon hat sie mir

nichts erzählt. Diese Trennungsphase war eine Zeit, in der ich über Monate nicht da war, und telefoniert haben wir eigentlich nie viel. Meine Mutter meinte, es wäre alles in Ordnung.«

Esther überlegte. Sollte sie Thees überhaupt von Maj-Britt berichten? Die hatte sicher ihre Gründe, dass sie den Bruder nicht in ihre Finanzen eingeweiht hatte. Wollte sie nicht bedürftig wirken, wollte sie gute Ratschläge und Einmischung vermeiden? Tendenziell war Maj-Britt jemand, die versuchte, den Schein zu wahren und sich nichts anmerken zu lassen. Die Dinge durchzog, ohne zu wanken. Esther hatte gedacht, dass Thees seine Schwester in der schweren Zeit nach Michaels Weggang unterstützt hatte, aber klar, wie sollte er das gemacht haben, wenn er nicht da war?

Esther entschied sich dafür, die Problemlage nur vorsichtig anzudeuten. »Außerdem hat sie die Innenräume renoviert und die Terrasse erweitert, das hat wohl Rücklagen verschlungen. Und im Herbst hatte sie Reparaturen, die Flut muss einiges weggerissen haben.«

»Ja. Mitbekommen habe ich es natürlich, aber in ihre Buchhaltung habe ich keinen Einblick. Die *Seeschwalbe* war immer Maj-Britts Sache, seit meinem Studium war klar, dass ich das Restaurant nicht übernehmen will. Für meine Eltern waren Maj-Britt und Michael dann die Ideallösung. Sie haben es, glaube ich, nicht gut weggesteckt, dass Michael sie verlassen hat. In ihren Augen war er der ideale Schwiegersohn, er kam ja auch aus der Gastronomie. Ich bin mir nicht mal sicher, ob sie Maj-Britt wegen der Trennung nicht sogar

Vorwürfe gemacht haben, auch wenn es irrational wäre. Für ausgeschlossen halte ich das nicht.«

Thees schwieg eine Weile. »Ich hab meiner Schwester damals geraten, sich aus dem Geschäft zurückzuziehen, aber davon wollte sie nichts wissen.«

»Warum auch? Sie liebt die *Seeschwalbe.*«

»Ja, natürlich, aber es ist viel Arbeit. Mehr, als man so denkt. Jeden Tag vor Ort sein, rund um die Uhr, alles im Blick haben, Gäste, Bestellungen, die Lieferungen kontrollieren, Abrechnungen – das ist mehr als ein Vollzeitjob. Und dann das Personal, du kannst dich auf niemanden so verlassen wie auf einen Geschäftspartner. Außerdem gibt es einen großen Mangel an Personal. Wenn du jemand Guten hast, ist er schnell wieder weg, du musst die Leute unterbringen, das ist während der Saison gar nicht so leicht ...«

»Und du wolltest ihr vorschreiben, dass sie aufhören soll?«

»Ich wollte ihr gar nichts vorschreiben. Aber ich dachte, dass es einfacher für sie wäre, wenn sie direkt verpachten würde. Dass sie sich den Stress spart. Keine Arbeit und trotzdem ein gutes Einkommen. Einen Pächter hätte sie problemlos gefunden.«

»Und womit hätte sie sich beschäftigen sollen, wenn sie verpachtet hätte?«

»Reisen? Keine Ahnung. Mal rauskommen hier aus dem Ort. Sie hat doch Jura studiert. Irgendeine Idee hätte sie bestimmt gehabt.«

»Ich glaube, die *Seeschwalbe* ist mehr als nur Arbeit für sie, sie ist ihr Lebensinhalt. Und hier aufzuhören, nur um woanders in der Gastronomie wieder einzusteigen, das wäre ja verrückt. Und für einen Job in einer Kanzlei ist sie viel zu lange raus. Sie hat doch nie als Juristin gearbeitet.«

Thees nickte nachdenklich. »Da magst du recht haben. Ich sehe nur, dass irgendwas nicht stimmt. Sie ist dabei, sich zu übernehmen. Und ein bisschen sollte man auf sich und seine Gesundheit achten. Sie tut es nicht ausreichend, da bin ich mir sicher. So gut kenne ich sie.«

Esther betrachtete Thees, den scheinbar Unverwüstlichen. Möglicherweise hatte Maj-Britt ihm beweisen wollen, dass sie das Restaurant auch allein zu führen imstande war. Ihm und ihren Eltern, die darauf gesetzt hatten, dass einer von ihnen die *Seeschwalbe* übernahm. Dass sie es schaffte, auch ohne Ehemann. Erfolgreich war und eine gute Unternehmerin.

Auf einmal sah sie die Freundin mit anderen Augen. Sie setzte alles ein. Kämpfte. Und Thees wusste scheinbar nicht, wie sehr die *Seeschwalbe* taumelte. Sollte sie es ihm erzählen? Nein, es stand ihr nicht zu.

Aber die neue Marketingidee durfte sie sicherlich verraten.

»Für ihre Winteröffnungszeiten haben wir uns neulich jedenfalls ein schönes Event überlegt.« Esther berichtete von der *Winterreise*.

Thees lachte. »Das klingt doch gut. Ich bin dabei. Reserviert mir einen Platz für den Abend. Wenn sie es zulässt. Maj-Britt hat wirklich Vorbehalte mir gegenüber.«

Dann funkelten seine Augen. »Du hoffentlich nicht!«

Nein, ich nicht, dachte Esther. Das hier war wie im Film

und das Letzte, womit sie gerechnet hatte, als sie nach Sankt Peter-Ording fuhr. Es fiel ihr schwer, die Gedanken beieinanderzuhalten. Es ist der Wein, sagte sie sich, die Seeluft, das Ausreiten … und der wunderbare Essensduft. Der vor sich hin köchelnde Schmoreintopf ließ ihr das Wasser im Mund zusammenlaufen.

»Und du? Erzähl mir von dir. Komm, setz dich. Oder willst du stehen bleiben? Erzähl mir von deiner ersten Reportage. Der ersten, die wichtig für dich war!«

Und Esther saß am Küchentisch und erzählte. Von Indonesien, den Toraja-Riten und allem, was sie dort erlebt hatte. So mitteilsam und offen kannte sie sich gar nicht. Aber so aufmerksam hörte ihr sonst auch keiner zu.

Zwischendurch rief sie ihre Mutter an, um sich zu vergewissern, dass alles in Ordnung war. Die klang fröhlich, Esther vernahm Stimmengewirr. »Bist du noch unterwegs? Geht es dir besser?«

»Aber natürlich! Wir hatten gerade unsere Generalprobe in der Kirche! Morgen ist Aufführung!« Wie vorwurfsvoll das schon wieder klang. Egal, sie konnte es ignorieren, wenn ihre Mutter sich nur wohlfühlte und nicht auf sie wartete.

Das Lamm schmeckte köstlich, dann machten sie es sich wieder vor dem Ofen gemütlich. Thees wirkte überhaupt nicht müde. Kein Wunder, er war erholt, er arbeitete zurzeit nicht. Jedenfalls nicht als Geologe, korrigierte Esther sich gedanklich, handwerklich ja durchaus, und es kam ihr nicht so vor, als würde er gern auf der faulen Haut liegen. Aber hier mit ihr zu sitzen, das genoss er durchaus, oder täuschte sie sich?

Dem Spiel der Flammen konnte sie endlos zuschauen. Esther registrierte eine angenehme Leere, einen zufriedenen Zustand, wie sie ihn selbst mit Yoga kaum erreichte. Trotzdem, sie würde bald aufbrechen. Sich um ihre Mutter kümmern, rechtzeitig schlafen. Man sollte gehen, wenn es am schönsten war, oder wie lautete der alte Satz?

Thees ging in die Küche, um einen Wasserkrug zu holen. Als er zurückkam, stellte er ihn ab, dann blieb er hinter ihrem Sessel stehen. Esthers Nackenhaare richteten sich auf. Sie spürte, wie seine Hand sich auf ihre Schulter legte. Einen Moment lang herrschte Stille.

»Du bist ganz schön viel unterwegs gewesen«, sagte Thees schließlich.

Ja, sie war viel unterwegs gewesen. Es war ihr Job. Und jetzt saß sie hier im Sessel, in einem Reetdachhaus in Nordfriesland, an einem Winterabend am Feuer.

Thees' Hand war schwer und warm.

Esther neigte den Kopf zur Seite und schloss die Augen.

Die Handfläche legte sich an ihre Wange.

Die Fingerspitzen berührten zärtlich ihren Hals.

Fuhren sanft über ihr Schlüsselbein.

Wie ferngesteuert erhob sich Esther und drehte sich zu Thees um.

Kapitel 18

Die Kirche war gut gefüllt, der ganze Ort schien versammelt. Alle hatten sich auf den Weg nach Sankt Nikolai, dem kleinen Gotteshaus von Ording, gemacht. Begrüßungen mit Handschlag, in freudiger Erwartung setzte man sich in die hölzernen Bankreihen. Vor dem Altar hatten sich acht Sängerinnen und Sänger in einem Halbkreis aufgebaut.

Maj-Britt fand einen Platz recht weit vorne. Dass sie Kilian an einem Sonntagnachmittag die *Seeschwalbe* überlassen hatte, kam ihr fast verwegen vor. Aber sich gelegentlich im Ort zu zeigen war wichtig. Außerdem wollte sie sich nach jemandem für den Winterreise-Abend erkundigen.

Frau von Mehding war unter den Sängern und lockerte gerade ihre Schultern. Dann musste Esther doch eigentlich auch hier sein? Maj-Britt sah sich um, entdeckte die Freundin aber nicht. Stattdessen andere bekannte Gesichter, allgemeines Grüßen und Nicken.

Der rechts außen stehende Sänger war offensichtlich eine Art Dirigent und gab den Takt an. Zerzauste Locken, nur an Stirn und Schläfen etwas gelichtet, ein Bild von einem Musiker. Er gab letzte Hinweise, alle schienen sich zu konzentrieren. Langsam setzte Ruhe ein. Der Chorleiter lächelte und nickte. Dann ging es los.

Maj-Britt war froh, dass sie hergekommen war. Das mit Sternen bemalte Kirchengewölbe füllte sich mit Tönen, so schlicht, so klar, so erhebend, wie sie es lange nicht erlebt hatte. Und der Chor sang besser, als sie es erwartet hatte, sie hatte keine Ahnung von Musik, aber schiefe Töne bemerkte sie durchaus.

Die Dämmerung hinter den Fenstern, sie kam früh heute, Nebel war gegen zwei Uhr aufgezogen, nachdem es am Morgen noch ganz klar gewesen war.

Maj-Britt schloss die Augen. Deutlich konnte sie die Stimme von Frau von Mehding heraushören. War Esther stolz auf ihre Mutter? Sicher saß sie irgendwo ganz hinten, war erst in letzter Minute gekommen.

Das Verhältnis zwischen Esther und ihrer Mutter war immer schwierig gewesen, Maj-Britt hatte nie so ganz verstanden, woran das lag. Sie selbst hatte mit Esthers Mutter nie Probleme gehabt. Sie mochte die unbestechliche Apothekerin, die ein bisschen herb wirkte, aber freundlich war und im Übrigen sehr gut aussah und ausgesprochen fidel war.

Vielleicht waren Esther und ihre Mutter sich einfach zu ähnlich. Beide hatten dieses Strenge, als wäre es eine Schwäche, Gefühle einzugestehen. Aber Esthers Mutter hatte eben auch diese aufgeräumte und gesellige Seite, die Esther gänzlich abging. Um Esther lag immer ein Hauch von Distanz, egal, wo sie sich befand, als wäre sie nur Beobachterin des Lebens.

An Esthers Vater konnte Maj-Britt sich kaum erinnern.

Der war jedenfalls humorvoll gewesen, hatte die Dinge leichtgenommen, ganz anders als die beiden Frauen. Wenn Maj-Britt es richtig im Kopf hatte, hatte Esther sehr an ihm gehangen und hatte sich erst recht in ihr Schneckenhaus verkrochen, nachdem er gestorben war.

Maj-Britt öffnete ihre Augen wieder. Ob der alte Herr Thomsen neben ihr schlief oder nur still lauschte, war nicht zu sagen.

Dörthe war nicht da, Maj-Britt hatte sie gar nicht erst gefragt, ob sie mitkäme. Dörthe hatte einfach einen anderen Geschmack, sie stand eher auf solide Rockmusik und solche Sachen. Ein Gesang wie dieser hier, so schätzte Maj-Britt es ein, interessierte sie nicht die Bohne. Und sie neben sich in der Bank hin- und herrutschen zu spüren, womöglich flüsternd die Aufführung kommentierend, hätte Maj-Britt heute um den Verstand gebracht.

Ihre Blase drückte. Gab es eine Pause?

Unauffällig griff sie nach dem Programmzettel. »Madrigali guerrieri et amorosi – Madrigale von Krieg und Liebe« von Claudio Monteverdi. Es sangen Mitglieder des Kirchenchors von Sankt Peter-Ording, Leitung: Danilo Caspardini.

Nein, keine Pause. Einer der Liedtexte war abgedruckt, mit Übersetzung. »Jetzt, da Himmel, Erde und Wind schweigen … und das Meer in seinem Bett ruht ohne Wellen …«

Maj-Britt sah wieder nach vorne, ließ sich verzaubern, tauchte ab in Töne und Gesang und die durch die vielen Menschen erzeugte Wärme in der kleinen Kirche.

Das Konzert mündete in Applaus, die Sänger verbeugten sich, das Publikum strömte geordnet nach draußen.

Als Maj-Britt aus der Kirche trat, standen auf dem Parkplatz ein paar Leute zusammen. Sie hörte, dass eine Rettungsaktion angelaufen war, jemand hatte sich im Watt verlaufen. Das geschah gelegentlich. Jedes Jahr wieder gab es Touristen, die die Küstenwache von den Sandbänken holen musste, auf denen sie eingeschlossen waren, weil sie nicht auf den Tidenkalender geschaut und die Gezeiten nicht ernst genommen hatten. Dabei wurde wirklich jedem Gast einer ausgehändigt, zusammen mit der Gästekarte. Es war überlebenswichtig.

Maj-Britt seufzte. Hoffentlich stand dieser Mensch nicht schon im Wasser, das war zu dieser Jahreszeit eiskalt.

Sie sah sich nach Esther um. Vielleicht war sie schon nach Hause gegangen oder hatte den Chor aufgesucht, um ihrer Mutter zu gratulieren. Ach ja, ein Sänger! Maj-Britt erinnerte sich, was sie wollte. Sie drehte sich um und ging noch einmal hinein.

• • •

Im Sommer sprenkelten Schafe die Salzwiesen vor dem Deich bei Westerhever, immer zwei Lämmer neben einer Mutter, der sie über Gräben und Grüppen folgten. Im Sommer waren die Salzwiesen leuchtend grün, dazwischen zogen sich lilafarbene Streifen von Meerlavendel. Man sah bis zu den Halligen, Pellworm, Süderoog und Hooge, alles wirkte ganz nah, sodass man Lust bekam, eine Schifffahrt zu den Seehundbänken zu machen.

Im Sommer schwappten die Wellen warm um die Zehen,

endlos konnte man gehen auf dem weichen Sand, immer an der Wasserkante entlang, und dazwischen baden, sich von den Wogen wiegen lassen, ein paar kräftige Züge schwimmen, nichts zwischen sich und dem Himmel als nur das Meer.

Jetzt waren die Wiesen braun. Kein Meerlavendel, keine Schafe. Trotzdem hatte Esther rausgewollt. Sie hatte ein Paar gefütterte Gummistiefel und das Auto ihrer Mutter genommen und war nach Westerhever gefahren. Hatte dort am Deich geparkt, die Krone überquert und war kräftig ausgeschritten, geradewegs aufs Wasser zu. Die Luft war frisch und kalt. Kalt genug, um wieder einen klaren Kopf zu bekommen. Unablässig wirbelten ihre Gedanken um das, was geschehen war.

Als Esther an der Wasserkante stand, zögerte sie nur einen Augenblick. Das Watt lag glänzend vor ihr. Ablaufendes Wasser, das zeigte ihr ein Blick in den Priel. Der Wind wehte nur schwach aus Nordwest, der Himmel war einigermaßen klar.

Schon mit den ersten Schritten auf dem weichen Wattboden überkam Esther ein Gefühl des Schwebens. Ganz leicht nur sanken die Sohlen ein, plätscherten die flachen Pfützen.

Esther folgte den weit auseinandergezogenen Pfählen, die den Weg Richtung Sandbank wiesen. Was für traumhafte Sommertage sie hier schon verbracht hatte, weg von der Welt. Es war immer ihr Lieblingsplatz gewesen, den sie nur noch selten aufgesucht hatte in den vergangenen Jahren, die Zeit hatte bei ihren Kurzbesuchen eigentlich nie gereicht.

Jetzt erinnerte sich alles in ihr mit Macht. An die Unbeschwertheit der Tage und an die hellen Abende, wenn das Salz auf der Haut noch brannte, während man Fisch essen ging oder einen Drink in einem der Pfahlbauten nahm, bei Windstille vielleicht noch einmal badete, während die Sonne am Horizont sank.

Sie drehte sich um. Der Westerhever Leuchtturm mit den beiden Häusern stand in den Salzwiesen, unverrückbares Wahrzeichen. Sonst: endlos scheinendes Watt.

Magisch zog die Sandbank sie an. Weiter. Und immer weiter. Süchtig konnte man werden von dieser Weite. Sie hatte es vergessen. Sie hatte offenbar alles vergessen, auch Thees. Vergessen und verdrängt, was in Sankt Peter-Ording geschehen war. Und jetzt war es wieder da. Unaufhaltsam kehrte es zurück wie das Wasser mit der Flut.

Sie hatte die Nacht bei Thees verbracht.

Thees auf ihrer Haut, in ihrem Herzen. Thees, in den sie sich vergraben hatte und er sich in sie. Der so gut gerochen hatte, nach salziger Luft und wilden Kräutern und nach sich selbst. Wie nach Hause kommen war es gewesen. So selbstverständlich und gleichzeitig so neu.

Aus ihrer Absicht, bald aufzubrechen, war nichts mehr geworden gestern Abend. Ob er sie festgehalten hatte oder sie ihn, sie konnte es nicht mehr sagen. Mit einem Mal hatten ihre Lippen sich gefunden, und sie hatten sich lange geküsst. Die ganze Nacht waren sie wach gewesen, hatten einander entdeckt und liebkost und waren erst am frühen Morgen eingeschlafen, aneinandergeschmiegt, die Kleider um das Bett verstreut.

Nach dem Aufstehen allerdings hatte Esther das Bedürfnis gehabt, allein zu sein. Ein Abgrund tat sich in ihr auf, tiefer als der Marianengraben und breiter als der Mekong. Die alten Muster hatten gegriffen. Thees war erstaunt gewesen, als er merkte, wie sie sich innerlich zurückzog, hatte aber nichts gesagt. Ein Becher Kaffee, dann hatte Thees sie in den Ort gebracht.

Und jetzt war sie hier am Wasser. Etwas in ihr stürmte, zerrte an ihr wie ein Orkan. Da waren Gefühle, die sie nicht einordnen konnte, die stärker waren als ihr Verstand, der sonst alles zuverlässig sortierte. Sie wusste nicht, was es für sie bedeutete.

Auf der Sandbank drehte Esther sich um. Kein Mensch war zu sehen, der Leuchtturm weit entfernt, das Meer silbergrau. Sie lief darauf zu. Wellen, die sanft heranrollten, sich auf dem Sand brachen und sich wieder zurückzogen.

Sie breitete die Arme aus, spürte die Kälte im Gesicht und vereinzelte Sonnenstrahlen. Ihre Füße waren warm, ihr ganzer Körper war warm und wie aufgepeitscht. Sie lief an der Wasserkante entlang weiter, trotz des dunklen Streifens über dem Meer. Sie sehnte sich danach, ihre Beine zu spüren, eine tiefe Erschöpfung zu erreichen, einen Zustand, in dem sie nicht mehr würde denken können. Ihr Körper fühlte sich an wie aufgeladen, unwirklich schwebend, immer noch.

Knirschende Muscheln und andere Anschwemmsel unter ihren Sohlen, Esther bückte sich, um zwischen angetriebenem Seetang einen Bernstein aufzuheben. Wie viel Zeit sie früher, als Kind, damit verbracht hatte, kleine und größere Brocken zu sammeln. Sie hatte sie Okke gebracht, der sie schliff und Ketten daraus fertigte. Nur die schönsten hatte sie behalten.

Den Blick zu Boden gerichtet, ging sie weiter. Die Sonne war verschwunden. Nur das helle Licht blieb, unwirklich fast, silbrig legte es sich auf den Sand.

Esther sah sich um. Der Leuchtturm war nur noch schemenhaft zu erkennen. Ein Stück wollte sie noch gehen. Sie war allein in der Welt, allein auf der Sandbank, umfangen von Wind und Wellen, im Irgendwo und Nirgendwo.

Der Rausch blieb. Das Gefühl, dass ihr hier nichts passieren konnte, dass sie angekommen war, schwebend zwischen Himmel und Erde, die hier der Meeresboden war.

Thees. Eine Hitzewelle durchrollte sie, wenn sie an ihn dachte, in Nahaufnahme, an die Momente und Augenblicke der vergangenen Nacht, der letzten Stunden. Thees ganz dicht. Sein Bauchnabel – seine Schultern – sein Nacken – seine Haut, dieses Gefühl, einander so nahe zu sein. Endlich. Und so neu, dass sie diesen Körper weiter erkunden wollte, diesen Menschen.

Ganz anders war es diesmal. Nichts hatte es zu tun mit den kurzen Episoden in Hotelzimmern, wenn es sich ergab, wissend, dass sie wieder abreisen würde. Mit Nachrichten, die ihr vielleicht noch jemand schickte im Bemühen, sie wiederzutreffen, und die sie nie beantwortete. In Hamburg, unter den Kollegen, galt sie als spröde, kaum jemand bemühte sich um sie, man wusste, dass es sich nicht auszahlen würde.

Die Nacht mit Thees brachte Esther durcheinander. Sie konnte an nichts anderes denken, es hatte sich so richtig angefühlt.

Doch bald würde sie sich losreißen müssen. Mittwoch reiste sie ab. Heute war Sonntag. Drei Tage noch. Tage, die im Zeichen der Geburtstagsfeier ihrer Mutter standen. Ob sie Thees überhaupt noch einmal sehen konnte? Sie hatten beide nichts gesagt, nachdem er sie zum Haus ihrer Mutter gebracht hatte. Thees hatte ihr mit der Hand über die Wange gestrichen, der großen, rauen Hand. Dann war er fort.

Ihre Mutter war schon beim Chor gewesen, und Esther war nach Westerhever aufgebrochen, weit weg wollte sie, und Westerhever war das Weiteste, was es hier gab. Nur wenige Leute verirrten sich hierher, und wenn, dann im Sommer. Hier gab es nichts. Keinen Kiosk, keinen Pfahlbau, kein Toilettenhäuschen. Und bis zur Sandbank war es vom Deich aus ein halbstündiger Marsch.

Die Sonne war restlos verschwunden, in gleichmäßigem Hellgrau legte der Himmel sich auf den Strand. Eine Möwe zog vorbei, ein weißer Fleck vor dem Himmel. Esther sah sie gestochen scharf. Schwarzer Kopf, roter Schnabel, weißes Gefieder. Eine Lachmöwe.

Sie musste umkehren, wenn sie rechtzeitig an der Kirche sein wollte. Ihrer Mutter war ihre Anwesenheit sehr wichtig. Esther interessierte sich nicht für klassische Musik. Sie hoffte, dass nicht zu viele Bekannte ihrer Mutter da wären, die sie erfreut begrüßten.

Was es auf sich gehabt hatte mit seinem Jahr Verheiratetsein, hatte Thees ihr nicht erzählt. Sie hatte nicht gefragt, es spielte keine Rolle, war nicht von Belang, hier und jetzt. Und auch sonst: Da würde schon was gewesen sein, ein gutaussehender Mann, wie er war. Eine Russin, Esther war sich fast sicher. Vielleicht hatte er sogar ein Kind, irgendwo, vielleicht, ohne es zu wissen.

Thees.

Das Wasser kam schneller, als sie vermutet hatte.

Um sie herum nur lichtes Grau, der Nebel. Ein paar Meter Sand sah man, ein Stück vom Meer, dahinter verschwanden die Konturen. Auf fünfzig Meter schätzte sie die Sichtweite, vielleicht hundert.

Egal, hier sah sowieso alles gleich aus. Esther schritt beherzt weiter. Als sie gemerkt hatte, dass das Wasser stieg, war sie umgekehrt. Sie wäre nicht die Erste, die vom Wasser abgeschnitten worden wäre, weil sie die Flut unterschätzt hatte.

»Geh niemals bei Nebel raus, hörst du, Mädchen?«, klangen ihr Okkes Worte in den Ohren. Wie er sie gewarnt hatte, schon von klein auf, damit ihr im Watt nichts geschah, damit sie sich vorsah, so wie er. Priele und Strömungen, Hoch- und Niedrigwasser, Ebbe und Flut – sie konnte es einschätzen.

Also zurückgehen an der Wasserkante, vielleicht ein wenig schneller als auf dem Hinweg, dann rüber zu den Pfählen und ab aufs Land. Esther spürte, wie sie jetzt doch müde wurde. Die Nacht war kurz gewesen. Wieder durchströmte sie ein tiefes Gefühl von Glück, plötzlich und überwältigend.

War sie schon an der Bake, an der sie auf dem Hinweg vorbeigekommen war? Esther starrte durch den Nebel, konnte aber nichts erkennen. Ihre eigenen Fußspuren, die musste sie doch sehen? Sie hatte nicht darauf geachtet.

Ihre Finger spielten mit dem Bernstein in der Tasche. Sie überlegte, jemanden anzurufen. Aber wen? Ihre Mutter? Um sich mit Vorwürfen überschütten zu lassen? Oder Thees? Niemals. Maj-Britt vielleicht. Esther zog das Handy hervor. Es wäre nicht schlecht, wenn jemand wüsste, wo sie war. Wenigstens eine Nachricht würde sie an Maj-Britt schicken.

Sie hatte keinen Empfang. Na großartig.

Esther lief weiter. Langsam musste sie die Bake doch erreicht haben? In die Mitte der Sandbank zu gehen hatte bei der geringen Sicht keinen Sinn, sie war zu breit, sie würde die Orientierung verlieren.

Esther starrte aufs Wasser, das ungerührt stieg.

Sie musste auf die andere Seite, an den Priel. Und dort bis zu den Pfählen gehen, bevor es zu spät war, um an Land zu gelangen.

Im rechten Winkel bog sie ab. Auf die Sandbank.

Kapitel 19

Maj-Britt hatte nach dem Konzert noch zur *Seeschwalbe* fahren wollen, von Kilian aber erfahren, dass das Restaurant aufgrund des Nebels nahezu leer geblieben war. Er hatte früher als sonst abgeschlossen und war selbst gegangen.

Sie ärgerte sich. Er hätte sie fragen müssen. Wenn nun jemand aufgetaucht wäre, der bei ihnen hätte essen wollen? Vielleicht sogar eine Gruppe? Doch sie musste sich eingestehen, dass das sehr unwahrscheinlich war. Maj-Britt wurde nachdenklich. War ihre Entscheidung, im Winter zu öffnen, verkehrt gewesen?

Sie hatte keine Wahl. Einen zusätzlichen Kredit würde sie kaum erhalten. Wenn es nicht bald aufwärtsging, musste sie den letzten Schritt gehen – und das bedeutete, die *Seeschwalbe* zu verkaufen.

Maj-Britt saß im Auto und starrte auf die beschlagene Scheibe.

Der Verkauf des Häuschens ihrer Großmutter war wie eine Rettung des Himmels erschienen – eine Hoffnung, die so schnell platzte, wie sie entstanden war. Es wäre der eleganteste Weg gewesen, die Schulden abzutragen. Wenn, ja wenn ihre Mutter nicht umgeschwenkt wäre. Maj-Britt hatte es nicht über sich gebracht, ihrer Mutter das wahre Ausmaß des Dramas zu offenbaren. Selbstverständlich, die *Seeschwalbe* lief, alles bestens, das versicherte sie ihren Eltern, wenn sie zwischendurch bei ihnen vorbeischaute und sich um Anträge bei der Krankenkasse und anderes Notwendige kümmerte.

Trotzdem, es hätte fast geklappt. Ihre Mutter wusste, dass sie wegen der Reparaturen im Minus lag, und fand, dass Maj-Britt dafür keine Rücklagen aufbrauchen sollte. Rücklagen, die sie längst nicht mehr hatte.

Aber dann war Thees aufgetaucht. Am Anfang hatte auch sie sich gefreut, als sie ihren Bruder sah. Aber dann hatte sie gesehen, wie er im Haus über Wände und Türen strich. Ein Gespräch hatte genügt, damit ihre Mutter es ihm sofort zu überlassen bereit war, ihr Elternhaus, das er bewohnen und auf Vordermann bringen wollte. Sie, Maj-Britt hätte ja schon die *Seeschwalbe* als vorgezogenes Erbe erhalten, jetzt sei Thees dran, das würde doch gut passen, erklärte sie völlig arglos.

Thees wurde als der verlorene Sohn gefeiert, ihre Eltern waren überglücklich, ständig streichelte ihre Mutter ihm den Arm, und sogar ihr Vater strahlte, wenn er ihn erblickte. Und Thees nahm es hin wie alles, mit seinem unerschütterlichen Selbstbewusstsein. Und sie stand da, mit ihren Schulden und dem drohenden Verlust, den sie nicht über die Lippen bringen würde. Nie im Leben. Maj-Britt, die gescheitert war, mit ihrer Ehe und mit dem Betrieb.

Ob er ihr Geld leihen sollte, hatte Thees gefragt, dumm

war er nicht, ihr Bruder, er hatte die Flutschäden mitbekommen. Aber das finanzielle Loch war zu groß, um Almosen würde sie nicht betteln.

Maj-Britt spürte Blut auf der Lippe. Sie zog ein Taschentuch hervor. Noch war es nicht so weit. Noch war die *Seeschwalbe* ihre.

Sie musste an den nächsten Schritt denken. Und zwar nur an diesen. Und ihn mit Elan angehen.

Sie tippte eine Antwort an Kilian. Daraufhin wollte sie die Nachricht von Esther beantworten, es war eine da gewesen, daran erinnerte sie sich genau, sie musste sie allerdings versehentlich gelöscht haben.

Also eine kurze Nachfrage. »Hi, Esther, alles klar bei dir? Morgen noch mal treffen wegen der Winterreise? LG M-B«. Dann wischte sie die Scheibe frei.

Während sie durch den Ort fuhr, fiel ihr ein Lokal ins Auge. Oh ja, einen Tee im *Walfänger*, den könnte sie jetzt vertragen. Am besten mit viel Rum.

• • •

Maj-Britt fragte sich, wie Hove es anstellte, dass sein Laden überlebte. Offenbar trudelten über den Abend genug Leute ein, die hier ihr Feierabendbier tranken. Denn warme Küche bot Hove nicht an. Schinkenstullen, Bauernfrühstück, das war's. Und auch nur, wenn er Lust hatte, es zuzubereiten, denn Hove schmiss alles allein. Dass jemand so unbeirrt an seiner Lokalität festhielt, nötigte ihr Respekt ab, und das an einem beliebten Ort wie Sankt Peter-Ording, an dem die

Immobilienpreise schneller stiegen als das Hochwasser bei Neumond.

Warme Luft umfing sie, als sie den schweren Vorhang hinter der Tür beiseiteschob. Leicht rauchig, als würde das Rauchverbot missachtet oder als wäre es unmöglich, den Rauch einer ganzen Epoche auszulüften. Und richtig, wie immer stand Hove seelenruhig an der Theke, in einem Metallica-T-Shirt, und zapfte Bier.

Maj-Britt zog sich einen Barhocker heran.

Hove begrüßte sie, strich die langen Haare zurück und schob ihr kurz darauf einen Friesentee herüber. Dazu ein Gläschen Rum, mit einem Kopfnicken wies er auf den Zuckertopf. Maj-Britt war überrascht. Woher wusste er, was sie sich bereits ausgesucht hatte, sie hatte ja gar nichts gesagt?

»Möchtest du etwas essen?«

»Warum eigentlich nicht? Was gibt's denn? Bratkartoffeln?«

»Küche aus Tausendundeiner Nacht.« Er lächelte, eine Zahnfüllung blitzte auf. »Lass dich einfach überraschen!«

»Na, denn man zu.« Ja, eine warme Mahlzeit, die konnte sie vertragen, was auch immer es sein mochte.

Maj-Britt griff nach der Tageszeitung, die auf dem Tresen lag. Wieder wurde über den geplanten Windkraftpark berichtet. Ein Naturschutzverein protestierte, den meisten Gemeindevertretern war er jedoch willkommen. Wenn etwas gebaut wurde, bedeutete das, dass es Arbeit gab. Gute Argumente hatten die Naturschützer diesmal nicht, es gab keine besonders schützenswerten Arten im Gebiet.

Maj-Britt verstand nicht, warum man sich so über Dinge

erregte, die nicht zu ändern waren. Windenergie war doch eine gute Sache, und besser weit weg auf dem Meer als direkt vor ihrer Tür.

Anders als sie selbst war Esther damals sehr engagiert gewesen in Nationalparkdingen. Stundenlang hatte sie Flugblätter entworfen, sich an Kampagnen beteiligt, das Watt und seinen Schutz ganz zu ihrer Sache gemacht. Zum Demonstrieren vorm Landtag war sie sogar nach Kiel gefahren.

Thees war in seinem letzten Schuljahr auch dabei gewesen. Esthers wegen? Maj-Britt wusste es nicht. Aber dass sie eifersüchtig gewesen war, das erinnerte sie genau. Thees, der einfach tat, was er wollte, während ihr beigebracht worden war, im Ort eine gute Figur zu machen, weil ihr Verhalten immer auf die Familie zurückfallen würde.

Mehr als einmal hatte Esther eine Verabredung abgesagt, weil sie sich mit Thees traf, und Maj-Britt hatte sich zurückgesetzt gefühlt.

Natürlich gab es andere Gleichaltrige, aber es war nicht dasselbe. Und Dörthe war da schon weg gewesen.

Hatte Hove ihr unbemerkt einen zweiten Tee hingestellt? Maj-Britt kippte den Rum hinein und rührte nachdenklich vor sich hin.

Esther und Thees. Das hatte ziemlich an ihr genagt. Wie Pech und Schwefel waren die beiden gewesen, auch wenn sie so getan hatten, als wäre nichts Besonderes zwischen ihnen. Bei einem Streit, den sie einmal mit Esther hatte und den ihr Bruder mitbekam, nahm Thees die Freundin in Schutz, nicht sie. An Esther kam sie immer weniger heran. Esther war unterwegs, ein Zugvogel, während sie selbst von ihren Eltern zum Mitarbeiten in der *Seeschwalbe* verpflichtet wurde und regelmäßig hatte helfen müssen.

Hove sah sie aufmerksam an, während er ein Glas abtrocknete. »Essen kommt gleich.«

Aber der Appetit war Maj-Britt über ihren Grübeleien vergangen. »Ich muss Magenprobleme haben. Tut mir leid. Kipp's weg, ja?« Sie zog einen Zwanzigeuroschein hervor.

Hove winkte ab. »Lass mal stecken. Gute Besserung.«

Aber sie ließ das Geld liegen. »Für die Kaffeekasse.«

Und dann hatte Esther sich schlagartig von Thees abgewandt, wegen dieser Partygeschichte. Sie war ja selbst dabei gewesen, am anderen Ende des Feuers, und hatte mitbekommen, wie Susann Thees nicht aus den Fängen ließ.

Dass Thees letztlich gar nicht mit Susann zusammen gewesen war, hatte sie Esther nie gesagt.

Wie Gift hatte es sich in ihr verklumpt, das Gefühl, dass sie weder für den einen noch für die andere eine Rolle spielte. Dass Esther sich nahm, was sie wollte, und sie, Maj-Britt, im Zweifel nicht so wichtig war wie ihr Bruder. Dass sie nur Reste abbekam und doch mehr wollte, nämlich die Freundin von früher. Dass sie sich wünschte, dass Esther auch sie brauchte, so wie sie umgekehrt merkte, dass sie ohne Esther nicht sein wollte in diesem Ort, dass Esther ihr Halt gab, ihr half, den Kopf oben zu halten und hinauszublicken über die Enge, den immer gleichen Klatsch und Tratsch, die nie nachlassenden Ansprüche der Eltern.

Maj-Britt stand auf der Straße und zog den gut geschnittenen Wollmantel zu, mit dem sie zum Konzert gegangen war.

Im Nachhinein konnte sie nicht mehr sagen, was sie geritten hatte, das Missverständnis nicht aufzuklären.

Esther hatte sich von Thees abgewandt, kurz bevor dieser nach Hamburg gegangen war, sie glaubte offenbar, dass er mit Susann zusammen war. Sie wollte sich mal wieder nichts anmerken lassen, aber Maj-Britt ahnte, dass sie litt. Darüber gesprochen hatten sie nicht.

Maj-Britt hatte gehofft, dass Esther ihr ihren Kummer anvertrauen würde. Dass Esther das nicht getan hatte, hatte sie gekränkt. Nur ein Wort, das sie ins Vertrauen zog, dann hätte sie Esther beruhigt. Dann hätte sie ihr gesagt, dass Thees nach der Nacht mit Susann schnell festgestellt hatte, dass er überhaupt nicht in sie verliebt war. Dass er mit Susann keine Beziehung wollte, und auch keine Affäre, obwohl Susann es ihm nicht leicht gemacht hatte. Sie war gewohnt zu bekommen, was sie sich den Kopf gesetzt hatte, und war sogar noch einmal angereist, um körperliche Argumente einzusetzen. Vergeblich. Thees konnte hart sein, und Susann nahm es sportlich. Maj-Britt war sich sicher, dass die beiden sich nicht mehr gesehen hatten, und wenn, dann rein freundschaftlich.

Von alldem hatte Esther nichts mitbekommen. Die scharfsinnige Esther, die ihre Umgebung so genau prüfte, hier hatten ihre Antennen versagt. Und zwar aus dem einfachen Grund, dass sie sie eingefahren hatte, sich abgeschottet hatte von Thees, und zwar konsequent.

Sie war dann mit Martin zusammen gewesen, dem netten Martin mit der Lederjacke und der Gitarre. Martin dachte, er hätte das große Los gezogen, bis er ein paar Wochen später eines Besseren belehrt wurde, nämlich als Esther ihn wieder auf Eis setzte. Da war Thees schon weg, zum Zivildienst in Hamburg.

Sie hatte Esther zwar gesagt, dass es Thees leidtat und er nach ihr gefragt hatte – denn natürlich hatte er irgendwann begriffen, was er ausgelöst hatte –, aber Esther hatte darauf nicht reagiert. Und zu ihrer Hochzeit war sie nicht erschienen.

Die Straße war auf fast unheimliche Weise verlassen, kaum zehn Meter weit konnte man durch den Nebel sehen. Wie hatte sie das überhaupt verdrängen können? Vielleicht, weil beide so lange an anderen Orten gewesen waren, sowohl Esther als auch Thees. Jetzt waren sie zufällig gleichzeitig wieder hier, und das schlechte Gewissen, das sie damals verdrängt und über die Jahre vergessen hatte, nahm sich Raum.

Das Auto ließ sie stehen. Maj-Britt fröstelte, als sie sich auf den Weg nach Hause machte, allein.

• • •

Dörthe lief in ihrem Zimmer im Kreis. Eigentlich ging es ihr prächtig, aber dieses Wochenende zog sich wie Kaugummi. Samstag hatte sie sich ein paar Krimis ausgeliehen, mit lauter Nordseeleichen, dass es sie schüttelte, aber zu lesen hatte sie auch nicht aufhören können. Dabei hatte sie einen Teller mit Apfel- und Orangenspalten verspeist, klebrigen

Saft an den Fingern. Ging doch, schmeckte wie Fruchtgummi, sogar besser. Darüber war es schließlich dunkel geworden.

An die frische Luft ging sie erst am Sonntagmittag, suchte das Kiefernwäldchen auf und spazierte dort auf verschlungenen Wegen umher. Nicht wirklich interessant, befand sie. Schließlich entdeckte sie eine neue Aussichtsplattform bei Maleens Knoll, die sie noch nicht kannte. Ein Schild klärte die Besucher darüber auf, dass diese Düne die höchste Erhebung auf Gemeindegebiet war. Sechzehn Meter! »Was 'n Berg«, murmelte Dörthe, »ist ja fast der Mount Everest.« Energisch nahm sie die Stufen. Vielleicht würde sie doch noch richtig sportlich werden? Man durfte ja träumen. Sollte sie tatsächlich Yoga machen? Nein, entschied sie, Yoga besser nicht. Aquajoggen, das hatte ihr ganz gut gefallen. Oder walken. Zur Arbeit vielleicht? Die Arbeit, sie stöhnte. Sie wollte nicht an die Arbeit denken.

Von der hölzernen Plattform hatte man eine weite Aussicht über Kiefernwipfel und Dünen. Der weiße Saum in der Ferne. Dörthe hielt den Atem an. Dass man das immer wieder vergaß, wenn man hinterm Deich stand. Sie mochte diesen Anblick, stellte sie überrascht fest. Vielleicht hatte ihre Mutter zu viel gemalt. Geschwärmt von den Farben, dem Licht, der Weite. Welche Chance hatte sie, Dörthe, gehabt, das Meer mit eigenen Augen zu sehen? Jetzt konnte sie ihre Mutter verstehen. Sie atmete tief ein. Ja, dieser Blick, der hatte was.

Auf dieser Düne also hatte Maleen gesessen, ein Mädchen, das auf ihren Verlobten gewartet hatte, bis sie darüber starb. Och nö. Wie gut, dass Freddy bereits da war. Kurz vor Weihnachten war er bei ihr eingezogen, sie hatten das als Experiment gesehen, wollten es einfach ausprobieren. Wenn sie wieder zu Hause war, würden sie entscheiden, ob es so bleiben sollte, würden zusammen kochen, am besten gesund, Serien schauen, zusammen zur Arbeit fahren. Und vielleicht würde sie doch mit Freddy ins Studio gehen.

Nur mit Konstantin verstand er sich nicht. Aber der würde ja irgendwann ausziehen. Kein Grund, nicht optimistisch zu sein. Konstantin und Fred würden sich schon arrangieren.

Über dem Meer war das Licht milchig, die Sicht wurde allmählich diesig. Ob sie ans Meer wolle, es würde nebelig sein, hatte die Rezeptionistin sie gewarnt, als sie sah, wie Dörthe mit Jacke und Mütze die Klinik verließ. Nein, nur ein bisschen in den Ort, hatte Dörthe ihr versichert.

Erstaunlich, wie schnell sich die Sicht änderte, als würde sich eine Wand vom Meer heranschieben.

Dörthe stieg die Stufen wieder hinunter.

Sie streunte durch die Gänge, traf Herrn Kalupke, der es eilig hatte, ihr aber ein anzügliches Lächeln schenkte, einen tiefen Blick, bevor er weiter eilte, einen Stapel Schwimmbretter auf dem Arm. »Bierchen heute Abend?«

Dörthe schürzte die Lippen. Warum eigentlich nicht? Ihr Blick ruhte auf seiner kompakten, muskulösen Figur, die sie ein wenig an Freddy erinnerte. Ein Bierchen konnte man schon trinken. Aber wenn Herr Kalupke Absichten hegte, könnte es zu Komplikationen führen.

»Sorry«, sagte sie mit Bedauern in der Stimme, »ich bin schon verabredet.« Das stimmte nicht. »Ein anderes Mal!«, rief sie ihm hinterher.

Herr Kalupke wackelte, da er die Arme voll hatte, als Antwort mit den Hüften.

Dörthe strich ziellos weiter. Ob sie Firas Hallo sagen sollte?

In der Küche war er nicht. Lustlos zog sich Dörthe auf ihr Zimmer zurück. Was mit Esther zu unternehmen wäre jetzt nett. Man konnte ja auch mal schweigen. Esther allerdings antwortete nicht auf ihre Nachricht. Vor den Fenstern war es inzwischen dämmrig, und tatsächlich, dichter Nebel schien aufgezogen zu sein.

Oder Maj-Britt? Auch von ihr keine Antwort. Sie hatte ein Kirchenkonzert erwähnt. War das heute? Nichts für sie, Dörthe. Dabei war sie vorgestern selbst in der Kirche gewesen.

Als Dörthe daran dachte, wurde ihr warm im Bauch. Ganz tief innen. An einer Stelle, von der sie gar nicht wusste, dass sie dort berührbar war.

Sie wollte Danilo sehen, jetzt sofort. Warum hatte sie sich die Nummer nicht geben lassen?! Nebel hin oder her. Sie musste los. Strandpromenade, Badallee, irgendwohin. Aber nicht hier herumhocken und warten. Vielleicht war Danilo schon abgereist?! Ein Schrecken durchfuhr sie.

In Windeseile wickelte sie sich in ihre Jacke, drückte sich die rote Mütze auf den Kopf und rannte los.

Auf der Erlebnispromenade war keine Menschenseele. Hier

gab es an einem winterlichen Spätnachmittag auch nichts zu erleben, wohl nicht mal für Danilo. Wie gern sie mit ihm gesungen hatte. Sie würde auch bei seinen Taschenspielertricks assistieren, wenn sie nur mit ihm singen dürfte, dachte sie. Amüsante Vorstellung, als Assistentin eines Zauberers durch die Lande zu ziehen. Vermutlich abwechslungsreicher, als Marken für Müllbehälter auszuteilen und Streit um eine Zimmerlinde zu schlichten. Oder: Als Zirkusdame unterwegs. Die zersägte Frau. Oder die, auf die mit Messern geworfen wurde. Bestimmt hätte sie dabei eine gute Figur gemacht. Dörthe kicherte. Zirkusdamen waren eher beleibt, oder? Mit Danilo konnte sie es sich vorstellen. Es schien nicht so, als könnte eine Vorstellung mit ihm zusammen jemals langweilig werden, welcher Art auch immer.

Sie trällerte ein paar Töne, verbeugte sich in den Nebel. »Meine Damen und Herren, Sie sehen ...«, den meisterhaften Monsieur Daniló und die zauberhafte Madame Dorotheá, wollte sie hinzufügen, als das Handy in ihrer Tasche brummte.

Konstantin, ihr Goldsohn.

»Hey, Mom, alles gut bei dir?«

»Bestens, mein Schatz. Und selbst?«

»Ja, ist eigentlich auch super.«

Also alles andere als super.

»Was machst du denn so?«, erkundigte sie sich.

»Bisschen umgucken nach Lehrstellen.« Na, das war doch was. »Bisschen chillen ... so was halt.« Hm.

»Und mit Fred, das klappt?«, wollte Dörthe wissen.

»Wir versuchen es. Ich glaube, er vermisst dich.« Bildete sie es sich ein, oder klang das ein bisschen beleidigt?

»Ja, meinst du? Woran merkt man das?«

»Er hat eigentlich permanent schlechte Laune.« Konstantin lachte hilflos.

»Sei einfach nett zu ihm, okay? Er ist es auch zu dir«, mahnte Dörthe.

»Na ja, das wohl weniger«, murmelte Konstantin.

»Wie bitte?«

»Nichts. Mach dir keine Sorgen. Wir kommen klar, okay? Erhol dich gut, Mama. Hab dich lieb.«

»Ich dich auch, mein Schatz. Du schaffst das! Ich bin ja bald wieder da!«

»Ja, ist schon gut. Bis bald.«

»Bis bald!«

Langsam steckte Dörthe das Handy wieder weg. Die beiden arrangierten sich offenbar mehr schlecht als recht. Sie hätte es sich anders gewünscht, aber es wunderte sie nicht wirklich. Freddy hatte wiederholt deutlich gemacht, dass er wenig Verständnis für Konstantins Eskapaden hatte. »Du verzärtelst ihn«, hatte er immer wieder behauptet, »das tut dem Jungen nicht gut! Mit dem muss man hart umgehen, das kann er vertragen!« Fred selbst hatte keine Kinder. Und er konnte es nicht abwarten, mit ihr allein im Haus zu sein, das wusste sie.

Dörthe seufzte. Sie würde Fred anrufen und ihn bitten, sich wenigstens diese Woche ein bisschen Mühe zu geben. Wenn sie wieder da wäre, würden sich die Wogen glätten.

Vielleicht war sie tatsächlich zu besorgt. Aber sie hatte es anders machen wollen als ihre Mutter. Alles, nur das nicht. Kinder haben und sich trotzdem nur um sich selbst kümmern. Nein, entschieden nein. Christian irrte immer noch durchs Leben und hatte, soweit sie es mitbekam, ein ausgewachsenes Alkoholproblem, Bine hatte alles im Griff, eine härtere Polizistin gab es nicht, ihre Mutter war in Portugal und wollte auch dort bleiben. Sie schwärmte immer noch von Licht und Landschaft und bat ihre Töchter um Geld für Farben. Als Familie waren sie ein Desaster.

Doch Freddys harter Weg war nicht der richtige.

Dörthe fröstelte.

Auf Zirkusvorstellung hatte sie jetzt keine Lust mehr. Außerdem war es dunkel geworden. Beknackter Winter. Ihr war kalt.

Danilo. Vielleicht saß er in der Sauna? Es gab nur einen Ort, an dem sie sonst herausfinden konnte, ob er noch in Sankt Peter war. Dörthe schlug sich vor den Kopf. Vorgestern hatte er ihr dort eine Nachricht hinterlassen und sie in die Kirche bestellt.

Sie hielt Ausschau nach dem Schaufenster mit der Lichterkette.

Kapitel 20

Dass der Nebel noch dichter werden würde, hatte sie nicht gedacht. Kaum vorstellbar, dass die Sonne geschienen hatte, als sie aufgebrochen war.

Esther strich sich mit dem Handgelenk über die Stirn. Sie müsste nur die Pfähle finden, die den Weg wiesen, dann würde sie einfach hinüberwaten, zum Parkplatz gehen, ins Auto steigen und fertig.

Da, endlich war sie auf der anderen Seite der Sandbank, stand am Wasser. Das gegenüberliegende Land sah sie nicht. Sie hielt sich nach rechts. Oder wäre links besser? Sie wusste ja nicht, wie weit sie gegangen war. War der Leuchtturm auszumachen? Ganz schwach meinte sie das Leuchtfeuer zu erkennen. Also rechts. Probeweise setzte sie einen Fuß ins Wasser. Das war deutlich höher als knietief und eiskalt zu dieser Jahreszeit.

Warum bloß hatte sie nicht daran gedacht, einen Blick in den Gezeitenkalender zu werfen? Wann war Hochwasser? Mit klammen Fingern zog sie ihr Handy aus der Tasche.

Kein Netz, auch hier nicht. 15:30 Uhr. In einer halben Stunde begann das Konzert. Außerdem wurde es dämmrig.

Esther spürte, wie Sorge in ihr aufkeimte. Sie wollte nicht im Dunkeln auf der Sandbank sitzen, verdammt, und sie wollte auch keinen Notruf absetzen müssen! Das wäre der Dorftratsch für die kommenden Tage. Esther von Mehding, die nicht auf das Wetter geachtet hatte und von der Flut überrascht worden war.

Wenn sie sich jetzt beeilte, konnte sie es noch schaffen. Die feuchte Luft drang ihr in die Poren. Sie legte noch einen Zahn zu. Das Leuchtfeuer war nicht mehr zu sehen. Irgendwann mussten diese verflixten Pfähle doch kommen. Na endlich. Endlich sah sie einen Pfahl.

Der Pfahl ragte nur noch zur Hälfte aus dem Wasser.

Es war unmöglich hinüberzugehen. Müßig, sich zu fragen, wieso das Wasser so hoch war. Vermutlich eine Springtide. Esther fror. Sie schlang die Arme um den Körper. Sollte sie es trotzdem versuchen, auf die Gefahr hin, nasse Füße zu bekommen? Sie zögerte immer noch. Prüfte erneut ihr Handy, das nur noch einen niedrigen Akkustand hatte. Kein Netz.

Sie würde losgehen. Alles andere hatte keinen Sinn. Denn das Wasser stieg unaufhaltsam, und bald wäre möglicherweise auch die Sandbank überflutet. Das Grau um sie herum wurde immer dunkler. Sie musste sehr vorsichtig sein und konnte sich vielleicht an den Pfählen festhalten.

Esther holte Luft und tat einen Schritt ins Wasser. Na also, es schien zu klappen. Bis knapp unter den Saum des Gummistiefels reichte es.

Wenn nur nicht die Wellen so hoch wären. Schon war etwas in ihren Stiefel geschwappt. Himmel, war das kalt. Die Strömung spürte sie tatsächlich auch, und zwar kräftig.

Noch ein Schritt. Bloß nicht das Gleichgewicht verlieren. Esther schwankte. Und ein weiterer. Weich war der Untergrund.

Schritt. Und noch ein Schritt. Mit höchster Konzentration. Die Kälte ignorieren. Mit dem nächsten Schritt sackte sie plötzlich tiefer ein als bei den Schritten zuvor. Verlor das Gleichgewicht. Und plumpste ins Wasser.

All ihre Kraft nahm Esther zusammen und schleppte sich mit triefend nasser Kleidung zurück zur Sandbank. Verdammter Mist. Wenn ihr Handy das mal überlebt hatte.

Sie fror. Und wie sie fror. Und zwar jetzt erst richtig.

Als sie wieder festen Grund unter den Sohlen hatte, sah sie, wie sich wenige Meter entfernt etwas Dunkles bewegte. Spielten ihre Augen ihr einen Streich, hatte sie Halluzinationen? Vorsichtig ging Esther näher heran, und jetzt erkannte sie es: Ein Robben-Jungtier lag dort auf dem Sand, umgeben von dichtem Nebel und einer Dämmerung, die sich unaufhaltsam senkte. Es wandte den gedrungenen Kopf und gab einen heiseren Laut von sich. Herzzerreißend, kläglich.

• • •

Im *Walfänger* setzte Dörthe sich an die Tresen. Hob die Nase und schnupperte. Diesen Essensduft, den kannte sie doch?! Tatsächlich, es war Firas, den sie hinten am Herd erspähte.

Dörthe winkte verstohlen. Firas legte einen Löffel ab, als

er sie sah, und kam nach vorne. Er wirkte viel gelöster als bei ihrer letzten Begegnung und reichte ihr die Hand.

»Hallo, Dörthe. Geht es dir gut?« Er hatte sich ihren Namen gemerkt.

»Aber ja, bestens!«

»Ihr kennt euch?«, stellte Hove überrascht fest.

»Sie ist mein Fan.« Firas schmunzelte.

»Er hat mich gerettet«, erklärte Dörthe, »natürlich bin ich sein Fan.«

Und dann wollte sie wissen, wieso Firas hier war, und sowohl Hove als auch Firas selbst erzählten ihr, wie Firas die Eingebung gehabt hatte, Hove zu fragen, ob er nicht einen Koch bräuchte, als er hier am Tag zuvor ein paar Runden gekickert hatte. Und wie Hove gesagt hatte, dass er zwar keinen Koch bräuchte, er, Firas aber gern bleiben dürfte. Hove hatte ihm umstandslos die Küche zur Verfügung gestellt und außerdem ein Zimmer oben in der Wohnung. Hove schüttelte ein bisschen über sich selbst den Kopf, sah aber ebenso zufrieden aus wie Firas, auch er wirkte auf geheimnisvolle Weise gut gelaunt. Seinen Job in der Klinikküche hatte Firas gekündigt, denn mehr als die Spülmaschine ein- und auszuräumen und andere Hilfsarbeiten hatte er dort nicht machen dürfen.

»Willst du essen?«, fragte Firas lächelnd.

»Oh ja, bitte!«

Und Firas brachte Dörthe einen Teller voller Köstlichkeiten.

»Frau Andresen hat dasselbe gerade stehen lassen«, erklärte Hove.

»Wie jetzt, Maj-Britt?!«, fragte Dörthe verblüfft.

»War hier, brauchte 'n Tee mit Rum, ist wieder verschwunden, ohne das Essen anzurühren.«

»Hat sie es denn gesehen?! Geschnuppert, geschmeckt?!«

»Nö, hat sie nicht.«

»Und überhaupt: Maj-Britt hat Rum getrunken?!«

»Zwei Gläser. Sah nicht so glücklich aus.«

Was war denn hier los? Musste man sich um Maj-Britt kümmern? Dörthe bekam schlagartig ein schlechtes Gewissen. Das hatte sie seit dem unseligen Vorfall damals mit ihrer Mutter und Maj-Britts Vater sowieso. Und ohnehin bekam sie sofort ein schlechtes Gewissen, wenn es jemandem nicht gut ging. Wohl deshalb hatte Esther ihr immer so gut getan. Esther, die ihr vorlebte, dass man nur die Verpflichtungen anzunehmen brauchte, die man sich selbst aussuchte.

Aber Maj-Britt kannte hier doch tausend Leute, sie wartete nicht gerade auf sie, Dörthe, oder? Außerdem war sie Maj-Britt sowieso immer zu chaotisch gewesen, nicht stilvoll genug. Sie hatte nie etwas gesagt, das würde Maj-Britt nicht tun, aber Dörthe war das Gefühl nicht losgeworden, ihr in Sachen Auftritt und Benimm hoffnungslos unterlegen zu sein.

Trotzdem, sie würde morgen hingehen, beschloss Dörthe, um ihr Gewissen zu beruhigen, und sie fragen, ob alles in Ordnung war. Jetzt aber würde sie sich erst mal dieses Essens annehmen, das Maj-Britt verschmäht hatte. »Guten Appetit!«

Firas verbeugte sich leicht und sagte etwas in einer anderen Sprache.

»Was war das?«, wollte Dörthe wissen.

»Guten Appetit auf Arabisch.«

»Danke. Das ist so köööstlich!«

Firas betrachtete sie abwartend, immer mehr Zufriedenheit überzog sein schönes, strenges Gesicht, je mehr sie vertilgte und dabei sogar das Reden vergaß.

Schließlich schob sie den Teller weg. »Firas, erzähl mir von deiner Heimat, ja? Und wie es dich hierher verschlagen hat.«

Dörthe meinte es ernst. Sie wusste, dass es jetzt schwierig werden könnte. Aber sie dachte nicht an Krieg und Flucht, sondern an das Land, aus dem diese Rezepte kamen. An Feigen- und Granatapfelbäume, farbenfrohe Märkte und vielfältige Düfte, von denen einem die Sinne schwinden konnten.

»Sicher?«, fragte er skeptisch.

»Absolut.«

Dass Firas aus Aleppo kam, erfuhr sie, vor zwei Jahren nach Nordfriesland gekommen war, eigentlich Webdesigner war, sich aber aufs Kochen verlegt hatte, weil er dann wenigstens praktisch arbeiten konnte. Und um sein Heimweh zu bewältigen. Sein Problem war, dass die Restaurants ihn zwar anstellten, aber nur als Hilfskoch, nicht als Koch, der die Speisekarte mitbestimmen durfte, wie Firas es gern gehabt hätte. Eine Lehre wollte er nicht machen, weil er, wie Dörthe richtig feststellte, ja kochen konnte.

Seine Fluchtgeschichte zu erzählen lehnte er mit einem

ernsten Blick ab. »Ich bin jetzt hier, reicht, oder? Was vorher passiert ist, erzähle ich dir nicht beim Essen, dann vergeht dir nämlich der Appetit. Und zwar für lange Zeit.«

Der Abend verstrich, während Dörthe an der Theke saß, mit Firas und Hove plauderte und mit Firas eine Runde kickerte. Dass Danilo wohl nicht mehr kommen würde, merkte sie erst, als ihr die Augen zufielen.

Sie empfand plötzlich eine Leere, die sie überraschte, ein Gefühl von Verlust, mit dem sie nicht gerechnet hatte. Eine tiefe Sehnsucht.

»Ich mach mich dann mal vom Acker.«

Hove nickte. Die meisten Gäste waren schon gegangen.

Dörthe trat vor die Tür. Schwärze. Stille. Nur das Blinken der Lichterkette im Fenster.

Sie tat ein paar Schritte. Zog ihr Handy hervor. Wie spät war es? Sollte sie Fred noch mal anrufen? Sie fühlte sich so einsam.

Plötzlich spürte sie etwas Weiches und erschrak.

»Hoppla«, sagte eine wohlklingende Stimme über ihr.

»Danilo!«, schrie Dörthe und fiel ihm um den Hals.

»Gerade noch geschafft«, murmelte er in ihr Haar.

Zwei Lieder gestand Hove ihnen zu.

»Fünf«, verlangte Danilo.

»Zwei.«

»Okay, drei.« Danilo legte seinen Schal ab. Ein Nachtvogel, dachte Dörthe, ein schräger Vogel, aber sie mochte ihn so sehr.

»Zwanzig Minuten habt ihr«, sagte Hove, »dann muss

ich auch mal Heia machen.« Das Gold in seinem Mund blitzte. Er schob ihnen zwei kleine Flaschen Cola hinüber.

Danilo stieß seine eisgekühlte Flasche gegen Dörthes. »Los geht's!«

Dörthe wählte das erste Duett aus.

Als sie es beendet hatten, glitten Danilos Augen suchend über die Liste. Dörthe stieß ihn mit dem Ellbogen an. »Beeil dich.«

Sie sangen ein weiteres Lied. Dörthe spürte, wie ihre Kopfhaut kribbelte, als sie sich zusammen über das Mikrofon beugten. Und noch etwas anderes kribbelte. Nämlich alles in ihr.

Sie sah Danilo an. Er hob fragend die Augenbrauen. Sie sah rasch wieder weg und nach vorne auf den Bildschirm.

Beim letzten Lied versagte ihre Stimme. Ob er es bemerkte?

Dörthe Michels, reiß dich zusammen, schalt sie sich. Du hast mit diesem Clown gesungen, so what?

Viel zu rasch waren die zwanzig Minuten für ihren Geschmack zu Ende, für die Cola hatte es genau gereicht.

»Tschüs, Hove.« Dörthe winkte.

»Arrivederci, Signor Hove.«

»Ciao, Maestro.« Hove zwinkerte.

Auf der Straße bot Danilo ihr den Arm an. Dörthe hakte sich ein, es war ihr egal, wohin er sie führte, die Nacht schien weich, der Nebel dämpfte alle Geräusche. Es musste gegen elf Uhr sein.

»Und jetzt? Was willst du hören?«

»Du willst singen? Hier?«

Danilo zuckte die Schultern. »Für dich.«

»Sing etwas Italienisches.«

»Dann muss ich dich leider kurz loslassen.«

Danilo entzog ihr den Arm, warf sich in Position, blähte den Brustkorb, machte eine theatralische Geste, und ... »O sole mio ... !«, schmetterte er los.

»Himmel, hör auf, du weckst die Leute damit!«, kicherte Dörthe.

»Wieso«, sagte Danilo scheinbar ernsthaft, »ist es so schlecht? Es geht auch auf Englisch, übrigens. Kiss me, my darling ...«

Dörthe räusperte sich.

Danilo brach ab. »Gut«, sagte er, »du hast recht. Auf der Straße soll man nicht singen. Besonders nicht in Sankt Peter-Ording, hier hat schließlich alles seine Ordnung. Gehen wir zu einem echten Konzerthaus!«

Über die verlassen daliegende Erlebnispromenade führte er sie zum Dünen-Hus. »Nehmen Sie Platz, Verehrteste.«

Dörthe ließ sich auf einer der halbrunden Bänke nieder, und Danilo stieg auf den Bühnenrand vor dem verschlossenen Gebäude, in dem im Sommer Konzerte und andere Veranstaltungen stattfanden.

Einen Moment herrschte Stille.

» ... the most beautiful sound I ever heard ...« Danilos Stimme, noch zart, leise. Eine Pause. Danilo tat, als ob er horchte.

»Maria ...« Seine Stimme wurde lauter.

»Maria, I've just met a girl named Maria ...«

Wie klar er singen konnte. Wie die Töne in den Himmel stiegen, in den nebligen Himmel von Sankt Peter-Ording, Dörthe musste lachen, gleichzeitig spürte sie, wie ihr eine Träne über die Wange rollte, sie konnte nichts dagegen tun.

Als der letzte Ton verklungen war, wollte sie klatschen, aber es gelang ihr nicht, sie war zu ergriffen. Verflixte Kiste.

Danilo stieg herab. »Gut?«

»Das war ... Danilo, das war wunderbar!« Sie erhob sich, sie stand eine Stufe höher als er. Er breitete die Arme aus.

Und Dörthe flog hinein.

Kapitel 21

Esther war schließlich auf die Bake gestiegen und hatte die Notrufvorrichtung benutzt. Während sie auf die Küstenwache wartete und mit den Zähnen klapperte, der Wind tat jetzt sein Übriges, horchte sie auf den Heuler.

Als das DLRG-Boot eintraf und zwei Männer von der Rettungswache sie von der Bake holten, zeigte sie auf ihn. Es war eine Kegelrobbe, wie sie sich eigentlich nicht hierher verirrte, so viel wusste Esther. Kegelrobbe, Seehunde, Schweinswale, die Säugetiere der Nordsee, das hatte ihr Okke beigebracht. Auch, dass Seehunde ihre Jungen im Sommer bekamen, Robben im Winter, und zwar weiter draußen, vor Amrum und Helgoland. Er musste abgetrieben sein. Unwahrscheinlich, dass seine Mutter ihn fand.

»Da hatten wohl zwei Pech. Aber kümmern wir uns erst mal um Sie«, sagte der Einsatzleiter. Es war ihm anzusehen, dass er damit kämpfte, ihr keine Vorhaltungen zu machen. Denn sie war für ihr Handeln selbst verantwortlich, die kleine Robbe dagegen konnte nichts für ihre Notlage. Über die Springflut klärte er sie dann doch noch auf, während er sie in Decken wickelte und ins Rettungsboot verfrachtete.

Zur Beobachtung hatte er sie ins Krankenhaus schicken wollen, wegen der Unterkühlung, aber Esther hatte sich mit aller Entschiedenheit gewehrt und die Rettungskräfte schließlich davon überzeugt, sie bei ihrer Mutter, die schließlich Apothekerin wäre, im Ortsteil Dorf abzuliefern.

Jetzt lag sie unter drei dicken Decken und fror immer noch. Einen Tee hatte Esther sich gerade noch gemacht, dann war sie ins Bett gefallen. Ihre Mutter war offenbar noch beim Konzert.

Was für ein Desaster. Wie sie ihr das Fernbleiben vom Konzert erklären sollte, war Esther nicht klar. Vielleicht mit der Wahrheit: Verlaufen, Hochwasser, Robbenfund. Punkt, Schluss. Morgen würde sie mit ihr einkaufen. Was fehlte noch fürs Buffet? Esthers Kopf wurde schwer. Tomaten? Hering? Unten lag die Liste. Häppchen vorbereiten war übermorgen dran. Stühle rücken.

Verdammt, warum wurde ihr nicht warm? Sie kroch tiefer unter die Decken. Drehte sich auf die Seite und zog die Knie an den Körper, schlang die Arme darum.

Als sich unten der Schlüssel im Schloss drehte, war sie längst eingeschlafen.

• • •

Das Morgenlicht fiel durch die Jalousien. Während Maj-Britt auf der Bettkante saß, versuchte sie, ihre Gefühle zu entwirren. Gestern Abend hatte sie wegen der Sache mit Thees und Esther das schlechte Gewissen überfallen, doch bei Licht betrachtet schien sie ihr halb so wild. Sie würde mit Esther reden und ihr alles erklären – sie würde ihr sicher verzeihen. Hatte Esther Thees nicht sogar schon getroffen? Die alte Geschichte spielte offenbar keine Rolle mehr.

Vielleicht konnte sie sogar auf ihren Bruder zugehen. Aber schon beim bloßen Gedanken daran merkte Maj-Britt, wie sie sich verspannte. Nein, zunächst musste sie ihre Angelegenheiten regeln, und zwar allein. Gute Ratschläge waren das Letzte, was sie jetzt gebrauchen konnte. Erst recht nicht von ihm. Der souveräne große Bruder, der sich für seine kleine Schwester schon immer verantwortlich gefühlt hatte.

Sah er eigentlich nicht, was sie hier leistete? Sie hatte die Zwillinge großgezogen und war für ihre Eltern da gewesen, all die Jahre, sie hatte die *Seeschwalbe* übernommen und dafür gesorgt, dass das Familienunternehmen weiterlief, erst gemeinsam mit Michael, jetzt allein.

Nach der Scheidung hatte Thees ihr geraten, die *Seeschwalbe* zu verpachten. Sie hatte es als Affront empfunden. Ihr eigenes Restaurant, an diesem einmaligen Ort, den sie liebte. Für sie gab es nichts Größeres als das Meer, das sich jeden Tag vor ihr ausbreitete. Sie mochte die Geschäftigkeit, die glücklichen Gäste. Auch der leicht faulige Geruch des Watts störte sie nicht. Es war Heimat und Geborgenheit. Niemals würde sie das freiwillig aufgeben.

Wenn sie verpachtet hätte – was hätte sie dann tun sollen? In der Hängematte liegen und Däumchen drehen? Sie hatte nicht das Bedürfnis, ihr Leben zu ändern. Sie wollte genau dieses. Auch wenn sie dafür kämpfen musste. So vieles war zerstört worden mit Michaels Weggang, aber das hier, das sollte bleiben.

Und die Winterreise war ein Schritt dahin.

Maj-Britt griff nach ihrem Morgenmantel. Höchste Zeit, alles in ihrer Macht Stehende zu tun, damit der Abend ein Erfolg würde. Den Sänger anrufen. Die sozialen Medien mussten bespielt und die Webseite der *Seeschwalbe* aktualisiert werden. Und irgendwann würde sie auch das Bett abholen lassen, verdammt, es ging nicht an, dass sie immer noch im von Michael ausgesuchten Designer-Doppelbett lag.

Im Stehen trank Maj-Britt ihren Kaffee, am Küchentresen, den Tablet-PC aufgeklappt daneben. Eine halbe Stunde später hatte sie die Zusage des Sängers – seine Stimme war ihr sehr alt erschienen – und hatte Esthers Pressenachricht an die lokalen Zeitungen geschickt. Um die Hamburger Zeitschriften und Magazine würde Esther sich kümmern.

Ihr wurde schon wieder schwindelig. Sie musste mehr essen. Gleich würde sie sich ein Rührei mit Krabben machen, das hielt ein paar Stunden vor.

Was noch? Mit Kilian wollte sie sich heute noch zusammensetzen. Kilian war auf ihrer Seite, die Sache zwischen ihnen war geklärt, oder? Maj-Britt war plötzlich doch unsicher, wenn sie an sein Auftreten dachte, diese Mischung aus Unterwürfigkeit und Arroganz. Egal. Kilian war der beste Koch, den sie derzeit bekommen konnte.

Sie strich durch, notierte, telefonierte.

Und dann musste sie noch verschiedene Dinge besorgen: die Tischdecken, silberne Leuchter, Blumenschmuck. Alles sollte festlich werden, winterlich-weiß, das war die

Idee. Vielleicht machte ja sogar das Wetter mit, und der Strand präsentierte sich schneebedeckt? Es musste ja nicht gerade Glatteis herrschen, nur ein wenig trockene Kälte, die den Sand puderte. Das wäre natürlich ... ach, das wäre fantastisch.

Maj-Britt legte den Bleistift an die Lippen, wippte hin und her, die Haare hochgebunden, und eine lebhafte Röte überzog ihr Gesicht, ohne dass sie es bemerkte.

Das Rührei hatte sie gänzlich vergessen.

• • •

Als Esther erwachte, dröhnte ihr Kopf, als würde er gleich platzen. Mühsam richtete sie sich auf. Neben ihrem Bett stand ein Glas Wasser. Hatte sie das mit hochgenommen? Gierig trank sie. Dann schlief sie wieder ein.

Als sie das nächste Mal die Augen aufschlug, saß ihre Mutter mit besorgter Miene an ihrem Bett und hielt ein Fieberthermometer in der Hand. Esther konnte den Kopf kaum heben, so schwer fühlte er sich an.

»Du hast hohes Fieber.« Die Stimme ihrer Mutter kam von weit her, wie weich sie klang. »Hier, nimm diese Tablette, und trink einen Schluck. Und dann schläfst du noch ein wenig.«

Da war etwas gewesen. Die Bake, das Robbenbaby, das DLRG-Boot. Und das verpasste Kirchenkonzert. Das Sprechen fiel ihr schwer. »Es tut mir leid. Ich war auf der Sandbank ...«

»Ich weiß. Jetzt ruhst du dich erst einmal aus.«

Esther dämmerte weg.

Als sie wieder erwachte, war es hell hinter den Vorhängen. Ihr Körper war schweißnass, sie musste die Kleidung wechseln. Neues Wasser und ein Becher Tee standen an ihrem Bett, Medikamente, frisches Obst. Unten hörte sie ihre Mutter, wie sie sich im Haus bewegte.

Mühsam erhob Esther sich, wankte. Sie konnte sich kaum auf den Beinen halten. Ihr war schwindelig, übel. Jedes Glied schmerzte. Sie suchte nach frischer Nachtwäsche in der Reisetasche.

Ihre Mutter schien sie gehört zu haben, denn kurz darauf öffnete sie die Tür, ein Stapel gefalteter Bettwäsche auf dem Arm. »Du bist ja wach!«

Esther nickte. Ein Schuldgefühl breitete sich in ihr aus, fast stärker als das Dröhnen in ihrem Kopf. »Ich hab dich sitzen lassen.«

Ihre Mutter schüttelte den Kopf. »Das hast du. Aber es lässt sich nicht mehr ändern.«

»Es tut mir leid«, murmelte Esther.

»Sieh einfach zu, dass du wieder gesund wirst.«

»Ich war ...«

»Du warst am Meer.«

»Ich hab ...« Sie wollte ihr erzählen, dass sie eine Robbe gesehen hatte. Ein Junges. Sie konnte es nicht.

»Hast du auf der Sandbank gefunden, was du gesucht hast?«

Esther sah sie an und dachte nach. Sie nickte.

In den Augen ihrer Mutter erschien ein Lächeln. »Na dann.« Sie strich ihr mit kühlender Hand über die Stirn.

• • •

»40 Grad Fieber! Prost Mahlzeit!«

Voller Tatendrang war Dörthe in die *Seeschwalbe* gestürmt, und Maj-Britt hatte ihr erzählt, was sie von Frau von Mehding erfahren hatte. Verwundert, dass Esther sich nicht meldete, hatte Maj-Britt bei ihr angerufen.

»40 Grad Fieber«, wiederholte Dörthe, »und ich dachte immer, unsere Esther kann nichts umhauen!«

»Es hat sie wohl ziemlich erwischt.«

»Ist sie dann überhaupt wieder fit am Sonntag?«

»Vermutlich nicht. Schlimmer ist es, dass ihre Mutter übermorgen den Achtzigsten feiert. Sie macht wohl alles selbst, das ganze Essen und so. Ich meine, dafür ist Esther ja extra hergekommen. Um ihr zu helfen.«

»Ach, herrje.« Dörthe zog eine Grimasse. »Können wir etwas für sie tun?«

»Nicht wirklich, fürchte ich. Sie ist bei ihrer Mutter ja gut aufgehoben. Zumindest der Giftschrank ist gefüllt. Lass uns bei Gelegenheit einfach vorbeischauen.«

Aber Dörthe war noch nicht fertig. »Ein bisschen seltsam ist das schon. Weißt du, was sie da wollte im Watt? Ich meine, sie kennt sich doch aus, und dass sie lebensmüde ist, hätte ich jetzt nicht bemerkt.«

»Du, keine Ahnung, und im Moment habe ich auch andere Sorgen.« Maj-Britt strich wieder über ihren Haarknoten, zwirbelte eine widerspenstige Strähne hinein.

»Okay, es geht um die *Seeschwalbe*, was steht an?« Dörthe hatte bereits umgeschaltet.

Maj-Britt warf ihr einen Notizblock zu. »Wenn du Lust hast, kannst du mit mir einkaufen fahren. Du bist doch gut im Dekorieren, oder? Du könntest dir etwas Passendes überlegen und aufschreiben, was du brauchst. Ich dachte an weiße Blumen und weiße Tischdecken. Das meiste ist allerdings am Tag selbst zu tun, bis dahin haben wir ja normalen Betrieb, und die Menüfolge bespreche ich mit Kilian.«

»Mit dem?«

»Mit wem sonst? Mit dir?«

»Ist ja gut. Aber der Typ … ich weiß nicht.«

»Eben. Da ist auch nichts.«

Auf einmal fiel Dörthe ein, an wen dieser Koch sie erinnerte: an den Vater von Konstantin, als er sie in der Bar angebaggert hatte, davon ausgehend, dass sie ein williges Opfer wäre. Womit er ja leider recht gehabt hatte. Nein, nicht leider, zum Glück. Sie hatte jetzt Konstantin. Aber diese Selbstgewissheit …

»Vielleicht sieht dein Koch das anders«, sagte sie.

Maj-Britt wirkte hektisch. Bekam rote Flecken. »Und? Was geht dich das an?«

»Nichts. Aber da ist also was. Oder war?«

»Vielleicht will er was, nicht ausgeschlossen, aber das kann er sich abschminken. Und einen anderen Koch kriege ich zurzeit nicht. Okay?«

»Alles okay. Ich weiß gar nicht, was du hast. Ich hab lediglich festgestellt, dass dieser Kilian dich merkwürdig anguckt. Aber ich bin die Letzte, die dir reinredet, mach bitte, was du willst.« Dörthe kniff die Augen zusammen. »Aber da war mal was, ja?«

»Du lässt wirklich nicht locker. Ja, da war mal was. Zufrieden? Eine Nacht, ich schwöre, nicht mehr.«

Dörthe nickte nur vielsagend.

»Ich weiß nicht, was mich da geritten hat.« Maj-Britts Strähne löste sich. »Er war sehr hartnäckig, schmierte mir Honig um den Mund, sagte mir, wie attraktiv er mich fände, bla, bla, bla, na ja, und dann …«

»Wann war das?«

»Vor anderthalb Jahren, kurz, nachdem Michael weg war.«

»Er hat die Möglichkeit gewittert, die *Seeschwalbe* zu übernehmen.«

»Meinst du? Ich weiß nicht. Ich will es auch gar nicht wissen. Ich habe jedenfalls gemerkt, dass ich nicht kann, nicht mit ihm.«

»War dir das peinlich?«

»Ziemlich unangenehm, ja klar, aber ich hab's sofort abgehakt.«

»Und er?«

»Keine Ahnung. Ich hab ihn nackt gesehen. Dörthe, bist du jetzt unter die Psychologen gegangen, oder was?«

Dörthe runzelte die Stirn. »Hat er eine Partnerschaft?«

»Jetzt hör aber auf! Ich glaube nicht. Er hat seinen Mops.«

»Und sonst? Was ist mit Männern in deinem Leben?«

»Keine! Und das ist auch gut so! Hör mal, was ist jetzt mit der Einkaufsliste?!«

• • •

Das erste Mal, seit sie sich erinnern konnte, war Esther so richtig krank. Jede Bewegung tat weh, war mühsam, als müsste sie sich durch zähe Watte kämpfen. Sie wollte einfach nur liegen und schlafen.

Ihre Mutter kümmerte sich fürsorglich um sie. Von Dörthe und Maj-Britt trafen aufmunternde Nachrichten ein, die sie nicht richtig wahrnahm, weil sie das Handy kaum halten konnte. Es hatte das Bad in der Nordsee dank wasserdichter Hülle tatsächlich überstanden. Blumen standen auf dem Nachttisch, die hatte Maj-Britt vorbeigebracht.

Was jedoch am schwersten wog, war die Nachricht der Redaktion: »Du fährst ja bald los. Brauchst du noch was? Flug ist gebucht, oder?«

Es blieb ihr nichts anderes übrig, sie musste absagen, auf keinen Fall konnte sie morgen abreisen. Auch nicht übermorgen. Dazu brauchte man nicht einmal einen Arzt zu konsultieren, es lag auf der Hand.

Sie fühlte sich wie zerschlagen, innerlich wie äußerlich. Am liebsten wäre sie eingeschlafen, ganz tief. In die Kissen gesunken, hätte die Welt vergessen. Um am nächsten Tag aufzuwachen, und alles wäre wie immer. Aber das ging nicht.

Esther nahm ihr Handy mühsam hoch und tippte die Nachricht, die unumgänglich war.

Fast hätte sie sich übergeben.

Kurz darauf klingelte das Handy. Mehrfach, immer wieder. Sie sank in Dämmerschlaf, und bevor sie richtig einschlief, sah sie wieder den Heuler vor sich, sah seine großen Augen, hörte den kläglichen Ton.

Kapitel 22

Dörthe strampelte durch das Wasser des kleinen Beckens, dass die Tropfen nur so flogen. Die Gruppe hatte gewechselt, neue Leute waren angekommen, irgendwelche Malaisen hatten fast alle, nur der robuste Herr Kalupke mit der Statur eines Ringers blieb derselbe und zog ungerührt sein Programm durch.

Dörthe hüpfte und sank, zwischen Schwerelosigkeit und Widerstand, schwenkte die Nudel und war stolz auf sich. Die verschwundenen Kilos sah man ihr an. Inzwischen waren es sogar sechs, Bewegung und gute Ernährung machten sich bemerkbar. Heißhunger auf Süßes hatte sie nicht mehr, nur Obst, das musste sein. Melonen und Äpfel, Trauben und Orangen, frisch und saftig. Sie fühlte sich gut. Und sie würde auch das Sportprogramm weiter betreiben. Sie genoss die Auszeit und hatte sogar eine Woche verlängert. Es war, als wäre sie jetzt erst richtig angekommen hier im Ort, als hätte sie sich jetzt erst auf den Klinikalltag einstellen können, froh, weit weg zu sein. Ja, es war doch eine Schönheitskur geworden, entgegen ihrer ursprünglichen Absicht, von innen und von außen, ein paar Tage dranzuhängen konnte nicht schaden, sie hatte noch Urlaub vom letzten Jahr übrig, den sie ohnehin nehmen musste.

Freddy war stolz gewesen. »Mein Geschenk an dich! Das ist ja offenbar richtig gut angekommen!«

Dörthe schritt leichtfüßig durch den Gang zur Dusche. Dabei drehte sie sich einmal um sich selbst vor Übermut und musste aufpassen, nicht auszurutschen. Ob sie Danilo noch einmal treffen würde?

Nachdem er nachts am Dünen-Hus gesungen hatte und sie in seinen Armen gelandet war, hatten sie sich zusammen ein paar Takte gedreht, getanzt dort auf der verlassenen Promenade, im dunstigen Licht einer Laterne im Nebel. Es war regelrecht romantisch gewesen. Fast zu romantisch!

Danilo hatte sie an sich gezogen, und sekundenlang war es ihr erschienen, als wolle er sie festhalten. Dann hatte er sie jedoch sanft von sich geschoben. Er müsse leider weg, hoffe aber sehr, dass sie sich wiedersähen. Dann war er um die Ecke verschwunden mit seinem langen Mantel und dem flatternden Schal.

Dörthe hatte sich auf den Weg zurück zur Klinik gemacht. Dass sie dem Nachtvogel am liebsten hinterhergelaufen wäre, hatte sie mit Überraschung festgestellt. Etwas Gutes ging von Danilo aus. Aufgehoben gefühlt hatte sie sich in seinen Armen, sie hätte weitertanzen mögen, auch den Rest der Nacht.

In der Umkleide hob sie ihre teilweise auf den Boden gerutschten Kleidungsstücke auf und legte sie auf die Bank.

In ihrer Tasche klingelte das Handy. Es war Konstantin.

Vielleicht eine gute Nachricht, vielleicht hatte er sich mit Fred arrangiert? Sie war ja auch bald wieder zu Hause.

Dörthe drückte die grüne Taste.

Mit der einen Hand presste sie das Handy ans Ohr und mit der anderen das Handtuch vor die Brust. Während sie zuhörte, ließ sie sich auf die Bank fallen.

»FUCK!!!«, brüllte sie plötzlich.

Die Frauen in der Umkleide zuckten zusammen, und Herr Kalupke klopfte an die Tür: »Alles in Ordnung?«

Mit grimmigem Blick auf die entsetzten Damen verbesserte Dörthe sich: »Verdammte Kuhkacke, Schweinescheiße und Hundedreck, das ist nicht dein Ernst!!!« Sie horchte erneut, mit angespannter Miene, hochrot.

Und ließ das Handy resigniert sinken.

• • •

Die üblichen Gestalten hockten im *Walfänger* am Tresen, als Dörthe hineinwankte. Diesmal lief weder Metal noch Soul, sondern Marianne Rosenberg. Die Männer wirkten zufrieden, die Galionsfigur, der Admiral, lächelte sein sphinxhaftes Lächeln.

Hove hob den Kopf und kniff kurz die Augen zusammen. »Du bekommst den besten Whiskey, den ich habe. Ich habe allerdings nur drei Sorten.«

Dörthe nickte kraftlos. Sie nahm das Glas entgegen und verzog sich damit in die hinterste Ecke.

Was sie da eben erfahren hatte, brauchte mehr als einen starken Whiskey. Das brauchte ein Fass. Das brauchte ... Ob sie sich davon erholen würde? Nicht in der Woche, die ihr noch blieb.

Dörthe setzte das Glas an die Lippen. Die Flüssigkeit war weich, fast golden. Vor allem: Alkohol. Hove hatte Zitrone dazugegeben, schmeckte gar nicht schlecht, diese Mischung, und ihr auch unaufgefordert ein Glas Wasser danebengestellt. Der kümmert sich um seine Gäste, dachte Dörthe, und selbst wenn er nur drei Sorten Whiskey hatte, so war dies eine gute Sorte.

Nach Marianne Rosenberg erklang jetzt ein melancholischer Blues. Sah sie so schlimm aus? Wie sie aussah, wusste sie nicht, aber Dörthe wusste, wie sie sich fühlte, nämlich hundsmiserabel.

Sie nahm noch einen tiefen Schluck. Formte mit den Fingern einen Kreis, als sie Hoves Blick einfing. Dann sah sie wieder ins Glas und ignorierte das Handy, das in ihrer Tasche bimmelte.

Konstantin war Pizza holen gefahren, wie er erklärt hatte. »Nur kurz!« Und hatte dafür ein Auto genommen. »Mal eben!« Leider war er ohne das Auto zurückgekehrt, das war nämlich an einem Baum gelandet, »Scheißglätte, echt jetzt, Mama.« Ins Rutschen war er geraten, und zwar in einer Kurve, die er vermutlich zu schnell genommen hatte. »Was du immer denkst, Mama, ich bin halt zügig gefahren!« Dass Konstantin keinen Führerschein hatte, weil er im letzten Jahr die theoretische Prüfung vermasselt und keine Lust gehabt hatte, sie zu wiederholen, schien dabei nebensächlich.

Zuerst war sie einfach nur erleichtert. Konstantin war nichts passiert. Ein Wunder regelrecht.

Dann kam die Wut.

Das Auto am Baum war Freds Auto.

Und Freds Auto war keine billige Schrottkarre wie ihr eigener betagter Ford.

Freds Auto war ein Audi A6 C 8 und hatte einen Neuwert von sechzigtausend Euro.

• • •

Fortwährend klingelte es an der Tür, Glückwünsche wurden ausgesprochen, Lachen drang von unten herauf und das Klirren von Sektgläsern, dazwischen hörte man immer wieder die munteren Worte von Edith von Mehding. Die Stimmung schien prächtig zu sein.

Esther wälzte sich im Bett hin und her. Das Fieber war deutlich gesunken. Zwei Tage war es bei vierzig Grad geblieben, wie ein Hitzeball hatte es in ihrem Kopf getobt und dröhnenden Druck ausgeübt. Sie hatte nichts als Durst und Müdigkeit verspürt. Ihre Mutter hatte fiebersenkende Mittel verabreicht und den Arzt gerufen. Dieser diagnostizierte, dass es sich nicht um die echte Grippe handelte, wie sie gerade umging, sondern um die Folgen der Unterkühlung. Dann war es allmählich besser geworden.

Was blieb, waren leichtes Fieber und tiefe Erschöpfung, und hinzu kam das Bedauern. Dass sie ihrer Mutter den Geburtstag verdarb, dass sie die Feier nicht mit vorbereitet hatte, dass sie nicht reisen konnte.

Ihr Handy hatte sie ausgeschaltet, nachdem nur ein »Schade« aus der Redaktion gekommen war, etwas überrascht klang es und leicht distanziert. Esther sah förmlich Ines' hochgezogene Augenbraue. Das Postscriptum entdeckte sie erst später, es hatte sich weit unter die Mail verirrt, mit einer Leerzeile mehr als nötig – dass sie den Auftrag an Aylin vergeben würden, sie sei doch einverstanden? Und müsste verstehen, sie benötigten die Reportage schließlich bald, das hätten sie ja deutlich gemacht.

Esther stieß Luft aus. Ob sie dachten, dass sie es sich hier in Sankt Peter-Ording gut gehen ließ? Sie war nie krank gewesen. Ines wusste das, und sie wusste auch, wie viel Esther an der Reise lag. Aber sie konnte es nicht ändern, sie war freiberuflich.

Aylin, das war die junge neue Kollegin, die kürzlich über die bedrohten Weltkulturerbe-Stätten in Syrien berichtet hatte. Die Reportage war gut gewesen, das musste Esther eingestehen, so ähnlich hätte sie sie selbst geschrieben. Und jetzt also Kambodscha. Herzlichen Glückwunsch. Esther zog sich die Decke über den Kopf. Von Folgeaufträgen hatte Ines, die Redakteurin, nichts gesagt. Sonst lautet die Formel oft: Ich freue mich auf deine nächsten Angebote. Oder: Ich melde mich, wenn es was Neues gibt. Das erwartete sie jetzt wohl von Aylin.

Von unten ertönte jetzt ein Ständchen. Dazu spielte Marlies Akkordeon, sie spielte nicht besonders schnell, aber mit Leidenschaft, dann Görans Stimme, tief und herzlich, der ihrer Mutter auf Schwedisch gratulierte, alle klatschten, das fröhliche Durcheinander der Stimmen erhob sich erneut.

Göran und Marlies hatten auch für Esther Blumen mitgebracht und hatten versichert, dass sie sich keine Sorgen zu machen brauchte, dass sie sich um Edith kümmern würden. Schon bei der Vorbereitung hatten die beiden sich selbst übertroffen. Wer solche Freunde hatte, konnte sich glücklich schätzen. Aber auch all die anderen Menschen im Haus, Freunde und Bekannte, der halbe Ort, so schien es, war ihrer Mutter freundschaftlich verbunden.

Sie selbst hatte auf solche Verbindungen immer verzichtet. Es war ihr provinziell erschienen, beengt. Immer dieselben Menschen. Stattdessen hatte sie die Welt bereist. Ihr fiel Thees ein, der beschlossen hatte, genau aus diesem Grund in Sankt Peter zu leben. Ob sie in Kontakt bleiben würden? Nach dem, was geschehen war? Wieder verspürte Esther eine heftige, tiefe Sehnsucht. Aber sie wollte nicht an Thees denken. Erst, wenn es ihr besser ginge. Zu weichgespült fühlte sie sich im Moment durch das Fieber, sie traute ihren Gefühlen nicht. Thees hatte gewusst, dass sie bald wieder weg sein würde, vielleicht hatte er nur eine schöne Nacht gewollt.

Es klopfte an die Tür, leise.

Ihre Mutter trug ein Tablett und ein Lächeln auf den Lippen. Sie war ein wunderschönes Geburtstagskind, dachte Esther, wie sie dort stand, die grauen Haare kurz geschnitten, in weißer sportlicher Bluse, mit Perlenkette, in aufrechter Haltung.

»Ich hab dir ein Stück von Görans Smörgåstårta gebracht!«

»Ach, Mama!« Esther spürte, wie sie weich wurde. »Du sollst doch feiern!«

»Tu ich doch! Aber du sollst doch auch etwas abbekommen!«

»Macht es dir Spaß?«

Sie strahlte. »Sehr.«

»Dann feier schön weiter.« Esther lächelte. »Ich höre hier oben alles und freue mich mit.«

Es gab weitere musikalische Darbietungen, der Chor legte sich ins Zeug, sogar einige Reden wurden gehalten. Am späten Nachmittag wurden die Stimmen leiser, die Leute verabschiedeten sich, bis offenbar nur noch Marlies und Göran da waren.

Alle drei erschienen bei Esther in der Tür. Einen Obstteller in Händen und ein weiteres Stück der schwedischen Geburtstagstorte.

»Ihr seid«, Esther versagte die Stimme, sie fing sich aber wieder, »die besten Freunde, die man haben kann.«

»Sind wir«, sagte Marlies. »Und du bist eine wunderbare Tochter, auch wenn du das nicht glaubst.« Sie sah Esther ernst an und nickte bekräftigend.

Ein Stich, ganz tief. Nein, sie war keine gute Tochter. Ihre leibliche Mutter hatte sie weggegeben, ihr Adoptivvater war nicht mehr da, und Edith, ihrer Adoptivmutter, fiel es schwer zu akzeptieren, dass sie anders war, dass sie nicht die Tochter war, die sie sich gewünscht hatte.

Esther rieb sich die Stirn. Stopp. Es war gut gelaufen die letzten Tage. Ihre Mutter hatte sich fürsorglich um sie gekümmert. Genau genommen hatte sie nie nachgelassen in all den Jahren. Immer wieder versucht, einen Zugang zu ihr zu finden, war über ihren Schatten gesprungen, auch wenn es ihr manchmal schwergefallen sein musste. Sie hatte ihr gezeigt, dass sie sie als Tochter wollte, immer noch und von Anfang an. Trotz aller Differenzen.

Jetzt hatte sie Geburtstag, und Esther hatte sich etwas ausgedacht.

»Mama, wie wäre es, wenn wir nach deinem Geburtstag eine Reise zusammen unternehmen? Ich hab mir überlegt, die Amalfiküste wäre vielleicht schön. Wolltest du nicht immer einmal nach Pompeji, die Ausgrabungsstätte sehen?«

»Übernimm dich nicht«, sagte ihre Mutter. »Werd erst einmal gesund, dann sehen wir weiter.«

Marlies rollte hinter Ediths Rücken die Augen, Göran sagte: »Gut, gut, feiner Plan, dürfen wir mitkommen?«, und Esther musste lachen.

»Schlaf noch ein bisschen.« Ihre Mutter schob die anderen beiden hinaus und ging selbst hinaus. Hinter sich schloss sie behutsam die Tür.

• • •

Bereits am nächsten Tag verspürte Esther die alte Unruhe. Versöhnlichkeit hin oder her, ihre Mutter hatte dem Reisevorschlag nicht einmal zugestimmt, wer weiß, ob es jemals dazu kommen würde.

Sie musste sich um neue Aufträge kümmern. Wenn Kambodscha geplatzt war, dann musste sie eben Kamtschatka vorantreiben. Und ein paar zusätzliche Ideen zu entwickeln wäre auch gut.

Esther nahm Stift und Notizblock zur Hand, damit war sie immer noch am kreativsten, und überlegte. Welches Thema war nicht abgegrast, wo gab es noch Neues zu entdecken? Natürlich passierte ständig etwas auf der Welt, das es wert gewesen wäre, den Lesern nahegebracht zu werden, aber das passte nicht ins Konzept der Magazine. Keiner wollte etwas von Flüchtlingen hören, vom Artensterben, von Wassermangel in Afrika. Lieber änderten die Kreuzfahrtschiffe auf dem Mittelmeer ihre Routen, um den überfüllten Booten nicht zu begegnen. Bei den Arten beschränkte man sich auf die Exemplare in den Nationalparks. Und die Pools in den Hotelanlagen waren gefüllt, was wollte man mehr?

Sie würde den Lauf der Dinge nicht ändern.

Vielleicht doch etwas Naheliegendes? Esther musste wieder an das Robbenjunge denken. Inzwischen hatte sie erfahren, dass es in die Aufzuchtstation nach Friedrichskoog gebracht worden war. Ob es überleben würde, wusste man nicht, aber die Chancen standen sehr gut.

Warum nicht einfach etwas über die heimische Tierwelt? Esther legte den Stift an die Unterlippe. Der neue Windpark und seine Auswirkungen aufs Wattenmeer. Aber war das nicht abgedroschen? Gleichzeitig war es etwas, das den Leuten hier nahe war. Es waren Dinge, die sie sehen konnten, während der Mekong weit entfernt war. Himmel, wen interessierte schon der Mekong?

Esther starrte aus dem Fenster. Dann stand sie auf und ging hinunter, um sich einen Tee zu kochen. Ihre Mutter war schon wieder unterwegs, Maj-Britt bereitete vermutlich ihren Winterreise-Abend vor, und was Dörthe machte, wusste sie nicht. Sie könnte sie anschreiben. Obwohl ... Dörthe konnte sehr lebendig sein, Esther wusste nicht, ob sie davon nicht wieder Kopfschmerzen bekam.

Thees hätte sie gerne gesehen. Immer wieder hatte sie sich in diesen Tagen an die gemeinsame Nacht erinnert. Aber die Unsicherheit saß tief. Was sollte man denken über so eine Nacht? Immer noch war unausgesprochen, was damals geschehen war, bei der Abifeier am Strand, doch das Gefühl, dass Thees sie eigentlich nicht wollte, hatte sich eingegraben in ihr Bewusstsein. Es schien keine Bedeutung mehr zu haben, aber trotzdem: Sie würde ihm nicht hinterherlaufen und möglicherweise eine Abfuhr kassieren.

Esther strich über eine raue Stelle, eine winzige Scharte an der Tasse mit dem Tee. Dass ihre Mutter die immer noch hatte, rührte sie. Esther hatte sie getöpfert, als sie elf war, und ihr zu Weihnachten geschenkt.

Thees hätte sich ja von sich aus melden können. Er musste ihr Desaster auf der Sandbank doch mitbekommen haben, oder etwa nicht? Autsch, jetzt hatte sie sich verbrannt.

»Was machst du heute? Lust auf Tee?« Esther schickte die Nachricht ab. Es konnte ja nicht sein, dass sie ewig umeinander herumschlichen.

Sie saß unschlüssig da. Wo ihre Mutter wohl blieb?

Sie nahm den Stift erneut zur Hand. Sie könnte Okke noch einmal besuchen, solange sie hier war, der würde sich freuen. Und den Kopf schütteln über die Schilderung ihrer

Wattwanderung. »Deern, Deern«, würde er murmeln und ihr einen Vortrag halten, ob sie denn nichts gelernt hätte bei ihm, sie kenne es doch, das Meer, und würde ausschweifen, erzählen von Gefahren damals und heute und der Macht, die die Flut hatte, immer und ewig.

Ach, Okke. Sie mochte ihn und seine Kate. Ob die auch abgerissen werden würde, wenn er irgendwann mal nicht mehr lebte? Damit man an derselben Stelle dann karibische Nächte feiern konnte, in gepflegtem Ambiente?

Sie musste zu ihm. Sobald sie gesund war, würde sie hingehen, auf seiner Kiste sitzen, den unnachahmlichen Geruch von Teer, Holz und Ofenqualm einatmen, der in seinem Häuschen hing, dem einzigen Ort, an dem sie sich immer geborgen gefühlt hatte.

Und überhaupt, über Okke könnte sie schreiben. Er war ein Original, wie es sie kaum noch gab, auch nicht in Nordfriesland. Okke war quasi selbst Kulturerbe, etwas Schützenswertes. Okke und seine Geschichten – sie sollte sie aufnehmen, ihn befragen, alles sammeln, das Wissen und die Erinnerungen, die er hatte. Und ihn fotografieren, Porträts machen von seinem lebendigen Gesicht, ihn bei seinen Gängen durchs Watt begleiten ... Seine Sorgen festhalten, was die Umweltgefährdung betraf, er wusste so viel über den Lebensraum Wattenmeer ... Ja, das würde sie tun.

Esther nahm das Teesieb aus der Kanne.

Thees hatte nicht geantwortet. Auch gut.

Sie nahm den letzten bitteren Schluck.

Kapitel 23

»Wie jetzt, er will einen Job bei diesem Energie-Riesen annehmen?«, fragte Dörthe. »Ich denke, du sprichst nicht mehr mit deinem Bruder!«

»Er war gestern hier. Keine Ahnung, wieso, er will wohl gute Stimmung machen. Aber da kann er sich viel Mühe geben.«

»Sag mal, er ist dein Bruder!«

»Eben. Mein älterer Bruder. Immer wieder kommt die alte Leier, ich soll mich nicht übernehmen, kürzertreten, auf mich aufpassen, was weiß ich. Er traut mir den Laden hier nicht zu!« Maj-Britt polierte verbissen die Theke.

Dörthe ließ sich auf einen Stuhl fallen. »Päuschen!« Sie hatte nicht vermutet, dass es ums schiere Putzen gehen würde, als sie Maj-Britt ihre Hilfe anbot. »Ich mix mir mal ein paar Vitamine!« Das brauchte sie nach dem Whiskey gestern Abend. Sie ging in die Küche.

»Nimm die Orangen, die müssen sowieso weg«, rief Maj-Britt ihr hinterher. »Und mach mir auch was!«

Dörthe fielen die großen Messer auf, die überall herumlagen. »Sieht aus wie in einem Splatterfilm hier. Was sind das für Macheten?«

»Kilians Arbeitsgerät.«

»Kilians Arbeitsgerät. Soso. Was macht er damit?«

»Was schon? Gemüse zerkleinern, Fleisch.«

»Mit solchen Dingern?«

»Ja klar. Geht alles ganz schnell. Zack, zack. Da staunst du.«

»Vermutlich«, murmelte Dörthe. »Gibt's hier denn auch normale Messer?«

»Irgendwo schon, guck einfach in die Schubladen!«

Dörthe suchte und fand ein Messer, dessen Größe und Schärfe ihr angemessen schienen. Sie erinnerte sich vage, dass die Messer einer der Bedienungen neulich zum Verhängnis geworden waren.

»Und was ist jetzt mit deinem Bruder?«, wollte sie wissen, als sie wieder bei Maj-Britt saß.

»Er hat diesen Job in Aussicht. Hat wohl was mit dem Windpark zu tun, der hier entstehen soll, da müssen ja Seekabel verlegt werden.«

Das Fruchtfleisch verstopfte den Strohhalm aus Metall. Dörthe legte ihn beiseite. »Und von dir möchte er, dass du aufhörst?«

»Er rät mir jedenfalls, einen Gang runterzuschalten.«

»Und wenn er recht hat?« Maj-Britts Augenringe, zart wie ihre ganze Haut, aber unübersehbar vorhanden; die Anspannung, die über ihr lag – vielleicht wäre es wirklich gut, wenn sie eine Pause machen würde, eine Auszeit nehmen, sich woanders erholen, so wie sie selbst es gerade tat, nämlich hier in Sankt Peter.

Maj-Britts Augenbrauen formten sich zu einem hohen Bogen. »Wie bitte?! Fang du nicht auch noch an!«

Es war der falsche Moment. Sie bereitete schließlich gerade mit Volldampf das Event vor. Typisch Dörthe Michels – falsches Timing.

Sie seufzte. »Ich frag mich gerade, ob er Esther mal getroffen hat«, versuchte sie abzulenken.

Maj-Britt zuckte die Schultern. »Keine Ahnung.« Das Thema schien ihr unangenehm zu sein. Das nächste Fettnäpfchen?

»Wir sollten Esther noch mal besuchen, sie schimmelt die ganze Zeit im Bett herum, das passt nicht zu ihr, und ich würde einen Besen fressen, wenn es ihr damit gut geht.«

»Ist sie ansteckend?«

»Ich glaube nicht.« Maj-Britt griff wieder nach dem Putzeimer.

»Wie soll das Wetter eigentlich werden?«, fragte Dörthe.

»Ich weiß es nicht.« Maj-Britt sah sie verwundert an. »Aber das spielt doch auch keine Rolle, oder? Wir sind sowieso drinnen.«

»Ach, wenn man die Sterne sehen könnte, so am winterlichen Himmel, das hätte doch was!«

Manchmal war alles, was sie sagte, falsch, und jedes Abwiegeln wirkte bemüht. »Ich guck mal nach«, sagte sie schnell, zog ihr Handy hervor, wischte herum, suchte ihre Wetter-App.

Ihr Display zeigte die Zahl von siebenundzwanzig eingegangenen Nachrichten. Ach herrje. Von Konstantin und von Fred.

Weiter zur App.

»Und?«, fragte Maj-Britt von der Leiter.

»Bestes Winterwetter.«

Maj-Britt war sichtlich erleichtert. »Na, wenigstens etwas.«

Dörthe lächelte verkrampft. Was hatte sie jetzt schon wieder gesagt? Es stimmte nicht. Es war Sturm angekündigt.

Egal, wie sie es machte, es war falsch.

• • •

Maj-Britt hatte ihr dringend davon abgeraten, sofort abzureisen.

Dörthe war, nachdem sie Konstantins und Freds Nachrichten überflogen hatte, herausgeplatzt mit ihrem Unglück, hatte von Konstantin berichtet und dem Crash, den dieser sich geleistet hatte – »Er kann es sich eben nicht leisten, das ist das Problem!« –, hatte auf den Tisch gehauen und war immer wieder aufgesprungen, erregt vor Zorn und Sorge.

Und Maj-Britt war es mit ihrer vernünftigen, sanften Art tatsächlich gelungen, sie zu beruhigen. Vorübergehend zumindest. Und was sie sagte, klang auch in Dörthes Ohren richtig. Dass Konstantin ein erwachsener Mensch wäre (na ja, fast), dass sie hier wäre, um sich zu erholen, dass sie mit Esther zusammen doch viel Spaß gehabt hätten. Und dass sie sich von Herzen freuen würde, wenn Dörthe hierbliebe, um den Winterreise-Abend mitzuerleben. Dabei sah sie sie so liebevoll an, dass Dörthe weich wurde.

Und Maj-Britt hatte ja recht: Konstantin hatte den Mist gebaut und musste das jetzt selbst regeln, er konnte nicht daraufsetzen, dass seine Mutter heranflatterte und alle Probleme löste. Zumindest schmoren lassen würde sie ihn eine Weile. Deutlich machen, dass sie von ihm erwartete, dass er selbst eine Lösung fand, schließlich war er volljährig. Und mit Fred sprechen, damit der ruhig blieb und Konstantin diese Frist gewährte. Fred konnte so lange einen Dienstwagen nehmen, der stand ihm zu, der Audi musste ohnehin in die Werkstatt, daran ließ sich nichts mehr ändern. Zum Glück war niemandem etwas passiert.

Fred war leider nicht so cool.

Dörthe hatte ihn bei der Arbeit angerufen, das schien ihr günstigere Voraussetzungen zu schaffen für ein ruhiges Gespräch. »Freddy, es tut mir ...«

Fred zischte.

»Ich glaube, er kriegt es ...«

Fred grunzte.

»Konstantin ist erwachsen und wird sich einen Plan zurechtlegen ...«

»Ruf mich privat auf dem Handy an. In etwa zehn Minuten.« Fred legte auf.

Dörthe tat es, und diesmal war sie es, die kurz darauf auflegte. Ihr war heiß geworden, ihr Puls raste. Luft holen. Und ausatmen ... und ein ... und wieder aus ... Wie bei Janina.

Dann schrieb Dörthe Fred eine Nachricht, in der sie erklärte, dass sie sich a) kümmern würde, er b) sicher sein könnte, dass alles seinen geregelten Gang ging und er c) das Geld für sein Auto ersetzt bekäme, auf Heller und Pfennig. Diese altmodische Wendung gefiel ihr. Auf Heller und Pfennig. Wäre ja gelacht. Sie arbeitete in einer Behörde, da ging alles seinen geregelten Gang. Natürlich bekäme er es ersetzt. Ihre Spareinlagen gaben das her, auch wenn es wehtat. Und Konstantin würde sie die Summe abstottern lassen, so einfach käme er nicht davon. Und dass sie, fügte sie hinzu, es sich d) bis z) im Übrigen verbitte, dass er so mit ihr redete.

Sie musste schon wieder nach Luft schnappen. Na, hoffentlich beruhigte er sich bald, sonst, darauf konnte er Gift nehmen, sah sie für ihre gemeinsame Zukunft schwarz.

Konstantin schrieb sie: »So, mein Lieber. Jetzt ist es ernst. Sieh zu, wie du da rauskommst. Aber flott!!« Dann schaltete sie ihr Handy aus. Maj-Britt hatte recht, sie würde sich diese Tage am Meer nicht verderben lassen! Wer war sie, dass sie sich diese wundervolle Auszeit nehmen ließ, diesen Gesundheitsurlaub, den sie sich endlich einmal gönnte? Sechs Kilo, und eins mehr würde sie auch noch schaffen!

Um Janinas Yoga würde sie heute einen Bogen machen, zu viel Atmung, aber zum Orientalischen Tanz, ja, dahin würde sie gehen. Dieser Kurs war schon öfter angeboten worden, aber Dörthe hatte immer gezögert. Ob das zu ihr passte? Orientalischer Tanz. Märchen aus Tausendundeiner Nacht verband sie damit, kajalgeschminkte Tänzerinnen in paillettenbestickten Kostümen, die sich schlangengleich räkelten. Egal, auch wenn sie keine Schlangenfigur hatte, heute würde sie den Kurs wahrnehmen. »Für eine bessere Beweglichkeit von Wirbelsäulen und Gelenken« – na also, es ging nur um die Gesundheit.

• • •

Zwei Stunden später stand Dörthe im Bewegungsraum vor der Spiegelwand. Der Schleier, den sie um ihre Hüften geschlungen hatte, war ziemlich vorteilhaft für die Figur, fand sie.

»Der Schleier sitzt tief, man trägt ihn nicht wirklich um den Bauch, sondern eher darunter«, hatte Martina, die Kursleiterin, erklärt. Martina hatte die Haare zusammengebunden, trug selbst ein Tuch um die Hüften und war überhaupt nicht so aufgedonnert, wie Dörthe es sich ausgemalt hatte. Sie wirkte völlig normal und war etwa so alt wie sie – aber die Hüften bewegte sie so fließend und geschmeidig, als hätte sie ihr Leben lang nichts anderes gemacht.

»Wir fangen einfach an.« Ein aufmunterndes Nicken. »Das wird schon!« Und dann ging es los. Martina machte die Schritte vor, und elf Frauen hüpften ihr hinterher, seitlich laufend und die Füße kreuzend. »Zum Aufwärmen! Und andersherum! Und rückwärts!« Martina lachte herzlich, als sie sah, wie Dörthe ihr rechtes und ihr linkes Bein verwechselte. »Egal!«

Die Musik fuhr ihr direkt in die Glieder, der Rhythmus machte sie leicht und unbeschwert. Deutlich mehr Tempo als Janinas Atemübungen hatte das allemal. Die Schritte waren ihr schon nach den ersten Minuten nicht mehr peinlich, dazu machte es viel zu viel Spaß. Außerdem beherrschten die anderen Frauen sie ebenso wenig.

Es folgten Dehnübungen, das Schieben des Beckens nach links und nach rechts und in Schleifen, und Dörthe staunte, wie leicht und schwer zugleich diese Bewegungen waren.

Ein Sänger sang eine inbrünstige Melodie, begleitet von Trommeln. »Das ist ein Liebeslied«, sagte Martina, »sehr bekannt im arabischen Raum!« Sie zeigte ihnen, wie man die Arme einsetzte und mit den Händen elegante Bögen beschrieb.

»Ihr wart großartig«, lobte sie die Frauen nach einer Stunde. »Wer ist morgen wieder dabei?«

»Ich!«, platzte Dörthe heraus. Martina schmunzelte. Aber den anderen Teilnehmerinnen schien es ähnlich zu gehen, alle nickten und verabredeten sich für den nächsten Tag.

Auf dem Weg zu ihrem Zimmer wippte Dörthe mit der Hüfte und probierte den arabischen Grundschritt. Wie ging der noch? Ungefähr so. Morgen. Sie freute sich darauf.

•••

Fred hatte ein Feuerwerk an Vorwürfen gezündet, und Dörthe hatte mit den Zähnen geknirscht. Was sollte sie tun, hier aus der Ferne? Vergeblich hatte sie ihn zu beruhigen versucht und war am Ende selbst wütend geworden. Letztlich handelte es sich nur um Geld. Aber Fred tat, als ginge es um mehr, nämlich um Vertrauen, Verlässlichkeit und ihre zukünftige Verbindung. Mit Mühe und Not hielt sie ihn davon ab, Konstantin anzuzeigen. Meine Güte, Konstantin hatte Mist gebaut, und zwar nicht zu knapp, aber was, bitte schön, hatte das mit ihnen zu tun?

Dörthe ahnte, dass das eine Menge mit ihnen zu tun hatte, sie spürte einen Abgrund in sich. Das war Grube Nummer eins.

Grube Nummer zwei war Konstantin selbst. Zerknirscht hatte er sich gezeigt, aber auch geschimpft auf Fred, mit dem zu reden er sich weigerte, er schloss die Tür zu seinem Zimmer ab und war auf hundertachtzig, wenn er über die Allüren dieses Lackaffen sprach. »Dieser Lackaffe ist mein Freund«, stellte Dörthe drohend fest. Der Audi war in der Werkstatt, die erste Schätzung der Kosten für die Reparatur, Grube Nummer drei, trieb Dörthe die Übelkeit in den Magen.

Beim Bauchtanz konnte sie ihre Gefühle rauslassen. Jeden Nachmittag stand sie bei Martina vor dem Spiegel und fegte im Trommel-Rhythmus arabischer Popmusik durch die Halle, hielt einen Schleier zwischen den Fingern und beschrieb Achten mit der Hüfte und mit den Armen. Dazwischen walkte Dörthe stur die Strandpromenade auf und ab, durchs Wäldchen und zurück.

Aufpassen musste Freddy, sonst würde das nichts werden mit dem Zusammenziehen. Sie hielt ja viel aus, aber was zu viel war, war zu viel. Sie erkannte ihn nicht wieder, ihre Freddymaus. Was sie an ihm geschätzt hatte, war, dass er Sicherheit im Leben mochte, so wie sie selbst. Beständig war er in ihren Augen gewesen, geradlinig und gemütvoll.

Verwandelt hatte er sich in jemanden, der seiner Wut ohnmächtig unterlegen war. Und schlimmer noch: Er hatte ihr gedroht. Wenn sie ihm den Schaden nicht innerhalb der nächsten drei Monate ersetzen würde, wäre es das gewesen mit ihnen beiden, das könne sie sich ja wohl selbst ausrechnen. Wie bitte? Sie sollte schuld sein? So weit kam es noch. In ihren Augen war es Freddys Verhalten, das keine Basis mehr für ein Zusammenleben bot.

Aber trotz aller Wut: Es nagte an ihr. Vergeblich kämpfte Dörthe gegen das Gefühl an, dass etwas bislang Stabiles eingestürzt war. Gegen das Gefühl von schwankendem Boden. Gegen die Enttäuschung, dass Freddy nicht zu ihr hielt, egal, was Konstantin für einen Mist baute.

Sie stand im Supermarkt und hielt eine XXL-Tafel Schokolade in der Hand. Nuss, ihre Lieblingssorte. Sie kämpfte mit sich. Dann legte sie sie wieder ins Regal und ging zurück zum Parkplatz.

Dörthe starrte in den Regen hinter der Windschutzscheibe. Auf einmal erschien ihr alles sinnlos. Esther war krank. Maj-Britt schwebte im Winterreise-Fieber, hatte verkündet, dass der Restaurantkritiker käme, plante mit ihrem Koch das Menü und hatte für anderes keine Zeit. Wenn sie wenigstens mit Danilo hätte singen können. Aber der war offenbar abgereist, das hatte Hove jedenfalls angedeutet. Wo Danilo lebte, wusste auch er nicht. Dass er hier einen Gesangsworkshop geleitet hatte, eigentlich beruflich aber wohl etwas anderes machte, in einer Behörde arbeitete, oder so. Behörde, dachte Dörthe, haha, das hätte sie aber gemerkt.

Auch diese Enttäuschung saß tief. Sie wischte sie beiseite.

Er machte Tricks, mehr nicht. Ein Verführer war er. Ein Zauberer.

Und sie war auf ihn reingefallen.

Es hing ihr zum Hals raus. Alles.

Dörthe stieg wieder aus dem Auto und stapfte zum Regal mit den Süßigkeiten.

• • •

Und dann hatte Thees ihr doch noch geantwortet. »Tee, aber gerne!« Fünf Minuten später stand er vor der Tür, überreichte Esther etwas verlegen einen Briefumschlag – »statt Blumen!« – und setzte sich mit ihr an den Tisch. »Ich musste kurzfristig nach Finnland und hab jetzt erst gehört, was dir im Watt passiert ist!« Sein Blick war voller Anteilnahme.

Was wollte er in Finnland? Egal, Esther freute sich, dass er da war, gleichzeitig war sie auf einmal froh, sich um den Tee kümmern zu können. Wie förmlich die Situation war. Bei der Begrüßung hatten sie sich nur kurz berührt.

Thees hob gerade an, etwas zu sagen, als Esthers Mutter ins Esszimmer kam. Sie stutzte, dann strahlte sie. »Herr Andresen junior! Na, das ist ja mal 'n Ding. Habt ihr noch ein Tässchen?« Wie selbstverständlich setzte sie sich dazu. »Diesen seltenen Gast will ich mir nicht entgehen lassen!« Munter fragte sie ihn aus, und Thees gab bereitwillig Antwort. Über seine Eltern, seinen Vater, seine Zukunft, seine Absichten hier im Ort.

Was Thees antwortete, war nicht neu für Esther. Sie hörte kaum zu. Die Krankheit seines Vaters, das Haus der Großmutter, das wusste sie ja alles. Schließlich fragte Edith von Mehding, ob es stimmen würde, dass er bei dem Energiekonzern anheuern würde, der den Windpark bauen sollte, das würde man sich im Ort erzählen.

Esther verdrehte innerlich die Augen. Es war typisch für einen kleinen Ort wie diesen, dass solche Gerüchte entstanden. Nein, Thees war hier, um das Haus umzubauen und um seinen Eltern zu helfen. Weil er Sehnsucht nach einem Zuhause gehabt hatte.

Zu ihrer Überraschung jedoch bejahte Thees. Ja, er sei im Gespräch. Deshalb sei er auch gerade in Finnland gewesen. Das Unternehmen suchte einen Experten für die Bodenbeschaffenheit, es gäbe Bohrungen, die Konditionen seien gut, und es wäre natürlich reizvoll, hier vor Ort.

Esther fiel aus allen Wolken.

»Wie bitte?!« Sie stellte ihre Tasse heftig ab.

Thees sah sie entschuldigend an. »Hätte ich gewusst, dass du im Watt stecken bleibst, während ich weg bin ...«

Ja, was dann – hätte er sie gerettet, oder was? Sie davon abgehalten? Sie hatte sich zwar in eine unangenehme Situation gebracht, aber sie war auch wieder herausgekommen, für sich sorgen konnte sie selbst.

Esther klappte innerlich zu wie eine Muschel. Die Gespräche rauschten an ihr vorbei, als wäre sie weit weg. Erst allmählich drang in ihr Bewusstsein, was sie da gerade erfahren hatte.

Thees hatte ihr nicht die Wahrheit erzählt, von wegen,

endlich ein Zuhause finden. Stattdessen wollte er hier arbeiten. Gab den Naturschützer und beteiligte sich stattdessen an der Ausbeutung des Wattenmeers.

Sie hatte sich in ihm getäuscht. Sich mal wieder täuschen lassen. Wie damals, als sie glaubte, es sei etwas Besonderes zwischen ihnen, er jedoch Susanns Reizen erlegen war, prompt, dass sich die Gelegenheit ergab. Wie hatte sie nur glauben können, dass bei Thees irgendetwas anders wäre als bei anderen Männern? Er erzählte ihr, was sie hören wollte, und hinter ihrem Rücken tat er das Gegenteil.

Esther saß wie versteinert da, Ewigkeiten, so schien es ihr, unfähig, noch einen Ton zu sagen. Dann gab sie sich einen Ruck, entschuldigte sich mit Kopfschmerzen und ließ den verdutzten Thees bei ihrer Mutter über seiner noch halb vollen Teetasse sitzen.

»Ein bisschen schwierig ist sie ja manchmal«, hörte sie ihre Mutter, während sie die Treppe hinaufging, noch sagen, dann schloss sie hinter sich die Tür.

Mit müdem Kopf nahm Esther ihren Laptop und öffnete den Projekte-Ordner. Weit gekommen war sie gestern nicht. Die Reportagen über Sankt Peter würde sie jedenfalls definitiv streichen. Nein, nichts wie weg hier. Wo also könnte sie als Nächstes hinreisen? Ein großes Projekt, ein echter Kracher, das wäre schön. Eine innovative Herangehensweise, die musste es doch geben, eine Art der Reportage, wie sie zuvor noch keiner gemacht hatte. Zugfahrten entlang der Seidenstraße, mit dem Pferdewagen durch die Walachei, mit dem Wohnmobil oder mit dem Fahrrad oder gleich ganz ohne Geld um die Welt – gab es bereits alles.

Grönland? Das schmelzende Eis? Island war gerade schwer in Mode, wusste der Teufel, was die Leute daran fanden, heiße Quellen, die übel rochen, Blechhütten und struppige Ponys. Vielleicht waren es die Elfen, die die Leute magisch anzogen, vielleicht der Nationalstolz eines freundlichen Volkes. In Island war die Welt noch in Ordnung. Und selbst das Walfleisch, das im Restaurant angeboten wurde, durfte man, fanden die meisten Touristen, ruhig mal probieren.

Esther seufzte. Sie war nicht mehr inspiriert. Wurde sie alt? Fünfzig – war es da vorbei mit der beruflichen Karriere? Abgefahren der Zug, aus die Maus, Schicht im Schacht? Hatte sie es nur noch nicht begriffen?

Plötzlich setzte ihr Kopfschmerz aus. Esther war auf einmal hellwach und aufmerksam. Sie hatte eine Mail übersehen. Und zwei Anrufe von Ines aus der Redaktion.

Aylin, die junge Kollegin sei schwanger, das hätte sie offenbar gerade erst festgestellt. Eine Risikoschwangerschaft, irgendwas lief nicht glatt, fliegen sollte sie jetzt nicht und mit Impfungen in tropische Regionen reisen schon gar nicht.

Ob sie, Esther, die Reportage also doch machen könnte. Ines klang ganz munter und fröhlich auf der Mailbox, sie sei doch ihre »Frau für alle Fälle«, und sowieso die Beste, »ganz unter uns«, sie hätte die Reise doch quasi im Kasten und bestimmt noch nichts Neues geplant. Die Umbuchung der Flüge würde die Redaktion natürlich umgehend übernehmen, sie überlegten sogar, einen Fotografen mitzuschicken.

Kein Wort von Esthers Krankheit. Nur davon, dass es allerdings sofort losgehen müsste.

Nein, die Krankheit spielt keine Rolle mehr.

Esther überlegte nur zwei Sekunden. Dann drückte sie das grüne Symbol, um Ines anzurufen.

Mit der anderen Hand packte sie ihre Sachen zusammen.

Den Briefumschlag von Thees schob sie ungeöffnet in die Reisetasche.

Kapitel 24

Die geröteten Wangen stehen ihr gut, dachte Dörthe. Maj-Britt versprühte eine ungeahnte Lebendigkeit, während sie hin und her eilte. Sie hatte die *Seeschwalbe* ausnahmsweise geschlossen, um alles für den großen Tag vorbereiten zu können.

»Und dieser Typ von der *Köstlich!*, kommt der jetzt oder nicht?«, wollte Dörthe wissen, einen Stapel Tischdecken auf dem Arm.

Das mit der Schokolade im Supermarkt war gerade noch mal gut gegangen, aber nicht, weil sie widerstanden hätte, sondern weil ihr Handy geklingelt und sie den Anruf angenommen hatte, bevor sie sich eines Besseren hätte besinnen können.

Konstantin hatte unter der Nummer eines Freundes angerufen. Sehr schlau. Gefragt, ob er nach Sankt Peter-Ording kommen dürfe, er würde gerne mit ihr reden. Bloß nicht, hatte Dörthe gesagt. Das, bitte, müsste er jetzt schon selbst klären. Sie sei im Urlaub, falls er das vergessen hätte. »Und das bedeutet, fern von zu Hause, mein Lieber, ohne Alltagssorgen!« Konstantin hatte gefragt, was sie gerade täte. Im Supermarkt stehen. »Und falls du es genau wissen willst: vor dem Süßigkeitenregal!« Leute hatten sich zu ihr umgedreht. Der glänzenden Schokoladentafel hatte sie dann mit erhobenem Kopf den Rücken gekehrt. Das wäre ja noch schöner. Und war zu den Salatgurken gegangen.

Besser also, bei Maj-Britt anzupacken, als erneut in eine Stimmung zu geraten, die den Verzehr von ungesunden Lebensmitteln beförderte.

»Ja, stell dir vor«, sagte Maj-Britt gerade aufgeregt. »Sie haben sich für die Mail bedankt und wollen sehen, ob sie jemanden schicken können, der Chefredakteur schafft es nicht, aber irgendjemand wird wohl kommen. Ich hab sicherheitshalber einen Platz reserviert.«

»Und was ist jetzt mit Esther?«

»Keine Ahnung. Sie hat sich nicht mehr gemeldet.«

Tatsächlich hatte Maj-Britt wegen Esther mal wieder schlucken müssen. Doch davon wollte sie sich jetzt nicht runterziehen lassen. Dann eben nicht, die Hochzeit damals hatte auch ohne Esther stattgefunden. Immerhin hatte sie die Pressenachricht geschrieben.

Außerdem war Dörthe da, um zu helfen. Auch wenn Dörthe sie teilweise eher störte. Ihr Mundwerk stand nicht still, sie plapperte in einem fort, und Maj-Britt hatte den Eindruck, dass die Freundin etwas verdrängen musste. Den Unfall ihres Söhnchens. So ganz verstand Maj-Britt nicht, wieso Dörthe ihren Konstantin auf einen Thron hob. Sie hatte zwar selbst Kinder, aber solch eine abgöttische Anhänglichkeit empfand sie nicht. Oder doch? Doch. Maj-Britt gestand es sich ein, es waren Gefühle, die sie nur nicht zuließ. Die Trauer darüber, dass nicht nur Michael gegangen war, sondern auch Jette und Jannis woanders arbeiteten und studierten, dass sie an ihrem Leben kaum noch Anteil hatte, nagte an ihr. Natürlich war sie stolz auf die beiden, natürlich hoffte sie, dass sie Erfolg haben würden und dass Jannis die *Seeschwalbe* übernehmen würde, aber sicher war das nicht. Familienleben – eine ferne Erinnerung.

Und ihr Vater verabschiedete sich ebenfalls, auf ganz andere Weise. Maj-Britt ließ die Hände sinken und verharrte nachdenklich, bis Dörthe sie aus Versehen anrempelte. Wo war sie nur mit ihren Gedanken! Jetzt galt es, die *Seeschwalbe* zum Fliegen zu bringen. Danach würde sie weitersehen.

Sie nahm Dörthe die Tischdecken ab und warf sie routiniert über die Tische. Die Silberhalter mit den Kerzen funkelten.

»Und das Menü? Steht?«, wollte Dörthe wissen.

»Oh ja, das steht. Wir machen Fisch vom Feinsten. Gefüllte Schwertmuscheln, Kabeljau mit Miesmuscheln, Heilbutt an karamellisiertem Spitzkohl und zum Abschluss Rote-Bete-Sorbet.«

»Aha. Also richtig edel, so mit Schäumchen und Krüstchen?«

»Genau!« Maj-Britt sah siegesgewiss aus.

Ein bisschen viel Fisch, dachte Dörthe. Ob das den Kritiker vom Hocker reißen würde? Fisch gab es hier schließlich überall. Sie sagte lieber nichts.

»Und das macht alles dein Kilian?«

»Er ist nicht mein Kilian. Aber ja, Kilian hat letzte Woche viel herumprobiert, er wird hier morgen seinen großen Auftritt haben. Er will sich schließlich einen Namen machen«, erklärte Maj-Britt, während sie ihr Handy, das durchdringend summte, vom Tresen klaubte.

Aha, dachte Dörthe. Er will sich einen Namen machen. Und wozu? Hoffte er immer noch, dass Maj-Britt ihn erhörte? Dass sie aufgab und er die *Seeschwalbe* übernehmen konnte? Dörthe schüttelte den Kopf. Warum Maj-Britt an diesem falschen Fuffziger festhielt, war ihr ein Rätsel.

Eineinhalb Minuten später dachte sie nichts mehr. Als nämlich Maj-Britt dastand, sich am Tresen festhielt, kerzengerade und wachsweiß, und tonlos sagte: »Kilian ist krank. Fischvergiftung.«

Da fiel selbst Dörthe nichts mehr ein. Die kippende Maj-Britt fing sie geistesgegenwärtig auf.

Dörthe hatte Maj-Britt ein feuchtes Tuch in den Nacken gedrückt und sie genötigt, sich im Personalraum hinzulegen. »Mach dir keine Sorgen, wir schaffen das!«

»Zu schaffen ist da nichts mehr, wir sagen alles ab.«

Wie erloschen Maj-Britt auf einmal wirkte. Und Dörthe begriff, dass Maj-Britt mehr verlor als nur ihre Tätigkeit im Restaurant, wenn die Gästezahlen nicht stiegen und sie ihr Finanzloch nicht bald stopfen konnte. Sie verlor ihre Existenz, buchstäblich.

In Dörthes Kopf arbeitete es fieberhaft. Aufgeben, jetzt? Nachdem sich über siebzig Leute für die »Winterreise« angemeldet hatten? Sie hier Tischdecken aufgelegt hatten? Kerzen in die Leuchter gesteckt? Sogar so ein Fressfuzzi aus Hamburg kommen würde?

Schließlich sah sie Maj-Britt an. »Ich kenne da jemanden. Der kann vielleicht für dich kochen.«

»Ach, Dörthe.« Maj-Britt machte eine müde Handbewegung. »Ich könnte auch bei Valentin Schlösser anfragen oder irgendeinen anderen Koch. Aber erstens haben die entweder selbst geöffnet und genug zu tun, oder sie haben geschlossen und sind jetzt im Winter überhaupt nicht da. Außerdem hat Kilian sich genau überlegt, was er machen möchte, das bekommt doch sonst keiner so hin. Er hatte das durchgeplant und dafür eingekauft. Hier sollte es richtig fein werden, und das auf edlem Geschirr. Die Kisten stehen unten.«

»Und wenn wir selbst zubereiten, was Kilian sich ausgedacht hatte? Kann er uns nicht telefonisch anleiten, per Skype?«

»Das ist ja das Problem. Die Muscheln waren schlecht. Er hat sein neues Gericht zur Probe gekocht. Jetzt hängt er über der Schüssel. Nein, keine Muscheln mehr, keine Experimente! Vor allem müssen wir alles gründlich reinigen.«

»Ach, du heiliger Bimbam.« Dörthe presste die Handknöchel an die Wangen und runzelte die Stirn. Eine Minute sagte sie nichts. Dann sah sie Maj-Britt fest an. »Wir nehmen trotzdem das edle Geschirr, servieren aber etwas anderes. Vertraust du mir? Darf ich dir jemanden herbringen?«

»Was hast du vor? Gemüsesäfte à la haute cuisine? Selleriesaft als Vorspeise, Spinat-Möhre als ersten Hauptgang, Brokkoli-Gurke als zweiten und zum Nachtisch ein Schlückchen Sanddorn?«

»Wär auch eine Idee. Und gar keine schlechte.« Dörthe

funkelte Maj-Britt an. »Den Sanddorn könnte man übrigens mit Kokosmilch und Bananenmus mischen. Nein, wart's ab. Vertrau mir. Ich kann dir nichts versprechen, aber ich habe einen Plan.«

Wirbel machte Dörthe oft, aber so entschlossen, dachte Maj-Britt, hatte sie sie noch nie erlebt.

• • •

Eine halbe Stunde später stand Firas in der *Seeschwalbe* und sah sich um. Öffnete hier eine Tür und dort eine Schublade. Was er dachte, während er sich einen Überblick über das Vorhandene verschaffte, war kaum zu erraten.

Dörthe beobachtete ihn gespannt. »Und? Sag was, bitte. Kannst du das machen? Ist alles da?«

»Wie viele Leute?«

»Angemeldet haben sich fünfundsiebzig«, sagte Maj-Britt. Sie sah aus, als hätte sie selbst vergiftete Muscheln gegessen.

Firas schien im Kopf zu rechnen und überlegte. »Das klappt«, verkündete er schließlich.

»Ja?« Dörthe strahlte. »Ach, Firas, du bist wunderbar!«

Dann zählte Firas auf, was er brauchte. Bulgur. Lammfleisch. Tomaten. Granatäpfel. Ein Bündel exotischer Gewürze, von denen sie noch nie gehört hatte, frische Kräuter. So exakt, wie er Gemüse schnitt, ratterte er die Liste aus dem Kopf herunter. Orangenblütenwasser stand am Ende.

Dörthe riss die Augen auf. »Nee, jetzt, oder?«, sagte sie lahm.

Maj-Britt machte nur eine müde Handbewegung. »Gibt's nicht.«

»Dann kann ich nicht kochen.« Firas machte eine Geste des Bedauerns und Anstalten zu gehen.

»He, stopp, bleib!« Dörthe sprang auf und hielt ihn am Ärmel fest. »Bitte!«, setzte sie flehentlich nach und ließ wieder los. Das Dörthe-Lächeln. Grübchen.

Firas sah erst auf seinen Arm, dann auf sie und verschränkte die Arme. »Es tut mir leid, Dörthe, aber ohne diese Zutaten wird es keine orientalische Nacht.«

»Oh Scheiße«, murmelte Maj-Britt. »Es wird keine orientalische Nacht«, sagte sie laut. »Es wird eine Winterreise, stilvoll, dezent, musikalisch untermalt!«

Dörthe sah Maj-Britt an und Firas. Auch Maj-Britt hatte die Arme verschränkt. So standen sie einander gegenüber.

»Ihr beiden. Das, äh, also, das geht so nicht. Wir wollen hier morgen einen zauberhaften kulinarischen Abend veranstalten. Heute hat sich herausgestellt, dass Kilian verhindert ist. Also kocht Firas. Er ist freundlicherweise bereit dazu. Und er ist, Maj-Britt, ich schwöre es, der beste Koch der Welt.«

Firas lächelte fast unmerklich.

»Also besorgen wir heute die Zutaten, die er braucht, damit er sie morgen zubereiten kann. Wir machen jetzt eine Liste und halten fest, was alles nötig ist. Dann überlegen wir, wo wir die Sachen herbekommen, und dann ziehen wir los. Gibt es noch jemanden, der uns helfen kann?«

»Wüsste nicht, wer. Sören ist in Hamburg, erst morgen

wieder da. Der wollte in irgendeinen Klub, zu einer Party. Giulia ist auch unterwegs. Beke Iwersen vielleicht.«

»Was ist mit deinem Bruder?«

»Was hat der mit der *Seeschwalbe* zu tun? Damit er sich als Helfer aufspielen kann?«, sagte Maj-Britt unerwartet heftig.

»Okay, Firas, du machst deine Liste. Maj-Britt, du rufst Sören an und bittest ihn, sofort zu kommen und die notwendigen Zutaten aus Hamburg mitzubringen. Erhöh seinen Lohn für dieses Wochenende. Bitte ihn einfach, er tut es dir zuliebe, da bin ich sicher. Dieses Gewürz zum Beispiel, dieses Sumach, das kriegt man doch in Hamburg.«

Ja, dachte Maj-Britt. Sören war so gutwillig, Sören würde helfen, selbst wenn er dafür seine Party sausen lassen müsste. Aber woher wusste Dörthe das? »Gut, ich ruf ihn an.«

Dörthe legte den Finger an die Lippen und wirbelte einen Stift umher. Sie wirkte ganz wach. »Einiges müsste man doch auch in der Nähe bekommen, in Husum, Lammfleisch zum Beispiel.«

Firas nickte und nannte einen arabischen Lebensmittelhändler. »Rufst du ihn an?«, bat Dörthe. »Er soll uns was zurücklegen. Wer holt das ab? Überlegen wir uns später.«

»Und was ist mit dem Motto?«, fragte Maj-Britt. »*Winterreise* passt ja wohl nicht mehr.«

»Dem Sänger sagst du ab. Lad ihn ein anderes Mal ein. Hast du dir diese *Winterreise* von Schubert überhaupt mal angehört?«

»Wieso?«

»Wenn du willst, dass die Gäste einer nach dem anderen

gehen, lässt du das singen, sonst nicht.« Sie hatte es bisher nicht zu sagen gewagt. Aber etwas Trübsinnigeres als diese *Winterreise*-Lieder hatte sie noch nie gehört. Sie waren kunstvoll, ja, das erkannte Dörthe durchaus, musikalisch. Aber wenn man Spaß haben wollte ...

»Aber der Sänger ist angekündigt! Er steht in der Einladung!«

»Dann gibt es eben einen Überraschungsabend. Im Winter angereist ist: Firas, Starkoch aus Syrien ...«

»Ich lebe seit zwei Jahren hier«, ließ Firas sich vernehmen.

»Was? Wie? Egal, dann eben: Firas, Starkoch aus – «

»Und das Motto?«, unterbrach Maj-Britt.

»Über alle Meere!«

Maj-Britt musste lachen. Dann wurde sie ernst. »Dörthe, du bist lieb, aber wir sagen das ab.«

»Was tun wir?« Dörthe sah Maj-Britt kopfschüttelnd an. »Frau Andresen, Frau Andresen. Entschlossenheit müssen wir noch lernen, was?«

Damit war das letzte Wort gesagt.

• • •

Maj-Britt hatte Bauchschmerzen. Auf was hatte sie sich da eingelassen? Es war der helle Wahnsinn. Sie gab gerade Geld für Lebensmittel aus, die sie danach vermutlich wegwerfen konnte. Dörthe war süß, und dieser Koch hatte sie mit seiner souveränen Ausstrahlung beeindruckt, das konnte sie nicht anders sagen, aber so was machte man doch nicht.

Man änderte kein Motto, nachdem man bereits eine Pressenachricht verschickt hatte, man sagte keinem gebuchten Sänger ab. Auch wenn es diesem gelegen zu kommen schien. »Meine Stimme ist nicht ganz auf der Höhe, und man möchte sich ja auch nicht den Namen verderben, Frau Andresen.« Tatsächlich hatte er kratzig und erleichtert geklungen. Na gut, Glück im Unglück, ein Übel weniger. Ein Ausfallhonorar verlangte er auch nicht, sie würde ihm einen Gutschein für die *Seeschwalbe* schicken.

Firas war gegangen, um sich um die Einkäufe zu kümmern. Er hatte kein Auto, wollte aber jemanden auftreiben, der ihn nach Husum brachte. Er wirkte ruhig und äußerst konzentriert.

Sören hatte sie erreicht, und tatsächlich hatte er etwas überfordert gewirkt, aber zugesagt, ihr zu helfen. Die Liste der Zutaten hatte sie ihm auf sein Handy geschickt, Firas hatte ihr Adressen genannt, wo man die Sachen bekommen würde.

Auch Dörthe war losgezogen. »Wir brauchen Deko! Die weißen Teller sind ja schön und gut, aber ein bisschen farblos ist das Ganze schon, findest du nicht?«

Maj-Britt hatte das verwirrende Gefühl, dass ihr die Winterreise gerade über den Kopf wuchs. Dörthe als Eventmanagerin, sie wusste nicht, was sie davon halten sollte.

Einen weiteren Punkt gab es, der sie bedrückte, und das betraf die *Köstlich!*. Konnte man den Kritiker, der kam, einfach vor vollendete Tatsachen stellen und mit Syrisch aufwarten statt mit Nordisch-modern? Maj-Britt spürte, wie sie hektische Flecken am Hals bekam. Nein, das ging nicht, das ging absolut nicht. Aber für eine Absage per Mail war es zu spät, in der Redaktion saß am Samstagabend sicher keiner mehr. Sie musste Esther um Rat fragen.

Esther war einsilbig, als sie sie endlich erreichte. Sie wirkte abgelenkt, so, als wäre sie mit etwas anderem beschäftigt.

Ob sie wieder gesund sei, erkundigte sich Maj-Britt. Kerngesund, sagte Esther, aber etwas war merkwürdig. Egal.

»Esther, ich glaube, ich brauch dich.« Sie schilderte der Freundin die Situation.

Schweigen am anderen Ende.

»Was soll ich tun? Hast du vielleicht eine Nummer?«

»Über alle Meere?«, fragte Esther nach, und, ja, es klang geistesabwesend. »Das Motto finde ich gut. Kannst du machen.«

»Ja, aber ... Es ist ja noch mehr. Ich meine, diese ganze Veranstaltung, das wird jetzt alles anders als geplant. Und dann Dörthe, die nimmt die Sache einfach in die Hand ...«

»Dörthe kann das, vertrau ihr.«

Hatte sie überhaupt zugehört?

»Sorry, Maj-Britt, aber ich hab noch zu tun«, murmelte Esther.

Sie hatte zu tun? Was um alles in der Welt hatte sie zu tun? Eine Welle der Enttäuschung brandete an, Maj-Britt stemmte sich ihr entgegen.

»Ja, okay«, sagte sie kühl. »Danke dir, Esther.« Aufgelegt.

Ob Esther morgen wie geplant dabei wäre, hatte sie nicht mehr gefragt.

• • •

Ein junger Mann saß im Eingangsbereich der Klinik und betrachtete amüsiert das Geschehen um sich herum. Er trug Sportklamotten, aber im Gegensatz zu den Patienten sah er stylish aus, sehr modisch. Überhaupt wirkte er unverschämt frisch zwischen all den Klinikgästen, und die Einrichtung wirkte in diesem Moment wie eine Kulisse, extra für ihn errichtet.

»KONSTANTIN!«, brüllte Dörthe.

Die Dame an der Rezeption sah auf und lächelte milde.

»Mein Sohn«, sagte Dörthe. »Mein Sohn!« Damit zog sie ihm die Cap vom Kopf und verpasste ihm einen Schmatzer auf die Wange.

Konstantin grinste, nahm sie in die Arme und hob sie ein Stück hoch. »Mensch, Momchen, du bist ja leicht wie eine Feder. Kompliment!«

»Du missratener Bengel!« schimpfte sie, wollte böse aussehen und strahlte doch. »Was machst du hier?«

»Ich wollte mit dir reden.« Diesen Augenaufschlag konnte nur Konstantin.

»Ach, Spätzchen. Ich hab gar keine Zeit. Wie bist du überhaupt hergekommen?«

»Mit dem Zug. Mann, das hat vielleicht gedauert.«

»Hast du die Zeit wenigstens zum Nachdenken genutzt?«

»Deswegen bin ich ja hier.«

Aber Dörthe hatte anderes im Kopf. Die Liste knisterte in ihrer Tasche. »Herzblatt, pass auf, wir reden später. Jetzt nimmst du mein Auto, hier ist der Schlüssel, es steht vorne auf dem Parkplatz, und fährst mit jemandem nach Husum.«

Konstantin sah sie verblüfft an, schob sich die Cap aus der Stirn und rieb sich die Schläfe. »Ich soll –«

»Nicht selbst fahren, bewahre! Fahren wird Firas. Ich sage ihm Bescheid. Warte vorne auf ihn. Er kann sicher Hilfe beim Tragen gebrauchen. Es geht um ein kulinarisches Event, morgen, ist alles ziemlich eilig, ach, er wird es dir erklären. Lasst mein Auto heil!« Sie hob warnend den Zeigefinger und tat ein paar Schritte rückwärts.

Dann drehte sie sich um und machte sich auf den Weg in die *Frische Brise*.

Kapitel 25

»Ganz schön viel Aufwand!« Maj-Britt versuchte, eine Girlande zu befestigen, die quer durch den Raum hing. Um den Hals hatte sie eine Luftschlange gewickelt.

Als Dörthe wiedergekommen war, mit Tüten, gestopft voll Dekorationsmaterial, war ihr zunächst ein Stöhnen entfahren. »Was soll das denn werden? Takatuka am Nordseestrand?«

»Wart's ab!« Dörthe ließ sich nicht beirren, und Maj-Britt musste zugeben, dass es gut aussah, als die Lampions an einer Schnur befestigt waren und ebenso wie die bunten Tischläufer eine einladende Atmosphäre schufen. Auch die silbernen Leuchter passten dazu. Ja, es hatte etwas Orientalisches. Alles wirkte wärmer als sonst.

»Woher hast du den Kram überhaupt?«, fragte Maj-Britt.

»Aus der *Frischen Brise*, Karsten hat sein Deko-Lager für mich geöffnet. Da findet sich Erstaunliches!« Unter Dörthes Händen verwandelte sich die *Seeschwalbe* in einen Paradiesvogel, der zufällig an der Nordseeküste gelandet war.

Der Kühlraum und die Vorratsschränke waren gefüllt, Sören hatte die Einkäufe herbeigeschleppt, wankend unter dem Gewicht, Maj-Britt hatte sie ihm abgenommen, und er hatte gelächelt, »Frau Andresen, ich mach das wirklich gern ...«, und dann so verzweifelt geguckt, dass sie Mitleid bekam. »Du hast eine Freundin in Hamburg, oder?«, hatte Maj-Britt ihn gefragt. »Sören, weißt du was? Wenn die Veranstaltung hier vorbei ist, nimmst du das Wochenende darauf frei, wie findest du das? Bezahlt.« Sören hatte sie mit großen Augen angesehen, Klabauterblick, seine ganze Miene hatte geleuchtet. Was versprach sie da? Das war verrückt, sie hatte doch gar kein Geld! Egal. Auch wenn es nun anders war als geplant: Es war jetzt, wie es war, und dieser Abend sollte gelingen.

In der Küche stand Firas, umgeben von den Küchenhilfen. Maj-Britt fiel auf, wie ruhig und präzise er Anweisungen gab, es waren nicht ein Wort und nicht eine Geste zu viel. Vielleicht hatte Dörthe recht, und dieser Syrer war dazu in der Lage, etwas ganz Besonderes zu kreieren. Sie wollte lieber nicht daran denken, was geschah, wenn es den Gästen nicht schmeckte. Der *Köstlich!* hatte sie noch rasch geschrieben, dass der Abend leider ausfiele beziehungsweise in veränderter Form stattfände, aufgrund von höherer Gewalt, sie bedaure, man bräuchte sich nicht zu bemühen. Sie hoffte, dass die Nachricht noch jemanden erreichte.

Aber auch die anderen Gäste waren wichtig. Beke würde helfen, Sören und Giulia waren da. Ihre Eltern würden nicht kommen, beide waren gesundheitlich nicht auf der Höhe. Aber der Bürgervorsteher und seine Frau, ein paar Leute aus dem Ort, sogar Gäste aus Husum. Und ein Tisch war tatsächlich von Hamburg aus reserviert worden.

Maj-Britt ging auf die Terrasse. Sie musste sich festhalten, der Wind war aufgefrischt, der Himmel dunkel. Das sah nach Sturm aus. Hatte Dörthe nicht gesagt, dass gutes Wetter vorhergesagt wäre? Als Maj-Britt sich umdrehte, um sie zu fragen, war Dörthe nicht zu sehen.

• • •

Die Diskussion mit ihrer Mutter hatte sie mit den Worten abgebrochen, sie wäre gesund und basta. Wie traurig ihre Mutter sie angesehen hatte. Dieser lange Blick. So müde auf einmal. »Na, dann fahr. Es geht wohl nicht anders.«

Esther hatte ihr zum Abschied einen Kuss auf die Wange gedrückt, nach ihrer Reisetasche gegriffen und sich nicht mehr umgedreht, während ihre Mutter in der Tür stand und ihr hinterhersah.

Warum fiel ihr der Weg zum Bahnhof so schwer? Sie hatte sich doch gefreut, es kaum erwarten können? Aber es war, als steckte Blei in ihren Schuhen. War sie doch nicht fit genug? Sicherheitshalber hatte sie zwei Schmerztabletten eingenommen.

Thees' Nachrichten auf ihrem Handy hatte sie ignoriert. Es wäre nur bitter für sie, von ihm zu hören. Außerdem hatte er die Seiten gewechselt, seine ökologischen Ideale offenbar in Sibirien verloren. Es war, als wäre ihr erst seit seinem Besuch gestern klar geworden, dass er die ganze Zeit, all die Jahre, für Erdölfirmen gearbeitet hatte. Sie musste verblendet gewesen sein, als sie bei ihm gewesen war und sich von ihm hatte umgarnen lassen.

Trotzdem tat es weh.

Okke hatte sie nicht mehr besucht. Sie war so lange in Sankt Peter gewesen wie sonst nie und hatte trotzdem nicht die Zeit gehabt, den alten Wattführer noch einmal zu sehen? An Okke durfte sie nicht denken.

An Thees auch nicht.

Ein Bild kam auf, wie er den Kopf auf ihren Bauch legte, ihre zartesten Stellen fand und sie küsste, wie sich unter der Decke ein Duft von zu Hause und Wohlgefühl aufgetan hatte, eine zu entdeckende Welt, eine Insel, die sie nie wieder hatte verlassen wollen.

Sie stemmte sich gegen den Wind. Himmel, war das ungemütlich! Im Radio, das bei ihrer Mutter in der Küche immer lief, hatte sie gehört, dass es Sturm aus Nordwest geben würde. Und das bei auflaufendem Wasser. Na, das konnte ja heiter werden. Ihr Bedarf an Winterwitterung und Fluten war erst einmal gedeckt.

Für Maj-Britt und ihren Restaurantabend tat es ihr leid. Das schien eher ein Desaster zu werden. Auch wenn Dörthe sich reinhängte. Ihre Mutter hatte ihr erzählt, dass einige Sankt Peteraner, die Plätze reserviert hatten, wegen der Grippewelle hatten absagen müssen. Sie wollte die Gelegenheit nutzen und mit Marlies und Göran spontan hingehen. »Da ist ja jetzt alles frei!«

Bald war sie woanders. Nach vorne schauen.

Dort hinten war der Bahnhof.

• • •

»Abgesagt. Die Grippe hat noch ein paar mehr Leute erwischt.« Maj-Britt ließ das Telefon sinken.

»Wer jetzt?«, fragte Dörthe undeutlich, eine Stecknadel im Mund, um eine letzte Girlande zu befestigen.

»Alle. Na ja, viele. Der Bürgermeister, seine Frau. Sogar Beke.«

»Dann gibt es für die anderen eben mehr zu essen!«

»Dörthe, du regst mich auf. So einfach ist das nicht!«

Es war früher dunkel geworden als sonst, und Maj-Britt hätte am liebsten den Kopf in den Schlick gesteckt und sich vergraben. Wie eine Sandklaffmuschel, ganz tief.

»Wie spät ist es?«, fragte Dörthe.

»Viertel nach vier. Ach herrje, die *Köstlich!*. In der Einladung stand, dass, wer auch immer kommt, am Deich abgeholt wird. Vielleicht steht da jetzt jemand und wartet!«

»Da hab ich Konstantin postiert.«

»Deinen Sohn?!«

»Aber ja. So was kann er. Im Umgang mit anderen ist er top.«

In diesem Moment erschütterte ein leichter Stoß die *Seeschwalbe*, und ein Regenschauer peitschte mit Macht gegen die Scheibe.

Maj-Britt spürte, wie ihr kalt wurde.

Erst, als sie die Stimmen vieler Menschen auf der Außentreppe hörte, löste sie sich aus der Erstarrung. Eine Böe fuhr in den Windfang, Maj-Britt hielt die Tür fest und setzte ihr Begrüßungslächeln auf, das diesmal ziemlich verkrampft geriet.

»Na, das haben wir ja mal geschafft!« An ihr vorbei schob

sich energisch Frau von Mehding, eine Regenhaube auf dem Kopf.

»Und jetzt werden wir so richtig fein essen!« Ihre Freundin Marlies, die ihr ermunternd zulächelte. Göran. Und dahinter der Chor. Fünfzehn ältere Leute, die sich aus ihren Regensachen und Südwestern schälten und an den Tischen verteilten, bevor Maj-Britt sie ihnen zuweisen konnte. Sie hätten nicht reserviert, aber es hätte ja Absagen gegeben, oder?

Maj-Britt brachte ihnen die Menütafeln, die Dörthe am Mittag hingebungsvoll geschrieben und mit vielen Schwüngen verziert hatte. »So sieht es doch syrisch aus, was meinst du?« Maj-Britt hatte nur den Kopf geschüttelt.

»Na, das ist ja mal 'n Kunstwerk!«, sagt ein älterer Herr anerkennend. »Und was gibt es jetzt zu schmausen?« Er rückte den Knoten seines Halstuchs zurecht.

Maj-Britt fiel es schwer, sich nichts anmerken zu lassen. Einige der Herrschaften hatten sich fein gemacht, die Herren im Jackett, die Damen mit Kette. Und sie würde ihnen orientalischen Pamps präsentieren. Gerichte, deren Inhalt sie nicht kannte und deren Namen sie nicht aussprechen konnte. Na wunderbar. Und ob der Koch eine Ausbildung hatte, wusste sie auch nicht. Firas hatte Restaurants in Damaskus und Aleppo genannt, als sie ihn danach gefragt hatte, etwas von seiner Familie erzählt, seinen Tanten, die ihm das Kochen beigebracht hätten, und Dörthe hatte sie erbost angesehen: »Sag mal, willst du jetzt Hilfe oder nicht?!«

Maj-Britt erklärte eben die Menüfolge – Dörthe hatte sich bei Firas erkundigt und fantasievolle Übersetzungen neben die arabischen Namen geschrieben –, als ihr Blick auf die Tür fiel.

Ein junger Mann stand dort, mit einem Lächeln im Gesicht und ausgesprochen gut aussehend. Er nahm sich eben seine Cap vom Kopf und faltete einen nassen Schirm zusammen. Neben ihm, ebenso gut aussehend, ein Mann, den er offenbar hergebracht hatte, in etwa so alt wie sie selbst.

Es musste der Kritiker sein.

Er war trotz ihrer Warnung gekommen.

Wie ferngesteuert ging Maj-Britt auf die beiden zu.

»Hi, ich bin Konstantin«, begrüßte sie der junge Mann. »Frau Andresen, stimmt's? Und dies ist Herr Mattenkamp. Matthias Mattenkamp. Er ist sich nicht sicher, ob sein Platz noch reserviert ist, aber es ist einer für ihn frei, oder?« Er zwinkerte Maj-Britt zu.

Sicher, ein paar freie Plätze gab es noch. Maj-Britt leitete den Kritiker an einen Tisch und begann umständlich zu erklären, dass die Dinge anders lagen als geplant. Sie musste verhindern, dass er eine Bewertung schrieb, sonst war ihr Restaurant endgültig ruiniert.

Mattenkamp sagte, dass das völlig in Ordnung wäre, dass er trotzdem bleiben und den Abend genießen würde.

»Darf ich Ihnen einen Aperitif servieren?«

Er hatte wirklich schöne Augen. Maj-Britt musste alle Kraft zusammennehmen, um Haltung zu bewahren. Das passierte ihr selten, normalerweise ließ sie sich nicht von Gästen aus der Fassung bringen. Graublau. Oder grün? Türkis wie das Mittelmeer, nein, doch eher ostseeblau ... Stopp, befahl sie sich.

»Sehr gern.« Er lächelte.

Maj-Britt ging zurück in die Küche. Gespritzten Granatapfelsaft sollte es geben, Firas hatte klare Ansagen gemacht. Das ging nicht. Sie musste dem Mann einen guten Prosecco ausschenken oder den üblichen Campari, etwas, das ihn nicht gleich zu Beginn abschreckte.

Als sie ihm den Campari brachte, deutete er allerdings auf den Nebentisch und die Gläser, in denen leuchtend rote Kerne schwammen. So etwas hätte er gern, das sähe gut aus, wenn das möglich wäre. Sicher, alles war möglich.

Aus der Küche verbreitete sich inzwischen ein aromatischer Duft, dem auch Maj-Britt sich nicht entziehen konnte. Firas bereitete bereits den Hauptgang zu, gleich würden die Vorspeisen serviert.

Es wurde geplaudert, die Stimmung war gut. Alles in Ordnung so weit, bis auf die Tatsache, dass Beke und eine weitere Bedienung fehlten. Dafür, das musste Maj-Britt zugeben, legte Dörthe sich ins Zeug. Unermüdlich kurvte sie zwischen den Tischen umher, um Bestellungen aufzunehmen, und zur Feier des Tages hatte sie sich fein gemacht: noch bunter als sonst, die Haare hochgesteckt, mit Perlen verziert, ihre roten Schuhe und das bunte Kleid. Es war das Outfit, das sie auch bei der karibischen Nacht getragen hatte. Maj-Britt sog die Luft ein. Hoffentlich mied Dörthe den Tisch mit dem Kritiker.

Sie ging in die Küche, um zu sehen, wie es dort aussah. Firas arbeitete konzentriert, die Töpfe dampften, Gewürze wurden gestreut und Kräuter gehackt, die Küchenhilfen waren emsig beschäftigt, auch hier schien alles seine Ordnung zu haben.

»Alles in Ordnung?«, fragte sie trotzdem, Firas neigte bejahend den Kopf und fuhr fort, ohne sie weiter zu beachten.

Auch Konstantin hielt sich in der Küche auf. Er hatte sich eine Schürze umgebunden, stand an der Durchreiche und half, wo er konnte.

Im Gastraum wich Maj-Britt zurück. Am Tisch des Kritikers saß ein zweiter Gast. Es war Hove, der gerade seine langen Haare zurückwarf und die Zahnfüllung zeigte.

Maj-Britt trat rasch auf ihn zu. »Hove, hör mal, es tut mir leid, aber dieser Tisch ist reserviert.«

»Alle anderen Tische sind besetzt«, sagte Hove freundlich.

Er hatte recht. Wo waren all die Leute plötzlich hergekommen? Es waren nicht nur weitere Sankt Peteraner da, wie Maj-Britt feststellte, sondern auch eine Reihe Gäste, die sie nicht kannte, zwei von ihnen sahen richtig urban aus, mit Tätowierung und Vollbart.

Die Ankündigung hatte offenbar Kreise gezogen. Niemand schien sich darüber zu wundern, dass es keine Winterreise-Lieder gab. Oder erwarteten die Leute, dass noch gesungen würde?

Mattenkamp erklärte, dass er sich über Gesellschaft freuen würde, und Hove blieb sitzen. Giulia brachte ihm ein Bier, die beiden hoben die Gläser und nickten einander zu.

Bislang lief alles einigermaßen glimpflich ab. Wie sie den ganzen Abend mit nur zwei Bedienungen und einer Küchenhilfe weniger bewältigen sollten, war Maj-Britt allerdings nicht klar. Ob Dörthe und ihr Sohn das wirklich wettmachen konnten?

Jetzt gab Dörthe ihr ein Zeichen und sah sie erwartungsvoll an. Sollte sie ihre Rede halten? Nun gut. Es hatte den Vorteil, dass mehr Zeit bliebe, die Vorspeisen aufzutragen.

Maj-Britt stellte sich vorne auf, lächelte und klopfte mit einem Teelöffel an ein Glas. »Liebe Gäste, liebe Freunde!« Sie sagte, dass sie sich freute, den Abend mit ihnen zu verbringen, dass sie sich ganz besonders freute, eine echte Überraschung zu präsentieren, einen ganz wunderbaren Koch aus Syrien, der den Weg hierher gefunden hätte – der schon länger hier lebte, korrigierte sie sich mit einem Blick auf Dörthe, aber den Weg in die *Seeschwalbe* gefunden hätte, und sie wollten mit ihnen allen, ihren Gästen, heute einen ganz besonderen Abend erleben, unter dem Motto der Winterreise, ergänzt um »Über alle Meere«, denn Meere seien ja das Verbindende auf der Welt ... hier verhaspelte sie sich. Dörthe nickte ihr aufmunternd zu, der Kritiker sah sie aufmerksam an. Und die Meere, sie räusperte sich, seien ja im Grunde eins, verbunden durch die Ozeane, das Land nur schwimmend darin, und die Küche an den Küsten, am Mittelmeer wie an der Nordsee ... Sie kam nicht weiter.

Maj-Britt spürte einen Schweißtropfen an der Schläfe. Kurzerhand beendete sie ihre Rede, wünschte allen einen guten Appetit und sah erleichtert in die Runde, die höflich applaudierte.

Tatsächlich waren die Vorspeisen in der Zwischenzeit aufgetragen worden, Soßen, geröstetes Brot, knusprig frittierte Bällchen aus was auch immer, bunte Salate. Unter »Ah!« und »Oh!« griffen alle zu.

Dass eine weitere Sturmböe die *Seeschwalbe* erzittern ließ, ignorierte Maj-Britt.

Es waren ja alle da.

• • •

Der Hauptgang war aufgetragen worden. Wie zart das Lammfleisch aussah und duftete, ebenso wie das geschmorte und gefüllte Gemüse. Das Restaurant schwankte leicht. Oder war sie es, Maj-Britt, die schwankte?

Immer wieder warf ihr der Gourmetkritiker, Herr Mattenkamp, einen Blick zu, einmal wurde er sogar rot, als sie ihn erwiderte. Sie hatte Sören angewiesen, Giulia zu unterstützen, dann ging es etwas schneller. Was war heute nur los mit dem Mädchen? Sie wirkte kopflos, das war mit ihrer Langsamkeit keine gute Kombination. Brachte der Abend sie so sehr durcheinander? Bei ihr war es genauso, wenn Maj-Britt ehrlich zu sich war.

Dörthe hatte längst das Ruder übernommen. Konstantin machte sich in der Küche nützlich, gelegentlich brachte er eine weitere Platte heraus, die Firas appetitlich angerichtet hatte, balancierte sie souverän über den Köpfen, mit einem Lächeln, so einnehmend, dass alle Gäste es unwillkürlich erwiderten. Die Schürze stand ihm gut, er wirkte wie der Maître de Cuisine höchstpersönlich.

Giulia machte große Augen und stolperte, wenn sie an ihm vorbeimusste. Konstantin bediente Herrn Mattenkamp besonders zuvorkommend, und Maj-Britt musste anerkennen, dass man es nicht besser machen konnte. Mit Hove schien der Kritiker sich bestens zu unterhalten, Maj-Britt schnappte auf, dass es um Unterschiede zwischen Dithmarschen und Nordfriesland ging. Nun gut.

Was er aß, schien ihm jedenfalls zu schmecken. Maj-Britt beobachtete ihn verstohlen. Einmal machte er sogar ein Foto mit seinem Handy. Wenn Herr Mattenkamp dies einfach als privaten Abend betrachtete, der ihm gefiel, und nichts Abwertendes darüber schrieb, durfte sie froh sein.

Diese Essensdüfte. Maj-Britt streifte der Gedanke, dass auch sie gern etwas essen würde, seit einem schnellen Buttertoast zum Frühstück hatte sie nichts zu sich genommen.

Was war das für Musik, war die eben schon da gewesen? Orientalische Flötenklänge, eine Stimme. Es passte gut, aber ... Hatte sie das angeordnet? Es würde doch allen gefallen, sagte Dörthe, darauf angesprochen, im Vorbeilaufen, nur Gabelklappern, das sei doch ein bisschen trostlos.

Es schien tatsächlich niemanden zu stören, im Gegenteil, die Leute waren in Hochstimmung. Sie ließen einander probieren, erkundigten sich nach den Zutaten, betonten, wie wunderbar alles schmecken würde, und bezeichneten den Abend als äußerst gelungen. Mehrfach musste Firas aus der Küche kommen, dabei erhielt er sogar Applaus. Gelöst sah er aus, er verneigte sich würdevoll.

Maj-Britt lächelte. Zufriedene Gäste kamen wieder. Vielleicht könnte sie ja ein paar syrische Speisen in die Karte aufnehmen. Jetzt aber wollte sie selbst etwas essen, wenigstens kosten.

Hoffnungsfroh ging sie in die Küche.

Dort stand ein fremder Mann. Sie konnte sich nicht erinnern, ihn vorne bereits gesehen zu haben. Etwas stimmte nicht.

»Wenn Sie bitte ...« Maj-Britt wollte ihn freundlich hinausleiten.

Konstantin guckte zerknirscht, Giulia hielt sich an der Arbeitsplatte fest, Sören hatte die Augen aufgerissen, nur Firas hielt wie üblich die Arme verschränkt.

Der Mann hielt ihr ein Kärtchen hin. Ganz sachlich blieb er. »Es kommt nicht gelegen, Frau Andresen, das ist mir klar, aber ich werde die Küche und die Nebenräume inspizieren. Es gibt den Verdacht, dass die Kühlkette nicht einwandfrei funktioniert.«

Es war der amtliche Ausweis eines Lebensmittelkontrolleurs.

Sie riss sich zusammen. »Natürlich.« Hygienekontrollen wurden nicht angekündigt. Und man verzichtete tunlichst darauf, sie zu behindern.

Der Mann zog Handschuhe, Haube und Kittel an, schritt durch Küche und Lagerräume, maß Temperaturen, nahm Proben.

Wer, um alles in der Welt, hatte den Kontrolleur über die verdorbenen Muscheln informiert? Die mussten ja der Anlass sein, sonst wäre nicht ausgerechnet jetzt jemand gekommen. Maj-Britt spürte, wie ihr übel wurde. Hatten sie alles gründlich genug gereinigt? Wenn die Kunde von verdorbenen Fischgerichten die Runde machte, wäre der Ruf der *Seeschwalbe* dahin.

Schließlich stellte der Mann ihr ein paar Fragen. Wer hier arbeitete. Alle konnten Gesundheitszeugnisse vorweisen. Alle waren als Mitarbeiter gemeldet. Auch Firas, das hatte Maj-Britt vorausschauend erledigt. Was Schwarzarbeit betraf, war sie unerbittlich. Darauf hatte sie keine Lust, das gab es bei ihr nicht.

Alle. Nur nicht Konstantin. Und auch nicht Dörthe.

»Schwarzbeschäftigung?«, sagte der Kontrolleur mit einem feinen Lächeln.

Ja, unfassbar, dachte Maj-Britt. Nie zuvor hatte sie jemanden nicht angemeldet. Es war alles zu schnell gegangen.

Hochgezogene Augenbrauen, der Herr machte sich eine Notiz.

»Das ist genau genommen nicht mein Gebiet. Ich bin wegen der Hygienevorschriften hier. Ich informiere Sie nächste Woche über das Ergebnis.«

Maj-Britt begleitete ihn zum Ausgang. Einige Blicke folgten ihnen neugierig. Sah man dem Mann so sehr an, dass er kein Gast, sondern eine Amtsperson war? Den Kittel hatte er doch ausgezogen! Dann fiel es auch Maj-Britt auf: Er trug sein Klemmbrett unter dem Arm und seine Arbeitstasche in der Hand.

Die Tür hinter dem Kontrolleur schloss der Sturm, und zwar recht heftig. Maj-Britt spürte, wie ihr Herz aus dem Takt geriet. Das sei wohl eher ihre seelische Verfassung, hatte der Arzt freundlich, aber direkt gesagt, als sie ihn letzte Woche endlich konsultiert hatte, körperlich könne er so nichts erkennen, sie solle aber noch mal wiederkommen, wenn alle Ergebnisse da wären.

Die Wände neigten sich.

Sie würde sich einen neuen Arzt suchen. Einen, der sie gründlich untersuchte und ihr die richtigen Medikamente gab.

Dann wurde ihr schwarz vor Augen.

Kapitel 26

Dörthe hatte Maj-Britt schwanken sehen und sie rasch in den Personalraum gebracht. Oh nein, nicht schon wieder!, dachte sie.

»Das war's«, sagte Maj-Britt tonlos, als sie auf der Bank lag. »Du kannst alle nach Hause schicken.«

»Nein, das war's nicht. Die Leute sind glücklich. Und nachher zahlen sie anstandslos ihre Rechnung. Sie haben von der Kontrolle überhaupt nichts mitbekommen, da kannst du sicher sein, den Fritzen haben sie gar nicht richtig wahrgenommen. Und das Essen ist völlig in Ordnung. Ich bitte dich, Maj-Britt. Wir machen weiter. Gleich wird die Nachspeise serviert, die ist das Beste!« Dörthe reichte ihr ein feuchtes Tuch. »Du bleibst hier einen Moment liegen, ich komme gleich wieder.«

Maj-Britt schüttelte abwesend den Kopf.

Dörthe düste davon und stieß mit Giulia zusammen. Meine Güte, das Mädel war ja wirklich völlig neben der Spur! Sie stand, das war unschwer zu erkennen, im Bann von Konstantin, der im Übrigen zur Hochform aufgelaufen war und die älteren Herrschaften bezirzte. Auch Giulia zwinkerte er zu, sein Blick glitt unauffällig über ihre langen Beine und ihren eindrucksvoll geformten Oberkörper. Sie war aber auch verboten schön – wenn auch nervenaufreibend langsam. Der Meckerfritze vom Amt war wieder weg, wahrscheinlich so ein Korinthenkacker, der nichts anderes zu tun hatte, als unschuldige Leute zu ärgern, und ansonsten ein inniges Verhältnis zu seiner Zimmerpflanze pflegte. Dem hätte sie was erzählt, aber hallo! Leider hatte sie die Aktion verpasst.

Was sie jedoch genau mitbekam, war die außerordentlich gute Stimmung, die in der *Seeschwalbe* herrschte. Die Gäste schienen regelrecht beseelt vom Essen. Einige lehnten sich bereits bequem zurück, ein Lächeln auf den Lippen.

Konstantin hatte die Musik lauter gedreht, und Dörthe erwischte sich dabei, wie sie ein paar Tanzschritte machte. Arabischer Grundschritt, Hüftwippe – passte. Die Gäste amüsierten sich prächtig, nur das Haus wackelte bedenklich. Es musste ein enormer Sturm herrschen. Der ein oder andere Gast war schon gegangen, sie hatte ein »Huch« gehört und nur noch Köpfe durchs Fenster gesehen, die sich die Stufen herabkämpften.

Und dann stand Esther in der Tür. Auf einmal. Weiß wie Februarschnee, schwarze Ringe unter den Augen.

»Esther!«, schrie Dörthe. »Komm, setz dich, oder besser, hilf uns, es fehlen Leute! Wie siehst du denn aus?«, setzte sie noch hinterher, wartete die Antwort aber nicht ab.

Drei Minuten später hatte Esther eine schwarze Schürze umgebunden und türmte leere Teller auf ihren linken Arm.

Konstantin pfiff anerkennend. »Nicht schlecht. Zeigst

du mir bei Gelegenheit, wie das geht? Hi, ich bin übrigens Konstantin!«

Esther sah ihn nur an und sagte nichts. Sie sagte die ganze nächste Stunde nichts, servierte jedoch souverän wie früher, balancierte Tabletts und Gläser, als hätte sie in der Zwischenzeit nichts anderes getan.

»Wer ist eigentlich die Servierfee?«, wollte Konstantin wissen. Dörthe stand mit ihm in der Küche.

»Das ist Esther.«

»Die ist so alt wie du?!«

»Wie jetzt?« Dörthe warf ein Geschirrtuch nach ihrem Sohn.

Der duckte sich. »Ich finde, du siehst deutlich jünger aus!«

Charmebolzen. Aber er hatte recht, irgendetwas war mit Esther. Sie bewegte sich mit schlafwandlerischer Sicherheit, wirkte aber so weit entfernt wie der Mars.

Sie reichten die Schälchen mit dem Dessert. Eine helle Creme war es, mit fein gehackten Nüssen und Granatapfelkernen verziert, dazu eine Platte mit verschiedenen orientalischen Gebäckstücken, auch diese mit Pistazien und Walnüssen belegt. Ein »Ah!« und »Oh!« erhob sich an den Tischen.

Dörthe lächelte zufrieden. Firas' Kunst kam an, dieser Mann konnte kochen wie kein Zweiter, es gelang ihm, die Menschen zu verzaubern mit seinen Gerichten. Und wie es duftete! Jetzt gerade verlockend süß, nach Honig, Rosenwasser und Mandeln.

»Hey, Momchen, Hunger?« Konstantin grinste, und Dörthe stellte fest, dass sie vor Wonne laut geseufzt hatte.

Ein Windstoß erschütterte die *Seeschwalbe*. Dörthe durchfuhr ein schlechtes Gewissen. Hätte sie Maj-Britt nicht doch über den Wetterumschwung informieren sollen? Jetzt war es zu spät.

Mit der nächsten Böe öffnete sich die Tür. Ein langer Mann trat durch den Windfang in den Gastraum, er trug einen abgeknickten Regenschirm in der Hand und warf einen Rabenblick in die Runde.

Danilo.

»Herr Caspardini!« Mehrstimmig kam es vom Tisch, an dem auch Esthers Mutter saß. Ah, ganz unbekannt war er also nicht im Ort.

Dörthe sah zu Maj-Britt hinüber. Die war zurückgekehrt, hockte bei ihrem Gourmetfritzen und merkte nichts. Himmel, sie merkte ja wirklich gar nichts mehr!

Hove saß gelassen an der Theke, vor sich ein großes Bier. Esther stand an der Anlage und zapfte. Wie hatte sie es nur geschafft, im Handumdrehen den Service zu übernehmen? Sören schien gern mit ihr zu arbeiten.

Und Giulia? Stand mit einem Tablett in der Mitte des Raums und versuchte sich offensichtlich zu erinnern, wer was bestellt hatte.

Konstantin kam von hinten und wies über ihre Schulter, seinen Mund dicht an ihrem Ohr. Wie ferngesteuert lief sie auf den Tisch zu, den er ihr gezeigt hatte, mit einem Lächeln, noch betörender als sonst.

Es war schön. Es war wunderbar. Und dort war: ihr Sänger, ihr Zauberer, umringt von Frau von Mehding und ihren Bekannten, die ihn genötigt hatten, sich zu ihnen zu setzen.

Danilo wickelte sich aus seinem Schal, vertieft ins Gespräch, und zog etwas aus der Tasche. Ein Kartenspiel.

Dörthe durchfuhr es wie ein Stromschlag. Sie vertraute ihm, und offenbar kannte er die Leute, aber sicher sein konnte sie nicht. Was wollte er hier mit seinen Zaubereien? Und wenn er doch ein Taschendieb war? Würde er die Gelegenheit nutzen, etwas verschwinden zu lassen?

»Danilo!« Schon stand sie neben ihm.

»Sunshine, ich hätte mir denken können, dass du hier bist!«

»Kommst du mal mit?« Aufgeregt zog sie ihn in den Gang vor den Toiletten, dort waren sie vor Blicken geschützt.

»Bitte.« Danilo lächelte amüsiert und sah sie so warmherzig an, dass ihr Herz hüpfte und ihr Bauch bebte.

»Hör mal, mein Lieber, du darfst dich hier nicht blicken lassen. Das geht nicht, das ist Maj-Britts Restaurant, und wenn man dich hier erwischt ...«

»Bin ich dir peinlich?« Seine Stimme. Sie hätte sich hineinlegen können wie in ein warmes Bad.

»Quatsch, darum geht es nicht, ich meine nur ... Hör mal, ich weiß doch, warum du hier bist, und du weißt es selbst, und das muss doch nicht an die große Glocke gehängt werden, oder?«

»Nein«, sagte er auf einmal ernst, »das muss es nicht. Pass auf, ich wickle das ganz dezent ab, ja? Und du sagst nichts. Es wird nichts passieren, der Verlust hält sich in Grenzen, glaub es mir.«

Sie wusste nicht, ob sie ihm glauben konnte, sie versuchte es in seinen Augen zu erkennen, ihm wortlos ein Versprechen abzunehmen.

»Du bist wirklich ein Sonnenschein.« Seine Stimme, samtweich. Durchs Fenster, geformt wie ein Bullauge, sah man die nächtlichen Wellen im Mondglanz. Hatte sie sich an ihm vorbeidrücken wollen, oder war sie einfach so einen Schritt auf ihn zugegangen?

Danilo jedenfalls wich nicht aus. Er blieb stehen, und sein zärtliches Lächeln vertiefte sich.

Es waren nur noch wenige Zentimeter, die sie trennten.

Da rempelte jemand Dörthe von hinten an. »Ach Gottchen, 'tschuldigung, ich hab meine Brille gar nicht auf, welche Tür …« Frau von Mehding war es, die versuchte, die Schilder zu identifizieren. Ihre Freundin Marlies folgte ihr auf den Fersen, vergnügt kichernd.

Dörthe seufzte.

Sie hatte gedacht, dass nur Siebzehnjährige zusammen zur Toilette gingen. Dann folgte sie Danilo in den Gastraum.

• • •

Maj-Britt war kalt geworden im Personalraum. Dörthe hatte sie überredet, ein wenig geröstetes Brot mit einem grünen Dipp zu sich zu nehmen, der nach Thymian duftete. »Das ist Zaah.., Zah.., ach, was weiß ich! Iss einfach.« Danach ging es ihr tatsächlich besser. Zumindest körperlich.

Draußen tobte der Sturm. Ob die Gäste, die bereits gegangen waren, es nach Hause geschafft hatten? Sie wusste es nicht. Es war ohnehin egal. Morgen würde ihr die Konzession entzogen, zumindest musste sie mit einer deftigen Strafe rechnen.

Es war, als strömten metertiefe Priele zwischen ihr selbst und dem Rest der Welt. Als stünde sie auf einer Sandbank mitten im Meer, die langsam überflutet wurde, während alle anderen in sichere Boote verschifft wurden und sich winkend entfernten.

Sie kämpfte sich hoch. Durch die Küche ging sie zurück zu den Gästen.

Und war überrascht, wie gut die Stimmung war.

Die leise orientalische Musik, die verschiedenen Düfte nach frischen Speisen. Mit einem Blick sah sie, dass der Laden lief, die Tische gut bedient wurden und auf den Gesichtern der Gäste ein zufriedenes Lächeln lag, teilweise sogar ein seliger Glanz.

Der Kritiker. Was war mit ihm? War er überhaupt noch da?

Mattenkamp lächelte ihr zu und hob das Glas. Hove stand inzwischen an der Theke, er hatte einen Kumpel getroffen.

Und dann, sie konnte es nicht glauben: Esther.

Die Freundin. Hier in der *Seeschwalbe*. Wie konnte das sein? Und doch war es wie früher: Kaum war Esther da, war es, als wäre sie nie weg gewesen. Ein Gefühl stieg in ihr auf, das ähnlich war wie Weihnachten als Kind, tief vertraut, heimelig und geborgen.

Sie warfen sich einen Blick zu, quer durch den Raum.

Maj-Britt spürte, dass sie sie jetzt nicht ausfragen durfte, um Esther war ein unsichtbarer Bannkreis gezogen. Aber eine Sache, die musste sie loswerden.

Sie hielt Esther an, als diese an ihr vorbeilief. »Sag mal, dem Kritiker der *Köstlich!*, dem gefällt es ganz gut, oder?«

»Ist einer hier?«

Maj-Britt deutete wortlos auf Mattenkamp.

»Der? Kenne ich nicht. Hat aber nichts zu sagen, ich kenne schließlich nicht jeden.«

Sie würde das klären. Maj-Britt steuerte auf Mattenkamp zu.

Sofort stand Konstantin neben ihr. »Darf es für die Dame des Hauses auch ein Dessert sein?«

»Bitte, setzen Sie sich doch!«, sagte der Kritiker.

Maledivenblau waren diese Augen.

Es war sowieso egal, was hatte sie noch zu tun? Sie konnte sich ebenso gut hinsetzen. Und nichts wollte sie lieber. Wie von selbst zog die Schwerkraft sie auf den Stuhl.

Nordseeblau an einem Frühlingstag …

Mit einem vollendeten Schwung servierte Konstantin das Dessert, es duftete himmlisch. Maj-Britt nahm einen Löffel von der hellen Creme. Die meerblauen Augen folgten ihr gespannt.

Maj-Britt schloss die Augen vor Genuss. Spürte dem Geschmack nach, der sie wärmte, erleuchtete, glücklich machte, neugierig … nie zuvor hatte sie so etwas geschmeckt.

Ein Stoß erschütterte die *Seeschwalbe*. Die Lampen flackerten und erloschen.

Erschrockene Aufschreie.

»Das haben wir gleich behoben!« Dörthes feste Stimme.

Trappeln, Stühlerücken. Im Licht der Kerzen, die auf den Tischen standen, sah man die Gesichter der Gäste.

Maj-Britt wollte aufstehen. Aber sie konnte nicht. Es war, als ließe das ganze Pech der letzten Stunden sie auf dem Stuhl kleben.

»Es tut mir leid«, murmelte sie, »es ist alles anders als ...«

»Es ist wunderbar.« Die Stimme wie Wellenplätschern an einem Karibikstrand. Meinte er das so? Das konnte ja wohl kaum sein Ernst sein. Sie spürte seine Hand auf ihrer. Eine angenehme Wärme.

»Es ...«, hob Maj-Britt wieder an. Und verstummte.

Es war egal.

Alles war egal.

Ab jetzt war alles ... egal.

• • •

Kurz darauf steckten zusätzliche Kerzen in den Leuchtern, jemand, vermutlich Sören, hatte die Sicherung wieder eingeschaltet, das Licht aber gedimmt. Firas kam aus der Küche, wischte sich die Hände ab. Er warf einen Blick in die Runde und stellte befriedigt fest, dass sein Dessert Verzückung hervorrief.

»Einfach köstlich, ganz exquisit, Herr Alajlan!« Marlies war es, die den arabischen Namen fehlerfrei aussprach.

Was war da drin? Auch Maj-Britt fühlte sich wie berauscht von diesem Pudding mit Pistazien und Honig, der eine cremige Beschaffenheit zum Dahinschmelzen hatte. Wie durch einen Schleier sah sie Esther zielgerichtet hin- und herlaufen, die Augenringe verliehen ihr einen tragischen Flor. Dörthe dagegen glich einer bunten Flipperkugel, die hierhin und dorthin schoss, alles an ihr war in Bewegung. Auch ihre Hüften.

Maj-Britt war kurz davor, sich die Augen zu reiben.

Denn Dörthe tanzte. Aber wie! Sie ließ die Hüften kreisen, hob die Arme über den Kopf und führte die Hände elegant am Körper entlang.

Im Dessert musste eine bewusstseinsverändernde Substanz sein.

Von der Küche her ertönte ein Trommelrhythmus, langsam und klangvoll, in einem betörenden, aufwühlenden Takt.

Es war Firas, der Dörthe begleitete. Wo, zum Teufel, hatte er auf einmal eine Trommel her?

Esther tanzte mit einem Stapel leerer Dessertschüsselchen an Dörthe vorbei, ohne mit der Wimper zu zucken. Auch Konstantin tanzte ein paar Schritte, er brachte neue Getränke an die Tische.

Irgendjemand begann, im Rhythmus zu klatschen. Dieser Dirigent, der war ja auch gekommen, warum hatte sie es nicht bemerkt?

Eine Frau erhob sich, braune Locken, Maj-Britt erinnerte

sich vage, sie mal im Ort gesehen zu haben, streifte ihren Blazer ab, stellte sich dorthin, wo Platz war, und begann, einen atemberaubenden Bauchtanz vorzuführen. Eine andere Frau reichte ihr einen leichten Schal, sie führte ihn durch die Luft und beschrieb damit elegante Figuren. Dörthe tanzte neben ihr, Firas trommelte immer schneller.

Das Licht der Kerzen flackerte, die Frau bog ihren Kopf und Oberkörper zurück und bewegte in irrsinnigem Tempo die Schultern, die Gäste sahen gebannt zu, manche klatschten weiter im Rhythmus, es war fantastisch.

Hove saß in einer Ecke, eine Selbstgedrehte in der Hand, und blies genussvoll den Rauch aus. In der *Seeschwalbe* herrschte doch Rauchverbot! Er zwinkerte, als er ihren Blick auffing, und nickte ihr beruhigend zu.

Und tatsächlich, es störte kaum. Ein Duft wie aus Tausendundeiner Nacht hatte sich verbreitet, vermischt mit Meeressalz und Wattgeruch, dem Duft des Holzes, der Parfüms der Gäste. Darüber immer noch das Aroma der wunderbaren Speisen.

Es war wie im Traum. Musik, Düfte, Tanz. Es war pure Magie.

Maj-Britt stand auf. Auch Matthias Mattenkamp erhob sich. Sie wollte in die Küche gehen. Dinge regeln. Nein, es gab nichts zu regeln. Was, bitte schön, sollte sie noch regeln? Es war perfekt, so wie es war. Es war zauberhaft.

An ihrem Rücken spürte sie eine Berührung. Ihre Knie wurden weich. Sie drehte sich um.

• • •

»Was, bitte, machst du denn hier?!«

Dörthe erwischte Danilo in einer hinteren Ecke der Küche dabei, dass er Schränke öffnete und über die Arbeitsplatte fuhr, und stemmte die Hände in die Hüften.

Danilo legte den Finger auf die Lippen. »Ich bin gleich wieder weg, ich muss hier was erledigen.«

»Bist du nicht satt geworden, oder was?«, fragte Dörthe misstrauisch.

»Dörthe, es geht nicht anders. Glaub mir. Ich mach das, so diskret ich kann, ich bin gleich wieder da. Halt Maj-Britt raus, wenn es geht. Es wird nichts passieren.«

»Ah, verstehe«, Dörthe schlug sich vor den Kopf, »hatte ich glatt vergessen. Du hast ja einen Job zu erledigen!«

Sie schloss demonstrativ die Tür und ging wieder nach vorne. Dieser Kerl. Bei den Damen kam er gut an, vor allem Marlies hing an seinen Lippen. War sie etwa eifersüchtig? Quatsch. Sollte er doch machen, was er wollte.

Im Restaurant verabschiedete sich gerade eine Gruppe Gäste, wortreich. Ein echtes Highlight sei dieser Abend gewesen, davon würden sie noch lange erzählen, und beste Grüße in die Küche. Beseelt zogen sie von dannen. Der Sturm schien abgeflaut zu sein. Maj-Britt war nicht zu sehen.

Auch der Chor brach auf, gerade band Frau von Mehding ihr regendichtes Cape zu. »Tschüschen!«, zwitscherte sie fröhlich. An ihrem Handgelenk blitzte eine schlichte goldene Uhr unter ihrem Ärmel hervor.

Es war dieselbe Uhr, die Danilo ihr auf der Strandpromenade gezeigt hatte.

Dörthe fielen beinahe die Augen aus dem Kopf, was von

Frau von Mehding nicht unbemerkt blieb. »Geht es Ihnen gut, Dörthe?«

Dörthe räusperte sich. »Die da …« Hilflos deutete sie auf die Uhr.

Marlies sprang ein. »Ja, sie ist wieder da! Der Verschluss war kaputt. Zum Glück hat Herr Caspardini sie gefunden! Sie war unter eine Kommode gerutscht, im Gemeindehaus, stellen Sie sich das vor!«

»Aber jetzt ist sie auch schon repariert«, ergänzte Frau von Mehding. »Unsere Uhrmacherin ist schnell.«

Dörthe nickte wie in Zeitlupe.

Dann hatten die Damen sich eingepackt und winkten zum Abschied. »Über alle Meere«, raunte Göran ihr zu. So ein freundlicher Mann. Und weg waren sie.

»Na, Momchen, noch ein bisschen Party?« Konstantin grinste unternehmungslustig. Und schon gab er den DJ, hatte Kopfhörer aufgesetzt und machte sich an der Anlage zu schaffen. Kurz darauf tönte 60er-Jahre Soul durch den Raum.

Das Feuer flackerte im Ofen, Sören und Giulia räumten ein paar Tische beiseite, Firas stellte Teller mit übrig gebliebenen Speisen auf den Tresen und ein paar Getränke daneben.

Und dann feierten sie.

Sie feierten die Nacht und das Meer und die syrische Küche und die Freundschaft und die Liebe und alles Mögliche mehr.

Maj-Britt tauchte wieder auf, ungewöhnlich zerzaust,

kurz darauf auch Michael Mattenkamp, den Hemdkragen verrutscht, aber mit einem Strahlen, das ihm sehr gut stand.

»Maj-Britt hat mit dem Kritiker geschmust«, flüsterte Dörthe so laut, dass alle Umstehenden es hörten.

Die Andeutung eines Lächelns flog über Esthers Gesicht. Auch Maj-Britt wirkte so entspannt, wie Dörthe sie all die Tage nicht erlebt hatte. Vielleicht sogar überhaupt noch nie.

Mattenkamp steckte sich unauffällig sein Hemd wieder in die Hose, zog Maj-Britt an sich und legte seine Lippen auf ihre, die beiden drehten sich eng aneinandergeschmiegt auf der Tanzfläche.

Dörthe warf einen Blick in den Raum. Ein paar Gäste waren noch da: Martina mit einer Freundin, Hove, der sich prächtig zu amüsieren schien, er plauderte ein wenig mit Firas ... Dieser Hipster mit seiner Tätowierung und dem Nasenpiercing lehnte ebenfalls am Tresen, wo kam der noch mal her? Hamburg?, und fragte Firas nach den Zutaten der Gerichte aus, nickte anerkennend.

Ach, und da war ja auch Danilo, er saß am Tisch und jonglierte selbstvergessen mit ein paar Orangen.

Giulia drehte sich in ihrer Schürze auf der improvisierten Tanzfläche, wie immer in unendlicher Langsamkeit, aber glückselig – und errötend, als Konstantin auf sie zutanzte. Giulia war im siebten Himmel.

Auch Sören war in andere Sphären entrückt und schwebte lächelnd umher. Nur Esther sah in keinster Weise selig aus. Und Maj-Britts Bruder war gar nicht erst gekommen, warum eigentlich nicht, hatte sie ihn tatsächlich ausgeladen?

Jetzt war jetzt. Dörthe schob sich genießerisch eine in Kokosflocken gewälzte Gebäckkugel in den Mund, von einer Konsistenz zum Dahinschmelzen, und reichte Esther die Schale. »Mmh, himmlisch, willst du auch?«

Esther schüttelte den Kopf.

»Was ist denn bloß los, meine Liebe?«

Esther sah sie stumm an, mit Augen, dunkel wie das Universum, dann brach es aus ihr heraus: »Okke ist tot.«

• • •

Auf der Plattform standen sie, alle zusammen. Der Sturm hatte sich gelegt, als hielte der Himmel den Atem an, die Wellen rauschten, das Salz legte sich ihnen auf Lippen und Wangen.

»So deutlich sieht man sie nur hier«, murmelte Dörthe und zeigte auf die Sterne. Danilo stand so dicht neben ihr, dass sie seine Wärme spürte. Leise summte er einige wenige Töne von *Stairway to Heaven*. Dann spürte sie einen leichten Kuss auf ihrem Haar. Als sie ihn überrascht ansah, tat er, als ob nichts geschehen wäre.

Thees war aufgetaucht, woher auch immer er gekommen war, abgehetzt und ernst, und Esther hatte ihm steif die Hand gereicht, und er hatte sie wortlos in die Arme genommen und für lange Momente ganz festgehalten.

Dann hatten sie sich noch einmal um einen Tisch versammelt. Es war, als säße Okke unter ihnen, mit seinem

Wettergesicht und der Cordhose, der alte Wattläufer, so unverwüstlich. Sie hatten an ihn gedacht und auf ihn angestoßen. Und waren doch alle gleichermaßen verwirrt, traurig und auf einmal sehr müde.

Bis auf Hove waren alle Gäste verschwunden, es waren nur noch sie, die hier saßen, die Belegschaft der *Seeschwalbe*. Die Kerzen waren heruntergebrannt, Firas räumte in der Küche auf, dann stand er mit Hove in der Tür.

»Wir lassen euch mal allein, wir sehen uns bei der Beerdigung«, sagte Hove.

Dörthe sah ihnen hinterher. »Die beiden? Wirkt fast, als wären sie ein Paar.«

Maj-Britt zuckte die Achseln. »Und wenn?«

Bei Giulia, die eine Weile in die Gegend gestarrt hatte, zuckten plötzlich die Mundwinkel, und sie fing an zu heulen. Tränen, vermischt mit Wimperntusche, liefen ihr in Strömen über die Wangen. Sie gestand, dass sie das Ordnungsamt informiert hätte, sie hätte die verdorbenen Muscheln zum Anlass genommen, wegen Kilian und der Messer und der ewigen Meckerei, aber es täte ihr so wahnsinnig leid!!

»Nee, oder?« Dörthe funkelte sie an. »Das hättest du dir mal früher überlegen müssen.« Erregt sprang sie auf.

Maj-Britt hob nur leicht die Hand. »Lass sie. Jetzt ist sowieso alles egal. Die *Seeschwalbe* wird verkauft.«

Sie lächelte völlig abgehoben, als sie das verkündete. Das musste an dem Kritiker liegen, dachte Dörthe, der noch nicht lange gegangen war. Seine Visitenkarte hatte er dagelassen, sie lag auf dem Tisch. Dörthe zog sie unauffällig zu sich und warf einen Blick darauf. Matthias Mattenkamp, Architekt, Hamburg.

Wie bitte, Architekt?! Wusste Maj-Britt das?!

Wieder ein heftiges Schniefen.

Konstantin, der neben ihr saß, wuschelte Giulia aufmunternd durchs Haar und legte ihr den Arm um die Schulter. Sie schmiegte sich sofort etwas dichter an ihn.

»Bist du sicher?«, fragte Esther.

Maj-Britt nickte. »Absolut sicher. Valentin Schlösser will erweitern, und auch sonst, Interessenten gibt es genug.« Sie lächelte wieder. Als wäre sie auf Drogen, dachte Dörthe. Außerdem, stellte sie fest, wies Maj-Britts weiße Bluse nach all den turbulenten Stunden keinen einzigen Fleck auf. Etwas zerknittert war sie, aber sonst blütenrein. Wie machte sie das nur?!

»Ich habe keinen Spielraum mehr. Wenn auch nur eine Spur dieser verdorbenen Muscheln gefunden wird, und das ist sehr wahrscheinlich, Beke war schließlich nicht da, und ich hab es einfach nicht mehr geschafft, jeden Winkel zu putzen, muss ich Strafe zahlen. Und noch schlimmer, es spricht sich rum. Glaubt mir, das geht schneller, als man denkt. Cheers!«

Danilo rieb sich nachdenklich die Nase.

Thees wirkte ebenfalls betroffen.

Maj-Britt stieß ihn an. »Na komm, Brüderchen. Lass uns einfach beisammen sein. Schön, dass du den Weg hierher gefunden hast.« Sie hob das Glas.

Alle hoben das Glas.

Maj-Britt legte den einen Arm um Esther und den anderen um Dörthe. »Ihr beide habt diesen Abend jedenfalls gerettet.« In ihrem Augenwinkel schimmerte eine Träne. Sie gab jeder von ihnen einen beherzten Kuss. »Auf die besten Freundinnen der Welt!«

Kapitel 27

Die Morgendämmerung stahl sich mit einem rötlichen Schimmer Stück für Stück von der Dunkelheit. Esther und Thees saßen zusammen am Küchentisch, tranken heißen Kaffee und sahen hinaus. Esther fühlte sich etwas besser nach ein paar Stunden Schlaf, gleichzeitig war sie immer noch wie betäubt. Es war alles zu viel, als dass sie es gedanklich so schnell sortieren konnte.

Nach dem Abend in der *Seeschwalbe* hatte sie Thees gebeten, sie mitzunehmen, und war zu ihm ins Auto gestiegen. Doch als er vorm Haus ihrer Mutter hielt, hatte sie sich nicht gerührt.

»Lieber zur Reetdachkate?«, hatte Thees behutsam gefragt. Und Esther hatte genickt.

Thees nahm noch einen Schluck Kaffee und begann, ihr von seinen Gesprächen mit dem Energie-Unternehmen zu berichten, das den Windpark errichten sollte. Dass sie mit Abwehr auf diese Neuigkeit reagiert hatte, war ihm natürlich nicht entgangen.

»Ich habe ein paar Gespräche mit den Verantwortlichen geführt, um mögliche Aufträge auszuloten. Gelegentlich als freier Berater tätig zu sein, das würde mir gefallen. Wenn man auf Kohle und Atomkraft verzichten will, führt an Windenergie kein Weg vorbei. Aber, und das ist das Gute, es gibt laufend Forschungen und neue Verfahren, mit denen man die Bohrungen umweltverträglicher gestalten kann, Blasenschleier und Hüllkörper zur Dämpfung der Schallwellen und solche Sachen. Bei der Gelegenheit habe ich natürlich auch versucht zu erfahren, was sie vorhaben.«

Das klang völlig plausibel, dachte Esther. Wie hatte sie das so falsch einschätzen können?

»Und, hast du etwas herausgefunden?«, fragte Esther.

»Ja, über den Stand der Planungen bin ich jetzt informiert. Das ist alles nicht so schlimm, wie Okke es sich vorgestellt hatte. Ich bin zu ihm gefahren und wollte ihm davon berichten. Alle anderen waren in der *Seeschwalbe*, und ob Maj-Britt mich dort haben wollte, wusste ich nicht. Vielleicht hatte ich auch einfach das Bedürfnis, mit jemandem zu reden. Dich habe ich ja nicht erreicht.«

Er warf ihr einen Blick zu. Dann fuhr er sich mit beiden Händen durch die Haare. »Und als ich ankam ... Die Nachbarin hat ihn wohl gefunden, der Arzt war bereits da. Akutes Herzversagen, er ist offenbar einfach umgekippt.«

Esther war müde, unendlich müde. Immer wieder sank ihr Kopf an Thees' Schulter. Nein, sie hatte keine Eile mehr.

»Danach wusste ich nicht, was ich machen sollte. Ich bin richtig in ein Loch gefallen. Irgendwann habe ich begriffen, dass ich zur *Seeschwalbe* gehen muss, dass ich dazugehöre, dass es nicht sein kann, dass meine Schwester und ich so künstlich auf Abstand sind. Ich wollte die Situation klären, auf sie zugehen, ein für alle Mal.« Er schwieg einen Moment. »Zum Glück habe ich es getan.«

Den ganzen Tag waren sie in seinem Haus und taten nichts, außer zu schweigen, zu reden und beieinander zu sein.

Schließlich räusperte sich Thees. »Esther ...«

»Ja?«

»Mit dieser Party damals ...«

Esther versteifte sich. Irgendwann hatte es ja kommen müssen. Sie hatte gehofft, dass er das Thema aussparen würde.

»Da ist was verdammt schiefgelaufen. Ich war angetrunken. Und Susann war hartnäckig. Glaubst du mir das?«

Esther schwieg.

»Da war nie was mit Susann. Nicht mehr nach dieser Nacht. Es ist jetzt nicht so, dass ich niemals ...«, versuchte Thees zu erklären.

Esther legte mahnend den Finger an die Lippen.

»Ist ja klar. Das ... wir sind erwachsen, oder?«

Esther nickte.

»Genau. Deshalb ... Aber damals, das ist mir wichtig. Es war mir ernst. Mit dir. Nicht mit Susann. Und das ist irgendwie in die Grütze gegangen.«

Esther sah ihn abwartend an.

»An dich war kein Rankommen mehr. Und was Susann über dich erzählt hat, hab ich erst später erfahren. Und dann hattest du schon jemanden ... so einen Kerl mit Lederjacke, weiß gar nicht mehr, wie der hieß ... Ich dachte wirklich, du willst nichts mehr mit mir zu tun haben.«

Thees fuhr sich durch die Haare. Eine Strähne stand nach oben ab.

Esther hob die Augenbrauen.

Sein Blick ruhte ratlos auf ihr. Dann begann er zu lächeln. »Scheißt der Wattwurm drauf, oder?«

Es dauerte ein paar Sekunden. Dann lächelte auch Esther.

Thees' Augen leuchteten, auf einmal wirkte er regelrecht übermütig: »Hast du Lust auf ein Bad?« Er erhitzte Wasser und ließ ein Schaumbad einlaufen, das nach Lavendel duftete. Esther hockte in der freistehenden Wanne, und Thees kniete daneben und schäumte ihr Rücken, Arme und Nacken sorgsam mit einem Schwamm ein. Übermütig krönte er ihren Kopf mit einem Schaumhäubchen.

Esther schöpfte ebenfalls Schaum, stieg aus der Wanne, griff nach einem Handtuch und verfolgte Thees, der lachend flüchtete, durch Wohnstube und Küche. Nacheinander warfen sie sich schließlich auf sein Bett.

»Du bist nackt«, sagte Thees.

»Das bin ich«, sagte Esther.

»Das ist schön.«

Thees kniff die Augen zusammen und schürzte die Lippen. Dann beugte er sich über ihren Bauch, um ihn zu küssen, Esther griff nach seinen Schultern und zog ihn an sich.

Am Tag zuvor hatte Esther bereits im Zug gesessen, als Thees sie endlich erreicht hatte. »Okke ist tot«, hatte er nur gesagt.

In Esther hatte ein Sturm der Empfindungen getobt. Der Zug war stetig durch die Landschaft gezuckelt, wieder war sie allein im Abteil gewesen, vor den Fenstern hatte die Dunkelheit gestanden.

Sie hatte die Hände über die Augen gehalten und hinausgestarrt, als könnte etwas da draußen ihr Rat geben.

Dann war sie aufgestanden. Kurz vor der Bedarfshaltestelle Sandwehle hatte sie den Knopf gedrückt. Sie war ausgestiegen und hatte ein Taxi genommen, das sie zurückbrachte.

Zurück nach Sankt Peter-Ording.

• • •

Dörthe stand am Fenster. Das Kiefernwäldchen wirkte nicht mehr ganz so struppig wie bei ihrer Ankunft, fast fühlte Dörthe sich in ihrem Klinikzimmer zu Hause. Sie hatte noch einmal verlängert, drei Tage, denn bei der Beerdigung des alten Wattführers wollte auch sie dabei sein.

Sie nahm einen Schluck Möhrensaft. Auch an die Getränke hatte sie sich gewöhnt. Beim Gedanken an Süßes aus dem Supermarkt wurde ihr fast übel. So viel zuckrige Geschmacklosigkeit. Nein, ihre Ernährung würde sie definitiv umstellen. Und auch Bewegung würde sie in ihren Alltag bringen, denn ihre Lieblingssportarten hatte sie entdeckt: Aquajogging und Bauchtanz. Walken war auch okay, aber der Orientalische Tanz war das Beste. Dörthe summte und wippte mit der Hüfte. Sie musste herausfinden, wo man das in Schwerin machen konnte, dann würde sie das nächste Mal schon viel geschmeidiger auftreten können.

Ihr Blick fiel in den Spiegel. Ein paar Kilo weniger standen ihr gut. Mehr mussten es auch nicht sein. Meine Güte. Sie würde nie eine Esther werden und hatte das auch gar nicht vor. Ganz im Gegenteil: Eigentlich war sie sogar ganz hübsch, so, wie sie war, oder? Dörthe warf sich selbst ein Lächeln zu. Richtete das Brustbein auf und winkelte ein Bein an. Schick stehen, hatte Martina das genannt. Hüftkreis, Drehung. Und eine geschlängelte Bewegung mit der Hand. Oh ja, sehr schick, ohne Zweifel.

Was würde ihre Mutter sagen, wenn sie sie so sehen würde?

Dörthe fiel in sich zusammen. Pummelchen. Der alte Name hallte nach.

Das Kiefernwäldchen. Die Landschaftsbilder an der Wand und ein verfallenes Reetdachhaus in feuchten Wiesen. Alles war wieder da. Hatte sie die ganze Zeit begleitet, auch wenn sie es verdrängt hatte, geglaubt hatte, dass es in Sankt Peter jetzt ja ganz anders war als vor dreißig Jahren. Wer sie gänzlich von Gedanken an die Zeit damals befreit hatte, war Danilo, der hatte mit alldem schließlich nichts zu tun. Mit Danilo hatte sie einfach Spaß gehabt, wo sie herkam, hatte ihn nicht interessiert, sie hatten zusammen gesungen und sich in ihrer eigenen Welt aus Liedern und Tönen bewegt.

Bauchtanz. Was würde ihre Mutter dazu sagen? Sie mitleidig fragen, was ihr jetzt schon wieder in den Sinn gekommen wäre? Und ihr raten, dass sie es besser sein lassen sollte, sie würde sowieso nie eine richtige Tänzerin werden?

Ach was! Dörthe richtete sich wieder auf. Brustbein, Kopf, Schultern. Eine Frau mit feurigem Blick sah ihr entgegen, wunderschön, in vollkommener Weise rund und zugleich entschlossen, die Choreografie ihres Lebens selbst zu bestimmen. Ihre Mutter war nur ein Schemen dahinter, sie verschwand gleichsam im Aquarell an der Wand.

Einen Wermutstropfen allerdings gab es, der drehte ihr den Möhrensaft im Magen um. Und der betraf Danilo.

»Weißt du eigentlich, dass er sogar Fotos gemacht hat?« Konstantin hatte sich sehr behutsam erkundigt, für ihn war es nicht schwer zu erkennen gewesen, was dieser Vogel für seine Mutter bedeutete.

»Bevor du dazukamst, hat er wirklich alles unter die Lupe genommen, Handyfotos gemacht, sehr routiniert, und es schien ihm gelegen zu kommen, dass wir nicht auf ihn achten. Es war einfach zu viel zu tun.«

Dörthe hatte Danilo ja selbst in der Küche angetroffen, dies über den Turbulenzen des Abends aber wieder vergessen. Und wie lange er sich dort aufgehalten hatte, war ihr nicht klar gewesen. Nur: Was war der Grund dafür?

Seine Taschenspielertricks, daran hatte sie sich gewöhnt. Aber dass er einen Einbruch plante oder was auch immer ... das war eine Enttäuschung.

Sie durfte nicht an letzte Nacht denken, als sie noch lange mit Danilo auf der Plattform der *Seeschwalbe* gestanden und die Sterne betrachtet hatte. Das Wintersechseck hatte er ihr gezeigt und das prachtvolle Sternbild Orion, den Himmelsjäger. Dabei hatte er die Arme von hinten um sie gelegt, sodass die Sterne – Capella, Sirius und Aldebaran, das rote Auge des Stiers – vor Dörthes Augen verschwommen waren zu einem einzigen kosmischen Leuchten.

Dörthe nahm ihr Telefon zur Hand. Danilos Nummer hatte sie immer noch nicht, aber irgendjemand, Frau von Mehding oder so, würde sie sicher haben.

Aber sollte sie ihm wirklich hinterherrennen? Konnte er nicht auf sie zukommen und ihr erklären, wer er war? Was er wollte? Warum hatte er ihr nichts gesagt von seinem Job als Chorleiter? Wenn sie ehrlich war, hatte sie nicht gefragt. Sie hatte ihn für einen schrägen Vogel gehalten. Und das war er auch, oder? Denn was sollte sonst diese Aktion in der Küche? Er blieb undurchsichtig.

NEIN. Sie würde ihn nicht anrufen, never ever. Er hatte sie nicht nach ihrer Nummer gefragt, noch einmal verabredet hatten sie sich auch nicht. Man musste es einsehen: Wenn es vorbei war, war es vorbei.

Dörthe pfefferte ihr Telefon zornig aufs ungemachte Bett. Es geschah heftiger als gewollt. Das Gerät knallte gegen die Wand, prallte ab, fiel auf den Boden und knackte verdächtig.

Sie sah wieder aus dem Fenster. Das Meer. Warum sah man hier nie das Meer?! Sie wischte eine Träne fort. Eine Melodie, eine Liedzeile machte sich hartnäckig in ihrem Kopf breit. »And It's All Over Now, Baby Blue ...«

• • •

Ein Sonnenstrahl wärmte Maj-Britts Nasenspitze und Wangen, sie spazierte am Spülsaum entlang. Vom Sturm der Nacht war nichts mehr zu bemerken, das Wasser hatte sich weit zurückgezogen, die Wellen plätscherten sanft.

In einiger Entfernung beugte eine Gruppe von Menschen in Gummistiefeln ihre Köpfe interessiert über die Hand eines jungen Mannes mit Kescher. Vielleicht hatte er eine Sandklaffmuschel ausgegraben. Möglicherweise zeigte er auch eine Garnele im Eimer.

In weiter Entfernung, Richtung Land, thronte die *Seeschwalbe* auf ihren Pfählen. Eine schwarze Silhouette, schlank und kompakt. Wie klein sie von hieraus aussah.

Aus dieser Perspektive hatte sie ihr Restaurant lange nicht gesehen. Immer nur in Eile, war sie im Auto hin- und hergebraust, hatte ständig etwas zu tun gehabt. Sie hatte unermüdlich geackert, und das nicht erst seit zwei Jahren, sondern im Grunde schon viel länger.

Heute jedenfalls hatte sie sich selbst freigegeben und war an den Strand gegangen. Hatte den Sand unter den Füßen gespürt und die frische Luft im Gesicht, war immer weitergelaufen, einfach so. Maj-Britt verspürte eine Leichtigkeit, die sie nicht mehr kannte. Es musste die Nachwirkung des Festes sein, dieses verrückten, rauschenden Festes. Das ganz anders verlaufen war, als sie es sich jemals hätte ausmalen können. Und das ihr etwas geschenkt hatte, das kostbarer war als der Gesamtumsatz des Abends: Sie hatte endlich einmal losgelassen. Sic hatte es aufgegeben, den Gang der Dinge beherrschen zu wollen, hatte sich nicht mehr zusammengerissen und hatte den Abend genommen, wie er war. Sie hatte den Zauber wahrgenommen, der alle ergriffen hatte, und sich ihm einfach überlassen.

Und Matthias Mattenkamp hatte sie sich ebenfalls überlassen. Sie wurde rot, als sie daran dachte. Verdammt. In ihrem eigenen Restaurant! So viel war ja gar nicht geschehen, sie hatten eben ... Mattenkamp war ein großartiger Mann, und es war, als hätte er nur auf sie gewartet. Und sie auf ihn. Es passte. Warum sollte man dann nicht ... Er hatte sich formvollendet verhalten, sie mit Respekt behandelt und ihr das Gefühl gegeben, jemand ganz Besonderes für ihn zu sein.

Maj-Britt bückte sich, nahm ein Stück Treibholz, holte aus und schleuderte es weit aufs Wasser. Sie fühlte sich so gesund und kraftvoll wie lange nicht, kerngesund, durch und durch.

Erneut blickte sie zur *Seeschwalbe* in der Ferne. Und selbst wenn sie sie verkaufen würde, was dann? Sie hätte trotzdem eine gute Zeit gehabt. Dann wäre die *Seeschwalbe* eben weg. Dinge veränderten sich. Wenn sie verkaufte, und das hatte sie vor, hätte sie genug Geld, um die Kredite zu tilgen, und immer noch genug übrig, um in Ruhe zu schauen, wie es weitergehen sollte.

Vielleicht würde sie fortziehen. Nein, nicht, solange ihre Eltern lebten, das brächte sie nicht über sich. Aber kürzertreten würde sie, einfach mal schauen, was das Leben bot, woanders als Geschäftsführerin einsteigen oder sich selbstständig machen mit etwas ganz anderem. Einem Cateringservice vielleicht.

Ja, sie konnte die *Seeschwalbe* anschauen und sich das erste Mal vorstellen, dass ein Leben ohne das Restaurant möglich war. Sie würde als Käufer jemanden aussuchen, der die *Seeschwalbe* zu schätzen wusste.

Wäre ihr Bruder in die Gastronomie gegangen, hätten

sie sie vielleicht zusammen betrieben. Aber Thees hatte sich anders entschieden, schon früh. Trotzdem war er wieder da, und auch das war schön, gestand sie sich ein. In dem Moment, da sie das Haus der Großmutter innerlich abgeschrieben und ihren Unmut besänftigt hatte, sah sie ihn mit anderen Augen. Sie war diejenige gewesen, die sich verweigert hatte. Sie erkannte die Mühe, die er sich mit ihren Eltern gab, die unendliche Geduld, die er mit ihrem Vater hatte. Und wie gut diesem das tat. Und sie sah ebenso seine Behutsamkeit ihr gegenüber, seiner Schwester.

Es war alles in Ordnung. Die *Seeschwalbe* musste sie fliegen lassen. Dann wäre sie frei.

• • •

Ein Auto, hochmotorisiert, näherte sich mitten im Ort langsam und dröhnend von hinten.

Dörthe fasste ihre Walkingstöcke fester. Sollten andere doch Auto fahren, sie lief. Das Walken half ihr, die düsteren Wolken aus ihrem Kopf zu vertreiben. All die stürzenden Himmel und sich faltenden Teppiche. Später würde sie ein letztes Mal zum Orientalischen Tanz gehen.

Tackertackertack. Ihr Handy war beim Wurf an die Wand tatsächlich kaputtgegangen, aber die App war ihr egal, sie brauchte niemanden, erst recht kein Gerät, das für sie die Schritte zählte.

Dörthe legte einen Zahn zu. Dieses Röhren, meine Güte, wie das nervte. So protzig. Dabei hatte sie selbst eine Schwäche für schnelle Autos. Na endlich, jetzt verstummte es.

»DÖRTHE!«

Sie fuhr herum.

Neben ihr hatte ein Porsche angehalten. Und auf dem Fahrersitz saß – Freddy.

»Freddy«, sagte Dörthe schlapp.

»Du bist nicht mehr an dein Handy gegangen!«

Dörthe schüttelte langsam den Kopf. Auf diese Begegnung war sie nicht vorbereitet. Mit allem hatte sie gerechnet, aber nicht damit.

»Es ist kaputt.« Das klang wie eine Ausrede.

»Ich hab mir den hier geliehen – wenn ich schon so eine weite Fahrt machen musste ...« Freddy war unsicher, das erkannte sie jetzt. Er versuchte, es zu überspielen, und wies auf den Porsche.

Es hatte unschöne Szenen gegeben. Immer weiter hatte Freddy sie bedrängt, die Summe für den Schaden zu begleichen, und zwar sofort, bis sie sich weitere Anrufe verbeten hatte. Trotzdem hätte sie vermutlich sofort eine Anzahlung geleistet – das wollte sie sowieso tun, aber erst, wenn sie zu Hause war, dann wollte sie in Ruhe ihre Finanzen klären –, wenn Fred sich nicht so abfällig über Konstantin geäußert hätte. Er hatte einfach nicht aufgehört, über ihren Sohn zu schimpfen. Gesagt, dass er keinesfalls mit dem Jungen zusammenleben würde, bis der sich nicht entschuldigt und die Rechnung beglichen hätte. »Fred, er HAT sich entschuldigt!«, hatte Dörthe eingewandt. Das zumindest hatte Konstantin glaubhaft versichert. Aber Fred war nicht darauf eingegangen. »Der denkt, dass er sich mit allem rausreden kann, Hauptsache, lächeln und zerknirscht tun, und gut ist es. Mit dir kann er das vielleicht machen, aber nicht mit mir!«

Da hatte Dörthe gesagt, dass sie sich das nicht weiter anhören würde, und aufgelegt. Wenn er vernünftig mit ihr reden wollte, könne er sich melden, hatte sie noch geschrieben. Dann war ihr Handy kaputtgegangen.

Und jetzt hielt Fred also neben ihr, mitten in Sankt Peter-Ording, an der Straße Im Bad, zwischen den kleinen Geschäften, und wies einladend auf den Beifahrersitz.

»Freddy ...« Es war ihr zu viel, zu plötzlich. Freddy gehörte nicht hierher. Sie wollte sich um all das kümmern, wenn sie hier weg war. Eins nach dem anderen.

»Du hast ja recht. Mit allem. Lass uns darüber reden, Dörthe, ja? Wir gehen irgendwo Kaffee trinken und essen ein leckeres Stück Torte. Dann werden wir uns bestimmt einig!«

Einig? Was gab's da einig zu werden? Es gab eine Rechnung zu begleichen und fertig. Dörthe betrachtete Fred. Mit seiner kräftigen Statur, die ihr immer gut gefallen hatte, und seinem Hundeblick aus runden Augen, bittend. Und wieso Torte, was redete er denn da? Glaubte er wirklich, er könnte sie mit einem Stück Torte ködern? Wie billig, bitte schön, war das denn?!

Hinter dem Porsche bildete sich eine Schlange.

»Komm, Purzelchen, ja? Steig ein, ich bin extra hierhergekommen, um mit dir zu sprechen! Schön hier, übrigens.«

Dörthe schüttelte langsam den Kopf. Sie war nicht Purzelchen. Es passte ihr nicht. Nicht jetzt. Nicht hier. Vermutlich überhaupt nie mehr.

Der Erste begann zu hupen.

»Ich such einen Parkplatz, ich halte da vorne, ja? Bis gleich!«

Freie Parkplätze gab es in Sankt Peter-Ording nicht. Freddy entfernte sich langsam. Sie selbst bog kurzerhand zur Strandpromenade ab.

Wenige Schritte reichten. Hundert waren es, nicht einer mehr. Dörthe wusste, dass sie eine Entscheidung treffen musste. Freddy hatte das Recht darauf, dass sie ihm nichts vormachte. Und sie konnte das selbst nicht: So tun, als ob nichts wäre.

Als sie Freddy dann vor der Klinik stehen sah, holte sie Luft. »Das wird nichts, Freddy. Ich weiß noch nicht genau, wie es weitergeht, aber ich brauche Zeit. Gib mir ein paar Tage.«

»Ich warte, bis du gepackt hast! Ich nehme dich direkt mit. Auf der Rückfahrt können wir über alles reden! Dein Auto holen wir später!«

»Jetzt nicht. Es geht nicht. Nein, ich hab hier noch was zu erledigen.«

Ein letzter seelenvoller Blick. Dann senkte Fred den Kopf und seufzte. »Wenn es dir so ernst ist, Purzelchen, dann halte ich das aus. Bleib so lange hier, wie du es brauchst. Ich warte auf dich!«

Er hatte hoffnungsvoll gelächelt und war in den Porsche gestiegen. Dann surrte noch einmal das Fenster herunter. »Großartig siehst du aus. Diese Kur, die hat dir gutgetan, ich hab's gewusst!« Als er das sagte, wirkte er sehr zufrieden.

Freddy verschwand aus dem Ort, und es dauerte lange, bis das Motorengeräusch verklungen war.

• • •

Am nächsten Tag klingelte Dörthe bei Maj-Britt. Die begrüßte sie mit einer herzlichen Umarmung. »Dörthe, du warst eine Wucht!«

Dörthe löste sich aus ihren Armen. »Alles in Ordnung?« So viel Überschwang war sie von Maj-Britt nicht gewohnt.

Maj-Britt räumte gerade auf, wirkte jedoch vergnügt und war sofort bereit, eine Pause zu machen, was Dörthe verwirrte.

»Schön ist es bei dir!«

»Findest du? Danke.«

Dass das modern ausgestattete Haus viel zu groß war, sagte Dörthe nicht. Dass es zu unbelebt wirkte, leer.

»Es ist ein bisschen groß«, sagte Maj-Britt in diesem Moment. »Wenn die Kinder da sind, ist es anders, aber sie sind ja kaum noch da. Irgendwie muss ich das mal begreifen. Vielleicht sollte ich umziehen.«

»Vermiete unter«, schlug Dörthe vor.

»Du kannst ja deine Ferien bei mir verbringen. Natürlich kostenlos. Und ein, zwei andere Zimmer vermiete ich unter.«

»Danke für die Einladung! Aber ich bin laut, das weißt du, oder?«

»Wenn du da bist, ist immer etwas los, das ist mir klar geworden. Langweilig wird es mit dir jedenfalls nicht!«

»Wie sieht es jetzt eigentlich mit der *Seeschwalbe* aus? Die Gäste waren begeistert, oder?«

»Das schon, aber dafür, dass ich dich und deinen Sohn illegal beschäftigt habe, können sie mich drankriegen. Und die Sache mit den Muscheln ist schlimmer. Nein, nein, der Verkauf ist entschieden. Es war ein toller Abend, aber ich hab aufgegeben, ich krieg sie nicht mehr flott. Und weißt du was?« Maj-Britt strahlte. »Ich find's gar nicht schlimm. Mach ich eben was anderes!«

»Was denn?«, fragte Dörthe misstrauisch.

»Weiß nicht. Blumen verkaufen! Als Kind wollte ich Floristin werden. Das wäre doch auch nett.«

Maj-Britt war wie ausgewechselt. Dörthes Misstrauen vertiefte sich. Etwas stimmte ganz und gar nicht.

»Hast du das Schreiben vom Amt schon bekommen?«, wollte sie wissen.

»Nein, noch nicht, und als ich heute Morgen beim Ordnungsamt angerufen habe, war das auch ganz seltsam.«

»Warum hast du denn überhaupt angerufen?«

»Weil ich wissen wollte, was los ist. Kopf in den Sand stecken gilt nicht, oder?«

»Und was war los?«

»Das ist ja das Merkwürdige: Sie konnten mir keine Auskunft geben. Der zuständige Sachbearbeiter hat das Gespräch ziemlich schnell abgebrochen. Sein Vorgesetzter würde sich darum kümmern, da sei noch was offen, irgendwelche Ergebnisse stimmten offenbar nicht überein, und einige Proben waren verschwunden.«

»Und den Vorgesetzten hast du dann nicht mehr angerufen.«

»Nein, der war nicht zu erreichen. Er hieß übrigens fast genauso wie dieser Dirigent, dein Freund.«

»Welcher Dirigent? Ich hab keinen Freund. Und wie hieß er?«

»So ein italienischer Name, ich hab ihn nicht richtig verstanden.«

Dörthe wurde heiß und kalt. »Mein Handy ist kaputt. Geh doch mal auf die Internetseite dieses Amtes.«

Maj-Britt tippte und wischte. »Ach nee«, sagte sie überrascht. »Guck mal hier!«

Sie hielt Dörthe das Tablett hin. Eine Auflistung der Mitarbeiter samt Porträt.

Dörthe krampfte die Hände um den Sitz. Dann lehnte sie sich zurück und schloss die Augen. Danilo Caspardini war der Leiter des Ordnungsamtes in Husum.

»Dörthe!«

»Hm.«

»Wusstest du das nicht?«

Dörthe bewegte kraftlos den Kopf und verneinte.

Maj-Britt sah sie überrascht an. »Wie jetzt, du lernst einen Typen kennen, knutschst mit ihm rum und weißt nicht, was er beruflich macht?«

»Nee, stell dir vor. Wir haben gesungen, nicht geredet«, sagte Dörthe giftig. »Und geknutscht, meine Liebe, hast du! Ich hab, ich hab ... Keine Ahnung, was ich hab!«

Mit finsterer Miene starrte sie Maj-Britt an.

In Maj-Britts Gesicht spiegelte sich Überraschung. Dann

begann sie zu glucksen. Lachte so fröhlich, wie Dörthe sie in diesen Winterwochen noch nicht hatte lachen hören.

»Und jetzt?«, fragte Dörthe.

»Na, ich muss abwarten. Aber du könntest dich natürlich mal privat bei dem Knaben melden und herausfinden, was er in Bezug auf die *Seeschwalbe* vorhat.«

»Mein Handy ist kaputt. Seinetwegen. Wegen dieses Knaben. Außerdem haben wir keine Nummern ausgetauscht.«

»Irgendjemand aus dem Chor wird sie haben.«

»Welcher Chor?« Dörthe verstand nur Bahnhof.

»Na, der Kirchenchor, Frau von Mehding und die Leute.«

»Stimmt, Frau von Mehding kannte ihn. Woher auch immer.«

»Natürlich kannte sie ihn. Er hat mit ihnen ein Konzert gegeben! Einen Workshop mit ihnen gemacht!«

Danilo. Singen. Kirche. Workshop. Die Puzzleteile flogen wild durcheinander, aber Dörthe ahnte, dass sie erstaunlich gut zusammenpassten.

»Und du meinst, ich soll ...« Sie verzog das Gesicht.

»Du hast recht, du sollst gar nichts. Gib her, ich versuch's noch mal, ich nehm das selbst in die Hand.«

Kurz darauf erreichte Maj-Britt Danilo Caspardini.

Dörthe biss sich auf den Fingernagel und tat, als ob es sie nicht interessierte. Es ging um die Muscheln, das bekam sie mit. Und dass der Vorgang noch nicht abgeschlossen wäre.

Dann sagte er noch etwas. Maj-Britt sah zu Dörthe hinüber, lauschte, notierte etwas auf ein Papier und lächelte. »Das richte ich ihr gerne aus.«

Maj-Britt legte auf.

»Süß. Er hat sich die private Feststellung erlaubt, dass es ein ausnehmend schöner Abend gewesen wäre. Ansonsten war er nicht besonders konkret. Mal sehen, was am Ende dabei herauskommt. Es gab offenbar noch andere Restaurants, die von den Muscheln betroffen waren, in Friedrichstadt und Tönning, der Lieferant kriegt jetzt Besuch.«

Dann sah sie Dörthe an. »Außerdem hat er mich gebeten, dir zu sagen, dass es ihm eine Ehre wäre, mal wieder mit dir zu singen. Und dies«, sie wedelte mit dem Papier, »ist seine private Nummer!«

Dörthe sagte erst mal nichts. Dann wurde sie rot und sprang auf. »Verdammter Kerl! Gib her!«

Sie schnappte ihre Jacke, »Tschüs!«, und rannte los.

Dörthe lief den Deich entlang. Wenn das nicht mindestens fünftausend Schritte waren. Genug Schritte jedenfalls, um alles in großem Tempo zu überdenken. Was sollte sie tun? Was *wollte* sie? Was war mit Freddy? War das wirklich vorbei? Eigentlich hatte sie ihm den Laufpass gegeben, aber endgültig vorbei war es noch nicht, und zwei Männer auf einmal, das war ihr zu viel.

Schließlich war ihr Gesicht so rot wie ihre Mütze. Aber sie wusste, was sie wollte. Sie hatte es die ganze Zeit gewusst. Warum bloß tat man sich manchmal so schwer?

Zurück in der Klinik, holte Dörthe an der Rezeption den Zettel aus der Manteltasche. »Ihr Telefon, dürfte ich das mal benutzen?«

Die Rezeptionistin sah sie überrascht an. Ihren Einwand erstickte Dörthe, indem sie einfach nach dem Hörer griff. »Dient der Gesundheit, definitiv. Danke.«

Sie wählte eine Nummer. Am anderen Ende ertönte eine Männerstimme.

»Heute Abend um neun. Im *Walfänger*«, sagte Dörthe knapp, dann legte sie auf.

»Das Robbarium, falls Sie da hinwollen, hat abends aber nicht geöffnet«, erklärte die Rezeptionistin.

»Robbarium? Nee, besser!« Dörthe schlenkerte übermütig ihre Mütze.

Der übellaunige Arzt kam vorbei und musterte sie von oben bis unten. »Scheint, als hätten Sie sich, hmm, gut eingelebt, Frau Michels.« Er begann zu husten, als hätte er sich verschluckt.

Dörthe klopfte ihm auf den Rücken.

»Gehen Sie mal an die frische Luft«, sagte sie. »Walken. Hier drin hält es auf Dauer kein Schwein aus.«

Kapitel 28

Dörthe hatte sich hübsch gemacht, saß auf einem Barhocker und schlürfte eine frische Zitronen-Ingwer-Limonade. Firas hatte nicht nur die Speise-, sondern auch die Getränkekarte des *Walfängers* dezent erweitert.

Pünktlich um neun Uhr öffnete sich der Vorhang, und eine lange Gestalt schob sich herein.

Dörthe zwang sich, sitzen zu bleiben und den Mann betont gleichgültig anzuschauen.

In dessen wachen Augen blitzte der Schalk. Er salutierte vor dem hölzernen Admiral, dann setzte er sich neben sie an den Tresen, als würde er sie nicht kennen, und orderte ein Getränk. »Ich nehme das Gleiche wie die Dame!«

Dörthe rührte mit dem Strohhalm im Glas, das mit Minze und einer Zitronenscheibe verziert war.

Der Mann kritzelte eine Nummer auf einen Bierdeckel. Dann reichte er ihn Hove. »Würden Sie ihr das geben?«

Es war die Nummer 93. Mit einem Herz umrandet und einem Fragezeichen versehen.

Dörthe nickte. Sie nahm ihr Glas und folgte ihm.

Der lange Sänger gab die Nummer ein, klopfte aufs Mikro, sah auf den Text am Bildschirm, deutete ein paar Takte mit der Hand an, dann begann er zu singen.

»I've got you under my skin ...«

Die Strophen begleitete er mit seiner Mimik so lustig, dass Dörthe lachen musste. Ein Schauer lief ihr über den Rücken. Ja, Danilo konnte singen, sie liebte seine Stimme, und sie liebte es, wie er mit dem Gesang spielte.

Diese Blicke, die er ihr zuwarf. Dörthe spürte, wie nicht nur die Kopfhaut kribbelte, sondern auch der Bauch, die Beine.

Dann beugte sie sich zum Mikro und sang mit.

Ich weiß nicht, was du bist, dachte sie. Ein Sänger, ein Taschenspieler, der merkwürdigste Mann, der mir je begegnet ist. Der so viel in ihr angestoßen hatte. Eines war er auf jeden Fall: ein Zauberer.

Hove hatte vier Schnäpse eingeschenkt. Gefragt hatte er wie immer nicht, seine Entscheidungen waren sozusagen therapeutisch, es war die langjährige Erfahrung als Gastwirt.

Sie stießen an. »Auf euch!«, sagte Hove.

»Und auf euch«, erwiderte Dörthe.

»Auf die Musik«, erklärte Firas.

»Auf den Sonnenschein«, sagte Danilo.

Und dann wollte Dörthe natürlich alles wissen. Und hörte, worüber sie bereits gestolpert war: dass Danilo beim Ordnungsamt in Husum arbeitete. Dass er, weil ihn das nicht ausfüllte, sein Hobby zum Nebenberuf gemacht hatte: Singen. Sogar dahingehend, dass er mit Chören Projekte einstudierte.

»Zauberer wäre ich auch gern geworden. Früher bin ich manchmal auf Festen aufgetreten, das hat mir diebische Freude bereitet. Die Verblüffung der Leute zu sehen, wenn ich Tricks vorgeführt habe.« Er nahm noch einen Schluck. »Für mich ist das der perfekte Ausgleich zur Arbeit.«

»Und warum sattelst du nicht um?«

»In meinem Alter? Du bist freundlich. Der Verdienst als freiberuflicher Zauberer ist nicht besonders gut, so viele Rücklagen habe ich nicht. Und als Musiker sieht es ähnlich aus, ich habe ja nicht einmal Musik studiert. Nein, so herum finde ich es besser: Ich habe mein regelmäßiges Gehalt, habe meine Arbeitszeit auf achtzig Prozent reduziert, und meine Hobbys betreibe ich nebenher, ohne den Druck, davon meinen Lebensunterhalt bestreiten zu müssen, aus lauter Freude. Für mich ist das die beste Lösung.«

Seine Rabenaugen sahen sie an. Und Dörthe dachte, dass das tatsächlich eine gute Möglichkeit wäre: Arbeitszeit reduzieren. Und sich nebenbei etwas aufzubauen, als Hobby oder Nebenberuf. Orientalischen Tanz zu machen, zum Beispiel. Feiern zu organisieren. Eine mobile Saftbar am Strand zu betreiben. Vielleicht konnte man Events unter dem Motto »Über alle Meere« öfter veranstalten? In der *Frischen Brise* klappte das mit den karibischen Abenden ja auch. Und sonst: Sie könnte ihr Haus verkaufen. Sie hatte sich in dem engen Reihenhaus noch nie richtig wohlgefühlt. Es war damals die vernünftigste Lösung gewesen, genau wie die Ausbildung in der Stadtverwaltung. Vernünftig, vernünftig. Um bloß nicht zu werden, wie ihre Mutter war. Aber das war nun egal. Sie würde tun, was ihr passte. Verkaufen und stattdessen eine helle Zweizimmerwohnung mieten, zum Beispiel. Öfter unterwegs sein. Und sich, oh ja, als Nächstes einmal im DünenResort einbuchen. Das musste sein. Sie würde die Premium Suite wählen. Mit Meerblick.

Danilo stieß sie an. »Sie träumen, Verehrteste.«

»Stimmt.«

»Komm, wir singen weiter.«

»Warte, eine Sache muss ich noch wissen: Was war das jetzt mit der *Seeschwalbe*?«

»Die *Seeschwalbe* ...« Dass es eine Anzeige gegeben hatte, hatte Danilo natürlich mitbekommen. Er selbst hatte seinen Mitarbeiter abgeordnet, sich darum zu kümmern. Dann hatte ihn ein Anruf von Marlies erreicht, ob er nicht zu ihnen stoßen wollte, zu einer kulinarischen Winterreise, das wäre doch fein? Es passte ihm gut, auch wenn er zu spät loskam. Dann hatte er überraschenderweise Dörthe getroffen. Und nach und nach die Zusammenhänge begriffen.

»Mein Mitarbeiter war schon weg. Ich wollte mir selbst ein Bild verschaffen, wie es in der Küche aussah. An die große Glocke hängen wollte ich es allerdings nicht.« Anständig sah es dort aus, gekocht wurde auch aus hygienischer Sicht tadellos, auf den ersten Blick konnte er nichts Auffälliges erkennen, Danilo hatte auch nichts anderes erwartet.

»Und später habe ich mir die Proben vorgenommen und bin dem Muschelthema noch mal nachgegangen. Ich würde es allerdings bevorzugen, hier nicht ins Detail zu gehen.«

Dörthe verzichtete auf einen Kommentar. Zauberer hatten ihre Geheimnisse. »Lass uns singen«, sagte sie nur.

Zusammen gingen sie nach hinten. Die Discokugel begann, sich glitzernd zu drehen, und warf unzählige Lichtreflexe an die Decke. Sie funktionierte also doch.

»Sternenhimmel«, sagte Dörthe.

»Das ganze Universum«, erwiderte Danilo.

Dann küsste er sie zart auf die Nasenspitze. Da sei ein besonders hübscher Reflex gewesen, behauptete er.

Dörthe räusperte sich und griff beherzt zum Mikro.

Ihre Stimmen verwoben sich und lösten sich voneinander, lockten und fanden sich erneut. Die Töne waren hell und dunkel, ernst und spielerisch, so viele Duette gab es noch, sie wollten sie alle miteinander singen.

Später standen sie draußen, unter dem echten Himmel. »Macht's gut, ihr Turteltäubchen.« Hove schloss hinter ihnen ab.

»Guck mal da«, sagte Danilo und wies nach oben.

»Wo?«, fragte Dörthe. Sie sah keinen einzigen Stern.

»Na, da!«

Dörthe bog den Hals. Da war nichts. Nicht einmal eine Mondsichel. Huh, war das Universum trostlos.

»Ich meinte … dort!«

Danilos Zeigefinger, in Verlängerung ihrer Blickachse.

»Ein Planet, Ganz neu. Sie haben ihn dieser Tage entdeckt. Er heißt *Stella d'amore*.«

Dörthe reckte den Hals noch weiter. Und kippte nach hinten.

Danilo hielt sie fest. Stern der Liebe, was redete er denn da, das war doch der größte Quatsch aller Zeiten!

»Was …«, empört wandte Dörthe sich um. … erzählst du

denn da?, wollte sie sagen, doch Danilo verschloss ihr den Mund mit einem Kuss.

Dörthe löste sich noch einmal. »Nein, Danilo, den gibt es nicht.«

So schwarze Augen. Rabenschwarz. Und so hell. Mit so viel Wärme darin. Und gar nicht trostlos.

»Scheibenkleister«, murmelte sie. »Ich glaub dir alles.«

Dann schloss sie die Augen.

»Du hast recht«, murmelte Danilo, »ich hab ihn gerade für dich erfunden. Eigentlich heißt er *Stella della felicità*.«

Und dann hörten sie beide nichts mehr. Und sprachen auch nicht mehr. Und waren weit weg. Irgendwo im Universum, auf dem Stern des Glücks.

• • •

Fast der gesamte Ort war da, als Okke auf dem kleinen Friedhof von Sankt Peter begraben wurde. Viele, viele Menschen, und dazu Dörthe, die am nächsten Tag abfahren würde, Maj-Britt natürlich, Esther und Thees. Sie alle. Sogar Firas, der neben Hove stand. Hove trug seine schwarze Motorradjacke und hatte, Maj-Britt bemerkte es erstaunt, die Haare frisch geschnitten, kinnlang. Er sah gut zehn Jahre jünger aus. Konstantin war bei den beiden untergekommen und fühlte sich dort pudelwohl. Mit Giulia war er das schönste Liebespaar von Sankt Peter-Ording, selbst die Touristen drehten sich nach ihnen um. »Die haben irgend 'nen extra Klebstoff, der sie zusammenschweißt«, meinte Dörthe.

Als sie den Friedhof neben der Kirche gemessenen

Schrittes verließen, flüsterte Dörthe, während sie sich verstohlen umsah: »Wer sind denn nun seine Verwandten?«

Es dauerte einen Moment, bis Esther antwortete. »Er hatte keine.«

»Wie bitte? Niemanden?«

»Nein.«

»Oh. Und was ist mit dem Haus?«

»Das hat er mir vererbt.«

»Wie bitte?«, schrie Dörthe und schlug sich auf den Mund. Sie blieb wie angewurzelt stehen, doch Esther zog sie weiter. »Seit wann weißt du das?«, flüsterte Dörthe dann so laut, dass man es über den ganzen Friedhof hörte.

»Seit gestern.«

»Und du sagst nichts?!«

»Wieso, ich hab es dir doch gerade gesagt.«

»Weil ich dich gefragt habe!«

Die Leute um sie herum sahen sie nicht an.

»Und was machst du mit der Kate?!«

»Da fragst du mich was.«

»Umbauen? Verkaufen! Ist gutes Bauland« schlug Dörthe vor.

Esther schüttelte den Kopf. »Nein, ich weiß es noch nicht. Irgendetwas anderes. Das ist immerhin Okkes Haus. Ich glaube, es hat was zu bedeuten, dass er es mir vermacht hat.«

»Das hat ganz sicher was zu bedeuten, aber du bist doch so gut wie nie hier!«

Esther schwieg, zuckte wieder die Schultern.

Dörthe sah sie irritiert an und versuchte, in ihrem Gesicht zu lesen. Dann zog ein Grinsen über ihre Miene, und die Grübchen erschienen.

»Ah, verstehe. Mrs Mehding hat ihre Pläne geändert. Aber wie cool«, brüllte sie kurz darauf. »Dann weiß ich ja endlich, wo ich dich treffen kann! Ich fliege nämlich nicht so gern, weißt du.«

»Himmel, Dörthe. Beruhige dich. Das hier ist eine Beerdigung.« Maj-Britt hatte sie endlich entdeckt. »Hier seid ihr!«

»Wieso, er liegt doch unter der Erde«, sagte Dörthe. »Außerdem habe ich das Gefühl, er ist die ganze Zeit dabei.«

»Das habe ich auch«, sagte Esther. »Bei der Trauerfeier war mir, als liefe er zwischen uns durch die Reihen und wunderte sich, was für ein Theater wir um ihn veranstalten.«

»Ciao, Okke!« Dörthe warf eine Kusshand in den Himmel.

Auch Maj-Britt und Esther sahen nach oben.

»Und du?«, wandte Dörthe sich an Maj-Britt. »Mit der *Seeschwalbe*?«

»Ich suche einen Käufer, der sie ab der Sommersaison übernimmt.«

»Und was machst du mit dem Geld?«

»Erst mal davon leben.«

Dörthe stieß Esther belustigt an. »Maj-Britt macht eine Kreuzfahrt. Die verlässt Sankt Peter-Ording und geht auf Reisen, pass mal auf.«

»Ja, Reisen, das wäre tatsächlich schön. Ich wollte nie weg, aber irgendwie ...« Maj-Britt ließ den Satz unvollendet.

»Und du bleibst hier, Esther, und räumst bei Okke auf?«,

fragte sie dann. Maj-Britt war bereits informiert. »Sieht es da immer noch so aus wie eh und je?«

»Schlimmer. Ja, was mit dem Haus passieren soll, muss ich mir überlegen.«

»Mach doch ein Museum daraus«, schlug Maj-Britt vor. »Das Heimatmuseum, das wir haben, platzt aus allen Nähten, und für Touristen ist es immer gut, etwas zum Anschauen zu haben. Außerdem finde ich es wichtig, etwas vom alten Sankt Peter zu bewahren. So ein bisschen Traditionsbewusstsein zu zeigen zwischen all den schicken Bauprojekten.«

Esther musterte sie nachdenklich. »Das ist gar keine schlechte Idee. Wobei es mich wundert, dass das von dir kommt, du bist doch eher fürs Verkaufen.«

»Dinge ändern sich.«

Dörthe fixierte sie. »Hängt das mit einem gewissen Hamburger Architekten zusammen?«

Ein roter Schimmer überzog Maj-Britts Wangen.

»Wann triffst du ihn denn wieder?«

»Er kommt dieses Wochenende«, gestand Maj-Britt.

»Heiliger Strohhut, du hast dich richtig verliebt!« Dörthe knuffte sie. »Wie schön, das steht dir ausgezeichnet!«

»Danke«, sagte Maj-Britt schlicht.

»Und die *Seeschwalbe*, wird sie dir nicht fehlen?«, fragte Esther gewohnt kritisch. »Du musst doch irgendwo arbeiten.«

»Das ist das Problem. Natürlich fehlt sie mir. Ein Leben ohne *Seeschwalbe* kann ich mir eigentlich nicht vorstellen. Und trotzdem … Man muss den Dingen ins Auge sehen, oder? Ich kann mir nicht mehr vormachen, dass da noch was zu retten wäre.«

»Aber am wichtigsten ist die Liebe«, sagte Dörthe, um von dem schweren Thema abzulenken. »Auf die Liebe!«

Sie stießen imaginär an und wichen Konstantin und Giulia aus, die selbstvergessen auf der Dorfstraße standen und sich küssten.

Dörthe verdrehte Konstantin im Vorbeigehen die Mütze.

»Hi, ihr drei.« Konstantin strahlte die drei Frauen an und hielt seine Mütze fest, dann wandte er sich wieder Giulia zu.

»Jugend«, sagte Maj-Britt.

»Jung wie wir, oder?« Dörthe hakte sich bei den beiden ein, und zu dritt liefen sie die Dorfstraße entlang, vorbei am Heimatmuseum mit seinem Reetdach, den alten Häusern, den Feldsteinmauern mit den Hagebutten.

Erst fiel nur eine Flocke. Dann immer mehr. Es begann sanft zu schneien.

Kapitel 29

Sieben Meter über dem Meer. Das Watt glänzend, der Strand überzuckert mit Puderschnee, der im Wind aufstob. Schilfgräser in den Salzwiesen, deren Rispen gefroren waren und kristallin gegen einen blauen Himmel leuchteten. Der Deich eine lange gerade Linie.

Esther schloss die Augen und holte tief Luft, es prickelte in der Lunge, dann stieg sie die Stufen zur *Seeschwalbe* hinauf. Sie fühlte sich leicht.

Am Morgen hatte sie ihre Mutter zum Arzt begleitet. Einfach so. Ihre Mutter hatte wissen wollen, was hinter dem Schwächeanfall vor ein paar Tagen steckte. Der Arzt hatte Edith durchgecheckt und schon in einer ersten Prognose verkündet, dass sie fit wäre wie eine Siebzigjährige, davon könnten manche Jüngere nur träumen.

»Das kommt bestimmt vom Singen«, hatte Esther gesagt. Und ihre Mutter hatte den Witz verstanden und herzlich gelacht.

Ja, ihre Mutter war fit. Esther war erleichtert, sie freute sich sogar darüber. Schmerzhaft wurde es ihr bewusst. Denn bei der Freude lag der Schmerz. So dicht, dass sie nie hatte hinschauen wollen. Jede Nähe barg Schmerz. Den möglichen Schmerz des Verlustes. Besser, man blieb gleich allein. Dann kannte man es nicht anders, war quasi taub auf der Seele. So hatte sie es bisher gehalten.

Aber musste es wirklich so sein?

Wie ihre Mutter sich gefreut hatte, als sie sich neben ihr die Jacke übergezogen hatte. Sie hatte auf einmal ganz weich ausgesehen und schutzlos gelächelt wie ein Kind. Immer hatte Esther Angst gehabt, vereinnahmt zu werden. Aber vielleicht war es kein Vereinnahmen, wenn man jemanden einfach nur begleitete, in seiner Nähe blieb und seine Hand drückte, wenn es drauf ankam? Vielleicht war das den Schmerz wert? Der Gedanke war neu.

Im Wartezimmer hatten sie Maj-Britt getroffen. Die wirkte nicht so erleichtert wie ihre Mutter. Esther hatte fragend die Brauen hochgezogen, und Maj-Britt hatte sie kurz vor die Tür gezogen.

»Psychosomatische Symptome«, hatte sie erklärt. »Offenbar wirklich nur Stress, aber wäre ich nicht selbstständig, würde er mich krankschreiben und mir eine Kur verordnen, hat der Arzt gesagt. Ich müsste mal wieder auftanken.«

»Dann mach's doch.«

»Ja, toll wäre das schon. Das überlege ich, wenn ich verkauft habe. Vorher kann ich nicht einfach weg, ich muss mich kümmern. Ohne mich geht's leider nicht.«

»Vielleicht kann ich dir helfen?«

Maj-Britt lachte. »Was ist denn in dich gefahren, du willst doch wieder weg! Service beherrschst du allerdings perfekt, das hat man gesehen. Wenn du keine Reiseberichte mehr schreiben willst, stelle ich dich an, dann kannst du Giulia Beine machen.«

Sie verabredeten sich für den späteren Vormittag in der *Seeschwalbe*, noch einmal, bevor Dörthe abreisen würde.

• • •

Als Esther eintrat, studierten Dörthe und Maj-Britt gerade die Tageszeitung, die aufgeschlagen auf dem Tisch lag.

»Hier, schau mal!« Dörthe winkte Esther aufgeregt heran. Ein langer Artikel, mit großem Foto von Maj-Britt aufgemacht, berichtete über den »Über alle Meere«-Abend in der *Seeschwalbe*. Der Journalist, der ihn geschrieben hatte, war außerordentlich angetan. Das müsste man an der Küste erst mal schaffen, so eine charmante Verbindung der Kulturen, so lebendig präsentiert, das sei schon sehr gelungen gewesen.

Esther überflog die Seite, während sie ihre Jacke auszog. »Gut gemacht, Maj-Britt. Jetzt weiß ganz Eiderstedt, dass es sich lohnt, bei dir zu essen«, lobte sie. »Was ist mit der *Köstlich!*?«

»Die haben natürlich nichts gebracht. War ja keiner da. Und das ist auch gut so. Wer weiß, was sie geschrieben hätten. Es war trotzdem ein schöner Abend! Besser, als ich es mir je hätte vorstellen können.« Sie lächelte.

»Sag mal, und das Ordnungsamt, hast du von denen was gehört?«

»Ach, Esther, musst du immer …«, murmelte Dörthe.

Maj-Britt wies auf einen geöffneten Briefumschlag. »Ich

habe ein Schreiben bekommen, dass ich mit einer erneuten Kontrolle in zwei Wochen rechnen sollte. Es gäbe da widersprüchliche Ergebnisse.«

»Du hattest ja auch alles alles geputzt und desinfiziert«, warf Dörthe ein.

»Na ja, nicht ganz. Das meiste habe ich geschafft. Den Rest habe ich an Beke delegiert. Hab ich doch schon erzählt. Aber die hat sich dann ja ebenfalls krankgemeldet.«

»Dann warst du wohl gründlicher, als du denkst«, stellte Dörthe entschieden fest.

»Aber vergiftet hat sich von den Gästen keiner, oder?«, wollte Esther wissen.

»Nein, natürlich nicht, niemand. Spüle, Arbeitsflächen, Messer, wie gesagt, das war alles einwandfrei. Aber ich habe es nicht dokumentiert. Und wenn die mit ihren mikroskopischen Prüfgeräten anrücken, dann ist es fast unmöglich, nichts zu finden.«

»Wollen wir nicht das Thema wechseln?« Dörthe blickte die anderen auffordernd an. »Ich könnte was Leckeres zu trinken vertragen, bevor ich losfahre!«

»Du hast recht. Kommt, ich mach uns was Feines!«

»Und du?«, fragte Esther Dörthe, nachdem Maj-Britt in der Küche verschwunden war.

»Ich? Ich fahre wieder nach Hause. Nächste Woche trete ich meine neue Stelle an.«

»Wie, ich dachte, du planst eine Karriere als Bauchtänzerin.«

»Mach dich nur lustig! Ich habe wenigstens einen Bauch.«

Esthers Augenbraue zeigte an, dass der Punkt an Dörthe gegangen war. »Im Ernst. Du machst einfach so weiter?«

»Was sollte ich sonst tun?«

Esther sah sie an und überlegte.

»Siehst du?«, sagte Dörthe. »Eben.«

»Es ist nie zu spät. Manche Frauen beginnen mit fünfzig ein neues Leben. Die Chance hat man immer!«

»Hat man die?«

»Klar, ich weiß von einer Frau, die hat einen christlichen Palästinenser geheiratet und ist nach Israel gezogen, und jetzt engagieren sich beide in der Friedensbewegung und …«

»Und wie viele Frauen machen das?«

»Was?«

»Ihr Leben ändern, ans andere Ende der Welt ziehen, Knall auf Fall, einfach so.«

»Israel ist nicht das andere Ende der Welt.«

Dörthe verdrehte die Augen. »Esther, das war ein Beispiel!«

»Ich weiß nicht, das kann jede machen, die Welt steht uns offen, und gerade wir als Frauen sollten uns nicht immer …«

»Ich meine nicht, wer das machen *könnte*, Esther, ich will wissen, wer das wirklich macht.«

Esther sah sie überrascht an.

Dörthes Grübchen vertieften sich. Ein Sonnenstrahl fiel durchs Fenster und ließ ihre Locken golden leuchten. Wie jung sie aussieht, dachte Esther, und was für ein Teint. Sie öffnete den Mund und schloss ihn wieder.

»Siehst du, das meine ich. Man kann nicht immer abhauen. Theoretisch kann man alles machen, aber praktisch möchte man manchmal einfach bleiben, wo man ist. An dem Ort, an den man sich gewöhnt hat, mit der Arbeit, die einem gefällt, halbwegs, bei Menschen, die man mag, nicht mehr und nicht weniger.«

Dörthes blaue Augen. Der Goldschimmer darin, wie Murmeln sahen sie aus, kostbar und selten. Esther dachte, dass sie die Freundin immer unterschätzt hatte.

Aber dann schien es, als platzte etwas in Dörthe, und sie machte einen übermütigen Schlenker mit dem Arm.

»Aber du hast recht«, rief sie. »Es wird trotzdem alles anders! Die werden staunen. Als Erstes fliegt die Zimmerlinde raus. Dann stell ich ein paar wirklich nette Auszubildende ein. Dann änder ich all das, was mich schon lange nervt, vereinfache die Abläufe und schau mal, ob wir nicht ein bisschen Schwung in die Abfallbehörde kriegen. Und vielleicht, ja, lass ich mich irgendwann in eine andere Stadt versetzen, Behörden gibt es schließlich überall. Oder«, sie verschränkte die Arme, »ich spare auf ein Sabbatical, diese Idee gefällt mir besonders gut, und gehe nach Ägypten, um dort Orientalischen Tanz zu lernen. Vielleicht verbringe ich auch eine Saison hier. Mache Kurse bei Martina, die hat's nämlich drauf, falls du es nicht gemerkt hast. Wie auch immer, es gibt ein Leben neben der Arbeit, oder?«

Sie hatte recht, natürlich hatte sie recht. Und während sie das darlegte, strahlte sie ein umwerfendes Selbstbewusstsein aus.

»Na klar«, beeilte Esther sich zu sagen. Aber da war noch etwas.

»Was ist mit deinem Freund?« Esther dachte an den Chorleiter, der wirklich Charisma hatte, auch wenn sie vor Trauer nicht viel von ihm mitbekommen hatte am letzten Sonntag. Aber unübersehbar war gewesen, wie er mit Dörthe harmonierte, dass die beiden etwas verband, das wie eine Zauberkugel zwischen ihnen schwebte und das sie sich elegant hin- und herspielten. Etwas Buntes, Verrücktes, Schräges. Ja, Dörthe jonglierte ganz selbstverständlich damit, sie war in einem kreativen Haushalt groß geworden, während sie selbst, Esther, den peniblen Ordnungssinn ihrer Apothekerin-Mutter übernommen hatte.

»Freddy? Das hat sich erledigt. Wir sind ziemlich aneinandergeraten über Konstantin und dieser Auto-Geschichte. Dass seine Reaktion überzogen war, hat er gemerkt. Es tut ihm fürchterlich leid. Er hat mich beschworen, dass wir weitermachen. Aber für mich geht es nicht mehr. Ich glaube, Fred war immer ein Kompromiss. Wenn auch kein ganz schlechter. Aber das hat einfach keine Zukunft mit uns beiden.«

In diesem Moment trat Maj-Britt aus der Küche, mit einem Tablett, auf dem dampfende Becher standen. »Tatatataaa!«

Dass sie an den anderen Freund gedacht hatte, den aufgeschossenen Sänger, wollte Esther sagen, kam jedoch nicht dazu.

»Seit Montag ist es mir klar«, sprach Dörthe weiter, »ich brauche jetzt erst einmal Zeit für mich.« Sie nickte entschlossen.

Maj-Britt schob ihr einen der Becher zu. »Du brauchst

Zeit? Dörthe, ich finde dein Tempo rasant. Was macht denn der Herr Caspardini? Triffst du den noch mal?«

»Der Herr Caspardini ist verheiratet.«

Maj-Britt schlug sich überrascht die Hand vor den Mund.

»Ja, da staunt ihr, was? Und von verheirateten Männern hab ich die Nase voll. Aber ich mag ihn, wirklich, ich mag ihn sehr. Und er behauptet auch, er sei getrennt. Zwar noch verheiratet, aber getrennt lebend. Das muss er jetzt erst einmal selbst klären.«

Doch dann hellte ihr Gesicht sich auf wie ein Frühlingstag.

»Aber ich bin sicher, dass er das schafft. Und treffen ... Och, das könnte schon sein.« Ihre blauen Augen leuchteten. »Vielleicht komm ich noch mal her. Und sicher kommt er auch mal nach Schwerin. Und dann gibt es ja noch die Urlaubstage. Zum Beispiel im Frühjahr, so eine kleine Reise nach Ligurien wäre doch nett, das haben wir überlegt.«

»Ligurien?« Maj-Britt runzelte die Stirn.

»Cinque Terre. Mittelmeerküste, Wein. Und: Sanremo.«

»Das Schlagerfestival?«

»Na, das jetzt nicht direkt. Aber singen in Italien, warum nicht?«

Maj-Britt sah Dörthe verblüfft an. Dann lachte sie herzlich.

»Außerdem dachte ich, ich mach vielleicht mal einen Workshop bei ihm. Er unterrichtet nämlich regelmäßig. Und er sagt, ich hätte eine gute Stimme.«

»Allerdings, die hast du«, bestätigte Esther. »Seit neulich

weiß ich es wieder. Warum hast du aus deiner Stimme eigentlich nie beruflich was gemacht?«

»Um eine Künstlerin zu werden wie meine Mutter? Nicht mehr brauchbar für das richtige Leben? Und arm im Alter? Ihr möchtet sie nicht sehen.«

»So schlimm?«

»Schlimmer. Ich will das nicht. Ich will nicht alt werden und mir nicht die Zähne richten lassen können.«

»Brauchst du nicht. Deine Zähne sind wunderschön.«

Dörthe rollte mit den Augen. »Ist ja auch nur ein Beispiel! Ich möchte vorsorgen. Ich bin nicht wie du, Esther. Ich mag geordnete Verhältnisse. Ich will auch in zwanzig Jahren hierherkommen und mir den Bauch mit drei Stücken Torte vollschlagen können.«

»Das wäre aber doch nicht gut!«

»Och, Esther, es ist ja auch nur ein Beispiel! Ich will mir leisten können, was ich brauche, einfach nicht am Wichtigsten knapsen müssen!«

Dann hob sie den dampfenden Becher. »Mmh, lecker übrigens! Wie hast du das gemacht?«

»Ich hab Firas über die Schulter geschaut. Ich war noch mal bei ihm, um mich zu bedanken, da hat er mir das Rezept aufgeschrieben. Zimt ist drin, Kardamom, vor allem aber so eine Art Stärke, Sahlep oder so ähnlich nannte er es. Wärmt ganz wunderbar den Bauch, oder? Und ist einfach mal was anderes!«

»Ach! Apropos was anderes«, Esther schlug sich vor die Stirn. »Ich hab noch was für dich! Hätte ich fast vergessen.« Sie zog einen Umschlag aus der Tasche und schob ihn Maj-

Britt zu. Darauf abgebildet waren der Bug eines Schiffs vor strahlend blauem Himmel, ein paar Blüten und Klangschalen.

»Was ist das?«

»Das sind Buchungsunterlagen für eine Kreuzfahrt.«

»Wie jetzt?«

»Ich hab meine Beziehungen für dich spielen lassen.« Ein Lächeln erschien in Esthers Mundwinkel. »Du brauchst dir nur ein paar Stichworte zu notieren, tagebuchartig. Vor allem, wie die Wellness-Anwendungen auf dich wirken. Achte auf das gesunde Essen, die leichte Küche. Schau einfach, was es mit dir macht. Das wird dann die Grundlage für den Bericht über eine vom Burn-out bedrohte Geschäftsfrau im besten Alter, den ich schreiben will. Wenn du erlaubst, werde ich dich später dazu interviewen.«

»Aber, Esther, ich kann hier nicht weg! Noch ist die *Seeschwalbe* nicht verkauft!«

»Es ist ja auch nicht übermorgen. Irgendeine Lösung findet sich sicher. Wie geht es denn weiter mit der *Seeschwalbe*?«

Maj-Britt nahm einen Schluck und sah Esther beglückt und ratlos zugleich an. »Für dieses Wochenende habe ich eine Menge Reservierungen, wir sind sogar ausgebucht, ich kann es gar nicht glauben. Und das jetzt im Winter!«

»Ist doch super.«

»Sie wollen alle das orientalische Menü, von dem sie in der Zeitung gelesen haben. Ich musste Firas noch mal engagieren.«

»Und? Hat er sich darauf eingelassen?«

»Das hat er zum Glück.«

»Und dein alter Koch?«

»Kilian? Der spricht mit niemandem mehr. Ich glaube, es hat ihn tief getroffen, dass der »Über alle Meere«-Abend ohne ihn stattgefunden hat. Er ist ziemlich gekränkt.«

»Hat *er* die Muscheln vergiftet?«, wollte Dörthe wissen, plötzlich finster.

Maj-Britt sah sie überrascht an. »Wo denkst du hin?«

»Na ja, dieser Typ ...«

»Dörthe. Das gibt es nur im Krimi. Kilian ist okay, glaub mir. Das war einfach Pech. Vor allem für ihn selbst, würde ich sagen.«

Dörthes Stirnfalten bewegten sich lebhaft. »Na gut«, sagte sie würdevoll.

»Und sonst?«, fragte Esther.

»Der Restaurantkritiker ist am Wochenende bestimmt auch wieder dabei.« Dörthe grinste vielsagend.

Maj-Britt errötete. Sie sah verlegen auf den Tisch. »Es hat mich irgendwie ... ich weiß auch nicht ...«

»Es hat dich erwischt«, stellte Dörthe fest.

»Ich habe das Gefühl, so etwas habe ich nicht einmal mit Michael erlebt«, gestand Maj-Britt, »nicht einmal in unseren Anfängen.«

»Na, den Herrn Mattenkamp, der gar kein Kritiker ist, hat es jedenfalls auch erwischt, so viel ist klar. Wie der dich angeschaut hat! Das ist vermutlich gesünder für dich als jede Kur. Aber im Ernst, ich würde mal ausspannen an deiner Stelle. Kann ich wirklich empfehlen. Ich hab keine Lust, dich noch mal aufzufangen, und ich glaube, mehr als zwei

Ohnmachten im Monat sind auch ungesund, echt jetzt.« Dörthe zwirbelte eine Locke und fixierte Maj-Britt.

Diese nahm einen Schluck. Sah raus aufs Watt. Und wieder zu Dörthe. »Ja, das stimmt. Du hast recht. Ich geb's ja zu, der Arzt sagt das auch. Aber«, Maj-Britt wies hilflos durch den Raum, »ich kann hier doch nicht einfach schließen! Es fällt mir schwer. Bis ich einen Käufer gefunden habe, zögere ich es natürlich hinaus!«

»Wie jetzt, schließen, nicht schließen – du weißt gar nicht, was du willst?!«, fragte Dörthe.

Maj-Britt seufzte. »Wenn ich nicht müsste, würde ich es nicht tun, das ist ja klar, aber ich habe begriffen, dass die Welt nicht untergeht, wenn ich die *Seeschwalbe* verkaufe.«

»Für eine neue Liebe musst du dir aber schon Zeit nehmen«, sagte Esther wie nebenbei. Sie hatte nur halb zugehört, starrte konzentriert auf ihr Handy und wischte darauf herum. »Sonst gibt's weiterhin nur Sex im Personalraum, willst du das?«

»Wie bitte?« Maj-Britt sah die Freundinnen hektisch an. »Hat man ...?«

Dörthe betrachtete sie amüsiert. »Hat sicher auch seinen Reiz. Und so ein bisschen Kontrollverlust, kann ich dir versichern, tut dir außerordentlich gut. Aber ich kann mir noch andere Plätze vorstellen, sogar eine Menge, die Spaß machen. Aber das bedeutet, du musst hier raus. Für länger, regelmäßig. Wie willst du ein lustvolles Leben führen, wenn du ständig hier im Laden stehst? So nett das ist, du selbst gehst dabei unter. Such dir Unterstützung, würde ich sagen.«

»Wen denn? Kilian? Also doch? Ich denk, du magst ihn nicht.«

»Kann man nicht einen anderen Teilhaber finden und die *Seeschwalbe* halten?«

»Ich wüsste nicht, wen. Und ganz im Ernst: Ich glaube, ich hatte da eine fixe Idee, was die zusätzlichen Öffnungszeiten betrifft. Wenn der Laden wieder laufen soll, müssten die Leute mir regelrecht die Bude einrennen. Immer. Das passiert aber nicht, hier ist zu wenig los im Winter. Nein, nein, ich suche einen Käufer.«

»Na bitte!«, sagte Esther in diesem Moment zufrieden.

Sie hatte gefunden, was sie suchte, und reichte den anderen beiden ihr Handy mit einem Foto. Es war der Typ mit Piercing und Vollbart, der beim Restaurantabend mit ihnen gefeiert hatte. Auf dem Foto trug er keinen Bart, aber er war es, eindeutig.

»Der ist exakt von der *Köstlich!*. Und er hat sogar etwas geschrieben, und zwar auf seinem Blog, wartet ... Wow. Respekt. Das ist natürlich ... nicht schlecht. Na ja, jetzt sollten auch die Hamburger kommen.« Esther lächelte zufrieden.

Dörthe wies aus dem Fenster. »Die Ersten kommen schon.« Deutlich mehr Menschen als sonst bewegten sich vom Parkplatz auf die *Seeschwalbe* zu. Jemand drückte bereits die Nase ans Bullauge der Eingangstür und klopfte energisch.

Maj-Britt wollte erst abwinken, so konzentriert war sie noch auf den Beitrag auf diesem Blog, der den Abend in der *Seeschwalbe* in den höchsten Tönen lobte, etwas Vergleichbares gäbe es in Nordfriesland bisher nicht. Dann besann sie sich und sprang auf.

»Ich habe mich mit euch verplaudert! Aber wieso ist überhaupt noch keiner da? Die müssten doch alle in der Küche sein?«

Tatsächlich waren alle in der Küche. Giulia, Sören und die anderen. Und Konstantin. Leise hatten sie alles vorbereitet. Sogar Kilian.

Maj-Britt kam aufgeregt zurück in den Gastraum. »Sorry, bleibt ruhig sitzen, aber ich muss öffnen!«

Dörthe stand auf. »Ich mach mich auf den Weg zum Auto. Ich hab schon gepackt und fahre jetzt nach Hause. Bis bald, ihr beiden.« Sie drückte Maj-Britt fest an sich.

Auch Esther erhob sich.

Dörthe zögerte.

Esther lächelte. »Komm her.« Sie breitete die Arme aus.

Dörthe grinste. »Pass bloß auf, nicht zu viel Nähe. Aber ich zumindest bin ja jetzt erst mal weg! Tschüschen!« Sie winkte und drehte sich um. Esther bemerkte, wie sie sich schnell eine Träne von der Wange wischte.

»Und dein Sohn?«, rief Esther ihr hinterher.

»Bleibt hier! Der arbeitet hier seine Schulden ab. Außerdem, sagt er, will er unbedingt eine Lehre als Koch machen! Das wäre sein Traumjob, behauptet er, immer gewesen, er hätte es bisher nur nicht gewusst. Mir ist es recht, dann hab ich als Mutter endlich mal frei!«

Dörthe winkte noch einmal, dann war sie weg.

»Was sagst du denn dazu?«, wollte Ester von Maj-Britt wissen.

»Ich hab ihn gerne genommen. Er scheint Talent zu haben und ist hoch motiviert. Der kriegt das hin, das sagt mir meine Erfahrung mit diversen Auszubildenden.«

Draußen ein wippender Bommel auf einer knallroten Mütze, der sich über den weiß gepuderten Strand unter dem leuchtend blauen Himmel entfernte. Schlingerkurs. Ein weibliches Wesen von runder Vollkommenheit, mitreißend und unverwechselbar. Dörthe.

»Und du?« Maj-Britt sah Esther an.

»Ich?« Esther strich ihren Pullover glatt. »Soll ich noch mal die Schürze umbinden?«

»Sofort!«

»Später bin ich mit Thees verabredet. Er will mit mir ins Kino gehen!«

Maj-Britt lachte. »Wie in alten Zeiten!« Dann wurde sie ernst. »Mein Bruder ... ihr versteht euch ganz gut, was?«

Esther antwortete nicht.

»Das war ja schon immer so«, fuhr Maj-Britt fort. »Ihr konntet ja nicht ohne einander, auch wenn ihr so getan habt, als wäre nichts. Esther ... ich ... Also, damals ... mit dieser Susann aus seiner Stufe ...« Sie hatte sich ein Herz genommen, und trotzdem, da war so viel Unaussprechliches.

»Ich hätte dir ...«

Esther machte die Augen schmal. »Ich weiß gar nicht, wovon du redest.« Sie seufzte. »Doch, weiß ich schon. Ach, komm. Wir sind quitt. Ich hab deine Hochzeit auf dem Gewissen. Das tut mir im Nachhinein ziemlich leid.«

Sören erschien, rote Flecken im Gesicht. »Frau Andresen, Giulia, sie hat ...«

Sich den Finger abgeschnitten?!, wollte Maj-Britt fragen und spürte Hektik in sich aufsteigen.

»… eine Facebook-Nachricht in die Welt gesetzt, dass die *Seeschwalbe* für jeden ein gratis Eröffnungsgetränk hat!«

Maj-Britt stöhnte, Esther sah sie in die Küche verschwinden. Sie warf noch einen Blick nach draußen. Die Weite. Das Leuchten der Sonne. Am Horizont verlor sich der Blick im winterlichen Blau.

Dann ging sie hinterher.

Kapitel 30

Das Feuer knallte regelrecht, die Flammen verzehrten den großen Haufen und loderten zum dunklen Himmel.

Esther und Thees standen davor.

Auch andere Leute drängten sich vor dem Feuer, gut gelaunt, eine Band spielte. Mit Fackeln war man den Deich entlang bis zur Seebrücke gezogen, wo der Bürgermeister eine Rede gehalten hatte, bevor das Biikefeuer entzündet worden war – wie jedes Jahr am Abend des 21. Februar, so wie es in Nordfriesland Brauch war. Später würde man sich mit Grünkohl stärken, alle Restaurants hatten geöffnet, jeder nahm an diesen Essen teil, Einheimische wie Gäste.

»Was macht eigentlich die *Seeschwalbe*? Gibt es dort heute auch Grünkohl? Vielleicht auf orientalische Art?«, wollte Esther wissen.

Thees lachte. »Nein, sie bieten den Grünkohl mit Kassler und Kochwurst an, genau wie alle anderen auch.«

»Kilian hält also eisern durch?«

Esther war zwischendurch nach Hamburg gefahren, um weitere Reiseberichte zu planen und Redaktionen zu besuchen. Ihr bisheriges Leben würde sie nicht aufgeben. Und trotzdem, das spürte sie mit jeder Faser, war alles anders.

»Das wird quasi seine Abschiedsvorstellung. Er wäre wohl gern Teilhaber geworden, davon hatte ich keine Ahnung. Na ja. Er hat aber neue Pläne, soweit ich weiß, und verlässt Sankt Peter.«

Esther sah ihn fragend an.

»Er hat ein Angebot auf Sylt, ein Bekannter von ihm eröffnet dort ein Hunderestaurant. Sicher eine gute Entscheidung.«

»Ein Hunderestaurant?!«

»Ja, das ist wohl ein Trend.«

»Und wer kocht zukünftig in der *Seeschwalbe?*«

»Dieser Kritiker, der neulich da war, hat Maj-Britt einen Koch vermittelt. Jung, exzellent ausgebildet und begierig darauf, was Neues auszuprobieren. Er kommt schon im März.«

»Und Firas?«

»Der kocht zusätzlich. Einmal in der Woche wird er in der *Seeschwalbe* sein orientalisches Menü zaubern. Das muss jetzt fortgeführt werden.« Thees grinste. »Was an dem Abend passiert ist, ist ja fast legendär! Die Leute im Ort erzählen sich immer noch davon. Das hat märchenhafte Züge angenommen, bis hin zum fliegenden Teppich, zu Wasserpfeifen und halb nackten Tänzerinnen!«

»Hatten wir doch gar nicht.«

»Natürlich nicht. Aber alle stellen es sich vor.«

»Also muss Maj-Britt die *Seeschwalbe* jetzt doch nicht aufgeben?«

»Nein, sie hat wieder Wasser unterm Kiel. Wir haben uns letzte Woche mal zusammengesetzt, sie und ich. Maj-Britt hat eingesehen, dass es unglücklich wäre, das Haus unserer Großmutter zu verkaufen. Sie hat es eigentlich nie gewollt, dachte aber, es gäbe keine andere Lösung.«

»Und jetzt?«

»Jetzt machen wir es so, dass ich das Haus behalte, ihr aber einen zinslosen Kredit für ihre Schulden gebe. So hoch sind die gar nicht. Die Ausfallzeit war zwar lang, aber Maj-Britt hat das mit dem Geld sehr genau genommen. Schulden sind ihr ein Gräuel, sie ist sehr pflichtbewusst. Jetzt gibt es aber eine realistische Perspektive, wieder rauszukommen. Sie hat das durchrechnen lassen: Wenn sie ab jetzt ausgelastet ist, und danach sieht es aus, steht die *Seeschwalbe* im Sommer finanziell wieder gut da.

So ist der Deal. Außerdem greife ich ihr die nächsten Monate ein wenig unter die Arme und helfe ihr im Betrieb. Maj-Britt hat die *Seeschwalbe* fantastisch geleitet, es war nur ziemlich viel für einen allein, sie kann ein bisschen Unterstützung gut gebrauchen.«

Esther war überrascht. »Du wolltest dich als Gutachter selbstständig machen. Im Bereich erneuerbare Energien.«

»Die Energie meiner Schwester ist mir momentan wichtiger. Es ist ja nur für eine Übergangszeit.«

Esther hob die Brauen. »Maj-Britt hat sich beschwert, dass du sie bevormunden würdest. Ist das ein Versuch, die Dinge für sie zu regeln?« Sie merkte selbst, wie streng das klang.

»Nein«, Thees wurde ernst, »absolut nicht. Ich springe

wirklich nur ein, und zwar ihr zuliebe. Sie hat so viel gewuppt, ihre Ehe, die Kinder, meine Eltern. Jetzt bin ich dran. Ich sehe das einfach als meine Pflicht. Für meinen Job habe ich später noch genug Zeit.«

Esther spürte einmal mehr, dass sie keine Geschwister hatte. Was zwischen Maj-Britt und Thees passierte, würde sie nie richtig nachvollziehen können. Aber es fühlte sich gut an, dabei zu sein.

»Also stehst du demnächst im Restaurant.«

»Ich kenne den Laden ja von früher, irgendwie kriege ich das schon hin. Maj-Britt bleibt Chefin, ich befolge nur ihre Anordnungen. Sie kann dann aber mal einen Tag raus, zum Beispiel, um nach Hamburg zu fahren und dort ihren Architekten zu besuchen. Mattenkamp hat ein Haus an der Elbchaussee, und mein Gefühl sagt mir, dass mein Schwesterchen dort bald öfter zu Besuch sein wird.« Er lachte. »Im Übrigen ist Mattenkamp ziemlich erfolgreich, wusstest du das?«

Esther nickte. »Ich hab ihn recherchiert. Sein Name kam mir vage bekannt vor. Wie ist er eigentlich an die *Seeschwalbe* geraten?«

»Er hat hier einfach Urlaub gemacht, er brauchte eine kreative Auszeit. Auf den Restaurantabend ist er zufällig aufmerksam geworden. Und was Maj-Britt betrifft, da hat es ihn wohl getroffen wie der Blitz.«

»Das war gegenseitig.«

»Absolut. Na, und abgesehen davon hat sie noch mal dieses Ticket erwähnt, das du ihr vermittelt hast, diese Wellness-Kreuzfahrt. Ich glaube, sie möchte tatsächlich mal was anderes sehen, ein wenig weite Welt schnuppern.«

»Klingt gut.«

Das Wikinger-Lachen unter dem roten Bart reichte bis in die Augenwinkel. »Ja, das klingt gut, das finde ich auch!«

Es knackte und zischte, Kinder rannten herum, Leute hielten Punsch und Glühwein in den Händen, immer größer erschien der Feuerschein in der Dunkelheit. Von Südwesten war Wind aufgekommen.

»Und du?«, fragte Thees schließlich.

Esther holte tief Luft. Das Sprechen darüber fiel ihr schwer, zu sehr rührte es an Dingen, die sie lange verdrängt hatte.

»Ich hab das Gefühl, ich muss den umgekehrten Weg nehmen. Hier Dinge entdecken. Mal aufhören mit dem Weglaufen. Ankommen. Ich nehme an, Okke hat das gewusst.«

»Ich würde mich freuen.« Thees' Stimme wurde tiefer, als er das sagte, er räusperte sich. »Und was machst du mit Okkes Haus?«, wollte er dann wissen. »Ziehst du ein?«

»Nein, dort kann man nicht wohnen. Die Gemeinde hat tatsächlich Interesse angemeldet. Sie würden gerne ein Museum einrichten, speziell zum nordfriesischen Alltagsleben. Kostet natürlich, das Haus zu sanieren, sie müssen das erst kalkulieren.«

»Und dann?«

»Hätte ich erst mal ausreichend finanziellen Spielraum, um nur noch die Aufträge anzunehmen, die ich wirklich will, um Themen zu verfolgen, die mich interessieren.« Einen kleinen Moment machte Esther Pause. »Ja, ich würde wohl tatsächlich öfter herzukommen, um hier zu arbeiten.«

Es klang auf einmal so leicht.

»Hat Okke das so gewollt?«

»Er hat mir keinen Brief hinterlassen, oder so. Ich glaube, er wollte mir einfach klarmachen, wo meine Wurzeln liegen. Ich glaube nicht, dass er erwartet hat, dass ich in seiner Kate wohne.«

»Und der ganze Kram in seinem Haus, der käme ins Museum?«

»Vermutlich.«

Die Funken sprühten und stoben.

»Keine Sorge, meine Mutter nimmt mich auf, wenn ich hier bin. Sonst frage ich bei dir nach, bei dir ist doch auch noch Platz.« Esther stieß Thees scherzhaft an.

»Oh, so ein Friesenhaus lässt sich super teilen. Ich könnte einen zweiten Eingang schaffen, dann kämen wir uns nicht in die Quere. Ich plane sowieso, den ehemaligen Stall auszubauen. Also: Wenn du möchtest ...«

Esthers Gesicht leuchtete im Feuerschein. Sie öffnete den Mund, als ob sie etwas sagen wollte, schloss ihn wieder.

Thees legte ihr den Finger auf die Lippen. »Sag nichts. Du musst überhaupt nichts. Und nichts, was du nicht willst. Ich hab auch gern meine Ruhe, glaub mir das.« Er schmunzelte.

Ein alter Weihnachtsbaum rollte vom Haufen und brannte daneben weiter. Die Leute wichen zurück. Ein Trecker fuhr heran und schob den Haufen mit seiner Schaufel wieder zusammen.

»Welche Bedeutung hat das Biikebrennen eigentlich?«, fragte Thees.

»Es ist ein alter Brauch. Man vertreibt die bösen Geister des Winters.«

»Werden mit den Feuern an der Küste nicht auch die Männer verabschiedet, die für die Sommerwochen auf Walfang gehen?«

»Auch das ist eine Deutung.«

»Also ist das Biikebrennen ein Zeichen, das den Neubeginn begleitet, quasi den Frühling begrüßt?«

»Wenn du so willst, ja.« Esther stieß Thees in die Seite. »Was sind denn das für philosophische Themen? Du kennst das Biikebrennen doch!«

Er hielt ihren Arm fest und küsste sie. Ganz lange.

Dann sahen sie weiter ins Feuer. Um sie herum die Menschen, die Buden hinter ihnen, der Strand und das brausende Feuer vor ihnen. Unsichtbar dahinter das Meer.

»Ich war heute Morgen wieder auf der Sandbank«, sagte Esther. »Es gibt tatsächlich eine Ahnung von Frühling, das Licht ist anders. Und ich habe die ersten Zugvögel gesehen, Wildgänse auf dem Weg nach Norden.«

Thees schob seine Nase unter ihre Mütze, an ihr Ohr. Während er hinter ihr stand, schloss er sie in die Arme. Sie kuschelte sich an ihn. Sie schwiegen eine Weile und schauten versonnen in die Flammen.

Bis Esther sich löste. »Es wird langsam ein bisschen frisch, was meinst du?«

»Wo willst du hin?«

»Wenn du das ernst meinst mit dem Ofen ...«

In dem Umschlag, den Thees ihr überreicht hatte, hatte ein beschriebenes Blatt Papier gelegen: »Ofenwärme zum Gesundwerden – so viel du brauchst, wann immer du möchtest.« In seiner schönen, ausdrucksvollen Schrift.

»Nach Hause?«

Esther sah ihn an und lächelte. »Das würde ich sagen. Nach Hause.«

ENDE

Ein wattweites DANKE geht an …

… meine Freundin Marianne Hattig, ohne die ich weder auf Sankt Peter-Ording noch auf das Thema »Freundinnen« gekommen wäre. Danke für die Unterstützung bei der Recherche, Erzählungen von »damals«, das Vermitteln von Kontakten, für unzählige Anekdoten rund um SPO – und für deine Freundschaft seit dreißig Jahren.

… Maike Haupt von der *Seekiste* in Sankt Peter-Ording für großzügig gewährte Einblicke und Details rund um das Betreiben eines Pfahlbaurestaurants. Nur so konnte ich die *Seeschwalbe* frei erfinden.

… Regina Kramer, die mir mit wertvollen Informationen über den Reisejournalismus geholfen hat, Esthers beruflichen Hintergrund zu klären. Und für den Mekong.

… Andreas Ritter für Infos rund um Abläufe beim Ordnungsamt. Und für die Inspiration dafür, dass es trotz Job in der Behörde eine zweite Berufung geben kann.

… meine Lektorin Linda Vogt, die für meine Winter-Vision sofort entflammt ist und die Entstehung dieses Buches von Verlagsseite aus engagiert auf den Weg gebracht hat.

… die Mathilde-Gruppe, die auch dieses Schreibprojekt begleitet hat. Frank, Matthias, Meike, Nadia, Sophie und Marc – jetzt endlich mal. Was wäre ich ohne euch und unseren konstruktiven Austausch? Danke.

… meine Familie, die Sankt Peter-Ording mit mir erlaufen hat, unermüdlich. Der Dank geht diesmal besonders an meine Tochter Paula und ihre klugen Kommentare.

... den besten Mann der Welt, der immer bereit ist, mir ein Lied vorzusingen.

... last, but not least: meine zauberhaften und liebenswerten Freundinnen, besonders die seit Schulzeiten.

Handlung und sämtliche Figuren in diesem Roman sind frei erfunden. Auch die *Seeschwalbe*, den *Walfänger*, die Föhrenklinik und die meisten anderen Lokalitäten wird man vergeblich suchen. Das Seebad Sankt Peter-Ording auf der Halbinsel Eiderstedt in Nordfriesland gibt es natürlich wirklich.